我的探戈之恋

KISS & TANGO

Marina Palmer

[美] 玛丽娜·帕尔默　著

许广洁　吴妍　杨婷　译

新星出版社 NEW STAR PRESS

2001 年 10 月 10 日

　　我不想在最后一支探戈舞曲中留下遗憾——即使从街道对面的"陶尔"音像店传来的流行音乐声震耳欲聋,让我很难如愿。但是今天在进行第八场,也是最后一场表演的时候,我依旧合上了双眼,让扬声器里传来的探戈舞曲声不停地冲刷着自己,直到它浸透我的身躯,触摸到我的灵魂。也唯有它才能企及这片土地。转瞬间,我被带入一处幽深迷离的境地,瑞奇·马丁的歌声在我的耳边不复存在,而我的身体也暂时摆脱了由于日复一日在佛罗里达大街上表演所造成的长期伤痛。同时消退的还有巴勃罗的声音,"谁是这里领舞的——你还是我"?他总是这样一边在我的耳边咆哮,一边却又固守着那副"我疯狂地爱着你"的假面具。这次探戈仍然兑现了它的诺言,又一次携我飞向了一个名叫"幸福"的国度,让我再次感受到了完美。

四年零九个月前

搂 抱

1. 拥抱。

2. 探戈舞伴持握时的一种站姿。
   姿势准确,感觉似在天堂;
   姿势不当,感觉如陷地狱。

1997 年 1 月 10 日

这是要去哪儿?

还好,我的疑虑不久就被打消了。机舱服务长马蒂此时正在致辞,欢迎我们搭乘美国航空公司由纽约飞往布宜诺斯艾利斯的 845 次航班——随后他告诉我们本次飞行时间共有十小时五十分钟。真是的!我倒希望他别多此一举。若要究其所以,就是因为十个小时未免太久了。

为了驱散心头平添的不快,我试着按马蒂建议的那样,背靠座椅,全身放松。就在这时,我突生一念:飞得越久,岂不离扬·罗必凯广告公司也就越远?这又让我打起几分精神来。只可惜,这种想法(连同带给我的慰藉)转瞬即逝,因为我不禁又回想起两小时前与客户经历的一番不愉快的通话。由于对其商业广告的成本估算比双方原本商定的开支多出一倍,他竟在电话中冲我大喊大叫。生活中时常会出现一些不如意的事,可那又能怎样呢?

飞机现在扶摇直上,渐渐远去。我斜过身子越过邻座的小伙子朝窗外瞥了一眼,不由得长嘘了一口气。我的想象终于得以挣脱现实的束缚,自由自在地驰骋于天际。我开始幻想起未来两周将呈现给我怎样的生活。然而，此时我却意识到，在你心无他念的时候，幻想也变得艰难起来，自己一时竟毫无思绪。（此次布宜诺斯艾利斯之行完全是因为我的表妹海伦妮和她丈夫雅克恰巧在那儿工作，他们与设在当地的巴黎巴银行有为期三年的合约。否则，我绝不会考虑将那儿作为我的度假目的地，因为非洲、印度或是中国诸如此类的地方才是我的首选。）

我一边将手伸到放在前排座位底下的行李包内，摸着找口香糖，一边又在脑海里寻觅与阿根廷能有一丝半缕联系的事物，结果却是手脑皆空。见鬼，放哪儿了？！焦急难耐之间，我瞥了一眼邻座，看他是否在嚼口香糖。第一次注意，就发现这是一个帅小伙。的确英俊。他是不是一个马球手？嘿！终于找到一样和阿根廷有关的东西。

怎么竟能把它忘了？阿根廷频出帅气十足的马球手，这一点甚至连我也是早有耳闻。我借余光又瞅了一眼，他果然在嚼口香糖。虽然不是正面打量，也足以看出他是如此俊朗。如果说那方格衬衫袖筒里伸缩有力的二头肌姑且还能让人忍耐一时，那么那只舞动过一两只球棍的臂膀则不然，只能叫人春心荡漾。至于他那方形下颚周围蓄了两三天的短须，以及垂至肩头的乌黑卷发，勾勒出你有生以来见到的最为匀称的脸庞……我说过他很英俊吗？我意欲所指的是他的相貌可谓超凡脱俗。现在怎样才能鼓起勇气向他索要一块口香糖？为了不使自己的要求显得唐突无礼，我试图寻找一些话题："你好。抱歉打扰一下，有什么不便吗？"不行。绝不能让自己做出这种事。于是，我又想方设法寻找理由说服自己，对方似乎已经完全陷入沉思——肯定也是一个孤芳自赏的男人。

算了。那么除了玩马球，在阿根廷还能干些什么？我问自己，试图借此平息我那汹涌澎湃的荷尔蒙所发出的震聋发聩之声。正是在这一天，当我寻思着其他能与阿根廷有关的事物的时候，我突然记起了探戈。由于从未亲眼目睹过，所以我对此毫无概念。不过，我倒的确喜欢跳舞，在罗马的时候，或是这次在布宜诺斯艾利斯……

正值我还在出神之际，就被邻座给打断了。不过任谁也不会过于兴奋，因为这不仅未能让我为之一振，反而令我大为作呕。

我个人认为，说自己为此而受到了惊吓是不太合适。但是，看见自己吐出的脏物兜在我的大腿上晃来晃去的时候，他脸上竟然没有半点愧色。更有甚者，吐完我一身之后，在接下来的十个小时里他一直向我侃侃而谈自己的生活经历（这与马球全无联系，只是些无聊乏味的琐事），而我这段时间里却是在竭力避免因其呕吐物散发出的阵阵恶臭所可能引发的连锁反应。

只能希望这是好事降临前的一个征兆。如果说踩到狗屎或是有鸟粪落在身上能带来好运，那么在飞机上被陌生人吐了一身势必意味着你将吉星高照。

1997 年 1 月 11 日

一到达表妹的寓所，我做的第一件事就是将身上的衣物统统扔进焚化炉。是的，确切地说，这并不属实。但是如果当时确有一台焚化炉，我必会照做不误。那股难闻的气味总是挥之不去。我每到一处，它便会尾随而至，如同一条欲火中烧的雄狗对我的爱慕纠缠让我无法忍受。十次冲洗过后，我已俨然成为麦克白夫人①："滚开，该死的污渍！我说你快滚呀！"

在这天剩余的时光中，我所能做的也就是倦怠地躺在表妹家的沙发上，消解旅途的劳累，因为在离开纽约后的 11 个小时里我就没合过眼。真希望他们能将所有的夜间航班从此全都取消掉。现在我就剩下躺倒的一丝气力了，像坐起这样较为艰难的动作，当然是无力为之了。不知何时，海伦妮告诉我：

"为了向你的到来表示庆贺，今晚我们打算带你去参加一场米隆加舞会。"

（噢，太太太太太好了……正中下怀。在外玩乐一夜。不过，"米隆

---

① 《麦克白》中有麦克白夫人"梦游"一场戏。此时的麦克白夫人为了洗净心灵杀戮的罪孽，在不停地搓着手。而此处的"我"为了洗去身上那股难闻的气味，也在不停地冲澡。

加"究竟是个什么玩意儿?)

"不错!"我就说了这一句。

看着镜中的自己,我劝告"她"还是留在家中,但"她"却有意充耳不闻。扭曲变形的容貌(浮肿的双眼)急需彻底修补一番(浓妆艳抹)。

"小心啊,那下边可还有点儿肤色没盖住。"雅克自以为幽默地说道。

鼻涕虫的粘液干涸之后,很难再从 A 处移动到 B 处,我当时的感觉就是这样。拖着沉甸甸的躯体,我跟在他们身后慢慢挪出了门。

"我们不会回来很晚,是吧?"面对着自己的骄横,我只有可怜兮兮地用哀求的声音问。

"夜晚才刚刚开始!"海伦妮的声音有些震颤。我看了看表,已经是星期三凌晨一点。真不知道,在布宜诺斯艾利斯这样的夜晚究竟有多长?即使是在称为不夜城的纽约,我所认识的人们在这个时间也都早已舒服地裹在鸭绒被里,鼾然睡去了。

我们跳上——应该是他们跳上,我只能爬进——自家的雷诺克莱奥轿车,向附近一个叫"阿尔马格罗"的地方驶去。这里曾经是布宜诺斯艾利斯的肉类和农产品市场所在地,现已成为当地的花园小区。离开出发地,途径几个昏暗的、甚至更为崎岖不平的街区后,雅克找到了一个停车场。

"当心!"海伦妮说,由于路面黑暗难以看清,我刚才差点儿在一个坑洼处扭了脚。我们迎面走去的那座建筑物,看上去很像是一个体育俱乐部或是体育馆。

"到了,阿尔马格罗俱乐部!"表妹夫妇一同欢呼起来,兴奋之情溢于言表。

凌晨一点三刻来到这样一个体育馆竟能让他们如此兴奋,真是令人费解。但是为了不扫他们的兴,在这个夜深人静的时刻,我也只能赞成地点点头,努力让更多的牙齿露出来。当我们停在前面买票的时候,我隐约闻到一股汗气与氯气相互掺杂的气味,心里默愿这只是由睡眠极度匮乏所引发的一种幻觉。

站在门口中间,发现大门内侧全由玻璃制成,被漆为黑色,有些地方的涂料已经开始脱落。耳边传来的是低沉的乐曲声，但我听不出是什么曲子。

"那究竟是什么?"我问海伦妮。

"那是探戈。"她说道。

真是说曹操，曹操到。未曾想初次体验探戈的愿望竟能转眼实现。我的好奇心随即被激起，连瞌睡虫也不见了。

"这就是米隆加。"步入舞厅的时候，海伦妮对我说。

我们面前的房屋中央是流光溢彩的舞池，里面挤满了人。这些舞者你挤我贴地拥在一起，像是一罐复活的沙丁鱼，舞动的身躯形成一股巨大的涡流。他们是在跳舞。但这已与常景相去甚远，我也仅能推断出他们是在跳探戈。完全出乎所料。布宜诺斯艾利斯远在天边，这一点我早就知道。可谁曾想，她竟全然属于另外一个星球!而那些休息的人们，有的坐在舞池周围铺有栗色染布的桌子前，有的站在后边的吧台旁。而且目光所及，我看见的这些人，我是指每一个休息的人，都在抽烟。低悬的灯光，再加上混浊的烟雾，使得要想看清舞池之外的任何东西都是困难重重。不过这并无大碍，因为我已被眼前的景象深深吸引。

此前，我只是隐约知道探戈是一种双人舞。然而，直到今晚亲眼目睹这种能合而为一的神奇戏法之后，我才真正心领神会。看着一对对舞伴紧紧相拥，融为一体，我想到了雌雄同体的古老神话。他们不是由男女结成的探戈舞伴，而是合二为一的新生事物，是老男少女、高女矮男、瘦男胖女等等不同结合的产物。同时每对的结合也是各具特色，融于不同的身体部位:有些主要在胸口处粘连在一起，另外一些则脸颊相依，还有一些是额头紧贴，仿佛是在使用传心术传递舞蹈。其中有些躯体的结合似乎是信手拈来之举，但有些却又好似有意为之。在这些双性人中，他们有的舞姿优美、端庄，有的则又像是在表演危险的平衡动作，只见那雌性半边委身于对方，全靠高挺的前胸抵在另一边身上，而她那硕大的屁股又向后翘出老远。有一些看上去格外危险——譬如，当雌性的体积已是雄性的两倍大的时候——不过空气中一定有股魔力，否则整个晚上我不会见不到一个双性人跌倒。

转而观注他们的面部表情,我发现每位女士几乎都是闭目而跳,嘴角露出的微笑是我有生以来所看到的最为幸福的一种。那些男士相比之下却是皱眉蹙头,他们是在专心致志——还是若有痛楚?偶尔,他们的眉头也会舒展,表情有如腾云驾雾一般,并缀有一丝怪笑,甚至有一个竟然笑出声来。此情此景着实令我困惑不解。不知这种情绪的剧变由何而来?

"我看见其他人了。"雅克说道,我连绵起伏的思绪因此被打断。他和海伦妮约好和几个朋友见面,他们刚刚进来。跟他俩走到入口后,我就被介绍给了他们的一帮朋友,有罗伯特、费尔南多和卡罗莱娜,阿方索与他妻子默西迪斯——简称米奇。还没寒暄几句,罗伯特与米奇就径直去了舞池,他们看上去简直是迫不及待。很快我就明白了其中的原因,这正是纯洁无瑕的激情使然。仿佛又被施了咒语一般,我的目光紧紧跟随着他们,如同他们彼此那样,目光胶着在一起。如果他们当时的确还有呼吸,那么究竟何以为之,我无从知晓。我想,跳探戈的时候也许就用不着呼吸。反正,此时我是已经全然忘记了呼吸,只是在一味地盯着他们看!感觉是在凝视一面镜子,渐渐发现镜中的人正是自己。那边的那对舞伴就是我!由他们所展示出来的我,要比以往的我都更加真实。这种震撼,令我一时难以回过神来。未曾想,在这儿,就在这世界另一个尽头的舞厅里,我竟能找到自我。虽然如此,我还是想知道,看见自己的妻子与另一个男人如漆似胶地粘连在一起,可怜的阿方索会做何感想。

到家的时候已是凌晨六点,我终于获准能去睡一会儿觉了。可是我却倦意全无。怪哉!

1997 年 1 月 12 日

虽然正值布宜诺斯艾利斯数十年不遇的炙热天气,但我仍然决定今天下午出去走走。我急欲了解这座城市——而徒步穿行便是与一座城市亲密接触的唯一方式。虽然弄清一个新地方的布局要大费一番周折,可我却喜欢这样的挑战。相比之下,我甚至更喜欢迷路——这对我来说要容易一些——发觉自己原来是在朝相反的方向前行。因为疏忽,我常将地图拿倒，在本应右拐的地方却向左转，致使自己时常身陷迷宫。这种情况也为我的旅行增添了不少的乐趣，它总能给我带来一些意想不到的惊喜，不过有时也不尽然。比如说，阴差阳错之下，你在一个不知名的公园中举行的露天爵士音乐会上度过了一个下午的时光，而没有去参观亲戚向你强力推荐的一家"必去"的博物馆，便是其中的一例，而你体验到了更多的趣味。

　　然而在布宜诺斯艾利斯，你根本就不可能迷失方向。这里的人们异常友善，看到你埋头研究地图，他们会马上停下来问你要去哪儿。或许因为自己对西班牙语一无所知，他们也丝毫不懂英语、法语或是希腊语，你认为这可能会造成障碍，影响交流的清晰表达。但正如我今天所发现的，实际情况却令人大吃一惊。对于布宜诺斯艾利斯的每位普通市民而言，即使谈话双方都不懂对方的语言，这也不会构成任何不利的因素。原因之一就是他们通常会使用手势语。在伦敦、巴黎和纽约这类地方，我常常因为用手势交流而遭斥责。而在布宜诺斯艾利斯这儿，我却遇到了手语系的同仁们。除了用手指指点、耸肩、摆手、摇头、竖眉和（或）提高声调这些举动之外，倘若再配以他们的洋泾浜英语和我那夹杂着意大利语尾音的法语，那么一个下午你就别想到达目的地，最后只能以闲谈而告终了。仅是为了找到位于五月广场的总统府，不知道自己就已经告诉了多少人，"我一半是希腊人，一半也是美国人。但我在伦敦长大，曾经就读于一所法国学校。"

　　有一位精神矍铄的老年男子，身穿白色亚麻套装，头戴一顶时髦的草帽，朝我走来。他递给我一块裹了巧克力的杏仁夹心软糖："送给一位甜美小姐一块甜美的糖！"我想他说的是这句话。尽管其中的确切含义我不清楚，但能猜出他的意思是说给我的糖很甜。我于是微笑着接受了这份礼物，然后又继续向前走，趁着这个时候将糖果剥开，砰地一下丢进了嘴里。巧克力糖渐渐化开，我也随之开始喜欢上了这里的人们。

　　终于找到了五月广场和总统府，即闻名于天下的玫瑰宫，也是粉红宫。就在这座宫殿为世人所熟知的平台上，最受人爱戴同时也最遭人憎恨的总统夫妇，胡安·多明戈·庇隆与他的妻子埃维塔曾向聚集在下方广场上的人群挥手致意。时至今日,庇隆的遗政依然影响着这个国家政局的走向,而他也仍是一个颇具争议的人物。对于这一点,你只需问问卡洛斯·梅内姆,庇隆党主席和阿根廷现任总统,就会有所领悟。在他看来,是庇隆使阿根廷发展壮大起来,让人民得以享有社会公平,但也可以说他是一个法西斯分子和民粹主义独裁者,国家最后又因他而变得没落破败。后一种说法似乎更受雅克和海伦妮的朋友们的赞同,原因是庇隆的执政给他们家家都带来了一定的财产损失,这样的事实不会使他们成为总统坚定的拥护者。

在漫步穿过广场的时候,我注意到地面上画有一个很大的圆圈,里面是一个头巾的图案。出于好奇,我停下了脚步。这时,一位喂鸽子的老妇人走过来,竟操一口纯正的英语主动向我讲起有关"失踪者母亲"的故事:每逢星期四下午,她们如何头戴特制的白色方巾,在这块场地上默默地绕圈行走,一直坚持到最近。她们这样做是为了替在军事独裁时期(直至1982 年才倒台)"失踪"的三万儿女表示抗议。

这位女士的一席话让我浑身一阵战栗。不过我得承认,这种感觉并没有持续太久。当太阳升起,周围的万物都洋溢着生命气息的时候;当你置身于熙熙攘攘的都市之中,耳边不乏车马喧嚣声的时候;当你再看到一些人匆匆来往于各地,而另外一些又坐在公共长椅上,亲切而又愉快地畅谈家长里短的时候,死亡的恐怖早已离你远去。这里的人们看上去个个都是如此神采飞扬,你无法想象他们竟然能压制别人——坦率地说,我宁愿相信自己只是道听途说。

这座粉色的权力中心,不免让人感到荒唐可笑,我索性转过身去——粉色,天啊,怎么会有人想到要将它涂成粉色?这如何叫人去严肃地看待它? ——沿着五月大道向国会广场走,我终于找到了相比之下要庄严很多的国会大厦。至少,它不是粉色的,而且也是一个适宜游览的场所。

漫步于宽阔的林阴大道是件令人赏心悦目的事情,这里的建筑物多半建于二十世纪初。那些规模宏大的建筑艺术精品,以及其间呈现出的自然衰退的迹象,使我想起了布达佩斯。这是同命相连的两座城市,都有一些叫人感伤的地方(这与布宜诺斯艾利斯当地市民欢快乐观的精神风貌形成鲜明对照——布达佩斯有所不同,该市的自杀人数仅次于瑞典,排名位居第二),经历过国力昌盛的巅峰时刻之后,她们现在只能生活在昔日的辉煌里。但是,两地的咖啡店却是依旧生机蓬勃、精彩纷呈,尤其是在布宜诺斯艾利斯。沿途的咖啡店如此之多,我有生以来都未曾见过。

感觉快要中暑了,我才在一家咖啡店停了下来:杜多尼咖啡馆。屋内的餐桌是大理石台面的,风雅别致,有顾客坐在旁边,仿佛大约自二十世纪初以来就已是这般情景。四周的墙面上挂满了当地最著名的文学家、艺术家和音乐家们的油画像,此外还有探戈舞大事记、乐谱和一些黑白照片。店内后面摆放了一些台球桌,甚至还设有两个小型的戏剧舞台,服务生告诉我那儿是用来举办探戈音乐会的。要了一杯菠萝浆汁——基本上就是菠萝沙冰——一饮而尽之后,感觉舒服多了,于是我准备继续沿大道前行。我总是期望着一路上能畅通无阻,不会有又宽又大、危险的公路突然将我前进的道路拦腰截断。

从专业角度上讲,七月九日大道并不属于公路的范畴。它是一条城市主干道——和我回家后在导游书上看到的一样,被称为"全世界最宽的一条道路"。而在我的书里,凡是能拥有十四个车道、行驶速度可达每小时一百英里的道路都被称为公路。可是,过一条公路竟能让我感到如此惶恐不安,这还是第一次。可怜的五月大道古街从正中被一劈为二,就此留下一条深长的伤口,令人不免心生惋惜之情。曾几何时,我幻想着,而且想当然地认为自己可以不必冒被卡车一辗而过的危险,就能轻快地从五月广场漫步到国会广场。只可惜,我不能如愿以偿。

最后,我终于安然无恙地穿越了这条公路,接着便向北沿七月九日大道走去。前方耸立着的一座建筑物仅能用硕大的蒂状物来描述,而且还是一个坚挺无比的蒂状物。其象征意义,即使是一个没有心理学学位的人,也能理解。虽然在各处的报刊亭里,我早已注意到了那些印有方尖碑的明信片,但看见眼前的实物,我还是羞得满脸通红。尽管如此,我仍不禁想到,这应该是"喜大"心理的一种表现。阿根廷素来以傲慢自大闻名于世(又一个与阿根廷相关联的事物),我想这种展示性功能的粗俗方式就是一个证明。问题的核心是,这位方尖碑的建造者究竟想以此偿代何物？实话实说，因为在自命不凡的外表下，往往掩藏着的都是软弱无能的自我。有人想必会说，尖碑的尺寸影射的只是阿根廷男性大众生殖器官的大小，而不愿承认这是建筑师自我过度崇拜的一种表现，这一点不言而喻。但正如我在前面所提到的，建筑师自我崇拜的程度通常与上述人员生殖器官的大小又构成反比关系。那么二者究竟谁是？我困惑不解。

"姑娘，别去想这些污浊淫秽的东西了！"我对自己厉声呵斥道。

继续沿着七月九日大道走，沿途经过科隆歌剧院，我慢慢明白人们为什么要称布宜诺斯艾利斯为"南美巴黎"了。尽管我不愿承认，但是布宜诺斯艾利斯人的确是把欧洲的建筑原封不动地照搬了过来。然而，这条道路却令我对它渐生好感。需要指出的是，能在一座城市的中心地段修建一条拥有十四车道的公路是件奢侈的事情，虽然这同时也带来了不少的噪音和废气。我注意到这里的建筑呈现出的是一种兼收并蓄式的风格，其中既有高雅的，也有略显低俗的：别具风情的精美宫殿，令人心生恐惧的法西斯建筑群，用新制的钢架玻璃结构遮盖起来的早已年长日久的楼宇，尚未显露岁月印痕的石制门面背后那拥有百年历史的古楼。此外，闪烁的灯光和巨幅广告牌随处可见，为这幅拥有秩序与躁动、放纵与节制、颓败与辉煌迹象的都市丽景营造了一种和谐统一的效果。

在还没被它们砸到之前，我不知不觉中已经到了科连特斯大道。这个地方让我想起百老汇：遍地是人，有从书店、剧院、影房涌向街道的，也有闲适地坐在咖啡馆和餐厅里的。虽然每个街区至少都拥有两家这样的休息场所，但是在星期三下午四点的时候也总是人满为患。并且，我们现在所说的这些咖啡馆和餐厅并不是小本经营的店铺，而是看上去每个都能容纳几百名客人的餐饮场所。表妹告诉我，阿根廷在被庇隆搞垮之前，曾经是世界第四大富国。这一点显而易见，因为法国过去甚至都有一句话，是说要和"阿根廷人一样富足"。不过，现在这里依然嗅得到铜臭味。人人都能无所事事，在工作日下午四点的时候全都坐在咖啡馆里消磨时光，对此还能做何别样的解释吗？还是其中仍有我尚未领悟的东西？

1997 年 1 月 13 日

今天,我第一次去探戈舞学会上课。学会设在卡亚俄大道上,所在地是一幢建于世纪初的房屋,蕴含着一股迷人的韵味(就其年久失修程度而言),与其毗邻的便是国会大厦。

我必须承认,自己刚开始是有点紧张,或许也可能是有些兴奋,因为我觉得胃里恶心,双腿发抖,而且还有些焦躁不安。我希望能赶快开始上课,这样一来自己也就能停止呼吸了,像我在阿尔马格罗俱乐部里看见罗伯特和米奇那样。

还没跳一步,一瓶一升半的依云矿泉水就已经被我喝得一干二净。天气依旧如同火烤一般,而人们仍然没有要装空调的概念,结果呆在屋里感觉就像是在蒸桑拿。天气炎热对我来说没有多大关系;事实上,我倒喜欢背心裙粘在身上时那种湿乎乎的感觉——特别是想到自己如果此刻是在纽约,会被活埋在三层毛衫之下时的情形。确切地说,当汗珠从脖颈渗出,流经腋下,由裙身内缝迁回至屁股,一直顺大腿而下,然后再沿小腿肚轻轻溅落在地面上的时候,我从中享受到的是一种快感,是一种心意荡然的感觉。唯一令我有几分不安的是,自己要将粘湿、盐浸的身体强贴在一位可怜的陌生人身上。可是,我的担心纯属多余。

规定的上课时间都过了四十五分钟,我们还没开始。屋内的其他几对学员似乎并不惊讶,所以连眉毛也没竖一下。我想他们对此根本就是全然无知。而这于我却有些烦闷,但同时也有点轻快。烦闷是因为我接受的是伦敦教育,时间观念在那里早已深入人心,人人做事都必须守时,这使得我也是深受其害;而轻快则是因为能从这种强制观念中得以解脱,不必总是担心迟到,这又让我满心欢喜。可问题是,要在时间面前做到若无其事,这需要时间(也需要行动)。于是,我便决定采取果断的措施——我不崇尚拖泥带水的作风——随即在那儿就把手表摘了。直到现在,我也再没戴过表。我甚至在认真考虑,是否应该将它直接丢掉。

我们的教练弗拉维奥终于露面了。他一来,就关上了所有的窗子,似乎要切断我们的供氧。或许从一开始,你对我渴望停止呼吸的愿望就过于当真了。他这样做其实只是为了不让楼下街道上的噪音来干扰我们,也为了将那令人窒息的汽车尾气挡在窗外。这种情况即是我所说的进退两难的困境。

全班除了教练,竟没有一个男士。挺好。

但没有男伴怎么跳探戈啊?我不得其解。

我可不想就这样跳舞。

弗拉维奥解释说,跳探戈之前,你必须先学会如何走舞步。

"有句名言:'学一个花式只需二十分钟,而学走步却要二十年。'"

(在阿根廷,或许如此。可在我们那儿,宝贝,只消一年左右的时间就够了。我默不作声,心里却在说着这样的俏皮话,心中的怨气这时尚未发作。拜托,我来这儿不是学走路的!在将近三十年的时间里,我仅凭自己一个人的能力也一直做得十分出色。)

刚想要讨回我那十个比索的时候,他就放起了音乐。他告诉我们,现在听到的是卡洛斯·迪·萨利的曲子。在四五十年代,探戈舞的黄金鼎盛期,出现了众多深受人们欢迎的探戈乐队,他指挥的乐队便是其中一支。这首舞曲的节拍舒缓、松弛,有如心跳的节奏;曲调异常忧郁,透出一种恋旧情怀。

我们也随之开始移动脚步。每拍一步。先迈右脚,再挪左脚,然后继续是右脚,左脚。两脚成直线前后交替。走到墙边的时候,返回来重新开始,不过这次是向后倒退。顺便提一下,倒走"一"字步并不是一件简单的事情。再来一遍。不知道自己走了多少英里,但是渐渐的,探戈舞曲的怀旧情思已渗入到我的心中。每走一步,我都是满怀凄肃之情。这种感情,历经岁月的变迁之后,在这座高顶木地、遍地是灰的房屋中降临在我的身上。我体验到一种变化,一种难以名状的变化。我感觉自己飘至云端,与自我以及周围的万物全然融为一体。此刻,我于心底感到一种畅然,一种我从未享有的畅然。

1997 年 1 月 14 日

当人们说相貌不足以证明一切的时候,他们是在言不由衷。认为自己可以豁免不用参加选美比赛的男人,同样也是在自欺欺人。因为这种认为女人不在意男人长相的说法并不属实。她们对此是相当在意的。身处布宜诺斯艾利斯,如同进入了天堂。即便是一位普通的布宜诺斯艾利斯男子(portenõ),也都是英俊有余,令我难以忘怀——他们告诉我,portenõ 这个词专门用来指代布宜诺斯艾利斯的居民,原因是就其地理位置而言,这是一座港口城市①。但是,根据我对港口的理解,这里并不具有任何与之相类似的特征。

观者眼中出美景,而且每个人的眼光又各有不同,这一点我心知肚明。因此,当我说按人口平均计算(我们谈论的是质和量两个方面),这座城市拥有最为帅气的男子的时候,我并不奢望其他的观者都能信以为真。为此,我还制作了一张指数表,希望能有助于他人找到各自的答案:

美男指数(每平方英里):

雅典:0 *

里约热内卢:4 **

纽约:8 ***

巴黎:15

伦敦:17 ****

威尼斯:79 *****

布宜诺斯艾利斯:86

＊ 在希腊你大概会找到一两个俊男,但你只能去迈克诺斯岛——而

---

① 原文为 portenõ,是一个阳性名词,意指"布宜诺斯艾利斯人",词根中含有 port(港口)一词。

且有可能他还是一位外国人或同性恋者。

**　但是必须承认，奇妙城市①的男性们所穿的比基尼泳装的确是最棒的(即，白色的泳裤，湿了之后就成透明的了)。我希望世界各地的男士们都能予以效仿。这确实可以节省每个人的时间，也能避免失望。

***　论及男性的审美意识，恐怕我只能说纽约仅是一般而已。不过对于一个一心只知工作的物种而言，你又能有何期望？这一点我认为应该归咎于办公室里那不自然的灯光——这种光线照在脸上，使人的面色完全如同死人一般。

****　英国作为一个岛屿国，其人口血统常是混杂难辨，并且在绝大多数情况下，这种杂交的恶果都是使人的相貌丑陋难当。这些都是不能否认的事实。但是，当英国人想要弥补这一点的时候，他们居然做到了。其实，最令人惊讶的是他们能够自始至终培育出一批又一批受过良好教育的国民。否则，他们也就不会成为举世瞩目的英格兰玫瑰了。当然，这一指数并没有过多地考虑性魅力、床上技巧和嘴里叼着香烟讲话的本领这类因素。如果真要考虑，那巴黎的排名就会连跳三级。

*****　注意威尼斯人对布宜诺斯艾利斯男子构成的强有力的威胁，这也证实了我的观点，即阿根廷人只是一时之强，迟早会被意大利人迎头赶上。

1997 年 1 月 15 日

昨天的结伴跳让我吃尽苦头，两人没有任何默契——而且一方的体味又不太好闻。第二堂课过后，我的后背就酸痛难忍。连续一个半小时的时间里，我的处境都是极为不适。这个恶魔虽然有名有姓，但我不愿提起他的名字。可是，他的左前臂如何死死地扣在我的腰际，迫使我强行将

---

①　1502 年，葡萄牙的航海者发现了里约的瓜拿巴拉湾，因此湾位于一条大河口上，故命名为里约热内卢，海湾西侧由群山和海挤压形成，故此地五百六十万民众将其称为"奇妙城市"，指最美丽的地方。现为巴西最重要的港口。

跨部前移（虽然这对它来说的确是勉为其难）；而他的右手——在我不幸握到过的手当中，这是最黏滑的一只——又把我的左手拽在半空，几乎快要拉脱臼了，这样的情景让我很难即刻忘却。真够不幸的！

除了体伤之外，他对我还施以侮辱，不停地对我喝来喝去："叉腿！叉腿！"他嚷道，同时又将我暴露在危险之下，让我去遭受他那恶臭口气的侵袭。

我自认为，经过再三的努力，自己已经显示出了惊人的大度。我仍然沉醉在第一次上课的幻觉当中，任凭何种东西，即便是这个恶棍，也无法将其从我的脑海中抹去。果不其然，在经历过结伴跳这位残酷上帝的考验之后，我终于得到了回报。弗拉维奥最后对我施予怜悯之情，将我从绰号"两个左脚"的赫尔的怀抱里撕扯出来（他是一个德国人）。能在生不如死的环境中获得解救，我感激不尽。

我再也不用挣扎着去挺直身体了。我的骑士，身披闪亮的盔甲，在他的怀抱里我得以全身放松。由他做全权代理，我便无事一身轻。自己只需双眼合闭，仰靠在他身上，犹如一只被人抚摸着的猫仔，随时都想喵喵地叫两声。以前，我从未像现在这样将自己托付给一个男人，而此时的对象却是这个陌生人。虽然我曾在母亲的子宫里与她结为一体，但相比之下与他的结合更是天衣无缝：我们已俨然变为一个人。他能读懂我的心思，比我更清楚我欲求何物；他也能通过本能的反应，带我前往自己脚下想去的地方，从而知道什么东西会给我带来快乐。他靠我的双耳去听音乐，用完全属于我的方式对其进行阐释，踩踏的节拍与我独自一人跳舞的节奏也是完全一致。说不清是谁在带舞又是谁在跟舞。我们的身心在同一时间里渴求着相同的东西。时空消逝，既没有了过去，也没有了将来：我们身处现世，我也身获自由。

直到乐曲结束，弗拉维奥才将我放开，就像卸下了一袋马铃薯。"下课了。"他说。可我这袋土豆感觉还没着地，仍然处在茫然迷乱之中，以致无法分清刚才所经历的一切到底是真实的还是梦境。这是萌发的真爱还是产生的美妙幻景，因为根据解释，海市蜃景在你即将触碰到它的时候会化作一缕青烟，蒸发不见了。虽然这些我都无从知晓，但有一点我是清楚的,那就是我要再来这里,获得更为持久的感受——原因是无论真假与否,总之这都是一种异常美妙的感觉。

1997 年 1 月 16 日

"我们去圣·特尔莫吧,"海伦妮说,"你会喜欢它的,那里每逢星期天就会有大型的跳蚤市场。"

如果说有一件东西让我无法容忍,那就是跳蚤市场。我向来都不热衷于购物,尤其是在可能有跳蚤出现的场所。我的购物哲学一直都是:发光的东西总是贵的,不发光的东西就不要买。

到圣·特尔莫的时候大概是十一点左右的样子,随后我们便沿着德凡赛主街,在鹅卵石地面的街道上来回穿行。一边走,海伦妮一边告诉我这儿曾经是富人居住的地方,十九世纪末遭受黄疫侵袭之后,他们被迫撤退到了北区的巴西奥·诺尔特,而此处至今就一直成为"我们这些平民大众"的滞留地。

沿途我们经过一家又一家的古玩店,还有数不胜数的艺术馆,以及以往当地豪门贵族的宅邸。但它们即便是面对无数的古玩店和成群结队携照相机出游的旅行者,魅力也是丝毫无损——奇怪,虽然自己也是来旅游的,但我怎么就觉得除自己以外的其他游客都惹人厌烦,强烈认为应该将他们驱逐出境,至于我……则应区别对待,不是吗?——照我所说的那样,其四周设法保留下来的都是最初原始的建筑风格,未经任何修饰过的痕迹。这或许也是因为其中的大半部分已年久失修破烂不堪,同时部分原因也是由于"破旧 = 韵味"。

边走边说之际,我又在观赏那诸多"颓败 = 迷人"的建筑。这些原本是红色、粉色、蓝色、黄色和绿色的房屋,在"时间 + 尘垢"的双重作用下,颜色已变得深浅不同。然而有趣的是,其中戏谑的成分并未因此受损,反倒为建筑本身平添了不少风韵。房屋的外观,窗边周围的拉毛粉饰物,连同正面前凸的阳台旁边用锻铁打制的围栏上那精美复杂的花卉图案,全都多出了几分特色。其中一座石造的雅致府院尤为让人赏心悦目。房屋虽然渐已塌落，但却错落有致，有如吟诗作赋一般。我们停在院前，透过几扇法式大门，能瞥见一个满是灰尘的书橱，些许皮革封面的书本和一个用红木雕刻而成的厚重的壁炉架，以及一盏沉甸甸的悬在屋顶的水晶枝形吊灯。里面唯一有生命迹象的是一只暹罗猫，慵懒地躺在一扇八角窗的一角。

最后，我们来到了多雷戈主广场。此时已是正午时分，正是烈日当头的时候。热上添热的是这里汹涌的人潮，形成推搡、挤压、扭拽、拥贴之势。而且路径狭小之极，那种与人推搡、挤压、扭拽、拥贴而行的场景是你从未体验过的。那些摊位则几乎都已成为火牢之囚，这都要归功于头顶的遮阳物，因为它使空气根本无法流通。但是如果你就此认为，这足以阻止跳蚤市场的狂热者们前去淘宝的话，那你可要重新思量一番了。我承认自己的眼力不佳，可是要在这成山的垃圾堆里寻觅到一两件有些价值的宝贝，我个人对此还是存有满心的疑虑。不过，我倒确信他们一定能看见满地的跳蚤。

"出租车！去夏纳尔！"我在竭力压制着这种冲动。

跟着海伦妮走，我在想什么时候适合跟她说："你说得不错，我是喜欢这个地方。现在我们可以回家了吧?"而同时，还有人不时踩在我的脚上，胳膊肘碰到我的胸口，每隔两秒钟我就得向人说声对不起。也就是在这个时候，我注意到许多摊位上都摆放着一个我不认识的人的画像。

"卡洛斯什么?"我问道。

"加德尔。"海伦妮重复了一遍。

"他是谁? 一位圣徒?"这种猜测不无道理，因为在我看来是圣像的前面摆放了一些塑料花，还有许多用来祈祷的蜡烛。他的确应该是一位圣徒:我平生还未见过如此波澜壮观的祭奠场面。

"不完全是。他是——曾经是——一位探戈歌手。"海伦妮说。这是她能提供给我的全部信息。因为正如她自己所承认的那样，在探戈方面她并不是一位十足的业内专家。

我们停在一家摊位前。根据其设置的圣坛大小，可以判断出他是那位歌圣尤为虔诚的追随者。摊主看上去已接近八十岁，尽管天气酷热难耐,可他却穿着一件闪亮的黑色长袖涤纶衬衫,使得从他那油腻花白的头发上飘落在肩头的头皮屑尽显无疑。他抽的是一支无嘴雪茄烟,张嘴的时候,我便能看到这种习惯在他的牙齿上留下的印痕,其颜色与我们适才所经过的一些房屋的颜色完全一样。

海伦妮为我们做翻译,我请他给我介绍一下卡洛斯·加德尔,我想知道他究竟有什么特别之处。地摊旁的这个人看见有可能让站在面前的两位异教徒转变信仰,居然差点高兴得搓起手来。

"你听说过 el Zorzal Criollo 吗?"他怀疑地问。

"el Zorzal 是一种鸟,我想应该是歌鸫。而 criollo 为指的是首批定居阿根廷的西班牙人。所以,当你用 criollo 一词形容某物的时候,意思是说这种东西是正宗的阿根廷货色。"海伦妮补充道。

"那歌鸫的声音就是很好听了?"我问海伦妮。因为坦率地说,我对此真是一无所知。

"是的,我想我们完全可以那样认为。"她说。

"没有。不好意思,这个人我从来都没听到过,"我告诉地摊旁的男子,"可是现在学习也不晚啊。"

听到这儿,瓦尔特(这是他的名字)便打开了他的防洪闸,将歌圣的一生从头到尾给我们讲述了一遍,不做任何的删减。令人欣慰的是,这个人的一生还算短暂,否则整个下午我们就只能呆在那儿一直听他讲下去了。

"人们说加德尔的歌唱水平是在与日俱进。"他说。

"等一下。你的意思是说他还活着?"我有些迷惑不解,便问道。

我的无知惹得瓦尔特笑开了怀,引出一阵嘿嘿的笑声,使得他的上腹部像果子冻一样开始抖动起来。

"不,不,不……"他沮丧地摇摇头,心情也随之急转直下,沉浸在巨大的悲痛中。我觉得自己应该安慰他一下。或许是因为这位歌手谢世不久——大概又是一个戴安娜王妃之类的故事——所以瓦尔特还在为他的去世表示哀悼。可是,当他告诉我们加德尔 1935 年在哥伦比亚因飞机坠毁而身亡的时候,我被深深地感动了。无疑,我们谈论的这位探戈歌手并不是一位中庸之辈。六十多年过去之后,他竟然仍在受人悼念。我时常在想,等自己去世的时候人们对我的哀思能够持续多久。乐观的估计一下,我想不出一个月他们就会忘记世上曾经还有我这么一个人。

我注意到瓦尔特在讲"卡利托斯①"时所使用的时态几乎都是现在时,这足以证明他已是一位传奇人物。虽然这些人物通常都是英年早逝——其实这似乎是你想要成为传奇人物的一个必要条件——但是有关他们的传奇故事却流芳百世。

"没有加德尔,探戈舞永远都不可能走出贫民窟。"他断言道。可是由于站在他面前的是孤陋寡闻的无知人,因此他的评论并没有引起任何反应,瓦尔特不得不为我们做出详尽的解释。他说,在加德尔之前人们一般看不见正派体面的人跳探戈,除非是在某个贫民窟的妓院里他们露了马脚被人发现。探戈一度被认为是过于淫猥的舞蹈,所以不能在公开场合进行表演。我深知这其中的缘由,这一点无需避讳。海伦妮小声地对我说,时至今日,有时也是如此。她的那些所谓出身良好的朋友们,没有一个人想过要在探戈舞会上露面。

然而,后来法国的上层社会却倾心于加德尔,与探戈相关的所有东西包括探戈舞在内也都是备受青睐。在这种情况下,之前还在一直轻视和嘲笑探戈的阿根廷势利之徒们即刻就改变了他们的态度。瓦尔特现在的语气,像是在诉说"探戈的傀儡史"。

这时,瓦尔特取出一张黑白明信片,拿在我们面前晃了一晃:

"见过这张照片么? 这是卡利托斯拍摄电影《你要我的那一天》时照的——"

"他旁边的小男孩是谁?"我打断他的讲话。

"那是阿斯特尔·皮亚佐拉。"瓦尔特说。突然之间,他清了清嗓子,嘴里喷射出的一大团东西与海伦妮擦身而过,落在距离我的敞口凉鞋只有两英寸的地方。

"噢,是! 皮亚佐拉,我当然听说过他!"我说道,为自己终于遇到熟悉的东西而愁眉顿展。"他很有名。"我说道,未曾意识到自己是在自掘坟

---

① 卡洛斯·加德尔的昵称。

墓,已经越陷越深了。

我这些突然冒出来的无知话语令此时的海伦妮茫然无措,摸不着头脑。可有一件事显而易见,那就是瓦尔特并不赞赏皮亚佐拉。

"阿梅利塔唱那首……不堪入耳的《狂人之歌》的时候,我就坐在前排。当时的情景令我终身难忘,那是在 1969 年的 11 月。人的一生中,的确在有些时刻你必须捍卫自己的信仰。"

"怎么捍卫?"我问。

"用番茄,"他说,"挑手边熟透了的番茄。当然,这会让你为阿梅利塔感到难过。"他此时的话语中透出一股怀旧情思,仿佛一位士兵在追忆自己的战争往事。"不过,那仍是一个美好的夜晚!"他长叹一声,声音逐渐消逝在对昔日时光的回忆中。

海伦妮和我相互眨眨眼,急得发狂。他的讲话虽然让我们受益匪浅,但是我们也得离开了。我想留那张明信片作纪念物,便付钱给他,趁这个时候我禁不住又问了最后一个问题:"卡利托斯结婚了么?"

我对他已渐生迷恋之情——黑白照片上一位已逝的传奇人物无疑最具迷人的魅力——这自然就引发了我对他婚姻状况的好奇。

"没有,他一直忠守在母亲的身旁。"瓦尔特说,似乎觉得这是世间最为平常的一件事。"当然,他也有许多女朋友。可是出于对母亲的尊重,他终身未婚。母亲是他一生中的最爱。"

"哦——"我只能以此应答。我想瓦尔特没有必要知道我是怎样看待这些缺乏阳刚之气的男人的,即便他们有一定的传奇色彩。不过,不幸中的万幸就是,我还能及时悬崖勒马……

1997 年 1 月 17 日

他们说臭氧层空洞恰好位于阿根廷上方,所以这里的日照十分强烈。你大概在想,为了不灼伤眼睛,人们应该都要佩戴太阳镜,但实际情况却是完全相反。起初,这对我来说也是个谜,尤其是通过与纽约的对比之后。那里的人们整天都戴着太阳镜,甚至连晚上十点也是如此。然而,这个谜团最终还是被我解开了。答案是如果戴上墨镜,那么人们之间眉目传情的游戏就难以展开了。这种游戏在布宜诺斯艾利斯的每条街上都随处可见。我甚至可以毫不夸张地说,它在这里受欢迎的程度已经超过足球。

我想这与几乎每个人的血脉里流淌着的意大利血液有一定的联系。意大利人若要引诱你,会趁你过马路的时候拧一下你的屁股。但与自己的同脉血亲相比,布宜诺斯艾利斯人的游戏方式则更显神气,阿根廷玩家已自成一派。他们的独门秘诀全在眼睛,其中的男士因天性使然,尤为专长于此。仅在一眼之间,他们便会剥去你的外衣,对你施以百般的爱抚,并倾吐千言万语。与世界其他地方玩家不同的是,他们通常会友善地看看自己(这一点我想自己已经解释得十分清楚了),于是你也会欣然地回敬对方的赞赏。这正是我为什么要将自己的太阳镜丢置一旁的原因:不管臭氧层是否存在,戴着它都无大用。假如因为经常眯眼斜视……会致使鱼尾纹过早产生,那就随它去吧!

1997 年 1 月 19 日

人们都在想,为什么要在墓地附近修建高档住宅区。起初,这种做法也让我毛骨悚然,难以理解。住所与死人近在咫尺之间,真不知道表妹夫妇二人是如何忍受的。不过,现在我已经习以为常了,甚至在心中产生了几分喜爱之情。哪儿还能找到比这更好的——更安静的——邻居?邻里之间和睦相处通常是件好事,所以我认为该是去拜访一下他们的时候了。其中我尤为想见的一位是:埃娃·杜阿尔特·德·庇隆。

顺着几个街区向瑞科莱塔公墓走去的时候,我为街边情调独特的"鸡尾酒"所陶醉。巴拉圭、玻利维亚和秘鲁的妇女们千篇一律,推的都是放着金发碧眼胖娃娃的婴儿车,在一片平静的白色海洋中,她们的面孔赫然显现。对于一个习惯了纽约、伦敦和巴黎多元文化融合的人而言,眼前的一幕只会叫他窘迫不安。可我却不禁觉得此时的感受与身处雅利安王国相差无几,虽然这一比较有失稳妥。倘若自己还算诚实的话,那么我就必须承认,在时间停滞在二十世纪五十年代的世界里,我同样也会体验到这种舒畅的感觉。那里的万物恒定——或者即使有所变化,也是舒缓有致,与用汤匙舀大米布丁吃时那种畅快的感觉相差无几。回味之中,我长吸一口气(别以为我是在叹气)——见到大米布丁我就容易产生这种反应——这时恰好有一辆公交车发出隆隆的声音从我的身旁驶过,内燃机里还释放出一股浓黑的臭屁,使得我的呼吸再次长时间完全受困。

为了安全起见,我又捏着鼻子过了三十秒钟,希望毒气能被道路两旁郁郁葱葱的绿树叶尽快吸收掉。坐在树阴底下那些咖啡店里的女士们,都已做过修甲和(或)修脚、整容、收腹、隆胸手术的修整。根据她们那月牙脸和极不协调的高耸颊骨可以判断出,这些均出自同一个整形外科医生之手。她们一边喝着牛奶咖啡——用牛奶稀释过的浓咖啡——边又闲聊着一天当中的奇闻趣事。从旁漫步而过的一些老年男子,身穿三件套装,头戴巴拿马草帽,脚踏软制皮鞋,展示着自己雅致而又不太过时的装扮。虽然热浪袭人,但他们看上去依旧神情自若。

那些青春年少的女孩们秀发蓬松,面部富有光泽,各个性感早熟,令我羡慕不已。她们一边扭动着屁股神气地走在路上,一边还在打着电话。显然,她们并未意识到自己那摄人魂魄的美艳。你随处望去,满眼皆是裙子和高跟鞋。这里的女人,女人味十足,以致即使她们穿的是长裤,也会让人觉得她们好像穿的是裙子。我想眼前的这种幻觉与她们的移动姿势有一定的关系,因为她们不是在走路,而是在跳舞。在街道上,或是停在红绿灯前等着过马路的时候,都是如此。

以其中一位为例。她用芭蕾舞女演员的姿势站立在人行道的路缘上,脚尖朝外撇开,鞋跟向内微倾,刚好蹭在一起。等路灯一变,她的双膝便像橡皮筋一样,一伸一屈摆动起来,相互间还有些轻微的摩擦,使得她迈出的每一步都显得轻快而富有弹力。看着她移动脚步,我明白探戈为什么属于阿根廷了。

到了墓地门口,我便走了进去。在陵墓和大理石雕像组成的迷阵里,我终于找到了埃维塔的坟墓。上面铺洒的鲜花在烈日的照射下,正在慢慢枯萎。站在众多社团(由她的忠实崇拜者组成)所赠送的匾额前,我读着上面篆写的碑文。这时，一位流着眼泪献花的妇女引起了我的注意。时至今日，埃维塔依然能激起人们对她的热情，我不禁深受感动。不管是爱是恨，人们都无法忽视她的存在。这也再次表明，身后名垂千古的魔法式似乎就是：无穷的个人魅力＋英年早逝（由癌症所致，尤其是在这种情况下）。我本想问问这位落泪的女士，对于自己的偶像钟情于克里斯汀·迪奥服饰的嗜好，她有何看法，但随后又改变了主意。不管怎样，答案我已知晓：爱是盲目的。就是如此简单。

　　和每天一样，在回家的途中我又去弗雷多店吃冰激凌。这已成为我的习惯。店里所有女孩的腰围都有两个粗，我不知道她们是怎样保持的。这的确是个难解的谜。更能促肥的是，她们总是坚持要将巨大的冰筒垒到最高，以至于或者锥顶的倒塌是件不可避免的事情，或者虽然办法用尽，但不等你吃完，冰激凌就已滴得全身都是。所以，当你手拿两个硕大的奶油香蕉条/巧克力片冰筒的时候，为了与它们的融化速度一比高低，你只能狼吞虎咽一番。但尽管这样，你还是慢了一步。于是匆忙之中，你草率决定把东西全部塞进嘴里，可即便是你的嘴也难以将它容纳。最后，你这位每日屡吃败仗的斗士，只有穿着满是黄色和棕色污渍的 T 恤回到家中，一路上都在盼望着有人能告诉那些店员，大东西不见得总是好事。

1997 年 1 月 21 日

　　一想到两天后就要走了，我的心里难免有些沮丧，所以就尽量不去想这件事。可是不管我怎样有意回避，回去的时候总要给纽约的每个亲朋好友带上一份礼物。海伦妮告诉我佛罗里达是购买礼品的最佳场所，它是布宜诺斯艾利斯商业区的一条主要的步行街。"在那里，"她说，"你能买到所有需要的东西。"我希望能尽快完成这次外出购物之行，原因是步行街一尘不染的环境让我有些不太适应。相比之下，我甚至更喜欢去跳蚤市场。虽然人们是在竭力躲避这些商业陷阱，但不可能次次成功，有时购物你只能随大流，盲目跟从他人。

　　太平洋购物中心是一家百货商店，也是步行街的一部分。从旁经过的时候，我看见有一大群人聚在前面，不知在做什么，但每一个人好像都挺专注。我能听见探戈舞的乐曲声和从麦克风里传来的一个女人的声音。街头的各种表演，我一般不感兴趣——他们通常会引发我的无限同情——可是由于自己的好奇心已被激起，所以我就推开人群，挤到了前边——如果你的身高仅有五英尺二，那你就要学会这么做。

两个男的，一个老年一个中年，正在一起跳舞。他们下着饰有白色条纹的灰色长裤，上穿明亮的黑色衬衫，外面还套了一件黑色绣花马甲，并且脖系白色领巾，头戴黑色软毡帽，引得围观群众连连叫好。他们跳的是米隆加，也是探戈的一种，但节奏与之相比较为急促和欢快。别问我为何这个国家的什么东西都被称为米隆加，原本人们就是这样叫的。

跳完舞，掌声过后，一位身穿极易走光超短裙的女士走上前来，一把抓住那个中年男子——好家伙，她这是要为我们上演一场恶斗啊！从他们的舞姿中透出的是一股相冲的怒气。那相互划来划去的双腿，如同游刃有余的锋利刀刃，让人联想起《西域故事》中的厮杀场面。其中的节拍是至关重要的一环：早一秒或晚一秒，这些踢腿的动作都会给胫部造成意想不到的严重伤害，或者情况更糟。我退缩了好几次，因为一两次不太合拍的动作都险些踢到我，让我和他都有些不自在。譬如，当他将手放在她的屁股上，向观众点头示意的时候，她也会如法炮制一遍，向他返还一脚，朝他的胯下踢去。说实在的，这一脚看上去完全是冲那个地方去的——当然，前提是她的鞋跟不能适时止住。令人感到惊讶的是，他并不躲闪。倘若他的那两个球不是钢造的，那就是因为受长年累月的踢打，它们已经变得麻木不仁了。

结束之后，趁他们摆姿照相的空当，那位老年男子拿来一顶帽子，在人们的鼻子下摇来晃去，直到人们明白他的用意。我在钱包里搜寻了半天，将找出的所有硬币都放进了他的帽子。可他却揪揪鼻子，神情无疑是在对我说，"就这些？"他抽出一张五比索（五美元！）的纸币，向我暗示，这在他看来才是合适的额度。

脸皮真够厚的！我一边想，一边将五比索（五美元！）丢进了帽子。

从人群中挤出来，我又继续向前走，路过一些粗俗的旅游店、低档珠宝店、高级裘皮时装店和急着散发汉堡包打折或廉价手机宣传单的人员，最后才发现自己一直要找的那家商店：哈瓦那。

"阿尔法乔丝"很难说清是什么东西。如果是曲奇，太大；是糕点，又太硬。它们的外面裹了一层巧克力或糖粉，里面夹的是甜奶酱（大概是焦奶块，不过这样说还是不太恰当）。总之简短地说，每咬一口，它都会带给你无穷的快乐，让你乐逍遥。我一下就买了十盒（每盒内装十二块）。这些当然不是给自己的，而是用来做礼物的，还记得吗？

等我购完物，返回途中又从太平洋购物中心门前经过的时候，那场太平洋探戈舞秀早已收场，人群也已散去了。那块空地上又出现了一位活人装扮的自由女神雕像，他正在准备接班上阵，往脸上喷涂着绿颜料。看着他，我真希望自己能再呆一段时间，不必马上回去，或者以后都留在这儿也行。

1997 年 1 月 23 日

昨晚，我与一位陌生人跳舞。由于我过于腼腆，仅凭自己无法与人结成对子，所以只能由雅克来做中介人了。通常情况下，女士应该向自己的意中舞伴投去目光，假如对方也有意，那他就会冲她点点头，示意一下。这就是人们所说的"点头"。于男士，这是一种万无一失的做法，他可以在不被别人注意的情况下去邀请一位女士跳舞。这样即使遭到拒绝，也不会让他失去面子。这一规则的制定，目的是为了使脆弱的男性自尊免受伤害。可是，我那可怜的自尊怎么办？屈尊自己，盯着一个男人看，这也太可怕了，我都不敢去想，这种事我从来没做过，如果现在去做，那就让我遭天打五雷轰。非常感谢，不过我并不想去"钓男人"！我期待能有不劳而获的意外惊喜。

昨天晚上是我留在布宜诺斯艾利斯的最后一夜，所以我们又去了圣·特尔莫的多雷戈广场。每逢星期天傍晚，当人们把跳蚤市场清理干净后，就会在那儿举办一场露天的探戈舞会。真是难以置信，我们与瓦尔特的邂逅和我对卡洛斯·加德尔短暂的爱慕之情已有一周的时间了。一想到明天美梦就要破灭，又要回到纽约一家大型代理公司去做业务经理，继续那梦魇一般的生活，我就即刻心如刀绞。于是，我又赶忙将这恼人的想法搁置在一旁。我可不想让它或别的什么东西来破坏这个宜人夜晚的诱人魅力。

我们坐在广场边的一颗树下，一张点着蜡烛的桌子旁，点了几份"巧力番"。它与美国的热狗大体相同，只不过较之要粗厚和短小一些——我发觉自己又在不着边际地联想与此相关的一些事物。在布宜诺斯艾利斯，每走过一个街区，无处不在的烤肉味都会扑鼻而来——我必须承认，虽然这种气味让你想回家就洗头发，可是它却很诱人。

舞者们在广场中央围成了圆圈，循行逆时针方向环绕起来——雅克告诉我，这是"舞程线"。乐曲声的背后，我确信自己听到的是蟋蟀吱吱的歌唱声，自成一拍，与扬声器里传出的探戈舞曲合为一章。那些舞伴们，犹如繁衍再生的细胞群，合了再分，又与他人结为一对。周而复始，永不停息。虽然我急于要将自己最初几课所学的知识付诸实践，但正如我之前提到的，由于自己过于紧张，所以只能束手无策地呆在一边。我正打算就这样，甘愿做一名旁观者的时候，雅克却说道：

"看见那边那个男的了吗？"他指的是一个体形庞大的家伙。其实，说庞大也是言犹不及：从临床症状来看，他应该是患了过度肥胖症。

"要想看不见也难。"我说。

"他叫奥斯卡，舞跳得很棒，为人也十分友善。我去邀请他与你跳舞，怎么样？"

乞丐岂能有挑肥拣瘦的权力。这样我至少还可以避免其他所有灾难可能会导致的不幸：被某人误选，随后又因错误被发现而遭遗弃——即发现我不会跳舞的时候。因为你知道，跳探戈舞的人对自己舞伴的要求是相当苛刻的。这里面存在着明显的等级划分：位于金字塔尖的是靓丽多姿的窈窕女子，她们似乎脱胎于脚上更为纤细的鞋跟。而年高体弱、相貌丑陋和舞技拙劣的妇人都在塔底，我就属于这其中的第三类，尽管这个事实我极不情愿接受。所以，雅克去问奥斯卡是否乐意与我跳舞，就是在乞求他能施舍给我一个特大的恩惠。

天啊，面对这一无理要求，奥斯卡竟能颇具绅士风度地予以接受，并且即刻将我拥入他那一双健壮的臂膀之中。他的身躯是如此庞大,以至于我只需放松全身,随他带我去任意舞动就行了。我们的体积相差悬殊,可是与这位温柔的巨人一同起舞,感受却超乎自然。我期望不光是自己才有这种享受。然而他的感觉我始终无从知晓,因为你不可能走进另一个人的内心世界去了解他的真实想法。但无论如何,我也要尝试一番。我一方面在想,如果和他跳舞对我来说是一种巨大的享受,那么于他必定也是如此;可是另一方面——这一点又让我感到沮丧,我深知就个人而言,我们每个人都是一座孤立的岛屿——我也知道,不管两个人怎样有意向对方表明自己的感受,他们也难得身心完全一致,在同一时刻有着相同的感受。所以,在我幻想着能与奥斯卡共享幸福时刻的同时,我又在担心与我这位彻头彻尾的初学者一起跳舞会令他觉得兴味索然。不过,我还是要对他说:虽然他是在以这种方式竭力掩饰自己的厌烦情绪,但是当他用左手掌轻抚我的后背,然后又搭在我颈肩处两边的锁骨上的时候,这也使我不断受到了鼓舞。我闭上双眼,毅然决定将疑虑暂且搁置在一旁,宁愿去相信谎言。

"太美妙了!"他感叹道。我虽然一言未发,但却觉得他也能开始吸引我了——当然,这种感觉得益于我的闭目不见。尽管他在尝试着挑逗我,可是对我并不能构成任何危险,和他在一起我觉得十分安全。事实上,在这座大山的港湾里,我有一种前所未有的安全感。这倒是一个很惊人的发现,因为之前的我从来没有将安全感与异性联系在一起过。这可是我生活中的一个里程碑——无论从何种意义上来说,这都是一个意义重大的里程碑。

动身前去参加探戈舞会之前,雅克曾就探戈舞蹈中的礼仪规则问题对我做了一次简短的介绍。他说,一组舞曲由三至四首探戈乐曲构成,按照规定,你必须与一个舞伴跳完一组之后才能再另换他人。结束之前,绝对不能向男伴表示谢意,否则他会觉得是奇耻大辱,他这样警告我。四首曲子从理论上看是多了点儿,可在奥斯卡的怀中却全然感觉不到。时间如梭飞逝,我甚至都无暇去品味其中的味道。尽管我毫无去意,尽管我真心所想的是整夜都能和他跳下去,但是最终我也只能强行睁开双眼,将自己从他身边撬开。虽然如此，我还是装作满不在乎的样子，甚至还强露了一下笑脸。

"谢谢你，奥斯卡。感觉的确很美。"为了能让他听懂，我模仿着用意大利语说道。显然，他是听懂了，因为他回答说和我跳舞是自己的荣幸。但奇怪的是，我居然就相信了——他的言语过于中肯——尽管我当时也清楚，他的话不可能是真的。

护送我回到座位——这也是一种礼节——把我"递交"给雅克之后，他便消失在人群中，又去寻觅另外一个舞伴。这个人真是一部跳舞的机器！

"看来你刚才在那儿出了不少汗啊！"雅克说。

由于之前我飘游在九霄云外，所以一直都未注意到。等我低头看到自己裙子的时候，发现我已全身湿透。就是穿着衣服淋浴，也不会比这更湿了。

"你要知道，这可不是我的汗水，"我白费口舌地说，"倘若真是我的汗水，那你现在正在急忙送我去医院的路上呢。"

可怜的奥斯卡，这也不是他的过错。在滚烫天气的熏烤之下，他只能成为一大团不断往外渗油的肥肉。

不过我要为他和全体阿根廷人说一句：不管汗流多少，他们身上也没有汗臭味。我在这里第一次乘地铁的时候就大为惊讶：全车厢竟然没有一个人的身上带有异味。他们每天想必是要冲洗二十次澡。

任何快乐幸福的获得都要付出一定的代价，我对自己说。那十分钟纯洁而又潮湿的爱恋之情理应是物有所值的。

这也给我的旅行画上了期望中最为完美的句号。说到这儿，我也该收拾行李了，因为再过几个小时飞机就要起飞了。一想到几个月后海伦尼和雅克即将重返巴黎，自己也因此无缘再来这里，我就悲痛万分。原因之一是，阿根廷与我的预期路线相差甚远；另外一个原因是我还在向往许多其他的地方：非洲、中国、印度……但是，这里的美好时光将令我终生难忘。布宜诺斯艾利斯留给我的是一份让我时常记起这段生活的礼物，一份已被我放入行李箱中，打算连同那剩余的八盒"阿尔法乔丝"一起随身带回国去的礼物：

探戈。

钩　腿

1. 弯钩。
2. 探戈舞步：一方将腿插入对方腿中，钩在一条大腿内侧，夹紧。如果动作到位，感觉会十分舒适。

倒　钩

"被钩住"，如同为某人神魂颠倒，或对某物心醉痴迷一般——譬如说，探戈。

1997 年 1 月 25 日

今早回去上班的时候,我又奋力穿行在熙熙攘攘的人群中。从四十号大街到麦迪逊大街,是我每天早上必经的二十个街区。我完全清楚交通灯何时会变为红色,但还是闯了过去。骑自行车的快递员为了躲闪,最后时刻突然转向,我佯装视而不见;汽车司机也不断鸣笛,他们早起心情就不太好,我同样听而不闻。由于当时正在下冰雹,我便挥动起手中的雨伞(它既是一面盾牌,也是一把武器),使得街上的行人仓皇避我而去,因为他们担心自己的眼睛会被我戳到。

我隐约感到失眠带来的一些不适,但不是很明显。便携 CD 机里传来卡洛斯·迪·萨利的《布兰卡港口》,探戈舞的乐曲声将我瞬间又带回布宜诺斯艾利斯那间燥热和尘土飞扬的舞室中,使我感觉不到外界万物的存在,包括那快要冻掉手指的刺骨寒气。我一定是在不自觉地练习探戈舞步,一会儿在这儿叉腿,一会儿又在那儿做甩腿的动作,因为我能感觉到人们从旁对我投来的瞥视。这是他们在看精神病人时才会有的眼光,可我并不在意。我高兴这样!

漂回到扬·罗必凯公司大楼,我刚有的晴朗的好心情似乎不受任何

033

影响,即便是柔弱的灯光,铺满整个地板的深蓝色地毯,或者是赤褐色的镶板也都无能为力。平时一见到这些东西,我的心情就会即刻暗淡下来,仿佛心里的调光器被人调小了。但是今天,没有什么东西,也没有什么人能关闭我的光源。我觉得活力四射!

乘电梯去工作楼层之前,我赶忙先去自助餐厅拿了一塑料杯所谓的咖啡。我发现那里的每个人看上去都是萎靡不振,不过今天我不打算让他们的心情影响到自己,使我也像他们那样消沉下去。这些人曾经是我的"狱"中难友,但我决定以后与他们分道扬镳。面对他们冷淡的笑容和低沉的语调,我要继续保持这种兴高采烈的精神面貌。和克林特·伊斯特伍德一样,我也最终挣脱了恶魔岛的牢狱之苦。是探戈让我重获了自由!

同事问及我的假期过得怎样,我只是回答说:"好极了!"没有再做更进一步的说明。这份秘密,我想一直藏在心中,因为在我看来它弥足珍贵,所以不能与任何老友旧交一同分享。只要谈论一下此事,我的喜悦程度就会被冲淡。可尽管如此,我还是难以抑制眼中闪烁的光芒,说"好极了!"的时候,嘴角还是扯到了耳边。虽然我想尽办法,但是幸福的感觉仍然难以掩饰。

我坐上电梯,小心谨慎地避免与那些茫然无神的目光有所接触,因为一见到它们,我就能回想起自己在探戈前1996年时的神态。到了二十三楼,我走出电梯,看见秘书已经坐在自己的办公桌前。她的桌子就设在我办公室门外的那块儿空地上。我早就忘了这幅沉闷的景象:一天还未开始,她就已看似疲惫不堪。趁她给我找信件和留言的时候,我对她说,她真需要尽快让自己去一趟布宜诺斯艾利斯。我意识到自己这样说是有些不近人情,可我并不是有意的。

走进办公室,最先映入眼帘的是——与其说是办公室,倒不如说是洞穴。的确如此,因为里面没有一扇窗户(这是我午后打盹的便利场所)——照我刚才所说,一踏进洞穴,我就看见电话机上的红灯闪个不停,像个警笛,冲我尖声叫喊着:"语音留言!语音留言!语音留言!"这也是两周度假归来,我所能意料到的唯一一件事情。但是,一等我按下播放键,扬声器里传出的异常猛烈的炮轰声却是我始料未及的。想想珍珠港事件,你就知道了。

早晨 8:50:"嗨!假期愉快。我们要做的是对预算重新核对一遍。另外我们还要商讨一下拍摄前的有关事宜。欢迎你回来!"

我的客户。见鬼,拍摄的事我早忘了。其实我早已把客户忘得一干二净,更不用说他那愚蠢的意大利罐装面食了。

1997 年 2 月 8 日

下班刚回家,雅克就打电话说奥斯卡过世了。

还好,他透露消息的方式要比奥斯卡的去世来得缓和些。事情显然是发生在探戈舞会进行当中。他在吃比萨饼的时候,心脏病突然发作。可我才是心受重创的人。我的第一位探戈舞伴就这样走了。想想就在两周前,我还躺在他那粗大、温暖的臂膀中,而现在它们却已变得冰冷,永远都没有了温度。如果我说这次他是跳死的,那也不足为过。我由此想到的是神话传说中脚穿红舞鞋的小女孩,或是保加利亚那些可怜的大熊。它们不停地用木棍敲打地面,一直跳啊,跳啊,跳啊,直到精疲力尽地死去……就这样离开了!说到出口①,我在想,那些急救人员究竟是怎样把他的尸体抬出舞厅的?此外,还有一个待解的难题,那就是他们要如何为他修建塔碑……假使当时我不是悲痛欲绝的话,我会替他感到高兴的。其实,我对他都有些嫉妒。还能有比这更好的方式吗?能在天堂永无终场的探戈舞会上,与一个又一个舞伴相拥共度余光,这应该是一件幸事。

1997 年 3 月 10 日

我报名参加了三个不同舞室的探戈舞培训课。去第一家是因为阿

---

① 原文为 exit,其中既有"去世,死亡"的含义,也有"出口"的意思,所以作者由这又联想到了舞厅的出口。

尔·帕西诺在拍《女人香》的时候,曾在那里学过探戈。而第二家是由于他们为埃维塔的扮演者麦当娜做过指导。至于第三家,则纯属巧合。为了上这些课,我像是一只无头的小鸡,满城四处乱窜,从中体会到的是一生中少有的快乐或是忙乱。每位老师教我的姿势都各有差异,并且都信誓旦旦地说只有他(她)才清楚跳探戈的正确方法。

其中一个说:"把胸挺出去!""全身都靠在舞伴身上!"他解释说,这是小流氓原来跳舞的姿势。他们本是加乌乔牧人,后来离开南美大草原前往市区谋求生计,结为一个团伙,从事一些以宽松的灯笼裤、牛仔帽换取条纹套装、白围巾和软毡帽的交易。现在,他们的穿着可能已经变得与花花公子一样了,但是刀器却依然不离身边,他们的性情也还是像以往那样好斗。这些人喜欢炫耀显示,走起路来也与他人迥然有别。他们四下大摇大摆地走动,由于弓形腿在关节处打了个弯,使得双腿离地面较近;而且重心前倾,仿佛怒气冲冲的公牛;同时胸膛高耸,又好似准备迎战的公鸡。据这位老师(老师甲)说,正如人们所知道的,V 字造型是探戈舞中的基本架形。

解释:如果对方的前胸挺出,我也只能照做。这是为了保持平衡,不让他倒在我的头上。结果,我们的身体就形成了一个三角形,胸口相贴,屁股分离,从中产生一种张力。我想补充一下,这是一种令人感觉十分舒服的张力……

这些话听来都言之有理。于是,我便按要求去做:我将乳房高高挺起,身子则像比萨斜塔那样倾斜过去。

"不,不,不,全错了。"老师乙说道,厉声将我训斥一通。她坚决认为,跟舞者和领舞者都要保持各自的重心,根本不需要倚靠在对方身上。"那全是些胡言乱语。过去人们是那样跳,但是现在一切都改变了。探戈也在推陈出新——和其他的东西完全一样。"她说。我庆幸自己远在圣·特尔莫的朋友瓦尔特当时不在屋内,否则他会当场用一只熟烂了的番茄去砸老师乙。啊!我快要疯了!

治愈疯病的唯一方法就是去购物,因此我去卡佩休给自己买了一双"探戈"舞鞋。这与我在布宜诺斯艾利斯所见的女士们脚上蹬的细高跟鞋有着天壤之别。虽然它们看上去很性感,可是穿起来我想会让自己痛苦万分的,更不用说走路了。那么眼下也只有靠我的这双新鞋来发挥功效了。我渐渐发现,一只小鞋跟竟也能走出很远的距离。不管怎么说,它确实有作用,不仅仅令人显得性感靓丽,而且顷刻之间能使平稳后退变为可能,不再有摇摆不定的时候。由于大多数时间你都是在后退,而男士则是在向前迈进,似乎要将你推置一旁,可你又不能有任何的摆动,所以你要尽可能避免来回摇晃。教师甲、乙甚至丙都一致认为,你必须始终保持头部的水平位置。这一点,穿着平底鞋的时候,当然做不到,除非你一直是在用脚趾尖走路。不过,这样跳完五个小时后,会叫你痛不欲生。相信我所说的话。

然而,与这双新鞋相比,更令我兴奋不已的是那双网眼袜。买它我找不到任何切实的理由,只是因为它们能带给你一种很奇妙的感觉,让你觉得每次跳舞的时候仿佛都是在与自己做爱。

"探戈是一种淫荡的舞蹈。每走一步,都要让你的两条大腿彼此摩擦。"老师丙说。这一课无论谁说不对,我都会永远将它记在心中,并且经常练习……

1997 年 4 月 26 日

昨晚,我做了一件实在是惊天动地的事情:我去了探戈舞会。独自一人。不错,我是常常一个人去电影院,可这并没有让我感到忐忑不安。因为除了在灯光熄灭之前,开场时少许的几分钟会令我有些窘迫之外,剩余的时间里影院一片漆黑,人人都在聚精会神地观看影片。这样,他们不久就会忘记第五排坐着的那一事无成的家伙,既没有人约,也没有朋友结伴。对,我也经常独自下饭店或进酒吧,但那通常是为了与某人会面。虽然约会的人屡屡迟到,而我又总是很准时,使得我平均每次都要忍受十五分钟的煎熬,最后必定会按耐不住想要一蹶而起,可这也并无大碍。然而,昨晚确是一种全新的情况。我在那里,没有什么人要等,而且我们谈论的还是一个灯火通明的地方。除了坐在一旁,我别无选择。要跳探戈,我就只能去背光的地方（重申一遍，在我看来，那里也不够黑暗）。

"钟铃"是西四十街一间意大利人聚集的下流场所，是对彩虹厅的一个廉价翻版。那里有很多这样的处所，实为破落不堪，却都掏空心思想要呈现出浮华绚丽的景象。屋内的桌面上铺的是素雅的白色台布，而椅子又是塑料的，也是白色——我想这是为了与桌布相称。这种滑稽的搭配绕舞池边摆放了一圈，其中一处有一支三人乐队正在演奏。使用的乐器之一是班都诺。对于探戈而言，这是一把独一无二的绝妙乐器，过去由德国制造，但现在各地都已经停产。它是一种高音域的手风琴，音色忧郁，极为符合探戈的风格。如今在古玩店，你也只能找到一些破损的班都诺手风琴。我记得在圣·特尔莫的跳蚤市场上曾经见过两把。昨晚三人组合里用的其他两种乐器是吉他和键琴。

我换上自己的那双高跟鞋，坐在吧台旁，一口一口抿着鸡尾酒。这酒我不是真的想喝，只不过是为了使自己看上去能有所事事。我发现自己有些忸怩不自然，如果不给两支胳膊找点事做，它们就会悬荡在两边，很是别扭。大家肯定都在看我，为我这位始终无人陪伴的可怜女孩深感惋惜。我背对舞池而坐，为的是不盯着别人看，以免使他们认为我有意跳舞（我确有此意），因为我觉得自己没有资格用一张虚伪的面孔去引他们上钩。我甚至还不清楚究竟应该胸脯前突，还是要保持正常的姿势。我一边搅着那杯提尼鸡尾酒，一边心想最好能一直这样，原因是酒精会让我的身体失去平衡性，所以我最不希望发生的事情就是喝酒的同时又去跳舞。正在这时，一位男士朝我走来。他的肤色惊人，和棕榈的颜色一样，年龄六十居中，身着三件套（他一定是位阿根廷人），脚套鞋罩（这个我就不太确定了），而且一只耳朵上还戴着一个螺旋式的钻石耳环（这个我更没有把握）。

"Hola，rrrrrubia！我叫阿曼多。你叫什么，亲爱的？"（阿根廷语）

他是在对我说话？我转过身去，看看附近是否有些金发女郎（rubia是指有金色头发的女人——这是你最先能学会的几个单词当中的一个）。我随之记起，自己就是。到现在，我已经做了六个月的金发女郎，虽然还是难以适应，可结果令我满意。自己因此受到的关注在我一生中也是绝无仅有的！的确没错：金发女郎，果真会有更多的乐趣。

不过，说到调情卖俏，我确实不精此道了。在纽约市，没有人这么做。我猜想，这些小伙子们是怕遭到起诉吧。所以，阿曼多的调情还是令我为之一振，尽管与我的预定人群相比，他的年龄已超出了三十五岁。我必须承认他的长处：对于施展魅力的技巧方法，他无疑心领神会。倘若有人告诉我，阿根廷的所有男性都必修魅力课，那我也不会有丝毫的惊讶。倘若不是这个原因，那他们就是天生擅长于此！

我们坐在吧台旁，聊了一会儿。他向我讲述了自己如何在二十年前为了工作来到美国，最后便一直暂住在这儿。从他的口音，你根本猜不出他在这里已经呆了很长的时间。他是一名心理医生——与阿根廷一半人的职业一样，这是我听说的。我问他，按平均人口计算，阿根廷的精神病医生是否真的比世界其他地区的都多——甚至比纽约还多！——他竟承认了。这真让我大吃一惊。我在那儿遇见的阿根廷人给我的印象一点儿也不像是有精神障碍的病人，反倒让我觉得他们似乎完全是适得其所。真要有什么不正当的地方，那也是他们高兴得有些过头！

突然，阿曼多主动向我坦言，他最近刚刚离婚。我只是同情地点点头，随即就转移了话题，以免给他造成错觉，以为我对他的婚姻状况很感兴趣。撇开这个，我问他是怎么跳上探戈的。他便斜过身子，向我吐露实情。这时由于他凑得太靠前，已经快贴到我的脸上了，我只能被迫挪到一个稍远点的地方。他对我说，当自己在布宜诺斯艾利斯做学生，还很英俊的时候——他这是在钓我，我可不上钩——曾在一家茶室工作，那里有一些单身女士（老丑妇？）把下午的时间全都花在靠跳舞赚钱的青年男子身上，来消磨时光。换句话说，他曾经是（依然还是？）名舞男，那黝黑的肤色足以证明一切。说话之余，他的一只手已经沿着吧台爬了过来，此时正牢牢地压在我的手上。

"我的宝贝——和我——跳舞吧。"他说道。说话的样子听起来像是在说，如果我拒绝他就是一个笨蛋。我想知道，跳完一曲后他会不会也要给我出示一张账单。尽管这样，我还是接受了他的邀请。

我们在拥挤的舞池里找到一块小如针尖的空地，等待那支三人组合乐队重新开始演奏。音乐一响,他便一把拽过我的腰……感觉是"一跳钟情"。又有了?! 我不敢相信。老奥斯卡才刚刚去世不久,但愿他能安息。想想外面的现实世界,在那里即使苦等一生,一个人也难有一见钟情之时;可在这儿,这样的事情却是接二连三地发生。此外,我也逐渐发现一种倾向:舞伴越为怪异,你就越有可能喜欢和他跳舞。这里,我再次得以完美无缺地与某人结合在一起,而他的体貌特征与我心中的理想人选却是相差甚远。眼下我正在某人的怀抱里领略心醉神迷的感觉。可在此之前,在正常情况下,这个人是我用十英尺的杆子也碰不到的。我该如何解释? 一个年龄大到足以做我父亲的人? 现在才产生恋父情结是不是的确有点晚了?

我这是怎么了? 我盘问自己。不过这也没能阻止我去想:相对于一组舞曲而言,如果跳完整晚的探戈,阿曼多的要价又会是多少。他能不能给我打个折扣。

舞曲结束之后,他带我回到吧台。看样子他似乎并不打算向我收取任何费用,所以我也就松了口气。这一点,我原本就应该很清楚。

"Que Barbara!"他大叫一声——我一定要记着查一下这个词。"你会成为一名很——棒,很——棒的舞蹈家!"他说。

"你这样认为?"我欣喜若狂地说。

"你的舞姿很轻巧,就像一根羽毛! ——而且放任十分自如,你自——己完全投——入了! 和你跳舞,真——是一件乐——事!"他说。

没错:委身于陌生男士,这项业务于我已是如鱼得水,完全被我掌握了。阿曼多不是第一个这样评价我的舞伴了,那这无疑就是真的了。我开始觉得,出现这种情况是因为自己在"现世生活"中不敢显露出脆弱的一面,所以在舞池里想以这般激情让自己得到补偿。探戈是爱情极好的替代品,这一点我不需要我的治疗医生或是阿曼多来告诉我。

乐队又重新开始,而他也一闪不见了。他没必要消失得这么快! 但我也没生太长时间的气。由于阿曼多已经开了个头,所以之前对我持观望态度的其他男士们现在全都蜂拥而上。简单说,从那之后我就没停下来过,一直跳到了凌晨两点。等到结束的时候,我已全然不记得当初担心始终不被人邀请时的那种滋味，而阿曼多也早已被我抛到了九霄云外。

1997 年 5 月 19 日

然而，阿曼多并没有忘记我，这是几天前我在曼哈顿舞厅发现的。在那里他又让我体验了一次飘上天的感觉，使得我再次发觉自己又在想：我这是怎么了？

我比以往更加迷惑。可这并没有大影响，我还是与他跳了五组，没错，是五组。你不应该与同一人跳这么多曲子，这会给他造成错觉的。这一点我很清楚。但是，美妙绝伦的幻觉让我很难说不。为什么自己就不能两者兼得？我想。

如果和他跳五组曲子，中间我又挤出时间去和另外十个人结伴，这样做必定会让自己显得缺少浪漫情趣。我的想法是，这不失为一种好方法，既可以以此向别人表明和他跳舞我获得了巨大的享受，同时这也不会妨碍我去欣赏其他男士跳舞。我觉得自己现在真是聪明。可惜，只有当一个人彻底变成白痴的时候，通常才会这样认为。

不可否认，探戈舞的繁荣兴盛就在于它能给人带来一种虚无缥缈的感觉，这也是它魅力无穷的原因所在。正是这种真假难辨的感觉才使你一次又一次地重头来过，让你渴望更多。即使一个人竭尽所能，想要揭开其中的神秘面纱——这是自不量力——但所能做到的也只是从表面一掠而过。这就好比性交前，不断的性挑逗——它不会因为性交而达到圆满（当然，不是当时立刻就进行性交）——只会激起性欲，而不能让它消失。这也使我相信，人们在谈论安全性交的时候，他们所指的就是探戈。试想一下，如果让你的欲火持续燃烧二十四小时，一直都无法熄灭，那结果会怎样。说"垂头丧气"，只能是轻描淡写。

阿曼多的怀抱迷得我神魂颠倒，虽然我正与他暧昧地搂在一起，我却依然感到安全。我希望情况能像现在这样保持不变，也希望他能明白，尽管我托付给他的感觉是有几分真实——同时也有几分虚假——但这能成为可能，仅仅是因为这种情况只限于舞池的范围之内。我还希望他能有所认识,只有在跳舞的时候我才能将自己全部交给他,因为而且只是因为探戈允许我这样做。

"亲爱——的,我们共进晚——餐——吧。"他在我的耳边低声细语地说道,嘴唇在我耳垂的正下方拂动着。

(噢,天哪!我对他的托付,他是照直理解了。)

如果当时不是因为我们的脸颊贴附在一起,我会大喊"救命"!我需要找到一个万全之策,及早拒绝他的邀请。但不幸的是,当一个人绞尽脑汁想要寻找不与他人共进晚餐的借口时,思想却怎么也集中不起来。最终的结果就是,如果他要试图拉我上钩,那我只能给他的小腿肚一脚。

"哎呦!十一——分抱歉,阿曼多!"我大声叫道,为自己铸成的弥天大错感到惶恐不安。

"亲——爱的,不——用在意!这周和我一同享用晚餐——就算是补过了。"他说。他可是能说出这种话的人。

"非——常感谢,阿曼多。这原本应该不错!可我这周的安排恐怕已经满了。"说话的时候我尽量显出很热情的样子,以补偿自己对他的拒绝。这样说已经足够清楚了,不是吗?其中并没有什么模棱两可的措词,对吧?然而,阿曼多却还是不依不饶。

"Rrrubia!你现——在就要走了?让我送你回家吧!"他一边说,一边截住我的去路。该死。我原本打算直接不告而别的。但是,现在我的计划受挫了。

"非——常感谢,阿曼多!不过你不必劳烦自己了。真的。我可以坐出租车。"我心神不宁地说,已经嗅出了危险的气息。显然,在有些人看来是一目了然的东西,可放在另外一些人面前却比沼泽还要难以分辨。

"不,不,不!我一定要送你!"他说。

一个女孩能做些什么?我最后仅存的一线希望就是自己误解了他的诚挚建议。阿根廷男士对女士的殷勤着实令人难以置信,这个我在布宜诺斯艾利斯也有所注意。他们为能成为身披闪烁夺目的盔甲的骑士而引以为豪,接二连三地为你开门、斟酒,每逢排队等候的情况就让你先排,并且时常向你施与无微不至的关怀。但愿所有地方的男士都能以他们为表率：为什么要以反对女权主义为名，行举止不佳之实？我有点偏离话题了。

或许，他是在尽绅士之责吧，我一厢情愿地这样想，脚已经踏进了他的车子。

我们能安全无恙地回到家中，真是一个奇迹。行车期间，他的双手一次也没碰过方向盘，原因是它们当时正在我的两条腿上徘徊过来徘徊过去，忙得不可开交呢。终于开到了我家的楼前——谢天谢地！为了尽快逃脱，我疯一样地解开缠在身上的安全带，同时一把将车门推开。可是他的动作比我快——他的嘴唇径直朝我的嘴唇伸过来——这让我别无退路，只能有所行动。

"请别，阿曼多，别这样。"我极力温和地说道，两只胳膊放在他的胸前，使劲推搡。的确，我本应该少用些力气的。

"你不知道自己在——失去什么东西。"他简短地说了一句，随之挺直身子靠坐在车椅上，眼睛直视着前方的街道。好消息，我的体态语已经奏效了。而坏消息则是，他正在生气。他没有下车把我护送到门口，而这是每一位阿根廷男士都会有的举止，这也表明他是被深深地触怒了。

"如果你的投入没有达到以假乱真的程度，那就好了。"我对自己说。可是这样一来，你也就不会坚持跳探戈了。因为根据定义来说，"探戈 ＝ 投入 ＝ 左右为难"。

愧疚心理平静之后，随之而来的是愤怒：他凭什么认为自己就有机会？难道他最近没照镜子，看看自己？难道他看不见自己要比我大四十岁（三十五岁，也没什么区别）？那个（老）男人在想什么？自己又不是伟哥！

然后还有责难。问题全都出在那些青春年少的女孩身上，她们非要跟这些男人外出，让这些好色的老年病患者们对自己的魅力产生了错觉。我们这些其他人的生活虽然不能说因为她们而变得苦不堪言，但至少也是不如人意的。拿我来说，我就已经受够了用"嘘"声赶走那些垂涎三尺的老男人们的生活。够了！

1997 年 7 月 27 日

过去在各种宴会上，我都是一位受欢迎的客人。从电影和艺术到政治和社会问题，再到宗教和哲学的任何话题，我都能谈论得有声有色，让听者兴奋不已。所以，想要给餐桌前在座的各位邻座带来快乐，你完全可以拜托给我。不过，那些日子已经一去不复返了。因为这些天里，我脑子里装的只有探戈，而且它恐怕已经给我曾经一度是饶有趣味的谈话造成了严重的——应该是负面的——影响。这也令我的朋友们感到痛不欲生，原因是只要我一开始如痴如醉地大声谈论起自己最喜欢的话题，他们就不敢打断我流利的讲话。这就好比一个女孩喋喋不休地唠叨有关自己前任男友的事情的时候，你即使听得有些厌倦，也不能表现出来。不过，我注意到，经过在我看来只有两秒钟而于他们却是两个小时的交谈之后，他们脸上流露出的的确是斗鸡眼的神情，分明是在说"我要被烦疯了"。他们想听什么？我可是探戈舞手！这是他们对像我这样一周每晚都要出去跳舞、嗜舞成瘾的人的称呼。和任何成瘾的习性一样，为此我也要付出一定的代价。

首先，是我的双脚。它们让我遭受到了巨大的痛苦。说实话，其实是我在残害它们。这些可怜的家伙是家庭虐待的受害者，而且是受虐方式最为残暴的那种。假如有手指，它们现在可能正在向反脚足虐待的热线电话进行投诉呢，不过幸好它们没有（我是说没有手指）。

上瘾人的好处：食欲尽失。我一点东西都吃不下去。但是为了不让身体在跳探戈的中途有负于我，我只能不时地往喉咙里强塞少量的食物，以使自己虚弱的身体能获得足够的卡路里。一顿美餐——曾经是我生活中的唯一目标，可现在我对它已经兴趣全无。我向来都没有食欲不振过，即使是在我经历自以为是最大的爱情痛苦的时候也是如此。如果说这样感觉才像是在恋爱的话，那我之前的恋爱就应该都不算数了。探戈确实是一种很好的减肥运动，营养学家目前应该正在推荐此种产品。

然而，钟情于探戈对我的睡眠规律造成的影响，我发现却不太乐观。

我的眼睛片刻都不能合上(除非在办公室,那就丝毫不用费力了)。我正在逐渐蜕变成一个幽灵。或者准确地说,是探戈这个幽灵缠绕着我,让我不得安宁。连续跳完四五个小时之后,躺在床上我还是十分清醒,脑海中的乐曲声始终驱之不去。有时甚至我都不用把自己的身体放在床上。我已成为《窈窕淑女》中那个唱"我本能跳个彻夜不停"的奥黛丽·赫本,在自己的卧室里来回转动,时而跳上床,时而单脚着地转进窗帘,又转出来。不过,在邻居们看来应该有一点遗憾,因为我的声音没有配乐,不像她的歌声那样娓婉动听。

1997 年 9 月 3 日

救救我!我快变成德拉库拉①了:只在夜晚出行,一看见大蒜就惊慌失措。一片可口、香气扑鼻的硬皮蒜汁面包会让我乐得直流口水,已然成为遥远的往事,意大利香蒜沙司细面条也要放在一边。照这种情况,你就可以把意大利所有的调味汁全都忘掉了,连同各种法式菜肴——还有多半的希腊美食。事实上,全世界没有几种烹饪方法不是以大蒜作为主要的调味品的,而那些不用的也都是靠洋葱提味。甚至连英国人也学会了这种方法,现在往每样饭菜里都添加大蒜。这样一来,留给我能吃的还有什么?只有饼干。

如今,去饭店是一件痛苦的事,因为菜单里的多数东西我都不能点——可上面的东西多半又都符合我这种人的口味。但是吃完饭我还要去一个探戈舞场,如果满口蒜味出现在那儿,会不受欢迎的。

口气是困扰探戈舞者的一大难题,是要不惜一切代价必须去除的弊病。我以为只有自己才为此事烦恼,其实不然。里格利公司和奥必特公司能赚取巨额利润,我想在很大程度都应该归功于跳探戈舞的群体。还有霍斯,我忘记提了。人们发现探戈舞者死去的时候,没有几位的口袋里不是装着口香糖或薄荷糖的。如果吃完,他们会变得比缺烟抽的人还要

---

① 十九世纪英国作家 Brarn Stoker 所著小说《德拉库拉》中的吸血鬼之王。

狂躁不安。

"难道你真的连一点口香糖都没了,是吗?"一个健忘的家伙苦苦哀求道。

等你递给她一块的时候,她那舒解和感激的心情都能与婴儿的感受有得一比,仿佛妈妈终于得以不辞劳苦地为它换掉了一块弄脏的尿布。

我最后才知道,和我一起跳舞的那个人跳舞的时候也在嚼口香糖,因为他同我一样也怕会给对方带来不适。这个发现也帮助我克服了自己的焦虑,不用再担心自己口中会有异味了。与这些吸血鬼同盟在一起,我感到自在不少。

1997 年 10 月 6 日

昨晚我是在桑德拉·卡梅隆舞厅跳的舞。有一个人从我的"计划打击"名单上被删除了!只要还有一个人没被彻底"击败",我就要继续跳下去。这些人因为舞技在我之上——或者只是自以为是地这样认为,所以一直都还没和我跳过舞。

哎!面对这种权势等级,我也只能如此。一个跟舞人即使再怎么按耐不住,在领舞人赏光请她跳舞之前,也都得等待时机,忍受一番煎熬。倘若到场的女士远远多于男士——她们之前没有参加过一场探戈舞会,以为只有在城市的其他地方才存在男女比例失调的问题——那么挑挑拣拣的权力就全都掌握在男士的手里了。昨晚一定是我的幸运夜,因为我被其中一名最好的舞手选中。即使用狂喜,也难以形容我当时的感受!

约翰是《纽约时报》的一名记者,我对他的渴望之情已有数周了。就在我慢慢失去信心,认为他不会请我跳舞的时候,他却突然从屋内的另一头朝我点头。我见状之后便向他飞奔过去,犹如一只纽芬兰小狗。在他搂我入怀起舞之时,我暗中感谢上帝给了我一个女儿身!虽然身为一名跟舞者,必须饱尝各种挫折与失败——即不能邀请男士与你跳舞,在舞池里也不能占据主导地位,通常只能承担被动的角色——但是在有利的情况下,其中也会有妙趣横生的感觉,让你觉得纵使遭受世间的何种羞辱与失意,也都是值得的。要是你不幸投错了胎,成为一个男儿身,那你就要偿付一定的代价,以便下次转世时能做一个跟舞人。我这不是在夸大其词,跟舞的确要比领舞好得多。我是怎么知道的?因为我上过几次课,去学习如何领舞,目的是想要体验一下站在栅栏另一边时的感觉。你永远都预计不到,或许某一天,这就会派上用场。好比哪一天,我决定去做职业舞蹈演员的时候。近来,我总是在幻想……

长话短说,无论近看还是远看,约翰都很迷人——这种情况可不多见。而他最大的优点是对赞美恭维之辞毫不吝啬:

"我们以前怎么就没跳过舞?为什么现在我才邀请你?哇!你太棒了,太不可思议,太出色……"如果我的话里带有不屑一顾的语气,那我也不是故意要这样的。事实与此恰好相反,内心中的那个我这时早已飞入云霄,恐怕都飘出宇宙去了。这般震颤着将一个人从我的名单中勾除出去,还是我有生以来的第一次。

1997 年 10 月 7 日

昨晚去"美好时光"的时候,我期望着能体验到前天晚上在桑德拉·卡梅隆舞厅那样的快感。我知道自己这样想很愚蠢。

约翰也在那里,那个就在前天晚上对我的舞技大加赞赏,让我感觉自己身价百万美元的约翰。你可能会想,对于之前如此热烈奔放的一个人而言,只要一有机会他定会想去重新体验一下那种美妙的感觉,不是么?

但是实际情况并非这样。

我甚至开始得出一条规律。假如有人花整晚的时间都在说你如何了不起,那你就可以百分之百的确信,第二天晚上他绝不会朝你这边再看一眼。或者即使他的确碰巧将头错扭向你,你将自己喜爱的眉毛通通竖起,嘴角咧到天上,头点得和帕金森重症患者一样,他也会装作对你的用意一无所知。这就是约翰此刻对待我的态度。而就在前天晚上,我的自尊还像一颗卫星一样被发射到了月球,现在却坠毁在地面上。

不管怎么说,他有难闻的体味,我只能想出这个来抚慰自己。

还有更令人沮丧的事情。有几个列在我名单上的舞手当时也在那儿，他们只是把我当成糖果店的糖果，就想拿来玩弄一下。我试图要去"击败"他们，可是一个"巧克力豆"也碰不到，甚至连一个褐色的也没有。他们之前似乎开过会，都达成了一致，要联合起来对我进行抵抗，为的是能确保不让我妄自尊大。甚至是阿曼多也在密谋团伙之内。我希望这只是自己的胡乱猜忌。我确实草率地考虑过，是否要走上前去跟他打声招呼，可是由于他整晚都和一个比我年龄还小的女孩搂在一起，所以我连一个机会也没找到。

1997 年 12 月 1 日

我逐渐发现，同时兼顾工作和跳探戈是件越来越难的事。由于我的脸色惨白，再加上总是哈欠连天，每隔两秒钟就要打一次，所以每个人都在不停地问我身体是不是有什么问题。此外，还有一件事也让我感到不爽，那就是虽然我在竭力抑制自己，可我还是对助理动不动就大发脾气。不过都是因为她，我才变得这样暴躁。

刚开始工作的人精力是要充沛一些，可她每天早上都叽叽喳喳地吵个不停，这着实令我有些吃不消了，今早当然也不例外。她花了十多分钟的时间，把昨晚重播的一集《老友记》的内容给我又大概复述了一遍，我只能尽力装出很感兴趣的样子。等她一讲完自己从里面间接得到的生活经验后，我就让她去编辑一盘带子，有关七大洲历来播出的全部为意大利罐装面粉所做的广告，包括南极洲在内。这样做我估计能让她忙上一阵，那我也就不必情不由衷地去听她讲昨晚在《宋飞正传》中插播的一段电视节目了（因为我看过了）。

其实我一直都在向乔治讨教如何在办公室里偷摸打盹。每天下午，我都要锁上房门，然后伸展四肢，在厚实的地毯上休息五分钟。办公室里没有一扇窗户，现在已经变成我工作中的最大实惠。但可惜的是，我也只能挤出五分钟的时间，就这还有客户在中间不停地打来电话，助理也在不断敲门，问我需不需要她帮忙。现在你能明白我为什么说她烦人了吗？

我真应该在门外挂上一个"勿扰"的警示牌。

1998 年 1 月 27 日

不久前在"美好时光"的那天晚上,阿曼多对我不理不睬(连同其他所有的人),让我想当然地认为我们之间的关系应该是就此完结了。我之所以这样想,是因为自己没有考虑到他的拉丁血统。他们有拉丁血统的这些人,越被人拒绝就越来劲。我敢打赌,如果在拉丁美洲的情侣中展开一项民意测验,有百分之九十的人都愿意选择去追求对方,而不是被对方俘虏。这也意味着,正当我认为自己已经脱离了困境的时候,游戏才将开始。

自从在我家门外,在他车上发生了那些令人尴尬的事情之后,他就开始向我大献殷勤,鲜花、电话和巧克力总是源源不断。我必须承认,由于自己根本无法适应他待我的这种方式——我一般喜欢别人拿我当一团狗屎对待——所以事态竟然发生了可喜的变化。以至于每次和他跳舞的时候,我发现自己越来越难以将舞池内外两种不同的爱恋感觉区分开来。

"我这是怎么了?"已经成为我的祈祷语。

他在"美好时光"对我的那份冷淡十之八九是出于这个原因,即受人忽视的更能激起人们的注意。不过,真正的转折点是在几周之后才发生的,是当我们在曼哈顿舞厅重新又一起跳舞的时候:他仍然想着要和我一同跳舞。这种宽慰就像是给我打了一支催情剂,使得我们之间的年龄差距在此之前看起来还是根本不可能逾越的鸿沟,现在却突然能轻而易举地跨越过去了。你好,恋父情结!

"Que piel!"跳完一支探戈,在等下一支的时候,他说道。

"那是什么意思?"我问。

"是说你和我,亲爱的,我们'来电了'——西班牙语中的有感——觉。"他笑呵呵地说。

感觉这个东西能和谁一起产生,是你决定不了的。通常说来,往往是与你最不希望的人或是其他的什么东西。在"钟铃"舞厅与阿曼多初次跳舞的时候，如果当时我的感觉就很强烈，那么现在空气中的电流就有可能要让整幢建筑的线路发生短路了。我逐渐发现，认为你以后绝不会再和某个人跳舞的这种想法是最有争议的一种观点。我俩目前的关系，总的情况就是：这次又到他要坚持送我回家的时候，我差点没（我的拇指与食指差不多就要接上了）和他跳上床。这股强大的电力，也是我这个女孩所能抵挡的极限了。可是，他身上的气味却挽救了我。

你知道老年人身上那种老化的气味是什么样的吗？无论阿曼多往自己身上喷多少古龙香水——我想，他在这里面泡过澡——也都遮挡不住他那腐烂的肉体散发出的一股冲人的恶臭味。尽管我担心他不会再原谅我，可我还是没能跟着感觉走，反而听了鼻子的话，把这个可怜的男人又给撵跑了。在最后一刻，我还是没有让自己这么做。

然而，令人感到高兴的是，我的担心是多余的。我拒绝和他做爱非但没有让我们之间的这场"探戈韵事"有任何要结束的迹象，反倒更增强了他与我跳舞的欲望，从而也进一步加深了我们一起跳舞时那美妙的感觉。再加上这样做又是为了不想让我的表现有任何的不同——其实在他心底，是希望我能回绝他呢！——所以，这算是最完美的解决方式了。一个女孩还能再要求什么？

说完这些，我的确有些忧心忡忡。自己差点儿因为一念之差，险些与一个平时用十英尺长的杆子也碰不着的人上了床。虽然这次我能幸免，没有犯下弥天大错，但是下次面临相同的情况我该怎么办？倘若有一天，我和一个不是十分招人厌烦的舞伴"来电"了，那会怎样？异想天开只能是唯一顺理成章的事，幻想一个男人如果能在舞池里给你带来美妙的感觉，那他在被窝里（床上）或许同样也能做到这一点。我想自己所能做的也就是希望等到真有那一天的时候，在一个相貌平凡的男士带我飞向探戈天堂之时，自己的神志能十分清楚。或者就是希望他的身上也有阿曼多那样难闻的气味。

1998 年 3 月 17 日

我在渴望拥有一位舞伴。一个与我年龄相同,一个想象中可以让我坠入爱河的舞伴。我不知道这种愿望是什么时候出现的,但是却急于想去实现它。

"你为什么需要一位舞伴?"当我告诉人们自己正在寻找一位舞伴的时候,他们首先就会问这个问题。这一点也不奇怪。要是你能想想,这些人和那些心里想的是"探戈",嘴上却又说成"弗拉曼柯舞"——或"火烈鸟"①(前几天有人在信中就是这样给我写的)的人并无两样,就会明白。其实,有人能将"弗拉曼柯舞"误写为"火烈鸟"来表示"探戈",这的确会让你感到疑惑不解。凭心而论,我曾经就和他们一样幼稚。想到自己有可能永远都处在对探戈无知的混沌状态中,我就浑身一阵颤栗。假设自己一直都没有坐上那架飞机去布宜诺斯艾利斯探望表妹夫妇,没有遇见探戈,那我的生活会变成什么样,真是难以想象。这是机遇,还是命运?我无从得知。但不管怎样,有一点是明确的,人们所说的确实是事实:不是你在选择探戈,而是探戈在选择你。探戈能吸收我为其中的一员,我从心底里感谢它!

1998 年 3 月 19 日

我已经意识到,对于自己寻找中的理想舞伴究竟应该具有何种条件,我并不是百分之百的清楚。倘若自己对绣花针的外形模样有一个大概的概念,那么即使是大海捞针,我想这或许也能有一定的帮助。所以,为了让寻找工作尽可能地有效,把明细要求逐一罗列出来应该是一种明智之举。于是就有了:

----

① 这三个词在原文中分别是"tango"、"flamenco"和"flamingo",由于它们的拼写和发音都有相似之处,所以外行人很容易将三者混淆。

1. 身高：候选人的身高必须在高出我（穿高跟鞋）半头至一头的范围内——但是不能再高了，否则我就只能一直和他的肚脐跳舞，而不是他了。候选人无论如何都不能比我矮，这一点是不言而喻的。

2. 体格：候选人必须不能太胖——因为那会使我们这一对看上去极不协调——但也不能太瘦弱了——因为那又会使得我很显眼（即太胖）。

3. 相貌：多亏舞台与观众之间有一些距离，同时还有灯光与化妆的神奇功效，所以这一点与上述两个方面相比，并不是一个很关键的因素。虽说如此，但是就自己的视觉享受而言，假设候选人帅气十足，当然也有一定的作用。同时，如果候选人长相出众，那么这确实更容易让一个人对他产生爱恋，从而可以确保为长期友好的合作关系打下坚实牢固的基础。

4. 个性：候选人一定不能有个性。

哼，这也真够荒唐了。写的同时我便觉得这只能是一种徒劳无益的做法。自己根本不可能用清晰的线条去勾勒出心中的理想舞伴，原因是探戈的魔力与一个人的外包装没有一丝半缕的联系，而同感觉（用阿曼多的话说，就是"piel"），却是密不可分的。看看格洛丽亚和巴勃罗，这天造地设的一对：女的丰腴，男的瘦削；或者卡洛斯和巴尼纳：女的高大，男的矮小。可是当这两对舞伴一同起舞的时候……嗬——你却丝毫看不出他们之间有什么不协调的地方。乍看上去，只有用身体舞出的探戈。但是，你要再仔细看看，就会发现那对舞伴竟已是全然脱离了肉体的躯壳。有关"外貌"方面的具体要求，就是这些了。

至于其他的一些品质：心地、性格、智力、魄力、价值观以及作为一个人理应具备的全部素养，这些全都无关紧要，不值得人们为此去苦苦寻觅。因为实话实说，如果一个人的期望越高，那他的失望也就越大。这个人或许就是我？

1998 年 4 月 3 日

我想阿曼多应该终于领会了我的意思。迟明白总比不明白的好……上次出于无耐，最后只能让他引诱我的企图化为泡影之后，已有一段时间了。现在我要高兴地报告一声，目前我们完全是柏拉图式的恋人关系。可他的态度却没有发生任何改变，对我依旧是百般的喜欢，并且宠爱有加——坦率地说，这的确让我感到出乎意料——所以作为回报，我就理应听他倾诉苦衷，发泄对薇尔玛的不满。这是他那有点神经质的女朋友，大概四十岁，已经是两个会计师的母亲，而且就住在附近的长岛。当阿曼多和我"仅为朋友"的关系一经明朗化之后，她便即刻从隐藏处现了身。

不管怎样，星期三我们还是去上练舞课了。当时我穿的是自己最喜欢的那条粉底白花尼龙裤，这是七十年代的流行款式。由于受探戈的影响，我衣橱里的那些衣服现在全都在慢慢地改头换面。可是我能有什么意见？随后在周四，在另外一堂课上我又碰见了他。

"你永远都想不到！"趁着跟老师做两遍示范动作的时候，阿曼多低声对我说。"薇尔玛今早打来电话。歇斯底里地骂我是婊子养的，光会说谎。还有一些更不好听的话。我让她冷静一点。'我的宝贝，我做了什么？'我问她。可她却一直在大喊大叫，我连一个词也没听清楚。后来她又说：'如果你不知道我在说些什么，那就想想粉红色的裤子吧。'"

他停了停。能觉察出，他这是在期望着我能有所领悟。可是我根本不明白——照旧一头雾水。关于粉红色裤子的那部分内容，他前后重复了有十多次。我猜想，这两者之间或许是有一定的联系，但是要将事情全部放在一起考虑，我还是无法得出一个顺理成章的答案。最后他只好提醒我想想自己在前一天晚上所穿的衣服，那条可以被粗略地描述为"粉红色的裤子"。

"不过她又是怎么知道的？"我气呼呼地说。

"亲爱的，她一直在让一个私——家侦探跟踪我！"阿曼多大声叫嚷起来。

"她不信任你？!"我说。他没觉得我的话很搞笑。

"你是——站在谁的一边？"他怒气冲冲地回击道。

"亲爱的，你这边啊！当然是在你这边啰！"我说。

真希望那张照片能拍得好看些——就是说，别让我的屁股受那条所谓的粉红色裤子的影响显得太大了。想想假如没有和探戈的一次巧遇，我现在所穿的一定仍是旧时的那条黑色牛仔裤，它倒能让我的身材好看许多。

1998 年 4 月 19 日

我觉得去探戈舞场不像以前那样有意思了，我在这上面下的赌注已经大得难以估计。现在除了让自我饱受伤害之外，你必须还要同可怕的思想做斗争。看见昨晚蜂拥而至的那群舞者现在又像潮水一样涌向别处，你会想自己或许永远也找不到能共度余生的舞伴，所以也就有可能一直被陈列在为众人所瞩目的探戈架板上，由于无人问津而渐生霉变。就像过去你没有足够的理由认为自己是一团狗屎一样，现在你却有成倍的原因感觉自己就是一团特大号的狗屎。

以昨晚我在曼哈顿舞厅的经历为例。将那个地方扫视一遍以后（考虑一下屋内有多黑，就知道这也不是什么容易的事），我立刻得出结论：这里既没有能让我暂时（今晚）产生兴趣的目标，也没有能让我有意维持长期（余下的跳舞生涯）关系的对象。除了弗兰克。他是排练房里探戈教练的新助理，也是在低俗舞厅里仅剩的一个还没从我的名单上勾除出去的人。我知道他的名字，可他并不知道我的。我甚至在想，他或许根本就没意识到有我这么一个人。

没关系，就算是给自己找了个理由，留在曼哈顿舞厅吧。现在我必须让他意识到我的存在。但是舞厅太黑，或者是因为他纯粹假装没发现我正在看他，所以弗兰克拒绝合作。这也更加坚定了我的信念，一定要将他搞到手。弗兰克并不像有些男人那样，单凭女孩子的长相就决定是否同她们一起跳舞。因为如果我们能开诚布公地说，这个问题就可以归结为一点：一个男人会和你跳舞，不是出于你的舞技高超，就是出于你的姿色迷人；若他是弃他人而不顾，一心在你的话，就说明你是两者兼而有之了。

说我骄傲自大，可我还没到能望着镜子里面的自己毫无作呕之意的程度。但在多数人的眼里，我又算得上是一个富有魅力的人。这一点我清楚，虽然有时的确也能忘了。然而，就是这样一个刚刚才找回自信的

"我",也未能免受探戈的蹂躏,让她的自尊心受到极大的伤害。我知道不是只有自己一个人——事实上,我确信凡是跳探戈的女人都会有相同的感受——通常相信"她"一定是天底下最丑的女人,也正是出于这个原因所以某某人才不愿意同她跳舞。在某某人这个混蛋总是一味地不予合作的时候,为了不让自己的心情一落千丈,你只好寻找众多的借口,为他任由你在长凳上腐烂变质也不理睬一下的行为做各种辩解:

"和那些女人(其中竟然没有一个人是我)逐一不停地跳完舞后,他一定是累了。"

"他这是在耍花招,想以此来激起我的兴趣。"

"他患上了表演焦虑症,不敢与美女(我)跳舞。"

"和他跳舞的那个荡妇一定是施了妖术,让他看不见我向他发出的种种狂乱的信号。"

"他之所以看不见我是因为屋内黑暗、拥挤,我穿的是黑色衣服,和背景色融合在一起;我绝不会再穿黑色衣服了。"

坐在长凳上,感觉你是一名等候陪审团(弗兰克和他的亲属)判决的被告。判给你的将是死缓,还是死刑?

昨晚,我被判死刑。

1998 年 4 月 22 日

进舞厅的一瞬间,我就认出了他。那高大、轻盈的身姿正在优雅地滑过舞池,让人不可能看不见。弗兰克的舞技如同他的外表一样,也是完美无缺。两者之中,都有一种微妙的东西。就在我俯身去系脚踝上的鞋扣的时候,自己的一只眼睛还一直粘在他的身上,即使在系鞋的过程当中也是这种姿势,害得我差点扭了脖子。

鞋是系好了,可怎样才能让他请我跳舞却还在困扰着我,搅得我心神不宁。我当时都做了些什么?发现一个帅小伙时我通常的反应是:忽视他的存在,从不朝他那边瞅上一眼。假如他现在的长相和奥斯卡或阿曼多相差无几,那我就不会遇到任何问题了,我会一直盯着他看,直到他请我跳舞为止。然而对他来说幸运的是,不管是同奥斯卡还是阿曼多相比,他们之间都没有丝毫的相像之处。

在整个晚上余下的时间里,我只能期盼着他能前来邀我跳舞,同时也在因为他不能让我如愿以偿而痛心不已,严厉地指责着自己真是愚蠢到了极点。而就在这时,正当我抬头的时候,我看见了他的手,它正向我伸来。如果这其中不是有神灵的大规模介入——这是可以证明神灵存在的确凿证据,毋庸置疑,比笛卡尔用神学所做的任何论证都更具说服力——我不知道会是什么。

犹如一个机器人,我跟着弗兰克来到了舞池。我担心会让对方大失所望,因为我确信自己甚至连怎样跳舞都已经忘记了。一边等着放音乐,我一边在他的怀里安定下来。这时有股芬芳的气味扑鼻而来——是种桂皮的香味,让你想在顷刻之间将他一口吞下。抬头向他那双杏仁状的双眼看去,我注意到它们是淡褐色的,非常柔和,并且透有一种亲切友好的目光。而那饱满的双唇和平整的皓齿则进一步加深了人们对他性情温和的印象。但在另一方面,他那只笔挺到底的鼻子突显的却又是力量和自信,同时由于他的额头很高,使整个面部都呈现出一种宽阔的特征。这是一张极易看清楚的脸:由最出彩的淡褐色头发勾勒而成,最后再配以适量和适度长短的鬓角补添完整。至于那只耳朵,是不是修整过?这个我之前还没注意到。是他的右耳,还是左耳?我应该直接去问问某某人,让他清楚明了地告诉我究竟哪只是假,哪只是真。

音乐一响,他二话没说就带我跳出一系列高难复杂的舞步,全都是些我从没见过的动作。使我感到万分欣慰的是,我发现自己原来还没有忘记怎么跳舞,并且也能跟上他——让我说,我觉得自己还跟得相当不错呢。咱们敞开心扉说亮话,我喜欢和他跳舞,就好比一个人乐意接受挑战那样。虽然我不能说这是自己有史以来所获得的最为强烈的一种感觉,但是我们迈出的每一步都很流畅、自然,精准到位。他不是在用心、肚子或其他什么被人们称为“感觉”(探戈中表达出的一种特殊的情感)的那种充满激情的地方在跳舞,不过又有谁介意呢?我可是在全屋最英俊、最卓有成就的舞者——我的未来舞伴?——那散有阵阵香味的怀中跳舞啊。

　　除了开始时草草所说的"你好"和结束时的"谢谢"，我们几乎再没交谈过一个字。这时弗兰克却问我，"这周什么时间你愿意和我一起吃顿饭么？"这是神灵的再次眷顾，还是其他的什么？！甚至更令我惊讶不已的是，他居然听起来有些腼腆和（或）紧张。想必我才是应该感到腼腆和（或）紧张的人。这种角色置换得突如其来，让我着实吃了一惊。就在几刻钟之前，他还一直是我渴望的对象，而我却还是目标的追求者。可现在，等想要的东西放在手上时，我又没了十足的把握，不知该对它如何是好。正当我打算一百八十度大转身背对他跑开的时候，我又瞥了一眼他那只修整过的耳朵，于是就答应他了。

1998 年 5 月 2 日

　　弗兰克星期四打来电话，约我周六晚上见面。他是不是已经读过《规则女郎》了，还是别的什么？他提议去百老汇的"巴罗洛"餐厅，我说"这再好不过了"。我到的时候，他正等在那儿。这次我可不必像往常那样，得等他迟迟现身了。然而不知是什么原因，这非但没能使我高兴起来，反而令我变得极为烦躁不安（我没向他泄露这一实情——不需要让他来承受我这种神经官能症发作时的痛苦）。他如何才能知道，这并不意味着事情是如此的简单。

　　可他的确讨人喜欢……

　　不管怎么说，在酒吧间喝完饮料后，我们还是跟着服务生去了园中预定的座位。不久我就注意到，弗兰克邀我出来时表现出的那种羞怯不仅仅是受当时环境的影响，而是他惯有的一种常态。他很文静，文静得使我们的约会近乎成为了一次外出看牙医的经历，感觉似乎是要去拔牙。因为通常遇到这种情况，我就会患上糟糕的失语症，以此来掩饰心中的不安，所以这次也不例外。整个晚上，每当一个句子快要说尽的时候，我就得想方设法寻找下一句话，以免出现令人尴尬的沉默。

　　可他的确讨人喜欢……

必须说明一下，他是一位十分体贴周到的同伴。每当我的餐巾掉下去（时不时就会出现一次），他就会弯腰拾起；总是确保我的杯子被斟满了，并且多次问我食物是否合口。这个可怜的东西如何才能知道，我喜欢吃掉放在盘子里的食物，而不是去讨论它？

可他的确讨人喜欢……

我终于找到一个可以让他打开话匣子的话题了：汽车。有一半的时间我都在听他谈论那些我根本不感兴趣的东西（在径直盯着你看的人面前，想要止住一个哈欠而不让对方知道，绝不容易），而另一半的时间又在拼命寻找种种办法，打破沉默的局面。同时我还在为前不久那天晚上的事伤心难过，想不通自己怎么会对远处那个优美的身影充满渴望，一个对我的存在全然不知的身影。

可他的确讨人喜欢……

晚餐连同我们的初次和最后一次约会终于都结束了，我如释重负，同时却又将这种感觉掩饰得天衣无缝。他问我有没有心情去探戈舞场。我一边频频道歉，称自己太累了，一边挥手叫来一辆逃跑用的出租车，一等它停稳我便跳了上去。我这样做是为了提前制止他可能会有、也有可能不会有的想法，即在初次约会散场时给我一个吻。

可他的确讨人喜欢……

1998 年 5 月 10 日

弗兰克昨晚也在曼哈顿舞厅。约完会后，这个家伙就没再给我打过电话。我必须承认，这确实让我感到有些意外，因为那天从头到尾我都在竭尽全力地表现出一副对一级方程式赛车很痴迷的样子。但是很显然，不是只有我一人能将这种厌烦的情绪掩饰得一丝不露。不管怎样，这也算是我能想出的唯一一种理由，可以让他不给我打电话。可是，就在我们默不作声地跳完一曲之后，他竟然再次约我出去！我当时的诧异程度可想而知。他是一个受虐狂，还是别的什么？

而我的反应，则更加令人不可思议。正当我考虑的时候，我的嘴里竟然蹦出一句话:"嗯,那太好了。"

对于我答应了他的邀请,有人或许会将它解释为一种具有自杀倾向的间发性精神失常。但是,如果你能充分考虑到以下五种动机,那事实上你就会发现我的做法全在情理之中:

由于之前没有想到自己会需要一个正当的借口,所以我没做任何的准备。

在他一次又一次为我从地上拾起餐巾之后,我已经完全不忍心去拒绝他了。

我担心如果说不,那他以后就不会再同我跳舞了。

由于他没给我打来电话,所以他在上次约会过程中所失去的那些迷人特征,此刻又都回到了他的身上。

他闻起来有种香根草的味道。

以上答案不能回答其中一个更为关键的问题,即第二次约会时我们究竟要谈些什么。倘若又是一次关于米其林优于普利斯通轮胎的讲座,那我想自己无论如何都不可能坚持听完。

1998 年 5 月 15 日

可以就此断定:弗兰克生性直率。说这话,我是有十足的把握的。不存在丝毫的质疑、能百分百确定是异性恋的男性,是一种正在逐渐灭绝的物种,能偶然遇到其中尚存的一个,实在是件令人喜出望外的事情。这种情况,当然不是每天都能碰到的。

我知道,我知道,我知道:我本不应该这样做。你可以说我是荡妇,连第四次约会都等不及,可我有一个绝对正当的理由:我需要找出一种能让我们的谈话走出僵局的办法——而且是一种快速的办法。这是我所能想出的全部对策了,所以请原谅我。更糟糕的是——我知道,自己这样做很不对——我居然情不自禁地赞成自己,做出有可能是我目前生活中最惊心动魄的一个决定。

弗兰克大大补偿了我因违背《规则女郎》中的规则而有的一种愧疚心

理。尽管他不能被称为是全世界最佳的谈话专家,但昨晚我发现,在涉及体态语的时候,他却是异常的熟练。他那温暖、抖动的双手刚一贴上我背后的那道凹槽,我就意识到自己原来错怪他了。等他继而用手指轻轻地在我的大腿内侧滑来再滑去,接着又是滑上滑下却始终不完全触及它们的目的地的时候,我便发觉他真是太、太聪明了。之后,他又将我的双臂压过头顶,按在床头板上,使得我无论怎样挣扎、扭动,也难以逃出他那有力的钳制,同时还有他那让我浑身都起鸡皮疙瘩的舌头。这时我想到的是,"曼萨"①!

而他的身体,则让我欲仙欲死。先有的是新鲜磨出的咖啡豆所散发出的一种芳香味,再闻还有性感的男人味。到了他的腋窝里,我的鼻子便再也挪不动了。等随后又去其他地方寻觅嗅觉宝库的时候,它依旧还是这副模样。既然我们说到这里,那就顺便提一下,这些地方和他的舞姿一样,给人的都是平滑流畅的感觉。这是因为从那往上的地方都被他刮理过。说得还挺在行!但这种方法确实能改善我的处境,不至于使我最后落入羞于再说或难以启齿的境地。他甚至请求我也照他那样,来回敬一下。

"乐意效劳。"我回答道,眼中闪过一丝亮光。

噢,竟然还有一处:不只是他的那只耳朵经过了修整。我不敢相信自己会有如此的好运。

"你快来了吗?"他问我。

"我已经到了!"如果当时我能做出什么反应,只能是回答这句话了。可是母亲告诉过我,嘴里塞满东西的时候绝不能讲话。

不必再说,我已经坠入爱河了。

还需要解释吗?再说,恐怕就高估了言语的能力。

---

① "曼萨"是一个非常特殊的国际组织。从根本上说,它是一个俱乐部,但与其他俱乐部有着很大的不同。成为会员的唯一标准是在智商测试中获得高分。一般来说,一百个人中仅有两人有望获此殊荣。这些人来自各行各业,有着不同的兴趣爱好。能够加入该协会或通过该协会测试的人都有可能获得辉煌前程。此处作者暗示的含义是,弗兰克做爱技巧极高。

1998 年 7 月 11 日

今早,弗兰克给我把早餐端到了床上。盘里除了滴有槭糖汁的蛋糕饼,连同一份水果沙拉、刚榨出的橙汁和一杯调制精美的卡布基诺咖啡外,还放着一支长柄的红玫瑰。这个人是现实生活中的么?我怀疑他一定是自己凭想象臆造出来的。直到今天,也只有在想象中,男士才会为女孩把早餐端到床前。

当然,床头是唯一一个可以让他为我端来早餐的合理地方。因为自从第二次约会以后,我们一直没能设法在这以外的地方吃过早餐。

"所以就只有在床上用餐了!"我对各地的"规则女郎"说。

我们不是没有尝试着换一个地方。有一次甚至都到了卧室门口,但随后说了声"去他妈的",就马上又跳回了床上。感悟的路途的确是一个漫长而又持久的过程,我这可不是在抱怨啊。

不过,我还是能觉察出,有种模糊不定的东西即将降临。毫无疑问,众神正在筹备一场阴险的突然袭击,从现在起的每一天他们随时都在计划给我来个出其不意。我无法相信这种突如其来的好运,它注定不久就会消失殆尽。问题只是,什么时候?但是,我绝不能让自己受这些消极思想的左右。幸好,不停地做爱有助于限制我的思维活动。现在我已十分擅长一事不想了,不管是消极的还是积极的,都是一样。

通常情况下(不知这样说是否恰当),一个人的性欲得到满足后只会产生一种不利的后果,它让我跳探戈的欲望减弱了。这也证实了我对探戈与性交之间互不兼容的可能性的怀疑,使我心中的疑虑就此全被打消。如何才能促成它们的共存呢?探戈成于欲望——而非欲望的满足——一旦欲望泯灭,那么探戈也会随之而去。这实在令人感到遗憾。不过,既然事已如此,我最好采取一切措施,以免自食其果。

可是认真地说,有一段时期我们是在打算下床。原因之一是,呆在被窝里不可能练习移步的动作。我简直不敢相信,自己居然已经找到了舞伴!你只要想想就会发现,这根本没花我多少时间。而且,我还在寻找舞伴的同时享受着蜜月,对吧?

1998 年 9 月 2 日

有一天我向弗兰克提到我们应该开始练舞了,而且自己还有一个想法,就是根据皮亚佐拉的《自由探戈》编一套舞蹈。他却看着我,仿佛我讲的是希腊语。他当时能做的就是一脸茫然地重复着我说过的话,这让他的智力看上去有些不健全:

"练舞? 编舞?《自由探戈》?"他重复道。我本可以一把掐死他。

我又直截了当地问他是否有意让我们在一起练舞、是否想到过或许我们可以成为一对探戈情侣、是否赞成我们做舞伴的想法,这时他依旧是那副木然呆滞的表情:

"说实话,以前我真没想过这事。"他说。现在我只想扼死他,然后再将他撕成碎片。

"好吧……那你能考虑一下么?"我随意地问了一声,如同只是问了问时间——同时想的却是用锤子把他那块臭表砸个粉碎。

"可以,当然可以。我会考虑的。"他说话的时候没看着我。

"噢,很好。"我说。(你是会考虑的,你这个混蛋。)

为什么我不能就此打住? 为什么我非要让自己继续往下陷? 为什么我非得去问他那个问题? 为什么?

"你知道,我是爱你的。"我脱口而出,双颊滚烫。某人终究不得不冒险一试。

没有反应。显然,我现在所说的不再是希腊语。

"你究竟……爱不爱我?"我问他。我竭力抑制住眼中的泪水,没再说下去。

"嗯……可能吧……"他最后回答道。我脸颊上的那种感觉此时犹如野火一般,正在迅速向整个面部蔓延,同时又在集中精力,不让自己呕吐出来。

难以相信,看清弗兰克这个大骗子的丑恶嘴脸竟会花费如此漫长的一段时间。他那友善的双眼和宽阔的眉宇所传达的都是虚假信息。它们在策划一起阴谋，向我隐匿他的铁石心肠——一颗像拳头那样，被他牢牢攥紧的心。他一度看上去是这般地温顺和率真，而此时却相差十万八千里。现在我是知道了：他就是一个恶魔。但是这为什么反倒让我对他的渴望之情更加浓烈，而不是有所减弱呢？谁能帮我解释一下吗？

1998 年 10 月 3 日

昨晚，弗兰克下床重新穿好衣服后，一眨眼的工夫就出门不见了。我很生气。原因不是我们刚刚有过一次感觉极佳的做爱经历，还是我们之间有什么别的事。老实说，是因为我觉得我们的关系已经到头了。而且，此时在终点的感觉好像也不如先前在起点时那样来得轻松。令人诧异的是，性交之初无论是如何地轰轰烈烈、让人大获快感，但是在他对你肆无忌惮、为所欲为的时候，最后你也只会急切地盼望着事情能尽快完结！

可这并不是问题的关键所在。真正的原因是那个杂种要去探戈舞场，而我却不得不呆在家中，只为了清早能有精神从事一份自己厌恶的工作。我愉快地向他挥手再见，虽然我面带微笑，心里却是暗藏杀机。即使这次的感觉有些平淡，但在刚做完爱之后，他是不应该想去跳探戈的。我就没有这种欲望，那他怎么会有呢？

想想他和别的女人跳舞就够令人懊恼了，再加上在和他少有的几次夜间出行中，我只能偷空前去光顾一下自己原来的活动场所，就更让人心烦意乱了。去探戈舞场已经变得让我不堪忍受。曾经一度是我飞入幻想世界的那块翘板，现在却变成让我落入阴池的跳板，里面充满的是禁锢的盛怒和毒辣的仇恨。

最后两次的情况大概是这样：弗兰克和我一起赶到沙龙，跳第一组舞曲。感觉还行，不是很糟，也不是很好，只是还可以。我们彼此之间过于熟悉。而探戈这种舞蹈需要男女之间保持一定的距离——他未曾目睹对方身着比基尼时柔软光滑的线条，她也不曾听到对方整晚的鼾声。探戈是猛男靓女的天地，不允许有弱男丑女的出现。他不能因为怯懦而无力维护自己的正当权益,譬如电影院里前排座位上的人始终说个不停,但你却不敢吱声;她也不能清早醒来就状如弃物,味同烂货。

每次跳完一组舞曲,我们的嘴里都充满了苦涩。虽然我们都在试图向对方隐瞒实情,但各自都很清楚,我们二人在一起不会进入那种若似神仙的奇妙境界,有的只能是被一大块沉甸甸的石头压在地面上的感觉。于是,我们分道扬镳,与其他的舞伴相拥共度余光。和我跳舞的人,我确定至少有十二个。我表现出一副心醉神迷的样子,可这只能是一出荒诞不经的闹剧。我再也无法合上双眼,去信步起舞了。它们现在变得有些疑神疑鬼,总在屋内四处乱窜、寻找目标:监视他那只手在舞伴的背部或腰际间的一举一动;测量他们二人之间距离的毫米数(如果有些许的间距);分析写在他们俩脸上的喜悦程度。曾经去探戈舞场能使我逃避痛苦,而现在这里却变成了盐分的提炼场,随后它又将提取出的食盐对准我那流血的伤口撒。目睹弗兰克拥着另外一个女人给予并享受着快乐,我实在难以忍受。但实际情况却是,我不仅容忍了,而且眼睛始终在寸步不离地盯着他们看。

1998 年 10 月 15 日

真让人无地自容:我在一次焦点小组座谈会上睡觉,被老板逮个正着。说实在的,我倒惊讶自己竟能一直坚持到那个时候才睡着。无论此后我又补记了多少页的笔记,也都难以使他相信,自己当时只是被对面双面镜子背后的谈话所吸引——那里当时有十几个年龄介于二十五至四十岁之间的家庭主妇,正在谈论关于自己孩子吃东西总爱涂抹番茄沙司的营养饮食习惯。此外,我那些笔记同样也未使我们之间的关系得到一丝半点的改善。长期以来,他就在怀疑我是第五纵队的成员。现在,他终于备齐了所需的全部弹药,可以彻底将我击垮了。但他没意识到,我倒希望被他解雇呢。不过,我想他是不会这样做的。尽管我不时地到处打小盹,可在不知不觉中却仍能出色地完成工作。这正是我的过人之处。

真正可悲的是,我失眠的原因并不是因为跳了整宿的探戈。倘若真是这样,那我也就不必为此而耿耿于怀了:即便蒙受再大的羞辱,也是值得的。但是,我是因为昨晚或是前晚,也可能是大前天晚上……一夜未眠,才昏昏入睡的。

在我不停地辗转反侧的时候,弗兰克却静静地躺在那儿,在我的身边酣然大睡,不受任何杂念的干扰。他甚至都未察觉出是什么东西在折磨我,搅得我彻夜难眠:为什么他不想做我的舞伴?为什么?为什么?为什么?我有什么不好?他为什么不爱我?我?我?我?

就是这些问题,整夜在我的脑海里绕来绕去,直到早晨八点闹钟响起的时候它们才安定下来。等我神志恍惚地从床上爬起时,他却还躺在被窝里,照旧打着呼噜。因为他和我不一样,有时间去跳探戈,因而也就不必像我那样去出卖灵魂,所以更不必像我那样需要早起,而我却必须耐着性子坚持听完一个又一个的焦点小组座谈会和各种会议,以及尾随其后而来的更多的焦点小组座谈会和更多的会议。这个杂种。我恨他。

这就是为什么在焦点小组座谈会上,我睡着的那会儿时间是我今天仅有的片刻休息。正当我梦见自己又回到多雷戈广场,与奥斯卡一同跳舞的时候,却被老板使劲捣了一下,猛地惊醒。翩翩起舞的美梦即刻便被死亡的舞蹈①取而代之,先前的那些疑问又重新跳动起来:他为什么不想做我的舞伴?为什么?为什么?为什么?我有什么不好?他为什么不爱我?我?我?我?

1998 年 11 月 2 日

弗兰克和他的舞伴正在为下周的表演编舞,他邀我前去看他排练。当我被迫在探戈舞场看着他与别的女人一起跳舞的时候,我想自己已经被打入了但丁的十二层地狱,而且还是陷在嫉妒和痛苦深渊的最低层。以前的我是多么质朴,多么无忧无虑啊。

---

① "死亡舞蹈"是中世纪的绘画题材,象征死亡的骷髅带领众人走向坟墓的舞蹈。这里意指这些可怕的问题又重新在我的脑海中浮现。

当他郑重其事地告诉我他想开始练舞的时候,我高兴得差点把头撞在天花板上。

终于等到了! 我大声欢呼起来,为自己的苦难经历最终即将走到尽头而欣慰不已。忍耐是一种美德,只是待他回心转意的一个时间问题。我在心中暗想,自己的担心纯属杞人忧天。

然而,紧随其后的一句话却又将我的喜悦心情彻底击个粉碎。他的新舞伴名叫伊莎贝尔,一个让我的噩梦变成现实的人。她形如一只巨大的竹节虫,我是指蕴含在其中的美感:身材窈窕、纤细。换句话说,她所拥有的东西我都不具备,假使我能转世重来、一切从头开始,那她就是我的完美化身。更糟糕的是,这位黑美人还是一位舞中高手。

那么,我怎样才能向他表明,这种情况是我所不能接受的? 我以微笑示之。这是英国人身处逆境时采取的一种应对方式:"老兄,沉着点儿。"不过,我觉得自己做得有些过火,因为当时脸上露出的那副呲牙咧嘴的笑容始终难以抹去。它已经僵死在那儿。应该有人立即请急救医生来!

我坐在场外,看着弗兰克和伊莎贝尔排练他们的舞蹈。

真是和谐的一对:弗兰克同伊莎贝尔。弗兰克同伊莎贝尔。弗兰克同伊莎贝尔,我暗自不断地重复着这句话,将这把尖刀一点一点插进我的腹中,越刺越深。

他们所选的曲目大概是探戈舞曲中最能震撼人心的一首:奥斯瓦尔多·普格列斯的《约巴》①。每每听到这首曲子,我就会颤栗不已,这已是必然之中的事情。坐在那儿看他们干着自己的拿手活,我也被乐曲声一并带入了天堂,领略了一翻销魂夺魄的感受,但同时眼前的情景却又将我牢牢地钉在了棺材里。这是最终被囚禁在地狱中以前,我经受的一种身心被四下揪扯的感觉。"弗兰克同伊莎贝尔"刚刚结束对我的折磨,他们又开始异口同声地向我发问:

"如何? 你觉得怎么样?"他们的兴奋之情溢于言表。我先前还在幻

---

① 此处音译,原文为"La Yumba",是出自奥斯瓦尔多·普格列斯(Osvaldo Pugliese)之手的一首经典探戈舞曲。

想着要把眼睛挖出来、把头发连根拔起,这时却又清醒了过来。

"很精彩!"我热情洋溢地说。

这一艰难的举动已耗尽了我体内残存的最后一滴鲜血,我觉得自己即将倒下。等急救人员赶到这里的时候,希望有人能告诉他们一声,我同时还需要输血。

1998 年 11 月 20 日

我不敢面对事实,但事实却不畏惧我。无论我怎样想方设法遮掩它,可事实仍是:我希望弗兰克愿意与我跳舞,而不是和她。不是和那只巨大的竹节虫在一起。不知历经多少不眠之夜,我最后还是屈服了,做了一件每个女人一生中至少都会做一次、尔后又会立即懊悔的事情——我向他下了最后通牒:"和我跳舞,否则就分手。"我没有完全照这样说,但话里的大意就是如此,而……他给我的回答竟是"那就分手"——真是搬起石头砸自己的脚。

我们分手的地点在中央公园的毕士达喷泉旁边。当时的情景完全可以被改编为一部好莱坞大片,主要是以泪感人,人们流出的泪水足以装满整个喷水池。的确很难再找出一处比这更具浪漫色彩的告别场所了。不过,只可惜喷水池不够深。正当我要一头栽入池子时,却意识到池里的水仅能没及脚踝,使得我即便想投水自尽也要受重重困难的阻挡。

其中的精彩片段当属他说"我爱你。曾经一直是这样,以后也依然不变"的时候。实在是一段催人泪下的告白。这确实让我很感动,不过现在说这些话是不是有些多余了?

回想起来,没在夏天的某个星期六下午被他抛弃,令我非常遗憾。那样的话,我就不必跑出老远的距离去寻求慰藉了,因为毕士达喷泉旁边举办的探戈舞会是我最喜欢的一个。然而,正如厄运所安排的那样,他抛弃我的时间却是在这样一个寒冷的、风雪交加的灰色星期一下午,我在长达五小时之久的等待之后才赶到曼哈顿舞厅,将自己最终送进探戈温暖的怀抱中。

确切地说，我们在强行分离之前所做的最后一件事应该是分摊探戈舞厅。我分到的是曼哈顿舞厅、桑德拉·卡梅隆舞厅和"美好时光"。他得到的是三人行舞厅、"舞运所"以及达内尔＆玛丽亚舞厅。这是我的主意。我可能在其中某个地方碰巧遇见他，这样想一想就让我无法忍受。他不太乐意这样做，试图劝我罢手，但看我无意让步，所以也就不再坚持。他自觉有愧。不错。

很久、很久以来，我都没有像那晚一样用饱满的激情跳过舞了。感情上遭受蹂躏却能让我在跳探戈的时候创造奇迹。此外，数周（用探戈行话说，就是数年）不跳，也有一定的辅助作用。自从上次出门后，我的精力全都用在核查弗兰克在与谁跳舞的问题上，这些是不能算数的。

所以，在一段漫长的时间过后，这应该是我第一次得以委身于陌生人舒适的怀中。这十几个陌生人，人人都在向我受伤的心灵施展他们各自的魔力，以化我的哀痛为甜美。

从一个疗伤的怀抱转身投向另一个的时候，我在心里给自己标记了两条注意事项：

1. 一直坚持跳舞。
2. 忘记性爱（不管怎么说，与言语相比，人们对它的估计更高）。

1998 年 12 月 8 日

每天工作开始的时候，我的老板总爱玩一场电话游戏。今早的游戏要求是列出儿童电视网上位居前二十名的卡通节目。他一挂断，我便拨通了助理的电话，让她电话通知传媒部门，然后由传媒部门在一小时后给我回电。这样我就可以和老板通话，经他再将信息传递给客户的老板（天知道会被歪曲成什么样子），客户老板又转给我的客户，随后客户又会要求我出示一张毫无意义的清单，等等，等等。我想，时间就是这样流逝的。

接着到十一点时，我们又转玩听乐声抢座位的游戏。具体规则如下：从一个会议室绕到下一个会议室，再绕，直到音乐停止——如果音乐总是不停，那游戏就要这样一直继续下去。所以，你得不断地从一个会议转到下一个会议,再到下一个会议,再下一个会议。例如,今天我们花了三个小时的时间讨论蜘蛛侠和忍者神龟二者各自相对的优势,因为我的客户想凭借一种狡诈的销售策略预计向市场投放一种新型的卡通外形意大利面食,以此来诱使从无猜忌之心的母亲们和她们单纯的后代去食用他们的垃圾产品。我可以肯定,关于二者哪个更酷的问题,我们激烈争论的时间就足足有四十五分钟:蜘蛛网,还是多彩的太空服。屋内的两个阵营一经形成之后,分贝数便也随即直线上升。一方(强烈)认为,由于忍者目前的排名高居榜首,所以他的知名度也能为该品牌造出一定的声势;而另一方阵营却认为(同样强烈),由于"蜘蛛侠是一个经典人物形象,不会过时",所以他应是该品牌最理想的代言人。轮到我必须发表意见(没什么价值,也就值两分钱)的时候,我便"喊哩咔嚓"地将蜘蛛侠猛批了一顿,凭借坚定的信念和充足的理由郑重表明了我的选择。这时,即使是我那不再费心掩饰对我心存憎恶的老板,现在看上去也是面露满意之色。可是待到按计划我们要进入到下一个会议时,这场激烈的争论却仍在无休无止地进行着,而且还将持续下去。于是,我们便商定明天再开一次会,对这个问题做更进一步的探讨。

为什么他们就不能不让我去参加那些烦闷无聊的会议?这些事情时常干扰我玩自己最喜欢的游戏——我整天都在电脑上玩这个游戏:单人纸牌戏,真让人受不了。

1998 年 12 月 31 日

我躺在治疗师的诊察台上,仍像往常那样有满肚子的牢骚要发。抱怨自己一个男朋友也没有,因为他把我抛弃了(假如你能客观地看待这件事,就会发现是我抛弃了他——不过,我可没有心情去这么做)。还抱怨自己有一份令人头疼的工作。然而,尽管我是在尽全力发泄怨气,但这次诊疗却让我愈来愈失望。

由于这是赋有象征意义的一天——今晚是一年中的最后一夜,也是一个具有众多纪念意义的时刻——所以我一直期望着,在自己病情分析方面也能出现烟花燃放时那种蔚为壮观的奇景。可是，似乎没有任何迹象能表明奇景即将产生。我的治疗师贝思是一位不合格的医生，能看出她缺少点灵性。她的心思好像用在别处。是因为我的思绪繁复杂乱让她感到倦怠乏味，还是因为近期要举办的庆祝活动搅得她心神不宁，我无从得知。她大概还在想，用我每月支付给她的诊疗费买来的那瓶香槟酒是不是已经送回家中。酒是否被冷冻了，或者在为客人起瓶前，酒是否已经放在冰箱里冷却了十分钟。

停顿了很长一段时间以后（这有些不正常），我打断了她的内心独白。好几秒钟她都没有反应，最后却又忽地一下回过神来。能感觉出，她是在极力找话说，哪怕是一两句。

"如果不考虑钱的问题，那你会怎么做？"这就是她想出的话。（诊疗的前四十五分钟里，我都是在倾诉爱情上的失意，而在最后五分钟里又转向发泄对自己工作的不满。）

建议我去休息！这就是她想到的最好的办法？天哪！我的确觉得她多少应该努力一下！不需说，我当时对自己的治疗师是有些意见。

但是恰在此时，我却突然产生了：顿悟。感觉犹如一吨重的"哀"砖从我注视着的屋顶坍塌下来，要将我活埋在诊察台上。我被击昏了。可就在我陷入昏迷状态前，嘴里却蹦出一个词。

"探戈。"这不是我说的，而是它在让我说。

就在这个时候，起重机将我从破碎的哀砖怒瓦中吊出来，把我提升到一片光明的天地，使我不再承受活埋之苦。嗬，真是天赐福音啊！

所有的问题全都变得格外明朗、异常简单了：我要辞职，移居布宜诺斯艾利斯，给自己找一个舞伴。一个不愿与巨大的竹节虫跳舞，而愿和我在一起的舞伴。真不知道，以前自己怎么就没想到过这个。何谓生死攸关的大事？

我为自己的重大发现感到欣喜万分，于是对贝思说，世上仅存的各种名贵香槟酒理应全都归她饮用。她不明白我在说什么。没关系。

1999 年 1 月 24 日

终于从广告业的枷锁中解脱了！难以置信，自己最后竟真能鼓起勇气，将所想的付诸行动。什么事情让我耽搁了这么久？我问自己。回想起自己当时未能及早采取行动，我就像疯了一样地懊悔不已。现在，我只感到心旷神怡！

为了与身在伦敦的父母一同分享这则喜讯，我拨通了他们的电话。首先打给了母亲。我告诉她自己辞职了，可她听上去并不怎么兴奋。其实说她的言谈怪异会更准确些，尤其是在我向她讲明原因后。

"探戈?! 亲爱的，你是在开玩笑吧。"

"不，妈妈，我是认真的。非常认真。"

"可是，你不能这样。没人把跳探戈当做职业。我从没听说过这么荒诞的事。如果喜欢，你可以把它当成爱好。但你不要变得和那些人一样，黑白颠倒——你不可能变成他们那样，那是幽灵过的生活。更不用说，它会给你的肤色造成怎样的影响。"

"是，我知道。但是——"

"亲爱的，探戈舞的环境污浊，而且跳舞的人也都是些粗俗之辈。这个你很清楚，甚至连你自己也这样说过。"

"我知道自己说过这种话，可现在既然认定探戈是我生命中最为重要的一部分，再去担心人们怎样拿刀叉还有必要吗?"

"别说傻话了。人们怎么拿刀叉当然很重要（长叹一声）。早知道这样，我就应该送你去英国的学校就读，让你趁早离开那家法国中学。这样说不定你还会长得正常些。你为什么就不能像我那些朋友们的孩子呢? 如果我告诉他们，自己的女儿已经堕落为一名探戈舞手，他们会怎么想啊?"

"他们想些什么跟我没有一点关系。"

"你怎么能说出这种话? 那是自私! 不要对我这样!"

我试图向她解释，自己对她没有自私。不错，我承认自己是自私。但是正因为如此,我才最终从长时间的沉睡当中觉醒过来,放弃了行尸走肉般的生活,并且转变成了一个活生生的人!难道这不算是一个特大的好消息吗?我问她。

答案显然是否定的。她亮出王牌的时候终于来了:

"如果你整天去跳探戈,你想怎样面对大家?看看我和你父亲的事吧。"假如她不告诉我,他们是在我两岁的时候因为她一直背着父亲跳探戈而离的婚,那我还真弄不明白这两者之间能有什么特殊的联系?我觉得现在不是自己探其所以的时候。

为了取得打动人心的效果,她停顿了一阵儿,随后又继续展开猛烈的攻势:"你究竟什么时候才打算要小孩?你的年龄已经不小了,也该考虑考虑了。"

(谢谢您,妈妈。没有一天我不是在想这些问题,只是没说而已。)

她当然会在谈话中提到孩子的事,因为她毕竟是一个希腊人。可问题是,身为母亲的女儿,我同样也是一个希腊人,所以也会情不自禁地考虑到孩子这方面上来。没人能比我更清楚跳探戈会对生子造成怎样的影响,也没有人能比我更惧怕终生不育的可能。

在我们双方都摔断电话后,又轮到我给父亲打电话了。刚一涉及自己想要做一名专业探戈舞手的问题,电话那头的声音就中断了。

"爸爸,您还在吗?"

"是的,我还在。"仿佛是坟墓里的幽灵在给我回应。

"噢?……那你怎么想?"

"我在想,你打算靠什么支付纽约的房租?跳探戈?"我尤为不喜欢他说"探戈"一词时所使用的那种不屑的语气。

"年轻的女士,你该为自己的将来做些打算了。"

(相信我,我时常都在为自己的将来做打算——我本想这样说,可是有用吗?)

他当然会触及问题实质性的一面,因为他毕竟是一个美国人。钱,钱,钱。不过,身为父亲的女儿,我同样也是一个美国人。他凭什么认为,在我鼓足勇气迈出一步之前,没有经过再三的斟酌。我自然也是惊恐万状,唯恐自己成为身无分文、一钱不值的东西！难道他以为,想象着自己生活窘迫的那副样子值得玩味吗？难道他就没有意识到,自己原来的那笔信托基金现在只需用那只小猪储蓄罐(这是他送给我的一周岁生日礼物)就可以全部存下的可能性令我是何等的忧心忡忡么？不错,我是没告诉过他,自己为了给以后的日子做准备曾有几晚都睡在地板上的事,因为那时我将成为一名无家可归的流浪汉,也只能住在贫民窟里了。让他觉得我缺乏责任感、做事不考虑后果,这或许是最好的一种选择。

"而且,其实我还有一些别的话要对你说……"

"什么？"

"我要移居布宜诺斯艾利斯。"

电话那头的声音变得比先前更加沉闷了。"爸爸,您可以往好处看看:那儿的房租要便宜许多……"

不知是什么原因,这并没有让他高兴起来。

"你因为一时兴起,就要打包搬到世界的另一端。"

"这不是一时的冲动。"

"那你这几年受的教育呢？"

"它能怎么着？"

"我供你读完剑桥,不是为了让你就这样把它全都丢掉。"

(过去他从没给我掏过一便士的学费,因为当时英国大学的学费是全免的,但我知道现在不是提醒他这个的时候。)

"剑桥大学的毕业生也都在源源不断地涌向探戈舞手的行列呢。"我跟他要了一句贫嘴。

电话的另一边没有传来任何的笑声。不过,我倒觉得挺有趣……

1999 年 2 月 9 日

昨晚我又看了《曼哈顿》,这起码是第一百遍了。你知道伍迪·艾伦为了创作一部小说,如何辞去了自己在电视台的工作吗？由于已经无力支付房租,他从自己的公寓中搬出来,住进一处又脏又乱的地方。那里的

水是从锈黄色的水龙头中流出来的,巨大的噪音吵得他根本无法入睡。看着他垂头丧气地辞掉工作:

"不！不！别那样做！那可是在犯大错呀！"我便冲着电视大声叫嚷起来。

然而,他却不听我的。后来又因为"街道上静得出奇"(比他的公寓里静多了),所以他依旧还是睡不着,我便非难他说这些自己可早都告诉过他了。

你本应该留着自己的那份工作。当时你都在想什么呢？以及更多诸如此类的话。

现在你能明白为什么我对伍迪·艾伦的维护甚过对自己的维护么？因为我和他做出的是同样的"牺牲"。除了有一点不同,那就是我要从上东城一幢有门卫看守的舒适单居室中搬出,迁到距离一洲之外、只有老天才知道会是怎样的一个住所。我猜想,那应该是一个类似于老鼠洞的地方。

按照其他人的理解,我的生活是要一败涂地了,这一点我很清楚。实话实说,我是一个脱离了社会的人。我敢断言,他们一定都在我的背后摇头兴叹:

"多可惜。原来多么聪明伶俐的一个女孩。现在再看她,怎么一下就变成了这样？"

他们所不了解的是,此时我比任何时候都要幸福快乐。我既不像他们那样受物质财富的奴役,也与安妮特·贝宁在《美国丽人》中扮演的角色有所不同,不会让一个沙发左右自己的生活。不过,我还是情不自禁地为可怜的老伍迪感到惶惶不安。这的确很可惜。原来多么聪明、机灵的一个男人。现在再看看他,怎么一下就成了这样？

1999 年 2 月 21 日

今早,我险些因为心脏病突发送了命。我收到银行寄来的账户清单。不知开设信托基金还有什么用？正当你最需要它的时候,正当你最终明白要如何妥善利用这笔钱的时候,它却无法兑现。我的钱都跑哪去了——它们又没有直接进入我的诊疗师的腰包？这真是极大的不便。据我估计，自己或许仅能依靠剩余的钱款维持一年的生计——或者是十八个月，但条件是要节衣缩食。可以后会怎么样呢？

还能怎么样，只能是一贫如洗了。

我被脑子里的这些想法搅得心神不宁，于是决定出去走走。沿着麦迪逊大街向北走，一路经过了卡尔文·克莱服饰店，瓦伦蒂诺服装店，阿玛尼时装店，劳夫·罗伦化妆品店，古琦皮具店，克里斯汀·迪奥时装店，等等。我生平第一次认识到，自己或许以后都只能从这些铺面门前一走而过了，因为我可能永远也无力再进去消费了。这种认识的出现如同腹部突然袭来的一拳，使得我必须对整个事件的前前后后重新进行一次估量。不是说我活着就是为了穿名牌服饰，绝非如此。而是因为父亲曾教会我一件事：做事之前要考虑到方方面面的可能性——包括香奈尔在内。同时还有一个特别的原因，那就是我们家族中有一半的女士都喜欢穿这个牌子的衣服，而另一半则把伊夫·圣·罗兰视为她们永久的购物场所。

当我突然又想到自己的决定所引发的种种后果时，还是大伤了一番脑筋。辞去工作、立志成为一名专业探戈舞手，实际上我是在向优越的生活挥手说再见。可我曾经却在期盼着能一直享有范思哲服饰带给自己的那种舒适感觉，直到生命停止的那一刻。所以说，从以上各种安定的生活方式来看，我的这种做法实际上是在让自己变成众矢之的。假使自己真能胆大无畏地迈进其中一家店铺，售货员无疑会以对待《风月俏佳人》中可怜的朱莉亚·罗伯茨的方式来接待我。我虽然知道她们这是出于对我的怜悯，可我还是控制不住自己，想要进去看看。

生活中缺少高级的精美服饰是一回事——如我所说，我并不看重穿着。倘若我对此有过抱怨，那也是在针对其中某个关键性的要素发表意见，而不是在说服装本身。但是，如果失去了旅行的机会——向印度、中国和非洲说再见！——没有了四星级的酒店和昂贵的名酒，不能去剧场、歌剧院、音乐会，特别是每周三次的电影院；不能去看心理医生（也是每周三次）；不能去游泳、练瑜伽，或是打太极拳（坐出租车去）；不能滑雪，或是冬天在热带地区度假；不能再住在第五大街的顶层公寓里，也雇不起保姆看小孩——概括说来,生活中假如缺少这些东西,那可完全是另外一回事了。当然至于顶层公寓,我只是开个玩笑而已,但对保姆一事我可是认真的。我之所以对这个问题很严肃,不是因为自己也会像常人那样有需要一位保姆的时候,而是因为自己与此事挂不上一丝半缕的联系。重申一遍,这可是一个事关重大的问题啊。

的确,我不需要住在一套豪华的公寓里。我确实不需要。而且我也不必像我的姐妹们那样,必须要拥有几间乡村别舍和(或)滑雪小屋和(或)海滩别墅。但我不会拒绝头顶有一架顶棚,它甚至都不需要很大。在我借他人们门前避雨的时候,如果我能拥有一辆可以称之为自己的马车,我就会觉得很幸运了。总之,我不是在盼望过那种贫穷新贵的生活。其实,自从一个月前跟父母通完电话之后,我的兴奋程度就已一落千丈了。

将我不久要在贫民窟过的日子与祖先们原有的迷幻生活做一对比,竟发现自己的全盘计划还不如后者更具有魅力。假设他们不是由于业务过度繁忙,要在四处的卡西诺娱乐场里游荡、去享受灯光摇曳的乐趣、设法灌醉对方、尔后和他们的女人上床睡觉,那这些人也会展示出愿与庄严的事业共进退、解放被压迫者和为在敌军的领地上空执行飞行任务而英勇捐躯的明显志向。在这些灵魂的熏陶下成长,我时常觉得自己也有很多要去实现的理想。然而,现在我做探戈舞手的计划却让自己的宏伟梦想大打折扣,使我在满脸泥巴的情况下很难做出卓越的表现。

等设想到自己八十岁的情景时,我就再也无法忍受了:推着一辆放有两个脸蛋脏乎乎、肚子饿瘪瘪小孩的婴儿车走进一节拥挤不堪的地铁车厢,然后还要再爬六段台阶,而前提是自己还未累到极点使旧病复发(我曾患有肺气肿)。

"现在还为时不晚!"我大叫一声。要变卦,还来得及。我只是想了想,还没有做出不可挽回的事情。这可有很大的区别!我仍然可以改变主意。噗!真是莫大的欣慰啊!

刚要松一口气,我就意识到自己不会改变主意。用不知是哪位自立精神领袖讲过的话说,我要去感受恐惧(完完全全的恐怖),而且是义无返顾。

"你那样做,至少是出于自己的意愿,"我想,随后又大声补充了一句,

"去他妈的伊夫·圣·罗兰!"以此来坚定自己的信心。我之前没有注意到那位用午餐的女士,此刻她碰巧要出店门,两只胳膊上挂着多个购物袋。看着她脚蹬马洛诺高跟鞋,踉踉跄跄地以最快速度沿麦迪逊大街走去,手里还紧紧攥着一只爱马仕皮包,这时我的心里有种难过的滋味。不过,这也没什么……

1999 年 2 月 24 日

重新思量一番……由于自己的信托基金已经被封存,所能享受的各种特权也被剥夺得所剩无几,所以我已无力购买任何健康保险,所以也就有可能倒在阿根廷的马路中央,躺在自己的血泊中,因无人过问而惨死街头——我可不大希望出现这种情况。

应该对军火库发动猛攻了。我不想不做一点挣扎,就这样让自己沉沦下去,落到住贫民窟的地步。破产仅有的几个好处之一就是,你可以孤注一掷地去做某事,因为你根本不会损失任何东西。于是去里面,我拿出了唯一一件还能使用的武器(在离开大学的这些年月里,它一直都没生锈):说服。

"爸爸! 还是我。"我说。

"怎么啦?"他说。仅此而已:只是一句"怎么啦。"开头就不顺利。

"我知道,你觉得我离开纽约去阿根廷学习探戈不是个好主意。"我开始游说了。注意,这里所使用的动词是"学习"。

"非常正确,我确实觉得这不是个好主意,我想这个主意糟透了。事实上我甚至从来没听说过比它还差劲的想法。"他说。放屁。他要剥夺我继承权的想法就是一例。

"我听见您说的了。"我说。在任何协商谈判中,不管对方嘴里扯的是什么乱七八糟的东西,重要的都是要让他觉得自己当时的讲话"有人听了"。"我的确能理解,在您看来,我的选择一定看起来有些……古怪。虽然这还算不上彻底疯狂!"我停顿下来,想攒积一股冲劲。毕竟,艰巨的一部分任务还在后面。

"知道你还有些脑子，我很高兴。"他说。好，我们有进展了。

　　"我想让您知道，或许我表现出来的是另外一个样子，但我一直都在考虑自己的将来。考虑了很多。信不信由你，我的确也想取得成功。"又停顿了一会儿。停顿总没有害处。"……不过是按照自己的意愿。"停顿。他始终没有说话，真让人揣摩不透。最好还是再接着说吧。"我完全相信，一个人只有在做自己喜欢做的事情时才有可能成功。"这里用不着原封不动地照搬那些"做你想做的，金钱也会随之而来"的句子。"同样的道理，如果所做的事情让一个人痛苦不堪，他是不可能取得成就的。所以总而言之一句话，我在广告业界永远不会有崭露头脚之日。原因很简单，就是因为我对它的热爱还不够。"这可称得上是本世纪最为低调的言论了。停顿。"然而，探戈却——"

　　"探戈，如何？"他又出声了，说话的语调让人很不爱听。可谈判进行到这个阶段，我们双方都有意要推进谈话的进程，而不是要去再挑事端。（所以，我对自己说，还是不要考虑他说话的语调，继续往下说吧。）

　　"正如我刚才所说的那样，我知道自己是有能力干好这件事的，而且可以干得非常出色。"

　　"这个我并不怀疑。但我想知道的是，你到底打算怎么靠跳探戈养活自己？"哦，天哪。难道我地种得太早？不会有好收成了？

　　"问得好。虽然我不能靠跳探戈成为几百万的富翁，但得到一份不错的收入无疑还是可能的。"

　　"你所说的不错的收入指什么？"现在我们这才算是在交谈！

　　"给私人授课每小时一百美元，每间工作室至少五百美元，而且再加上演出时挣的钱，一个月我能有两千美元的薪水——这是纯收入，即除去税收和各种开销，包括旅行和食宿之后的收入。所以我挣的钱基本上够自己用了。"在任何谈判中都有一条重要的规则：做好充分的准备工作。他虽然是一言不发，可在沉默的背后，我却能觉察出他内心的惊喜。"当然，这无法与银行业的收入相比。不过，我们所说的也不是什么区区小数的进账。"趁热打铁。

　　"还不坏。"他承认道。

"是，这并不坏。问题是……"

"什么？"

"您知道那些有工商管理学硕士学位的人都是怎么读下来的吗？"（首次提到。）

"怎么读的？"

"在我看来，这种方式与我今后几年的生活差别不大，等于自己是在读工商管理学硕士学位了……"（再次提到。）

"相当于读工商管理学硕士学位？"真希望他能不这样。每句话都重复一遍，他一说，我的思路就断了。

"是，相当于读工商管理学硕士学位。"（第三次出现。别管做什么，现在你都不能停。）"这与回学校重新读书是完全一样的。想一想：到时候我将在一个实际环境中直接应用自己从教室里学来的理论知识；我还会让自己完全置身于那种理想的网络化空间中——正如您本人一再所说的那样，找一份工作就好比是在寻找一位自己所熟悉的人——"

"你在说什么呀？"他说，语气似乎是嫌我有些啰嗦了。于是，我便也以同样的口吻回应道：

"爸爸，我现在是说，在我学习探戈的这段时间里，我需要您的资助——您知道自己是会同意我的要求的，假如我要去读工商管理学硕士学位（第四次）的话。和资助我读工商管理学硕士学位（第五次）一样，您可以把这也看做是一笔投资。但是同读一个工商管理学硕士学位（第六次）一般所需的费用相比，这笔钱就只能算是九牛一毛了。这可是一个双赢的结果啊！认真地说，您还应该感谢我能住在布宜诺斯艾利斯呢，因为那里的生活费远在哈佛之下。更不用提，每年您还能从读工商管理学硕士学位的学费上节省下四千美元！"已经是第七次出现了！不可思议，我竟能将"工商管理学硕士学位"这几个字向他强行灌输这么多遍。这也是几年来自己学到的唯一一样有价值的东西了。

就在我们通过电话达成协议的同时，我深知他对我刚才的那些胡言乱语只不过是假装信以为真罢了。原因是他并不傻。他清楚，我知道他会资助自己的女儿，因为他不像我那样，还能忍心去想自己住进贫民窟时的情形。但是这样一来，他也能保全自己的颜面了。几年过来，我已经变成一个被宠坏了的孩子。太棒了！

既然我的决定能使父亲高兴许多，如果还让母亲呆在阴暗的角落里继续伤心失望，我想这就有些不公平了。于是，我也拨通了她的电话。此次说服工作的关键就是要让她相信，在追求自己欣然向往的某种东西的同时，我也极有可能会通过这种方式找一个可怜的家伙同自己结婚。为了达到目的，我借鉴了一项科学研究的成果——这是无意间我在斜过别人的肩头时从一篇《时尚》中的文章上读来的，有关心情愉悦如何能使体内的荷尔蒙分泌出一种可以让皮肤变得细嫩而又光滑的酶素的问题。

"妈妈，您知道，我还没到人老珠黄、无人问津的地步。"我说。这使她得到了不少的欣慰。"您等着瞧，我一定会给您生几个最漂亮的外孙，我保证。"这句话奏效了。

要是我也能让自己相信我所说的话，那就好了。不过，既然我已用神奇的方式说服了父母，那也就意味着我现在每个月都能从他们两人那儿拿到一笔两千美元的"奖学金"去学习探戈了。这些钱应该足够我在布宜诺斯艾利斯吃饱穿暖了。我在想，如果自己节省一点，不知是否还能从中匀些钱出来再买一个健康保险？

1999 年 3 月 1 日

他妈的，失眠了。这究竟是谁的愚蠢想法，要移居布宜诺斯艾利斯？倘若永远也找不到舞伴，那我该怎么办？有哪些精神健全的人愿与一个没有舞蹈天赋的外国人跳舞？我没有任何机会。他们绝不会对我认真的，只会拿我做探戈舞会上的笑料。我知道，他们有可能还会叫我卷铺盖走人，并且说，"美国妞，回家去吧。"没有一份工作，没有一个工商管理学硕士学位，也没有一分钱。能有的只是逐渐的衰老、更多的皱纹、嫁不出去和沦为老处女的下场。父母说得对，我最好还是就呆在这儿，把整件事都忘了。明天一早，我的第一件事就是取消自己预定的机票。现在先去睡觉吧。

移　位

1. 探戈舞的一种步态,结伴一方侵占另一方
   的空间,"迫使"他或她从自己原来的
   位置上移走。耳听为虚,
   眼见为实——相信我。

2. 偏离自己正常的情感或精神状态的
   女性——即,多半因受探戈舞伴所逼
   而"精神错乱"的女性。

1999 年 3 月 3 日

哇！我到了！（机票不能退了。）

这次坐飞机的时候没有人吐我一身，所以我对这趟飞行也就没什么好抱怨的了。现在我正躺在奥利弗家的平台上，一边享受着阳光的沐浴，一边饱览国会广场的美景。早在我寻觅某种永恒的东西之前，他就把自己的住处借给了我。我很庆幸自己那天在纽约的街头能走上前去，问他和印在 20 美元纸钞上的那位总统是否有什么亲戚关系。他和富兰克林长得真是一模一样。那上面的人就是富兰克林，不是吗？临时照搬一些刚学来的粗笑话——这种方法虽是拙劣，但却行之有效。当他仍在我的"计划打击"名单之列时，我就是凭借这种手段让他请我跳舞的。尽管我这样冒失无礼的举动让他大为惊讶，不过还是挺管用。我们一起跳了舞，感觉不错，并且还结成了挚友。现在，我就呆在他的住处，感觉自己是世间最幸运的一个女孩！

他告诉我他在这儿给自己购置了一处"落脚的地方"，但我却从没想到会是这种地方！这根本就不是什么落脚的地方！而是一个"落脚的天堂"①,是天上人间。确切地说,这所房子给人的感觉更像是一艘浮在空中的小艇。其中的特别之处,我们还没说到,那也是最值得一提的地方,即它同(五月大道上布宜诺斯艾利斯的历史性建筑)一个圆顶屋连为一体。今晚我会迫不及待地上床睡觉,不仅仅是因为熬了一夜之后我又回到了平日里那具僵尸的状态,更是因为自己的卧室就在那座圆顶屋的里面。真像一场梦!

一等拖着两只抬不起的箱子爬完六段台阶后(电梯停了,这段楼梯让我回想起自己那天产生的一种预感),我就决定出去走走。我需要证实一下,自己不是做梦到了布宜诺斯艾利斯。于是,我即刻转身出门,沿着林荫路向七月九日大道走去。我无法接受自己已经身在布宜诺斯艾利斯的事实!为了庆贺自己的到来,我透过耀眼的光线瞥视着街上由我身旁经过的每一位男士。报告一则好消息,这里眉目传情的游戏仍和原来一样盛行!

自己的确身处此地的实情仍然让我一时无法接受,感觉依旧有些不真实。事实上,我几乎觉得自己仿佛从来就没到过这里。原因不是出在这座城市发生了改变,而是我变了。似乎两年前来这儿度假的那个人不是我,而是另有其人。我既记不清她的大概身份,也蹬不上她穿的那双鞋子——那双她曾经穿过,后来又折价换成了高跟鞋的鞋。

返回奥利弗住处的途中,我意外遇见了表妹的朋友——罗伯特。他刚因工作上的事和别人吃完午饭,碰巧也要步行回自己在商业区的办公室。看见我,他不敢相信。"你在这儿干什么?!"他大叫起来。我告诉他自己回来是想全心投入学习探戈,而且对此他还要负一定的责任,因为正是最初看见他和米奇如胶似漆地贴在一起时的那幕情景,我对探戈的激情才被燃起。他很高兴。不管如何,他还是说自己刚好认识一个人,此人在对面娄上有一套公寓,正打算搬走。刚回来仅十分钟的时间,我就有可能已经找到一处栖居之所!所有这一切来得未免太容易了。这可能是坏

① 原文为法语"pied-au-ciel",是作者自创的一个短语,为了与上文中的"pied-à-terre"(落脚的地方)形成鲜明的对照,以表明自己的意外程度。

事降临前的某种征兆吧。我想，或许自己永远都不该回到这里。

1999 年 3 月 4 日

独自一人重返阿尔马格罗俱乐部，我有些忐忑不安。一方面是因为自己对这座城市只是略知一二，而且我还不会讲当地的语言（其实是两个方面的原因），所以搭乘出租车、让司机带你去某个地方便成了一件令人头疼的事情。我发现这里几乎没有一个说英语的人。也好，这样就可以强迫我练习西班牙语了——如今，我可是有需要练习的东西了。

为了确保事先能有所准备，我从报刊亭买了一张布宜诺斯艾利斯的市区图。我想看看，在我的人生因之发生转变的那个夜晚，表妹夫妇领我所去的地方究竟在哪儿——已经有两年了？我对那个地方的地理位置一点儿概念也没有，因为坐在别人汽车的后排座位上的时候，我从来不注意行驶的方向。既然现在在看地图，我决定索性就把人们告诉给我的所有跳探戈的地方全都标示出来。总共大约有二十个地方，我花了一个小时左右的时间才找出它们的精确方位。这些地方竟遍布在这座城市的每个角落里，甚至连我这个在众多七零八落的城市里都曾居住过一段时间的人，也被吓了一大跳。

当然，我埋头研究了一个小时之后，还是毫无头绪，仍搞不清自己是在朝什么方向走。然而，不管去哪儿，距离看起来都不短。当我迈开网眼袜中的双腿，摇摇摆摆地向前走时，心却开始控制不住地怦怦直跳。很久以前，我就唯恐自己会成为舞厅里的看客。我觉得自己应该彻底克服掉这种恐惧。可是，现在我不是在纽约，而是置身于这些大型的舞厅中。如果没有人邀请我跳舞，该怎么办？如果我整晚都坐在那里，没人来帮我摆脱这种受羞辱的境地，那又该怎么办？这可是真发生过的事。我听说有些女人的屁股整晚都没能离开板凳，这种可怕的情况我知道的已不在少数了。布宜诺斯艾利斯的男士们都很残忍，有人对我说过诸如此类的话。阿曼多告诉我，做看客用西班牙语说就是 planchar（表示"要熨衣服"的意思），没有比这更能让我深恶痛绝了。

说到这儿，刚才留出的那件还没打包的衣服是需要熨熨了。我准备穿上它，但到处都是褶子。等一做完家务——这才是真正让我深恶痛绝的事情——我便站在镜前，套上了这件裙子。"也只能将就一下了。"我想。真希望这件带有低开 V 字领的黑色紧身连衣裙，按照当地的标准，不会太短。我可不想由于裸露的乳沟过深（并不是说有很多可露的），或是秀腿太长（这里能露的，倒还多点），而招引别人前来冒犯自己。

"诱饵肯定不会因为过于醒目而钓不上东西。"我对自己说。

说完这话，我感到浑身一阵猛颤。穿件能衬出自己腿部修长线条的裙子，有什么用？又没人能看见，因为它们整晚只能伸在桌子下面。我甚至无法确定自己究竟是在做梦，还是在现实之中。

招手叫来一辆出租车时，脑子里全凭自学勉强记住的几句简单的西班牙语却被忘得一干二净。我只好转而说起意大利语，中间再夹杂些法语——这是我惯常使用的一种办法，效果还不错。我不会说他们的语言，对于这个事实不知那位司机是假装不清楚，还是真的没有意识到，反正他跟我闲扯了一路。而同时，那家俱乐部好像又真的很远，也许连"好像"两字也可以省去不用。尽管他说的话我一个字也没听懂，可还是在频频点头，不时地发出"噢、啊"声回应他，而且每次趁他停下来喘口气的空当（这种情况不常有）我还会说上一句"如果"。过了大约二十分钟，他认为该是让我一展口才的时候了，所以就开始向我发问。

我想当然地认为，人们通常无非会问："你从哪儿来？"

于是，我就用西班牙语回答了他的问题，虽然磕绊的地方至少不下十处，但这可是我记得最滚瓜烂熟的一句话了。他对我的话很感兴趣。

"美国妞来布宜诺斯艾利斯跳探戈！呵呵，呵呵，呵呵……真想不到！"他咯咯咯地笑着说。这下看来我是没错了。

天知道我们绕过了多少弯，最后才终于到达了目的地（我只能受他的摆布——他原本都能将我带到廷巴克图去①）。

"亲爱的，你的西班牙语太棒了！"在我付他小费的时候，他高声说道。

---

①　马里城市，位于撒哈拉沙漠南缘，意指一个遥远的地方。

突然之间,刚才走过的每条弯路都变得值得了。他的话——不管是出自真心,还是一派胡言——都让我充满自信,让我能抬头挺胸走进阿尔马格罗俱乐部。不过,自己的语言技能同探戈舞艺有什么关联,这一点连我也不太清楚。

看见眼前的一景一物都未发生改变,我轻松了不少。所有的东西都是依然如故,与我离开时的景象完全一样。再次走进自己的向往之地,我发现入口处的那扇玻璃门仍未被重新粉刷,以至于上面的黑漆还是在大片地脱落。这倒带给我一些慰藉,虽然具体的原因我也说不明白,但总之就是这样的感觉。

我一进到里面,当初的那种感觉又都涌上心头。那是目光初次接触探戈时,因面前的跳舞方式而有的一种震惊。我已全然忘记当地的舞蹈天才们究竟出众到何等程度。但我知道,倘若有人想要拿自己跟布宜诺斯艾利斯的女人做对比,那可不是什么明智之举,因为她不可能在较量中占有一筹半码的优势。对于身处劣势、已经无药可救的一类人而言,这可谓是一条万无一失的稳妥策略。不过,还是有一个人不听劝阻。这些令人为之倾倒的国色天香们,即便你在一英里之外的地方也能将她们辨认出来:皆是姿色迷人、身材娇小的窈窕女子,都留有一头乌黑闪亮的飘逸长发,使得她们在刚刚睡醒时看上去也一样楚楚动人。和外地来的"朝圣者"不同,她们没有包得严严实实,用从同一家商店买来的千篇一律镶着流苏边的连衣裙和相同款式的双色鞋装扮自己。其实,布宜诺斯艾利斯妇女的着装更趋简单化——就是说,她们尽可能地少穿衣服。现在我明白短款上衣为什么流行了,因为它们能秀出这些美女们那烦人的扁平肚子和纤纤细腰。这些看上去似乎随时都会脱落下来的性感上衣,单凭一根细线吊在穿者的身上,很不牢靠。更确切地说,是靠许多细小的丝带来回缠绕,拴在最具女性阴柔之美的后背上的。同时我也注意到,流行的服装式样还有勉强只能盖过屁股的低腰紧身裤和紧身裙。至于那些裹在底下的屁股,则和其他女孩的一样娇小迷人。事后我才意识到,自己竟笨得会担心招来别人的冒犯。相比之下,我的这身打扮仿佛只适合去教堂做礼拜。我甚至觉得自己所穿的衣服很不合时宜,但这可是我经过再三的斟酌,在认真考虑了乳头、屁股、膝盖和肚脐眼能否被遮住的问题之后,才精心挑选出来的一件啊。

"对自己的屁股,我是无能为力了——除非动手术。"我感叹道。不过,我的衣橱修整起来倒会容易些,我在心中暗想。

此时,我的注意力又转向了那些男士。他们的穿着要文明一些。这些布宜诺斯艾利斯的男子个个都很俊朗,使人渴望赢得他们每个人的倾心,但却不知从何处入手。他们匀称的脸庞使我不禁回想起古典式的希腊雕像,和我见到的现代希腊人不一样,他们看起来反倒更像古希腊人。在舞动身姿的时候,他们甚至变得更加超凡脱俗。如果这是人力之作,那也应该是其中的极品,但这不可能。所以,我就此推断他们非属凡人,而是神或是传说中的英雄人物。

舞池中的每个人(我是指阿根廷人——那些外国人早已不复存在了)显得都很专业。他们给我的感觉仿佛是团烈日,为了不灼伤眼睛,自己最后只好作罢。不,那也不正确。它们更像是距离一百万光年之外的一个遥远星系上的点点繁星。凝视着他们,我在想,自己的舞伴是不是也在那里,在他们中间。倘若如此,我怎样才能让他注意到我在这儿。当务之急,我应该给自己找一身合适的穿戴。毕竟,同宇航员一样,我也在为太空之旅做准备,这要求我要十分注意自己的着装。

顺便提一下,我所担心的那些最糟糕的事情并没有发生。这正是我的忧虑所在。如果可以将有可能出现的不利情况预先考虑周全,就不会有坏事发生了。最糟糕的结果无非就是自己整晚都坐在那里。第一位和我跳舞的是一个年龄在九十岁——我不是在夸大其辞——名叫阿道弗(我确定)的男士。他有名气是因为他也是曾经将探戈搬上舞台的首批演员之一。同他在一起,实际上是件令人担惊受怕的事。由于他的身体太弱,所以我总是担心他会被我累垮,或者他会像奥斯卡那样倒在我的身上。不过,奥斯卡所为却恰到好处,他是先等我离开阿根廷,而后才倒下的。虽然这让我心里有些难受,可这至少达到了一个目的:炫耀我小腿肚上的肌肉,这可是我的身上最吸引人的地方(除了我的眼睛)。接下来,众多男士纷纷上前邀我跳舞。但是出于他们全都来自地球同一星系的原因……所以就不值一提了。

1999 年 3 月 7 日

去"完美甜品店"下午场的舞会之前,我还有件要紧的事要做。因为我除了那件新买的很能衬托身体曲线的大红色上装外,还得买一双探戈舞鞋。虽然我原来在"阿尔马格罗"的运气还算不错,但这次我可不想再去碰运气了。那些男人们可以原谅你一次,但可能不会有第二次。这样说,我的意思无非是指,跳探戈舞的人都是有恋鞋癖的人,尤其是男人。如果要他们回答"她会跳舞吗?(意思是说她是不是跳得不错)"这样一个价值百万美元的问题,舞鞋通常是他们所要搜寻的第一条线索。他们会通过舞鞋来判断她的舞技如何。我不愿去想,自己之前穿过的那些不合适的舞鞋究竟让我失去了多少不错的候选人。要找到合适的舞伴只有一条路:漂亮的舞鞋 = 不错的舞伴 = 迅速的改进。

随后我就去了布宜诺斯艾利斯一家最有名的探戈舞鞋店——佛兰蓓拉。大概除了那双用金银线编织的鞋跟儿有十厘米高的鞋子(我也说不上有几英尺高,总之是很高)不是很中意外,剩下的每一双鞋我都非常喜欢,于是我在那儿痛苦地抉择了一个小时的时间,这令鞋店的营业员懊恼不已,很快就不耐烦了。最后,我按自己的个性选了一双既简单又经典的亮黑色皮鞋,鞋子的前面有一根常见的 T 型带子。最重要的是,我穿上它走起路来不会摇晃(得很厉害)。这双鞋子很性感,透出的是一种高雅时髦,而不是放荡懒散。我离开了鞋店,对自己和自己的品位感到兴奋不已。

武装好双脚后,我穿过马路去了"完美甜品店"。这个地方很不错,是一个建于世纪之交的茶馆,虽然正濒于坍塌,但因此变得更加迷人。茶馆的地面用大理石铺成,天花板由一些巴洛克式风格的柱子勉强支撑着——它们看起来好像是由棉花糖做成的,上面垂下一串串像葡萄一样的古色古香的球形灯,但这些灯的年代实际上并没有多么久远,只是自1966 年以来没有更换过罢了。而那些舞者,从他们的外貌来看,仿佛也是由那个年代过来的老主顾了。穿着三件套的白发男士和他们的头发染成蓝色的老婆在一同翩翩起舞，每个中年人的脸上都是熠熠生辉。一些外国女人为了寻觅爱情也千里迢迢赶来这里，和那些布宜诺斯艾利斯的花花公子们跳着舞，时刻准备以每个女人都能接受的价格把爱情卖给他们。阿曼多要是在的话，肯定也会表现不错。时间在这座令人着迷的宫殿里停止了，音乐证实了这一点。

刚和一个叫奇奇的男人跳完一组舞曲——跳舞期间，这个人一直在我的耳边磨着他的假牙，发出一种让人不太舒服的声音——我就注意到一个七十多岁、长得又圆又胖的矮个子男人，他看起来像在竭力使自己显得精神抖擞一些。他穿着一件夹克，还系了一条领结，但是衬衣的领口已经磨破，裤子则是涤纶的。他的头发是染成的黑色，所以发根还需再润色一下；不过牙齿还都健全，但由于受长期吸烟的影响全变成了黄色。可尽管如此，在我看来他还是很像阿波罗。我是说就跳舞而言，这你是知道的。他的舞姿很优雅、含蓄，而且从容不迫，是那种纯粹的二十世纪四十年代的风格。

我和奇奇跳完一曲，理所当然要和阿波罗跳下一曲。由于我们在拥挤的大厅里各处一方，所以我只好一直盯着他看，直到他看见了我。然后我便立即挑起了右眉（出于某种原因，我的左眉挑起来达不到预期的效果）给他发去一份电报："你是我的下一个舞伴。"他不仅收到了信息，而且还朝我点了点头，促使我不得不以一种惊讶而又谄媚的表情看着他，似乎之前一直是他想邀我跳舞。

在下一组舞曲开始之际，这个陌生男人走向我的桌子前来接我。这时我才注意到，他走起路来一瘸一拐。我担心这会影响到他跳探戈，但结果表明我的担心是多余的。真是蔚为奇观！我的直觉仍然没有让我失望。事实上，我开始注意到一种趋势：舞伴要是长得越圆越胖，那和他跳舞的感觉也会越发的悠闲舒适。我感到超脱了自己，这不是第一次，也有可能不是最后一次。

我站起来，从容地和他一起步入舞池，感觉穿着新舞鞋的我仿佛是位皇后。他把我拥入怀中，在等待音乐开始的时候我俩也变得亲密默契起来。音乐响起,我们便随之起锚动身,以一个精美的开步动作开始了我们的航行。

然后,我就跌倒了。

幸运的是,在我倒在大理石地面上之前他抓住了我。都是因为我的新鞋子:它们太涩了。

"你必须用点巴——士——林娜。"他说。

"您说什么?"我没听明白他说什么。他是在说英语吗?

"巴——士——林娜挺不错的。试试,你就知道了。"他继续说道。我觉得他说的是英语。可"巴士林娜"是什么玩意儿?我在脑海里一遍遍重复着这个词,不久就找到了答案。

"噢!凡士林啊!"我高兴地叫道,脸变得像甜菜根一样红①。我觉得他说这种话未免也太冒失了吧。难道天主教徒对这种事情并不注重?"你让我拿凡士林做什么用?"为了再次验证一下自己的猜测,我又问了问他。

"抹在你的鞋上。我的就涂了。因为它们有点……用你们的话怎么说?……就是有些涩。我也差点摔倒过。后来在鞋上涂了巴——士——林娜后,就好多了!"

"哦,涂在鞋上啊。我一定试试。"我尴尬地说。自己的想法好肮脏!

我们俩就这样跌跌撞撞地一直跳到曲终。一等结束,我就赶紧跑出去找到一家最近的药店。他说得不错,巴——士——林娜正是我需要的。当我回来的时候,这个名叫埃克托尔的男人仁厚地给了我和我锃亮的皮鞋(现在已经涂上了凡士林)第二次机会。我们这回一帆风顺……

1999 年 3 月 13 日

由于希望能再次见到埃克托尔,我于是又去了"完美甜品店"。让我

---

① 阴道干燥的女性可以通过涂抹凡士林来增加润滑度,减轻干涩疼痛的感觉,从而增强性生活快感。

欣喜若狂的是，他就在那里。一进大厅他就认出我来，马上朝我点了点头。我非常兴奋。然而，在我觉察出他再次看见我有多么高兴的时候，这种兴奋便不那么强烈了。当我紧贴在他身上等待音乐开始的同时，我也在惊叹这样一个老人体内竟能勃起一股如此强大的力量，默默祈祷不要上演一出阿曼多那样的情节。

我对自己说，别去理它了，有可能它会自然消失的。

一曲跳完后，埃克托尔领我回到他的桌旁。我又一次注意到他的那条瘸腿，也只有在跳舞的时候它才不会显现出来。于是，我用夹杂着英语的西班牙话问他他的腿怎么了。我想（但不能百分之百地肯定）他说的是自己两侧胯部动过手术之类的话。但事实证明，这对一个探戈舞迷不会造成任何的影响！

通常按照礼节，他应该护送我回到自己的座位上，但由于当时我仍处在眩晕状态，全然不知自己的桌子在哪里，所以只好像一只迷途的绵羊似的跟着他去了他的位子。他说他想送我一样东西。坐下之后，他从背包里掏出一个账本一样的大册子，翻开给我看。这个册子是用软皮装订的，里面放的全是女人的照片：经过四十年的时间从五十六座城市收集而来的女人照片，其中囊括了从布宜诺斯艾利斯到波士顿，从洛杉矶到洛桑，从地拉那到天安门广场各个地方的女人。我特别惊奇，一个人竟然能找到来自于这么多地方的女人和他跳舞。很显然，今天是我的幸运日：我也要被收入这本册子了。和所有的收藏家一样，埃克托尔也很挑剔。他跟我解释说，并不是和他跳过舞的每个人都有被收入这本册子的价值。我觉得他这是在告诉我，能被授予第 3997 的编号是给我的莫大荣誉。不过说实话，在我的一生中，我还从未获过位列第 3997 号的如此殊荣！

但这还不是全部。在这个入会要求严格的社团里（虽然成员在持续增加），每个成员都会收到一张制作规范、钱包大小的卡片，上面写有每个人的身份证号码。卡片的背面贴的是埃克托尔的照片，还题有一首诗："对我来说，你不只是一个号码。我将永远珍惜你我今天共度的这一特别时刻。在我的心里，你永远占据着一份特殊的位置。"

"你在她们心里也会占有同样的位置，埃克托尔！"我读完那首诗时对他说。

后来我突然意识到，埃克托尔肯定是一个非常幸福的男人，一个真正幸福的男人。你可以想想，3997个女人意味着多少特别的时刻啊！

我也发现，"完美甜品店"的下午场舞会不是我能找到舞伴的地方，因为那里的舞者平均年龄有八十七岁。如果我真打算大海捞针，那也需要选择一片合适的海域。早就不该在这儿浪费时间了！

1999 年 4 月 10 日

两个星期以前，我卷了铺盖从奥立佛的住处（我现在称这里为家）搬到一套带有门卫的现代化公寓里。比起我在纽约每月支付五百美元租到的任何一套房子，这里要奢华许多，这是肯定的。只要想想，父母就会发现我在这里的消费的确很低，所以他们应该感激才对。

同时还有一个让人高兴的原因，就是我搬得不算太远，因为我已经和那家广场咖啡馆的侍者们，以及那个在公共电话间（一个电话网络中心）上班的小伙子结为了朋友。我觉得他对我已经有点迷恋了。他目前正在读《追忆逝水年华》——显然是西班牙语的——因为我告诉过他普鲁斯特是我最喜欢的作家——倘若这不算是钟爱的表现，那我不知道还能有什么。此外，街角开报亭的那个老头也是我的朋友，每次我经过那里的时候他都会递给我一块糖果；还有洗衣店里的那两兄弟，他们经常给我洗穿脏了的内衣，有一天还送给我一盘查尔利·加西亚的磁带，他们称这个人是阿根廷摇滚之父。那里还有一些其他的店主和众多熟悉的面孔，我去跳探戈来回的路上常给他们送去飞吻。事实上，我已经成为周围地区的一种吉祥物了。由于这里的人们不太习惯外国人，我便脱颖而出了。不过，我希望自己不是因为招人讨厌才出的名。结交这么多不会讲一句英语的新朋友对我的西班牙语无疑产生了奇迹般的促进作用。我敢肯定，对他们来说，我说西班牙语的声音就像是粉笔划在黑板上时发出的那种刺耳的声音。但是他们表现出的却是一种让人难以置信的支持态度，他们甚至会毫不犹豫地撒谎说我讲得有多好。

我住的这幢楼里有六个看楼人,虽然他们的确都想知道我是做什么工作的,但我却觉得他们都很可爱。尤其是那个值夜班的看门人,他看我的表情很古怪。他每天早上看见我六七点钟回来,有时还有一名男士陪伴在身旁——每次换一位。通常,送我回来的男人只到门口,如果真进了门那也只是为了喝杯咖啡,但那个值夜班的人并不了解这些。我确定,即使自己穿的是新衣服,也不会起到任何的说明作用。萨尔瓦托(就是那个值夜班的人)每次都会冲我诡秘地笑笑。我真应该向他澄清一下。可是,我该对他说些什么呢?说"你想错了,我不是一名妓女"?我得问问别人,"妓女"用西班牙语怎么说。

我喜欢我的新公寓,因为有个阳台。每天早上的时光(我通常下午两点起床)我都是在这里度过的,一边享受着日光浴,一边品尝着咖啡,随后四点钟左右去参加在"帕瓦蒂塔"举行的舞会。我在努力使自己适应晒日光浴这项工作,因为这极为重要,它可以让我的皮肤一年四季都保持鲜活的古铜色。如此一来,在我佩戴亮片饰物的时候,皮肤也会因此而显得熠熠生辉。

1999 年 4 月 14 日

一天晚上,我在格里希尔舞厅遇到了瓦勒丽亚,当时有人问过我俩是否介意共用一张桌子,我们都说不介意。她今年二十五岁,毕业于艺术学校,几年来一直是一名很有抱负的专业探戈舞蹈演员。而且她在学会走路之前就已开始学习跳芭蕾,这一点能看出来。她的举止犹如天鹅一般优美高雅:高挑的身材,金灿灿的秀发,再加上白皙的肌肤,非常迷人,还有引人注目的长脖子。如果她没那么甜美,我真想拧断她的脖子。

我发现自己的西班牙语进步很快,一方面是因为西班牙语和法语很相似,另一方面是由于我别无选择。我记得很清楚,她当时讲的话我至少能听懂百分之五十。要我说,这太了不起了。我注意到,要理解别人说话的要意其实甚至都不需要听懂很多,这也说明我们平时说话所用的绝大多数词都是多余的。刚刚还在惊奇自己竟然能听懂那么多,这会儿又出了一件更让我惊讶的事：想不到我还会用一些复杂的连自己都不知道的词语和语法结构，真不敢相信有些词是从我的嘴里蹦出来的。我真想知道自己不经意间从哪里学来了这些词？有时我也会尽量有意识地去用一些听别人说过的或者他们解释给我的词或短语。这就有一个很好的例子。

"那你每天是怎么过的？"她问我。

"Me rasgo el higo." 我回答道。没料到她竟会有这种反应：眼睛睁得大大的，下巴差点掉下来，同时一只手伸上去捂住嘴。她一连几秒钟都是这种姿势，最后又突然歇斯底里地破口大笑起来。

"你从哪儿学的那句话？"她一边问一边收紧两边的嘴角。

"从昨天和我跳舞的一个人那儿学的。"我说。我在纳闷，什么东西有这么可笑。

"你知道那是什么意思吗？"她问我，最后终于使自己镇定下来。

"他跟我说是'挠肚脐'的意思，还说这和'成天懒懒散散什么也不做'的含义差不多。怎么了？我说错了吗？"我问她，一脸的茫然。

"一点没错。但他有没有告诉你，那也有'手淫'的意思呢？"她问我。

"没有，他确实没说有这个意思！"我说，尔后我俩就疯了似的开始笑。下回和巴勃罗跳舞，我要宰了他！

昨天，瓦勒丽亚邀请我去她那儿喝马黛茶，品尝"阿尔法乔丝"——自从上回吃光了那八盒从哈瓦那买来，打算当做"礼物"带回纽约的"阿尔法乔丝"之后，我就再没吃过这个东西。我已经忘记它有多好吃了。我的屁股会在等到东西彻底吃完之后，才肯离去……既然已经说了，那在别人主动发出邀请的时候再去拒绝就显得有些无礼了，这也是我为什么一定要确保自己很有礼貌的原因——三次邀请的时候都要做到这一点。

瓦勒丽亚住在一个虽有些破旧但却挺可爱的画室里，是一位艺术家朋友让给她住的。这是一处被合法化了的私建房屋，内部缺少基本的生活设施，可她好像一点儿都不在乎。既有探戈跳还有马黛茶喝，谁还会需要暖气和热水呢？马黛茶是一种苦如药丸的东西，我只能就着裹了糖衣的"阿尔法乔丝"，将它吞咽下去。它是一种茶，但又不仅仅是茶，比茶的功能多多了。这也是阿根廷传统生活方式的一部分。品马黛茶的程序是这样的:先把一种味道苦涩的名叫马黛茶树的树叶放进一个葫芦瓢里——这就是他们所说的马黛茶罐——然后把热水浇在上面,再根据口味加少许的糖——亦或不加——用一根金属吸管吸饮一口,然后再沿着围成的圆圈传给别人,像人们吸大麻那样。不过,喝马黛茶的规则要比传吸大麻的规则严格。有一点需要记住,那就是当别人主动让给你喝(他们肯定会这样做)的时候,你要先说声"好的,请",然后尽量不带任何苦相地喝下去,即便是这种苦涩的液体把你的胃烧个洞。假如你已经饮了很多口这种令人作呕的东西,它已经远远超出你最初想喝的量,那你就可以说一句谢谢(在你逃到卫生间漱口之前说)以向主人暗示你喝好了。

喝完马黛茶后,我们卷起地毯,穿上高跟鞋。瓦勒丽亚带我开始了两个小时的日常走步练习。顺便说一下,她自己每天都在做这种练习。同时,她还跟我说,如果我想跳得专业些,学习芭蕾就是一项必不可少的要求,否则男人们是不会拿我当回事的。我把她说的话统统都记下了,不像喝马黛茶的时候那样,趁她没看我的时候全都吐了出来。

1999 年 4 月 20 日

昨晚我在"圣明之子"碰到一个叫马塞罗的男人。他留着浅褐色的络腮胡和同色的齐肩长发,总爱玩弄玩弄自己的头发:先拢到脑后用手指编出一条马尾辫,然后又松手晃晃头让头发解开,一会儿再束起来,紧接着又弄散,最后用挑逗的姿势让发丝在指间慢慢滑落。一整晚他都是这样,让人看了着实人迷。

至于他的身高和体型,真可以说是完美至极。

当我正和一个陌生人坐在一起的时候,他朝这边走过来,用西班牙语向我滔滔不绝地讲了一大串东西:

"不好意思,你能不能说慢点? 我的西班牙语不太好。"这是唯一一句我能说得地道的西班牙语。

他看起来有点惊讶。肯定是我新买的这件闪亮性感的粉色短款上衣愚弄了他。当然,假如这件上衣能在露出更多肚脐的同时也能更好地掩饰我的小肚子,那我会更高兴的,不过这是另外一回事。

"你,布宜诺斯艾利斯人的不是?"他用西班牙语问我。他是不是觉得把语言糟蹋成那样,我就更容易理解?

"对,我,布宜诺斯艾利斯人的不是。"至少我被允许用这种方式回应他。

"你在度假?"做了自我介绍后他接着问,每个字都说得特别认真。

"没有,我,不度假。我,住这儿。"我说,现在我已放弃了按语法规则说话的努力。

马塞罗看起来又惊又喜。我不得不承认,自己已经开始喜欢上他了。

"你多大了?"他问我。忽然间,我觉得又没那么喜欢他了。

"你有多大?"我反问道。我在试图为自己怎么回答他的问题争取时间。

"二十一了。"他说。妈的,轮到我上场了。"那么,你有多大?"他又问道。

"我也二十一了?"我略显迟疑地说,听起来倒像是在提问。我只要一紧张,脑子就会停止转动。希望他别当着我的面叫我骗子。但让我诧异的是,他居然相信了。看样子我是逃过了一劫,想必我的形象要比自己预计的好一些。现在的问题是,我已经停留在二十一岁的阶段上,而想要一直这样假扮下去却又有些棘手。我不仅需要从大脑中抹去过去十年的记忆,而且也要忘记自己在这段时间里所生活过的五个国家。希望他不了解这些。

他的舞真是跳得不错。不知道他会不会参加争夺战……

1999 年 4 月 23 日

昨晚我去了"阿尔马格罗",而且他也在那儿:马塞罗!显然,和我见到他时的心情一样,他也很高兴。他迅速就"霸占"了我。我喜欢男人这样,因为从中能显出一种极强的男性气概。但愿所有的男人都明白,我是多么渴望他们能像看待一个物品那样对待我。

　　我俩跳舞的时候，马塞罗一直在我的耳边悄悄说着一些无聊的甜言蜜语，弄得我特别痒——我是指他的络腮胡子。他所说的那些甜言蜜语是对我们跳的探戈舞曲歌词的翻译。就算我自己真会讲西班牙语，我也听不懂这些歌词的内容，因为里面用的大多都是"拉姆法多"语（布宜诺斯艾利斯的一种俚语）。这种语言最初是犯人们发明的一种密码语，其目的是不想让警察听懂他们说话的内容。

　　此时，我们所跳舞曲的情节是关于一个名叫伊沃内的法国少女的悲惨故事。她先被一个引诱她的无赖带到了阿根廷，一段时间后又被他抛弃，所以最后她被迫只能以卖淫为生。

　　　　自从你……大概是这样吧？……从法国飘洋过海来到这里，已
　　有十年的时间。
　　　　伊沃内小姐，现在他们改称你为"夫人"。
　　　　你喝着香槟的时候是那么地悲伤……
　　　　你的遭遇又像白雪那么地昭然……
　　　　还有那个将你从巴黎带到这里的阿根廷人……
　　　　小羊羔……他没说一声再见，就弃你而去……

　　从纯语言学的角度看，这段翻译可能有点儿不足之处，但这些欠缺能在演奏中得到充分的弥补。虽然马塞罗一会儿在这穿插强调一下最伤感的部分，一会儿又在那反复吟咏，以突出最感人的部分，但他的所言所为皆出自真心。

　　两年零三个月以前，当我第一次在这个地方听到这首曲子时，我的灵魂曾经一度出窍。无需理解歌词大意我就能感受到它所传达的那种失落、渴望和思乡之情。我甚至都觉得，即使理解歌词也不能让我已经感受到的那种极度的悲伤再有些许的加深。但是我错了。当马塞罗翻译歌词的时候——不管译得有多拙劣——乐曲的哀婉感伤得到了升华，以至于伴着曲子的舞步也变得比以前更加地精湛，隐藏着无尽的苦痛。在歌词

的作用下,音乐的忧伤气息愈渐浓重,而一个陌生人的拥抱此时让你又备感舒适,结果使得这种伤痛与宽慰循环交替的至美过程变得更臻完美,感情也因此得到进一步的净化。

我不知道该不该让我的西班牙语老师玛塔教我"拉姆法多"。一方面,我想在跳探戈的时候能听懂舞曲的歌词内容;但在另一方面,要是我弄懂了歌词的意思,那马塞罗也就不会有借口在我耳边私语,搞得我很痒了。如果是这样的话,未免太遗憾了。

1999 年 5 月 4 日

我开始上芭蕾课。瓦勒丽亚说得对,只有会芭蕾的探戈舞者才会被人当回事。只有当你能面无愧色地肯定回答那些男人们的问题"你学芭蕾了吗?"的时候,他们才有可能考虑选你做舞伴。

大家一致认为米格尔·安吉尔·布拉沃是大师级的芭蕾舞老师。

"他是最棒的。你会喜欢他的。"喝完马黛茶后,瓦勒丽亚肯定地对我说。(真让人诧异,一个人怎么能够那么快就适应这种口味。我现在开始对那种略带烟熏味的苦涩树叶上瘾了。唯一的不足就是它造成了牙齿颜色的改变,现在我的牙齿看起来已经有点象埃克托尔那样了。)

刚一穿着紧身连衣裤走进舞蹈室,我就觉得难为情了。芭蕾常常让我把自己和一个笨拙粗壮的夏尔巴女孩联系在一起,而不是我梦想中的那只体态优美的白天鹅。别人认为性感的宽肩膀和黑后背现在却成了让我不停感觉到羞愧的源泉,更别说我那粗短的小腿和肌肉发达的大腿了。好了,我承认自己有健美的小腿肚肌肉,而且给人的一种错觉是我的腿很美,但这只是一种错觉罢了。为什么,为什么我天生就不像姐姐那样又高又瘦?为什么我要裹着这样一层肌肉,就像男人穿着一件女人衣服似的,尤其是当我使劲把自己塞进紧身连衣裤里的时候?

记忆像潮水般向我涌来。我又回到了五岁的时候,那些让我第一次体验到芭蕾考试失利带来伤痛的日子。我能想起自己那时所遭受的绝大多数恐惧。的确,芭蕾一直是我感到羞耻的真正源泉。我记得每次对着镜子努力做弯曲动作时自己的那种感受：

"为什么别的小女孩的姿势看起来都比我的优美?"我当时没用这样的话形容自己的不足——那时我只有五岁——但大致上的感觉就是这样。

老师和我的看法一致。

"看看她那姿势! 必须尽早纠正过来。"她告诫我妈妈。"收小腹,亲爱的! 把屁股收进去!"她每回都这么跟我说,一边用手杖戳我的肚子,一边又准备去拍我的屁股。那感觉就像是在打屁股。

妈妈也同意我的想法。那时候,我有九岁了。

"我不想让我女儿再用足尖点着地那样跳舞了(像班里的其他女孩子一样)。她大腿上的肌肉已经有那么一大块儿了,我可不想让它们继续发展下去。"她悄悄跟老师说。

我成了一头大象,这是我九岁时脑子里闪过的想法。

二十年后,我又回来了,回来面对这位"敌人"。与此同时,我也建立了一套自我保护机制。虽然我的自尊比以前有所好转,但是如果不是出于绝对的需要,我是不愿去检验它的。

我又来了,穿着紧身连衣裤回来。面对着镜子,我希望以前的那个我已经死了。我不知道哪个会更糟:是回忆带来的心理上的创伤,还是我将要忍受的身体上的疼痛(现在我还没感受到这种疼痛)。还好,我生来就是一个受虐者。

首先是"热身"运动。

我劈腿坐下,老师却把我的脑袋往地上按,直到我可以"舔掉"地板上的灰尘了。

"有伸拉的感觉吗?"他问我。

我没有回答,因为疼痛快要把我撕成两半了。

"好姑娘!"他说。

后来,我最不希望的事发生了,他用双手抓住我的脑袋猛地向左边扭去。

咔嚓! 我的脖筋发出一声响。

"啊——！"我叫道。

"他们有没有跟你说过,我也是一个脊椎指压师?"他问我。

我没作声,完全处在一种震惊的状态。

"好姑娘!"他又说。

该是严肃认真的时候了。

"抬起右腿,向脑后伸展双臂,用两手抓住左脚,就像这样,然后慢慢把腿抬至弯曲的背后,像这样。"他一边说,一边拿我给班里的其他同学做演示。他使劲把我的腿朝那个根本到不了的方向掰。

"现在我放开了,好了吗?"他问我。

"好——的——!"我尖叫道。我的脊柱快被折成两段了。

"好姑娘。"他继续说。

我这个柔体杂技演员已经完成了表演,现在该让她做做杠上练习了。似乎是在参加一场小丑选拔赛!看到自己做出的弯曲、抬升、延伸和画圈这些奇形怪状的动作,我真想让米格尔·安吉尔·布拉沃再来帮我一把,把腿再抬到后背。事情越变越糟。他又命令我们站到中间,在那儿必须做出单腿后展、顺滑、走碎步以及蹦跳、脱逃和闭合的动作。

最终,全班同学做了七十二次第五位跳才下课。

现在我成了一头跳上跳下的大象,二十年后我为自己做了如实的纠正。

下课了,我装模作样地和其他同学一样拍了拍手。

再也不学了,我暗自发誓。

"做得不错。"米格尔·安吉尔·布拉沃说。我已经走到他面前准备说永别了。

"你真的这么认为?"我怀疑地问他。

"当然了! 你很有前途。"他说道。

"是吗?"仿佛一个急切渴望得到表扬的五岁孩童,我欣然接受了他的称赞。

"那你觉得这个课怎么样?"瓦勒丽亚第二天问我。

"米格尔·安吉尔·布拉沃棒极了! 你说得对。事实上,我已经报了名,决定每周去他那上三次课。"

1999 年 5 月 10 日

"街心公园"是个露天的探戈舞场,每周日晚上在一个世纪之交建成的露天音乐舞台上举办一次。舞台就设在公园中心的一座小山上,其内部栽满了阿根廷本土的蓝花楹树。和昨天一样,正当我们跳舞的时候,一阵轻快的秋雨噼里啪啦地落在了我们头顶的玻璃金属屋顶上,树叶和草地也因受这场秋雨的洗刷而变得更加芬芳。

休息的时候,我出去站在栏杆旁边,那儿围聚了一帮年轻人。他们全都穿着牛仔裤,在外面过了一个忙碌的星期六晚上以后,他们看起来有些精疲力竭。这似乎是一个规模不小的社团。每次有人来或者离开的时候,他或者她都要亲一下其他人,以示打招呼或者告别。即便是那些男的之间也会来个热烈的拥抱,并且还伴随有一个大大的响吻——显然,不能认为他们这是在搞同性恋。在这儿,你可以只亲一面脸颊,但即便这样也要亲不少次。虽然我在努力听他们聊天的内容,但当有很多人同时说话的时候,我仍旧觉得很难听懂。或者在他们不考虑我的因素,一味用很快的语速讲话的时候,情况还是一样。

随后我就看见了他:马塞罗,仍和往常一样在摆弄着自己的头发。我的心中即刻掀起一股欲望,穿过我的小腹,涌到膝盖,之后又卷土重来,我已不可能对它视而不见了。

"喂,flaca! 和我跳吧!"他喊道。尽管这种奉承人的称呼足以让我相信他是认为我很苗条,但他并不一定就真的这样想。"Flaca"(这个词的确是苗条的意思)是表达喜爱时通常用的一个词,用它来描述一个人的身材有可能指的是反义,但也不排除有本义的可能。可是不管怎样,这总比被人家用其他一些类似的词:"gorda","loca"或者"negra"(分别是"胖姑娘","疯丫头"或者"黑女孩")称呼的好,我被人用这三个词称呼已经不是一回了。坦白说,其实我更喜欢他们对我什么称呼也不用。不过,不管他叫我什么,我都不打算拒绝他。

我俩跳了一组最优美的舞曲。跳舞中间，我所能做的就是希望他能在这曲结束之后邀请我一起练习（这是要成为他的舞伴的第一步），再有就是祈祷他还没和那个在栏杆边一直看着我俩跳舞的女孩同居。虽不能说那双眼睛是我见过的最不友好的眼睛，但我肯定，它们使我联想起来的是《精神病患者》①中的一幕。

跳完舞，我们又回到围在栏杆附近的那群人中间。那个女孩儿很快走到他面前，显然是一副很生气的样子。她用西班牙语跟他说了些什么，我没听懂。他也说了几句，看起来好像是被激怒了。然后她就气呼呼地走了，但他仍然呆在那儿，好像什么事也没发生似的。他继续向每个人介绍我，这些人都是有抱负的专业舞蹈演员，而且年龄都在十六岁到二十二岁之间。（今后很长一段时间，我都不打算让自己变成二十二岁。）

这个神经质小姐离开五分钟后，伴随着雨点跌落的声音，马塞罗又开始通过翻译更多的探戈舞曲来逗我发痒了。令人遗憾的是，他没请我做他的舞伴。但我可以等……

1999 年 5 月 19 日

维胡塔舞厅内人头攒动，活像一盒沙丁鱼罐头，而且里面还很黑，没有夜用望远镜就不可能认出任何人，但我却蠢兮兮地把望远镜落在家里了。我正和第十二个舞伴跳舞的时候——这是每天晚上的最小定额：舞伴少于十二个的话，我就会焦躁不安——撞到了我一心想见的马塞罗，他在和一个"街心公园女孩"跳舞——但不是那个神经质小姐。

下一组舞曲开始时，他来找我。他并没有问我想不想跳。在跳第二曲探戈的中间，他也未经我的同意就把我的右手紧紧地握在背后，使得我们之间原本就不存在的距离又缩小了一步。此外，在他用那只空闲的手

---

① 《精神病患者》（Psycho），美国导演希区柯克指导的影片，被视为现代恐怖惊悚片的代表作，片中悬念迭起，变态杀手和浴室杀人戏给观者的心灵造成了强烈的震撼。

开始在我的屁股上摸索之前，他也没有征求一下我的意见。现在他随时都会擅自行动，连一个谢字也不说就要扒光我的衣服。而我觉得自己也不会采取任何措施去制止他。在他的怀抱中，我是任由他摆布了。我浑身起满了鸡皮疙瘩，这不全是因为他的络腮胡子。

但是《假面游行》拯救了我。这是探戈王国的国歌，所有探戈舞会每次在终场的时候都会演奏这首舞曲。现在是清晨六点半，所有的卤素灯都已打亮，表明舞会结束了。

"想去喝杯咖啡，吃点羊角面包吗？"他问。真让人理解不了，他居然不怕麻烦还要来问问我。他为什么索性不用一根棍子在我的脑后敲一下，直接将我随便拖到哪个他想带我去的地方？为什么还要装作一副有教养的样子？"我们都去。"他边说边指着其他二十来个男孩和女孩，都是"街心公园"里的那帮人。我扫视了一番，看看神经质小姐在不在他们中间。非常满意，她不在。那么，他是自由了！不过，我想他自由不了多长时间。我承认，我当时的感觉是很沾沾自喜。

早餐是在马路对面的加油站吃的。在莱普索尔（当地的埃索）①结束夜生活是一种时髦。电视上正在播足球赛。除了足球，电视里还能放什么？马塞罗和其他男孩子的眼睛从头到尾都粘在电视机的屏幕上。比分是零比零。这边他的眼睛在紧盯着足球，那边又拿我的脚当球开始玩上了另一种足球。我一般讨厌偷偷摸摸地调情，因为你最后经常会误把他人当成自己的调情对象：他就坐在你真正想要调情的那个人的旁边。但是，今天这种情况下，我一点儿都不会介意——即使事后我得扔掉这双新买的网眼袜，因为袜子已经被他搞了一个大窟窿。随着比赛越来越激烈——我觉得可能是比赛危急关头的一次处罚，或别的什么——马塞罗开始在我的大腿上摸索。无意之中，他找到了最让我无法反抗的地方。

虽然我已经认定今晚有可能出现与那晚相同的情况，但是我并不想

①　埃普索尔（Repsol YPF）是世界十大主要石油公司之一，也是拉丁美洲最大的能源公司。总部设在西班牙的马德里，是西班牙和阿根廷的领导企业。埃索（Esso）是全球最大的能源公司埃克森美孚公司的一个品牌。此处的埃普索尔所指的是以其为标志的一家大型加油站。

104

这么快就在他们面前公开这场游戏。我担心如果自己表现出对马塞罗的倾心，那就会破坏将来我和他们跳舞的可能性——我想让自己的选择面宽一些。于是，我便转身换了个地方，而这所产生的效果却是，他对我的兴趣非但没有减少，反倒增加了。我坐在长椅上，他也跟着挪了过来，屁股直接放在我的大腿上。好，算你赢了，我一边和桌子对面的瓦勒丽亚说话，一边暗自想道。

待到要走的时候，为了不让别人看见我和马塞罗单独坐出租车离开，我便邀请瓦勒丽亚一块搭车回家。一等甩掉这个"幌子"后，出租车就向我的住处驶去。马塞罗一边玩弄着我的头发，抚摸着我的后颈，一边又在为我吟诵《栀子花开》，让我有种理发师为你洗头时那种震颤激动的感觉。此时，我已完全沉溺其中了。值夜班的萨尔瓦托会怎么想？我的大脑在飞速运转，想要找个办法让马塞罗偷偷溜进公寓，这样萨尔瓦托根本就不会发现了。但当别人把我的头发抚来弄去的时候，我也会像在有些情况下那样，变得不善思考了。由于始终也想不出一个点子，我最后只好放弃。

我们只有飞进去了，我想。

车停在我家楼下。我们两个都从车上下来，但是马塞罗并没有付车费让车开走，而是把我拥入怀中说："晚安，美人。"

我把他说的话翻来覆去又想了一遍。是我的听力突然出问题了？他不可能是在说晚安！

"我今晚特别想和你做爱。"他叹了口气说。

至此，我还不明白问题出在哪里。（显然他是在说晚安。）

"但是这不可能，亲爱的。"他说道，有点苦乐交织的感觉。要让我说，他完全可以忽略不计那些快乐的成分。

"能不能问一下为什么？"我承认这并不是淑女该问的问题。但我觉得问出来总比自己哭出来的好，我这会儿真想嚎淘大哭。

"还有个人在等我。"他一边说，一边盯着地面看，好像在地面上新发现了什么让他感兴趣的东西。

"是那个姑娘，对不对？"我问他。我不知道那位神经质小姐的名字。

105

"是的,就是她。"他咕哝着说。

"她是你的女朋友吗?"我又问。

"不,不,不!疯了!你疯了啊!永远不可能!但是……"

"那这个不是你女朋友的女孩儿在哪儿啊?"

"她在家……等我。我必须得走了——对不起。"

"别担心……我非常理解你。"我说,尽管我并不理解他。

"Después,我给你打电话。"他一边说一边很快地缩进出租车里。"Después"意思是"在……之后",这个我还是很明白的。不过,他是指在什么完了之后呢?

五分钟后,我站在冰冷的水中淋浴,努力使自己冷静下来,我发现自己很长时间之后才明白过来:你戏弄了自己的欲望。曾几何时,一个阴茎也同样戏弄过你。现在你知道这是什么感觉了。就让这成为一个教训好了:永远,永远不要再去戏弄男人的宝贝了……

沐浴完后,我浑身仍然湿漉漉地滴着水。我只能去做点什么满足一下自己——但是不要马塞罗帮忙。

1999 年 5 月 27 日

昨晚我去了"黎法溪",听起来好像是我去了教堂听弥撒。那些探戈高手中的佼佼者们通常在这里开始他们一周的生活。这群人热爱跳舞的同时也酷爱可卡因,他们经常隔一会儿就去酒吧的厕所里偷偷吸点毒品,但那里的厕所可不怎么干净。

片刻不停地跳了三个小时后,我稍作休息,这时我注意到一个女人独自坐在屋子靠后的一张桌子旁。刚开始我能看到的只是她的脑袋。它犹如一盏灯塔,在那个黑暗、烟雾缭绕的环境中闪闪发光。她原先剃过头,后长出的头发用过氧化物染成了金色。从那张刻有很深皱纹、但又称不上扭曲变形了的脸可以判断出,她大概有七十一二岁了。再走近一点看她的时候,我发现她涂着黑色的眼影,这使她那灯塔一样的脑袋看起来像个骷髅。更让人恐怖的是那亮红色唇膏,由于她有几次在打瞌睡,流出的口水把口红冲进了嘴唇两侧的皱纹里,形成了两条血色的细流。

我看见她在自己坐的那张桌子上放了一个小告示牌,上面写着"塔罗纸牌"①的字样,但不管是男人还是女人,大家似乎没人对自己以后长远的命运感兴趣。相比之下,他们更感兴趣的是谁会邀请她们跳舞(如果是女士),或者他们今晚能否走运(如果是男士)这类摆在眼前的问题。夜越来越深,我对她的同情也升级到了无法容忍的地步。我实在不忍心再看她那样,于是走了过去准备向她咨询一下,即使这意味着我将错过一组或许能改变我命运的舞曲。

虽然我敢肯定自己的将来会有许多深奥莫测的变化,但我的西班牙语还没有好到能用来探讨这些问题的程度。所以我就问她会不会讲英语。她不会,但她竟然会说法语。我心想她是不是和伊沃内夫人有什么联系——就是曾经在我和马塞罗共舞的探戈舞曲中出现过的那位忧伤而又天真无邪的少女,后来却变成了一个荡妇。也许她就是那个伊沃内夫人! 我们开门见山。她让我洗洗牌,把它们变成"我的牌"。通常情况下,我洗牌的姿势和一生都在赌场上工作的人相差无几,但这次我在表演空中飞桥的时候却让纸牌撒落得四处都是,最后只好四肢着地趴在邻桌下拾牌。

"你保证不会告诉我十分糟糕的事?"捡完纸牌重新镇定之后,我问她。对我而言,这虽然不能说明什么,但它也让我紧张起来。

"我只是照着纸牌说,亲爱的。"

"我知道,但是我并非想知道纸牌上所说的一切。我喜欢把牌上说的那些不好的东西当成是一个令人意外的布丁,不知你能否明白我的意思。"我不知道自己为什么会那么紧张。

"那就照你希望的来吧。"她说。她用一种古怪的方式将牌一张一张全都摆放好,后来好一会儿没说话,这让我有些不耐烦了。

"怎么样? 看出什么了吗?"我问她。

---

① 一种用于算命等的二十二张一套的纸牌,表明此人坐在这儿是为别人占卜算卦的。

"请把你的手伸出来让我看看。"于是我把手手心朝上伸到了她面前。她细细审查了一番,然后又将它们移到靠近光线的地方,翻来覆去地观察。最后,她说:"你的寿命很长,身体也会很健康。"她指给我看:"看见了吗? 在那儿。那就是你的生命线。"我的心放了下来。

"还有呢?"我又问。有了这些安慰人心的话后,我渴望能听到更多的好消息。

"就这些,小亲亲……一共十比索。"她说着就开始收拾自己的纸牌。

(救命啊! 我这辈子注定是要活得很长很健康,而且也会一生与孤独、失败和痛苦相伴。)

"不太好,是吗?"我随意地问了一句,似乎是在钓一条我并不愿意钓的鱼。

"我可没那么说。"她用一种很容易让人产生怀疑的口气回答道。这让我感到恐慌不已,于是我就随便去找周围的人问,看他们是否认识某个也会解读这种塔罗纸牌的人,能不能在凌晨四点的时候再给我算一卦。但是,没人会这个。

1999 年 6 月 3 日

别人警告过我要警惕探戈俱乐部外面停的出租车,千万别坐,因为那些司机都是黑手党的人。虽然走几步通常可以打到车,但我还是嫌麻烦,尤其是在凌晨五点钟,在我穿着一双细高跟鞋和十五个不同的男人一刻没停地跳了五个小时之后。

因此,昨天晚上我上了一辆停在"黎法溪"门外的出租车(车身严重受损,但我的状况也好不了多少),坐在一位庞大身躯的司机身后。奥斯瓦尔多是一名固定的"门卫"(注:无家可归的乞丐),经常从一个探戈舞场转到另一个做巡回服务。由于当时是他替我拉开车门、又小心侍我上车的,所以随后他便从车窗外硬挤进一只手,伸到了我的面前,意思是请我付小费。我很大度地给了他一个比索,他拿着钱说了句"愿上帝保佑你,亲爱的"便离开了。等车开到我的公寓楼外的时候,我已经做梦梦到我的床了。

"共两比索。"我把钱递给司机。"不好意思,这张钱破了,我不能收。"没错,我看了看他递过来的钱,发现钱的一个角被撕没了。

"对不起。"我边从钱包里找钱边对他说。我给他的似乎是一张十元纸币,等着他找回零钱。

"不行,我还是不能收。你瞧,这张上面是 A 字开头的数。"我仔细察看了一下他递回来的那张面值两美元的钱。没错,上面就是有一行数字——太有趣了。我从来都没注意,纸币上面原来还有一串数字。

"噢,是有数字,对不起。"我向他道歉。不过我还是不明白,为什么 A 字开头的就不行。我忽然记起自己刚才给他的好像是一张十元钱。但我觉得肯定是精疲力竭的大脑在捉弄我,让我出了错。

我仔细搜查了一下自己的钱包,想另找一张出来。可当我递给他一张我认为是面值十元的纸币的时候,他又一次很快把它退了回来,说那是一张两元的,而且这回他不收的原因是这张票子是以 B 开始的。我仍然觉得自己的确是累坏了,因为我认定刚刚给他的就是一张十元的。又是我的错。和刚才不明白为什么 A 字头的纸币不能收一样,现在我依旧不清楚他拒收 B 字头的纸币的原因。但是我想要就此话题和司机交谈的话,那我睡觉的时间可就要推后了。再一次找钱给他的时候,我为自己引起的诸多麻烦感到有些难为情。这回递钱之前,我先仔细检查了一遍。嗯,没有破损,确定是一张 C 字开头的。这次大概能通过验收了吧?我把钱递给他,等着找零。说完谢谢、晚安之后,他看起来似乎并没有打算找钱的样子,我觉得我该说点什么了:

"刚才我给你的不是一张十元的嘛?请找钱给我。"我确保让自己保持谦逊的态度。幸亏在玛塔的课上学了条件祈使句。我甚至觉得自己这回是用对了地方。

"没有啊,你给我的是一张两元的。"他很肯定地说。

"不是,我给你的是十元的。快给我找钱。"这回我用的是命令式现在时。

"不是的,小姐。我知道你是位外国人,所以面对我们国家的钱币,你

109

有可能会分不清甲乙丙丁。但我不会因此而瞧不起你。"这个混蛋说。

或许我懂得不多,但我的确知道昨晚从"黎法溪"离开的时候,我的钱包里有面值十元的五十美元钱。可今天早上醒来后,我看了看钱包里面,却发现只有两张两元的钱,其中一张是破损的。我真是既恨又惊到了极点。还好,毕竟你不会每天都碰见这样的魔术师。

1999 年 6 月 4 日

我觉得昨天那件事的代价已然超出了娱乐的范畴,为了提高警惕,我决定改乘公交车。同时我劝说自己,如果不想被公交车经过时排出的令人厌恶的黑色废气熏死,唯一的办法就是躲在其中的一辆车上。

在公寓楼旁边的拐角处,我找到了一个公交车站,发现那里已经排起了一条长龙。我把脑袋朝右肩歪了一下,没有任何针对地就问了一句,"去佛罗里达街吗?"却引发了一种安慰人心的多米诺效应,即一连串的点头和一连串竖起的大拇指。于是,我也排到了等候公车的队伍中。好消息是我根本不用等很长时间。这里的公交车数量很多而且发车频率也高,这打消了在伦敦长大的我对公交车长久以来形成的一种偏见,因为你在那里一生中只要能等到一辆公交车就算幸运了。除此之外,这里的男士在公交车站表现出的彬彬有礼也让我大为震惊。让所有的女士先上车是他们一种持之以恒的行为。公交车站的这种等级顺序似乎是年纪大的女士先上,紧随其后的是孕妇,然后是余下的那些形形色色的女士,再往后跟着的一些是盲人和年老体弱者,接着是年纪大的男士,最后才是那些身体健全的形形色色的男士们。我说过我喜欢这座城市吗?我也注意到,他们的这种礼貌并非仅仅局限于公交车站里。一旦上了车,这种等级顺序仍然得到大家的遵守。车上有一位老年男子,看起来至少有八十岁,坐下去时都有些摇摇晃晃,但当他一看见我的时候还是即刻从座位上跳了起来,主动给我让座。我不可能接受,于是找借口说车里空气流通不好,所以想站着(表达这些需要一些富有想象力的身体语言),然后就挤过层层叠叠的乘客朝公车后面挪了过去。

110

现在回想起来,我真不知道自己当时为什么那么急匆匆就上了那辆该死的公交车。我们这位公交车司机,他不在万不得已的情况下是不会出于信任使用刹车的。可是每次到了踩油门的时候,他却从没有这样的顾虑。人们应该尽量避免随便散布谣言,不过我在用"鲁莽"、"疯狂"这样的词汇形容这位男士的驾驶技术的时候并未做任何不实的描述。我唯一能够想到的解释便是,公交公司肯定会给那些最先跑完全程线路的司机颁发奖金。不管出于何种原因,其结果对乘客们的颈椎来说都是惨无人道的——尤其是那些想尽量站直了的乘客们。尽管大家一会儿头朝前栽向车的前端,一会儿又被颠来颠去、搞得摇晃不已,一会儿又因每次的加速、换挡而被卷入车的尾部,直到最后而且也只有在终点的时候……才停——下来,但让我惊讶的是并没有多少人跌倒。我猜大家之所以没有跌倒是因为车上没有足够的空间可以让我们这样做!不过,这次能做一条沙丁鱼,我倒很高兴。

我注意到司机的头顶上方挂了一幅好像是麦当娜的画像。我拍了拍同车一位乘客的肩膀,向他询问此事。他告诉我那是卢汉圣母,她是司机们的守护神。

如果他能多踩几次刹车的话,也就没有多大必要祈祷了——这只是我的个人见解,并没有受任何人的要求。

最后,那个告诉我有关圣母一事的友好男士轻轻碰了我一下,告诉我到站了。下车后,我看见有好些乘客在透过窗子冲我挥手,于是我也挥了挥手。他们的友善极大地弥补了乘车给我造成的伤害。不过,我还是在摇晃,甚至都已经忘了自己为什么要来佛罗里达街。于是,我便步行去了哈瓦那,希望那里的"阿尔法乔丝"能唤回我的记忆。

1999 年 6 月 17 日

在聚会上,我从来记不住任何人的名字。通常他刚向我做完介绍五分钟,我就忘得一干二净,而且还会再问十次,这既令我尴尬也令他人恼火。可是在探戈舞会上,每一位和我跳过舞的男人的名字我都记得。那是很多的名字,多得我已经数不清了。但我能肯定,到目前为止人数已超过一百。当然,他们中有一半叫巴勃罗,而另一半又叫胡安、乔治或路易斯,这为我能记住这些名字帮了不少忙。二者的不同在于,探戈舞会并不是一种聚会——尽管我远在美国的家人和朋友都不这么认为。去舞会完全就像去办公室一样,我这不是在玩笑。

首先,探戈舞会是你练习舞技的地方。和你练习的人越多,你的舞技也就进步得越快。其次,你也能和别人在这里沟通互动。一个男人如果欣赏你的舞姿(或你的屁股),他会趁着探戈舞曲的间隙问你是否愿意与他一起练习,从而为今后可能建立的长期合作伙伴关系奠定第一块基石。另外,这儿也是你和其他舞者交"朋友"的地方,你可以了解舞台上正在上演的剧目,剧团演员的排练内容以及谁任城区练舞房教练等等之类的问题。因此,在那轻浮快乐的虚饰下,探戈舞会也是一种非常严肃的商业交易场所。

当然,商业活动也不总是遏制快乐的产生。事实上,我认为在这个商业就是快乐的世界里仅存的两份工作中,自己或许找到了其中的一份——对于我选择了探戈而不是另外一份,我的父母应该感到欣慰。

正如昨晚所发生的事那样,商业带来的快乐甚至超过了以往。当我看见一个年轻人在拥挤的舞池的另一端冲着我点头的时候,我确确实实听见了大量的硬币丁丁当当地从老虎机里涌出来的声音:我中头彩了!这个男人和詹姆斯·迪安简直就是一个人——事实上,他比詹姆斯·迪安长得还要帅。因为他的长相过于英俊潇洒,所以看见他很容易让人激动得脸颊绯红,然后又变成煞白,最后当场晕倒。当我恢复了镇静、从想象中自己晕倒的地板上爬起来时,两膝依然打颤,尔后我们就相互做了一下简短的自我介绍。他的名字叫吉列尔莫,目前正在学习服装设计。一开始我误解了,以为他学习服装设计是为了做一名模特——这是可以理解的,只要脑袋上长眼睛的人都有可能犯过这种错误——但后来证明他是一名有抱负的设计师。

第一次看着他的眼睛时,我觉得自己没带一套泳衣真是很遗憾。他那双眼睛就像是两个巨大的蓄满了蓝绿色淡水的游泳池,我甚至觉得自己看见了水面上漂浮着的几朵百合花。

当我们站在那里,等待着音乐开始的时候,我便开始计划今后五年我俩在一起的生活。吉列尔莫和我很快会成为伙伴兼情人,这样也就圆了我想把探戈和爱情永久结合在一起的梦想。他会搬来和我同住,一两年内——即在可纪录的时间内——我们将环游世界,白天在火爆的练舞房里教跳舞,夜晚在"探戈之夜"作表演。但是,这并不能妨碍我们俩组建一个家庭。我会生几个你从未见过的最最漂亮的金发碧眼的孩子,他们的眼睛会融合我俩各自的特点——因为我的眼睛长得也不赖,有人这样说过——一个男孩和一个女孩,在学会走路前就能跳舞了。一切都将变得完美无缺。

音乐开始了,一瞬间我的思绪又从将来回到了现在。当探戈带着我飞回魔幻地毯,飞到一个遥远、但又能体验到一种似乎自己曾经拥有过的怀旧思绪时,我便完完全全地超越了现在的时空。小提琴和班都诺的声音缠绕在一起,仿佛给我施了魔法一般,让我很快跌落……但我不得不注意自己的计划出了一些小问题:吉列尔莫几乎不会跳舞。不错,那样说是有一点点夸张,他并不是糟糕得一塌糊涂。客观地说,他的舞技只是差强人意。但是刚和他一起周游完欧洲、日本和美国,随后在我给他生养一堆孩子的时候,现实世界的野蛮入侵让我忍无可忍。当然,在拾起自己那破碎的梦想的同时,我还在想,只要多一点练习——三到五年的时间——他也许可以达到一个能令人接受的水平。但是(我内心的对话仍在继续)等到那时,我就得需要一个助行架了。当最后得出结论自己实在等不到吉列尔莫舞艺精湛之时,我难过地摇了摇头。即便其他所有的人都认为我只有二十一岁,但只有我自己最清楚他们犯了多大的错误。

到第三曲的时候,我已向悲剧低头认输了。说实话,要原谅吉列尔莫的平庸表现并非难事。我憎恨那些犯了谋杀罪的人仅仅因为长相漂亮就逃脱惩罚,但谁又说过生活是公平的呢?随后我想起了埃克,鉴于你工作如此努力,所以你有权偶尔放松一下。于是,当我收到他的邀请去跳下一曲的时候,我决定从办公室告假一天。

1999 年 6 月 29 日

在我盘查吉列尔莫的身体货存时，我不敢相信自己竟会有如此好运，我发现那双眼睛并不是他最显著的特点。他的身体是混凝土浇筑的：坚如岩石，身体的每一英寸都是如此，我是说每一英寸。我本可以整个晚上都凝视着他的身体——回想起来，我觉得自己当时真应该这样做，因为我已经忘了与那混凝土般坚硬的身体发生碰撞时带给我的巨大痛苦。有一回我因半夜从一个双层单人床上跌下来，掉在水泥地面上摔断了锁骨。事情发生在希腊的一个岛上。那时候我八岁，自己在睡梦中随着那晚姑姑婚礼上演奏的乐曲翩翩起舞。那次本该给我一个教训，让我以后避免与有坚硬表面的物体再次发生接触，但我的记忆力却总是很差劲。

如我所料，吉列尔莫是"P = R + P × 15"①这个等式的拥护者。公平地说，他并不是这种思想流派的唯一成员。事实上，据我的经验来看，绝大多数男人根本不清楚女人的身体是怎样运作的。由于他们在那些下流的色情电影中看过很多男演员的精彩表演，这使得他们相信有必要为了达到效果而竭尽全力。为什么没人告诉他们，"无为胜有为"这个道理在床上是最适合不过的？说句公平话，我就曾经试过。但是当你受到连续猛捣和重击的时候，你很难再去进行这样的说教。在这种情况下，我认为最好的对策就是深呼吸，放松肌肉，由此减缓坚硬表面的冲击力，进而有希望使那里变松。

在某种程度上，这种对策是行之有效的，因为要不是这样，我今天就会以全残而不是半残收场了。我主要担心的是，自己有可能永远无法再合拢双膝的问题。这对一个探戈舞演员来说可是个麻烦，因为探戈对女方规定的一个首要规则就是，"你跳舞的时候双膝一直要紧紧地并拢"。事实上，今天在"帕瓦蒂塔"的时候，我的一个固定搭档甚至问我昨天是不

---

① 原文为"Passion = Ramming + Pounding × 15minutes"，意思是"激情 = 猛捣 + 连续重击 ×15 分钟"。

是去骑马了。我说就是，因为我再找不到别的理由为自己的 O 型腿做解释了。他有所不知，我的脑袋比"大腿内侧"（两腿的分叉处）更疼，这是一直砰砰撞墙的后果。我在想，兴许撞在床头板上能好一些？

但不管怎样，我都必须承认自己喜欢他，这并不是从我作受虐者的角度讲的。他有趣、聪明而且又有资质——比方说，他借了我那件亮橙色的乳胶衬衫穿在身上竟比我更适合，这的确有些让人恼火。可我仍然得说，任何一件衣服都适合他。就算背上一个垃圾袋，他照旧看起来帅气逼人。如果有人长得如此漂亮，谁还会在乎他们是不是世界上最棒的舞蹈演员（情人）呢？同时又有谁人知晓呢？或许再花些时间练习练习，我俩就能把他的边角变软一些……

1999 年 7 月 10 日

我真是个傻瓜！我怎么能把他那些坚硬的边边角角单独留下呢？我本应把我的大嘴闭住，这是我本来应该做的，即使这意味着第二天会出现红肿的"大腿内侧"和脑袋上顶着的大包。我真是个蠢货，这只能全怪自己。

大约是早上五点半的时候，他从"维胡塔"来到我这儿。在舞池里，我一整晚都在安抚他的自尊心，告诉他他跳得很好，但事实上我却更愿意和那些诱人的、与我近在咫尺却又让我感到相距甚远的舞伴们一起跳舞，暂且仅举几例，如巴勃罗、埃塞基耶尔、胡安或潘乔。要我自己说，那就是在面对这种自虐的情况时，我显示出的是惊人的禁欲主义。那晚快结束的时候，我已牺牲了三组舞曲的时间给吉列尔莫。这已经很多了。

等我们到家的时候，我已经无法再保持端庄小姐的步态了。他刚要吻我，我的脑中便飞速闪现出自己将要忍受的痛苦，担心自己只会想着要控制住他所造成的损伤。他一插进去，我便情不自禁地开始冲他发号施令，俨如西点军校的一位教官。

"轻点儿！慢点儿！温柔一些！'阴蒂'这个词儿你没听过啊？不是那儿！在那儿！就那儿！进去！出来！进去！出来！对！对！不！不！

不是现在！见鬼！"

我能说什么？这是人们害怕的话题。这个可怜的男人一直在汽车后座上驾驶，出现运动性能下降的情况，当然不会让人有丝毫的惊奇。说了些过激的话让它射了之后，我只好尽力再用点温和的话语对它进行一下抚慰：

"不，这当然不是你的错。别担心。发生这样的事，不是你的错，而是我的……"等等诸如此类的一些话。

我只能如实地对自己说，谈到性——既然想到了，那就顺便提一下，这和跳探戈舞一样——我只不过和自己舞伴的水平相当。我时而表现得很出色，时而又变得很龌龊，这一切都取决于我跟随的对象。但无论怎样，都不要让我去引导或者指导他们的动作或方式。我只是没这个能力，或者说我也不愿意。我不知道这是不是因为我缺乏自信——我不确定自己是否真的清楚每个步骤和挑逗的手段——或者是出自懒惰。很可能也是因为我内心根深蒂固的那种想要被别人主宰的愿望，不乐意告诉一个新手他该怎么做。就像我们刚看到的那样，只要把我放在那种不幸的位置上，注定就会有一场灾难发生。

不过，我的确希望自己也能像那些有本事而且心甘情愿在舞池里、在床上调教着男人同时又不失女性阴柔的女人们。但问题是，她们是如何做到的？她们是如何行之有效地引导男人却不会掉入专横霸道的圈套？她们又是如何掌控一切却又不至于马上变成一个个小希特勒的呢？让我来告诉你，因为变成小希特勒后，就会让人觉得你内在的吸引力比起外在的魅力来要大打折扣。

所有这些都可以归结为一点，那就是我必须要另外寻找一种对吉列尔莫行之有效的方法。我想知道自己把那个《艺伎回忆录》的副本放哪里了？

1999 年 7 月 17 日

吉列尔莫上一次到我这儿来的时候，我确定无视那种军事训练一样的做爱过程所导致的惨败结局,转而采用了一种新的策略:期待着圆满。从战略角度考虑,我老早就在自己的脑袋和墙壁之间放了一个松软的枕头,然后按心理助产法的方式做深呼吸,等待着他的进攻。

可是,他却没有发起进攻。没有针对此事的突袭,也没有小冲突。什么都没发生。他那玩意儿就搁在那里。软软的。这不可能是意外、巧合、晦气或者随便什么你想说的。这只能意味着一件事。我是一个令人厌烦的人,我一边对自己这样说,一边努力使尽浑身解数让他的宝贝再度充满活力。它并非睡着了,而是处于一种昏迷状态,并且也不会马上就苏醒过来。我无论做什么都不能劝它出来陪我玩儿。第一次出现这种情况,我觉得是他的问题。但第二次再出现,我知道那只能是我的问题了。

我所能做的只是无力地躺在它的旁边,内心充满了同情,同时还在责备自己是一个使它失去兴致的悍妇——一个做爱时令人厌恶的悍妇。

都是你的错。难怪他不能让它挺起来。看看你自己:你是世界上最没有吸引力的女人。让我们面对事实吧:你的屁股又肥又大,上面堆满了脂肪……有皱纹的地方则更多。

这种事情还从未在我身上发生过。我是说,让男人阳痿。是啊,我得负起自己的责任,因为这确确实实发生在我的身上。或者准确点说,这不是我的性无能。男人们认为这是他们的问题,但并非如此:我们这些女孩子才是他们在床上失败的牺牲品。在我的一生中,我还从未感到如此的狼狈。或者也可以说这是掩盖在狼狈之下的一种耻辱、挫败以及愤怒?"反高潮"一词也不能合理地解释这种现象,因为它听起来似乎在说你自己正在达到高潮的途中。但事实确是,你从来就没让高潮开始过。

当我把所发生的一切讲给瓦勒丽亚听的时候,她说:"很显然,他是个同性恋。"

没错!为什么我先前没想到这个?这极大地吻合了"我是世界上最没有吸引力的女人"这个理论。我不相信自己的同性恋识别能力 ①会低

---

① 原文为 gaydar, 由 gay(同性恋) + radar(雷达扫描仪)组合而成,表示识别同性恋的能力。

到如此的程度。或许,是因为它在南半球不能正常运转吧。如果它要是像从阴沟里不小心流出来的水一样,那该怎么办? 这会引发一场灾难的。

当然,这种解释满足了我的自尊——终究,有哪个真正的男人能够抵挡得了我呢? 但这不仅仅是为了挽救我原有的那点自尊而做的努力。现在想想,他穿上我的衣服竟能比我好看,这的确看上去有点可疑。

"你知道,有很多男人在探戈舞会上利用探戈来做掩护。"她警告我说。

后来,我想了想她说的话。我觉得她是对的。有什么掩护能比得上探戈——这种彰显男子汉气概的舞蹈? 一个男人能摆出最趾高气扬的样子,如他所愿地挺起胸膛,玩着勾引女人的游戏直到那些又粗又笨的女人愿意跟他回家,他们似乎在毫无节制地隔着舞池向你频频发送信号,但到关键时刻又掉链子。他能够任由自己用各种喜欢的方式和你调情——从而向他自己、也向你证明他是多么的阳刚——但从不付诸实际行动。我肯定,他们当中的绝大多数人甚至都没意识到自己是处于隐蔽状态的同性恋——这里同性恋的话题有多忌讳。想要夸大天主教堂在这个国家的影响并不容易。与他们相比较,意大利人完全可以称为是一撮异教徒了。

"你有没有觉得,你或许……呃……更喜欢的是男人……呃……而不是女人?"和瓦勒丽亚聊过以后我便问吉列尔莫。我需要知道。

"你在说什么?! 你是说我是一个同性恋?! 你疯了吗? 绝对不是这样的!"他爆发了。"再说,我还想要孩子呢……"他继续说道,歇斯底里地冲着我尖叫。

同性恋,我自言自语道。确确实实是同性恋。

但真正让我非常难过的是,他不再和我说话了。

1999 年 7 月 18 日

我觉得自己的知识够渊博了,但是一说到性,显然我还有很多东西需要学习(或者说我还缺乏这方面的知识)。今天我把多半时间都花在给我的女伴们打电话、发电子邮件上了,想让她们分担一点我的耻辱,可结果却发现不只是我一个人遭受过这种经历:男人的生殖器都在罢工。我们一直谈论着那些本属于健康男性青年们的阳物。(现如今,似乎只有七十多岁这个群体的男人的阳物没有罢工。)我的每个朋友都能至少讲出一个这样悲惨的故事。这让我陷入了沉思,在放下电话的时候,我找了一大堆理论来解释这种现象,首先从阿根廷当地的现象开始:

1. 根据弗洛伊德理论,阿根廷男性普遍遭受神经官能症的折磨,也就是所说的那种"男子汉情结"。要符合拉丁情人的形象,他们承受着巨大的压力,这引起了他们对自己表现的焦虑,从而最终导致男人生殖器的大面积枯萎。用术语说就是:在拉丁情人超我的压力下,阿根廷人的自我压抑住了本我。

2. 有理论认为,性无能是资本主义制度的产物。的确,这是由当前阿根廷国内经济衰退造成的,它同时还导致了失业、工作场所频繁变更和担心被炒鱿鱼等一系列的问题,结果使得资本主义社会的妇女没有能力和别人发生性关系。用术语讲就是,我们这里所说的是阿根廷男人同自己阳物之间出现的异化。或者是阿根廷男人的阳物同他们之间的异化?呃……这个理论还需要再琢磨一下。

3. 根据女性主义理论,这是阿根廷大男子主义者的一个阴谋,他们想通过性饥渴的方式让妇女们安分守己。在这种情况下,性无能是以最被动同时又最好胜的方式进行的性压抑的一个最恰当的例子。

4. 最后是"他们都是同性恋"的理论。这个理论无需进一步解释。

难怪歇斯底里症在阿根廷如此盛行——男人女人都一样。因为人们的性需求得不到满足。首先,我不明白为什么人们总说某某人歇斯底里,我也不懂他们指责某某人有歇斯底里症是什么意思。我曾经查明它是说某某人不付诸实际行动。(还记得马塞罗吗?)从那以后,我发现这个词可以适用于任何一个人,甚至是那些对此最有抱怨的人。阿根廷人不会为了满足性需要而和别人调情。他或者她,他们跟别人调情是为了抑制自己的性需要。过去只有妇女们才使用这种武器。但是,现在男人们已经袭取了这个武器库,并且正在展开反击,这令那些对抑制性行为失去垄断权的妇女们有些胆战心惊。每个人都参加了。可问题是:我是怎么被卷入到这场交火中的？

更糟的是，似乎性无能这种事已经蔓延到了诸如纽约、伦敦、巴黎这样的地方。这真是一件恼人的事情，因为你坐飞机去别的地方仍然解决不了问题。也只有现在，我才意识到和弗兰克在一起时自己有多么走运。难以相信，我当时居然觉得它是理所当然的。此外，二十多岁的大部分时间里我都在与别人同居的事实也引得我乐而忘了忧，致使我忽视了全世界的性活动所处的危机状态。琼……啊！他不仅是一个很棒的男朋友（虽然他是法国人），而且还是一个老练的情人。我如何才能知道，找人替换他是根本不可能的？

那么，为什么全球的男人——不仅仅是阿根廷这儿的——都失去了对女人的欲望？我想搞清楚，他们是否曾经、或者说这是不是一个已经设计好的谎言，以让女人感觉到自己的无能？问题是不是在于性已不再是禁忌，因此不再会令男人兴奋？是不是现如今的女人们关注起自己的性能力，又读了太多太多的《包罗万象》之类的杂志，最终变成了男人无法满足的贪婪动物？是不是男人们由于长时间投入办公室的工作而疲惫不堪？要不就是为了付清一套买不起的房子的首付款或者一辆买不起的二手车而担负了太大的挣钱压力，使男人们过于精疲力竭，最终无法履行婚姻的职责？是不是因为惧怕艾滋病？还是妇女的直接竞争危及了男人的工作岗位？还是由于女人过多而导致的性资源供大于求？女人是不是因为不努力配合男人而带走了帮助男人顺利前行的风力？我们是让男人丧失精力的坏女人吗？或者说是他们自己不知所措，读懂我们又有困难？他们不知道我们需要的是温柔体贴、善解人意型的，还是刚强冷漠、喜好主宰别人型的？这些最终都导致了这个可悲的结果：床上柔弱床下强？难怪他们觉得还是手淫来得容易。我既不责怪他们，也不责备自己。

挥手告别 X 代，Y 代和 Z 代。

喜迎新生代：M 代。

1999 年 7 月 25 日

昨天,进入香熏扑鼻、印度音乐萦绕于耳的环境中,我探究着其他的人(我通常不会在这样的公共场合审视自己)同时也被其他的人探究着(在公共场合大多如此)。我知道了骶骨的存在,它形似圣杯,但我还是没弄清它是什么,在哪个部位。有人用手指碰触我的尾骨——我接着回以他同样的动作。没有人可以再叫我"小气鬼"。我用手往下够脚趾,同时背部和胸腔遭人狠狠地捶打着,我发出了像泰山一样的喊叫。然后我躺在了地上,某个人用双手捧着我的头摇来摇去。我亦如此对他,随即意识到头是多么重的东西啊!真弄不懂我们如何能整天把它顶在肩上。难怪每天下来,我们都疲惫不堪。之后,我的伙伴将我的盆骨压向地面,一边又抓住我的大腿顶在胸前,而我的小腿则垂挂在他的肩头。他以一条大腿为支撑,将上身压下来,俯在我身上来来回回地运动着,然后换另一条腿重新开始。做完后,他又抓住我的脚,猛力地摇动我的双腿——它们早以如同布娃娃的四肢一样松垮无力。这种软弱无力我以前还从未感受过。就连在东第十大街的俄国浴池被一个凶猛的俄国大块头用蘸有肥皂水的橄榄枝抽打了半个小时,也未曾如此。现在,轮到我抚摸他的大腿,为这位同伴的腹股沟按摩。最后,我们以互相抚摸对方的胸骨结束了这堂课。到目前为止,我只感到非常地放松,没有丁点儿的尴尬。

不,我还没有被某种超自然的宗派诱惑过。这是我上的第一堂放松技巧课。我承认一开始我对此十分怀疑,想知道这种与陌生人间的抚摸与探究是否绝对必要。坦白地说,对于这个正在尽责地揉着我的臀大肌(众所周知,就是我又肥又大的屁股)的家伙,要说服我自己不去掴他一巴掌,确实需要在内心挣扎一番。但是,一段时间过后——毕竟有太多的部位要揉捏——我的愤怒渐渐耗尽(但愿一起耗尽的还有脂肪细胞)。事实上,我已经没有了反抗的能量和愿望。我只是躺在那里,就像小菜地上的一颗卷心菜,任由他往下进行,包括抚摸我的胸肌——众所周知,就是……

121

对于我的所为我确实拥有一个好的理由,只要我记得什么来着……哦,对了……释放体内的紧张情绪会跳出更加"返璞归真"的舞蹈——显然卷心菜不是这年头唯一接近自然的健康产品。老师还说过某些关于通过放松扩大活动范围的话。但是,对我而言,我不需要任何理由(无论好的或坏的)才回去做一个朴实的卷心菜。只要指给我的那块地,我就会快乐地躺在那里,一周四次。

1999 年 8 月 2 日

我和瓦勒丽亚来到了阿尔马格罗俱乐部,我想我在舞池中看到了本·阿弗莱克。既然罗伯特·杜瓦尔在跳舞,本为什么就不能?也许鲍勃已经将探戈舞的基本技巧传授给了他,我猜测到。哇!他太让人惊奇了!不仅是因为他跳得如此专业,更重要的是,他有着看起来最温暖舒适的怀抱。我一看见这样的怀抱,便对它充满了渴望。我对他如何在摄影之余找出时间练习颇感好奇。当我把他指给瓦勒丽亚看时,她十分肯定地告诉我那不是本,而是克劳迪欧。我使劲地眨了眨眼睛,然后又睁大眼睛问道:

"瓦勒丽亚,你确信他不是本·阿弗莱克?"

"毫无疑问。克劳迪欧可是世界上最棒的探戈舞手之一。他刚从纽约回来,出演了著名的探戈舞剧《永恒的探戈》。"她说。

如果刚才以为他是本时,我想和他跳舞的话,现在我更想与这个不是本·阿弗莱克的男人共舞。瓦勒丽亚说到了几个充满魔力的字:"永恒的探戈",我要让它变为现实。

我们刚刚跳完了一曲,我的眼睛仍旧合着。我还停留在那个遥远的地方,一个难以到达的地方,而由那里返回却更是难上加难。这时,我觉得自己好像听到远处有个声音在召唤我。我费力地睁开眼睛,是克劳迪欧,他正在与我说话。

"现在是几点?"他问我。

"我不知道。我今天没戴表。"我回答道。在这样美妙的时刻,他却还在想着时间，我感到被冒犯了。他怎么可以这样？

他看了看他的表。他既然有表，为什么刚才要问我时间？

"两点三十分。"他告诉我。

"谢谢。"我答道。我被搞糊涂了，我之前问过他时间吗？

"我要再问你一遍现在几点了。"他说道。

"好的。"我回答他，同时顺从地点了点头。我已经不再试着要理解他。

"几点了？"他问我。

"两点三十分。为什么？"听话的小女孩问道。

"我想准确地记住这个时间，因为就在这一刻我爱上了你！"他说。

真是太巧啦！今天下午在大街上我从一个小伙子口中听到了同样的献媚——如果这些轻浮的言辞可以叫做献媚的话。我也许会感到荣幸，如果我没有偷听到那个有问题的小伙子在人行道上向一个女孩说了同样的恭维话（与两秒钟前我听到的一字不差），那个女孩当时就走在我的前面。

这是今天下午发生的事。而在此时此刻（准确时间是凌晨两点三十分），在克劳迪欧的怀抱中，我知道我们心心相印。

当我飘回到瓦勒丽亚身边时，她问我："怎么样？"

"太奇妙了，简直妙不可言。"我只能如此表达。探戈舞的好处之一就是把我变成了海伦·凯勒①。

"他跟你谈到玛利亚了吗？"

"没有。她是谁？"

"他的妻子。"

就在这时，砰的一声巨响，我的双脚又落回到地面。

---

① 海伦·凯勒，美国著名的盲聋哑女作家和社会活动家。作者在此处的意思是她无法用言语表达与克劳迪欧共舞的美妙感觉，也可能是说探戈舞使她对周围的世界视而不见、听而不闻，说明她沉浸在与克劳迪欧的共舞中。

1999 年 8 月 7 日

"近在咫尺的东西却又遥不可及,这真让我无法忍受。"克劳迪欧刚刚一直在这么说。如果这还不能诠释探戈舞的内涵,那么我就不知道什么可以了。探戈舞总是在表达对某种难以拥有的事物的渴望。或者是某种怀旧情绪——怀念已故的母亲、唯一爱恋过你的女孩,怀念逝去的青春和你过去常去的那家老咖啡馆、无数次走过的那个街角。亦或是对无法获得的完美爱情的追求——追求一种"遥不可及"的爱,正如克劳迪欧所说的。

回应他的每一句甜言蜜语时,我都会故作害羞地傻笑。我要说:在讨好女人方面,克劳迪欧确实花样百出,很有一手。

他并不知道我对他已婚一事早已心知肚明。如此一来,我发现一切变得更有趣了。我总是兴致勃勃地等着看他接下来会怎么做。当然,他总能蒙混过关,谁叫他是我所遇到的最棒的探戈舞手呢?

"我们去你那儿喝点马黛茶怎么样?"这是昨晚他所做的努力。

我不知道哪一样更让我竖起羽毛:是这个无礼的小男孩邀请他自己到我的住处,还是这个无耻的男生建议在我家做的事,这与喝一杯热饮似乎关系不大。

翻译:"我们去你那儿喝点马黛茶怎么样?" = "我们去你那儿你含弄我的生殖器怎么样?"从吸吮麦秸吸管引申出了这个最富阿根廷特色的双关语。

我不知道该做何反应。我感到怒火中烧,但我觉得,将它表现出来未免反应过度。再说,他又是这么一个富有魅力、令人愉快的舞伴,一个世界上最完美的探戈舞手——你不会知道,也许他正在寻找一个舞伴。虽然瓦勒丽亚说他结婚了,但是到目前为止我不得不面对的仍然只是他妻子的"幽灵"。总之,我不能对他发火,即使我想这样做。于是同以往对付这种棘手的局面一样:我笑了。

我们在毯子下把马黛茶一饮而尽之前,他为自己所开的这个玩笑(只是一个玩笑吗?)哈哈大笑起来。(为了挽回面子?)他们已经在放弗雷塞多的《我的爱》,这是我们的舞曲。再一次,我们在接近某种双方都未能触及到的东西。我的思绪从舞池徘徊到他处。它在努力想象这会是一种什么样的感触,但却无法深入。在弗雷塞多的歌声中,一个人真的无法去想象那些淫荡的事,至少我做不到。

1999 年 8 月 10 日

"多美的眼眸啊。"克劳迪欧说道,眼睛却盯着我的乳房。然后他捏了一下右边的那只——不知什么原因总是这只——并发出大雁一般的叫声。

尽管可以毫不费力地讲出至少一万句花言巧语,但是如今他已江郎才尽,转而调戏起我来。我不想伤害他那纤细的感情,所以仍旧像以前一样故作害羞地傻笑,就像是一个小女生听到了令人捧腹的笑话。不过我注意到自己右侧的乳房已经开始下沉,当然有些人会说我自作自受,谁叫我穿的上衣薄如蝉翼——我没戴胸罩!我要反驳:你能想象得出克劳迪欧那濒临极限的欲望吗? 他要触摸到,才愿意相信它真的在那儿。

"你看,我正在寻找一个新的舞伴。"昨晚,当他用那难以抗拒的怀抱搂着我时,他说道。绕了一圈,这才是最好的——我就知道。幸好他将我搂得很紧,否则我会高兴得晕过去。我多么喜欢和他一起跳舞啊——尽管每天备受摧残。

"不,不行……玛利亚怎么了?"我倒吸了口气,对自己说出的话感到震惊并且窒息。这是第一次,我流露出知道她的存在。在此之前,她的名字还从未在我们的对话中出现过。

我自己做了一些调查,已经弄清楚玛利亚确有其人,只是最近刚刚生完他们的第二个孩子,这也是他们退出在纽约的表演的原因。她这几个月无法跳探戈,因此我一直没有看见她。所以当我问克劳迪欧玛利亚怎么了的时候,我其实十分清楚,但是我想看看他怎么说。

"这与那个巫婆有什么关系?"克劳迪欧说,用这个常用语指他的妻

125

子。我破坏了这种默契，提起了本不该提的事，可是他听起来却不像是个小男孩那样负气。我太不圆滑啦！"这完全是你我之间的事。"他说，同时做了一个叫做"三明治"的动作——领舞者将你的一只脚困在他的双脚间，让我联想到两片面包中夹着一块点心。"我要你……做我的舞伴。"他的舌头危险地贴着我的耳朵说道。无论这些话是多么地动听，一个简单的问题仍然摆在那儿：他已经有了一个舞伴，而且那人还是他的妻子。

当然，他不是我的魅力王子，我的魅力王子不该是这种人——不会主动提出到我家喝"马黛茶"，也不会踩躏我的椒乳。但是，他的话对我产生了难以抗拒的吸引力。它们有巨大的魔力，让我差点儿忘了我刚刚说过的，他已经有了一个舞伴，还同她结婚了。

"考虑考虑，与我跳舞绝对有利于你在探戈舞上的发展。"我的不太有魅力的王子继续游说着，他确实击中了我的要害。

"我在听呢。"我绕开了话题，灵巧地迈过他所设置的障碍，并以一个交叉步解除了羁绊。我刚才差点儿就要投降了，但我仍旧想知道这里面藏有什么鬼。

"我们以后还有时间再谈。这世界上所有的时间。我们还是先到你那儿云雨一番吧。"果然有鬼。

你确实应该感谢他的诚实。如今这个时代里，很少有人有胆量如此坦白地表明自己的意图。

"以后再说吧，亲爱的。"我抚摸着他的面颊告诉他。这是布宜诺斯艾利斯的女人表示拒绝的说法。

今天，由于我的决定，我对两样事情感到放心了。

1. 我挽救了克劳迪欧，没有让他对妻子不忠。

2. 我挽救了右边的那只乳房，以防它再被踩躏。

1999 年 8 月 18 日

我怎么把这一条忽略了？对一个拉丁男人说"不"无异于给他打了一支强有力的催情剂。屡试不爽。我怎么忘了与阿曼多之间的那段插曲？

现在它们又在我身上重演,克劳迪欧要对此负责。

"我告诉过你,你是我的一生所爱吗?"他说。

(太多次啦。)

"我会为你而死的。"他说。

(请便。)

"我们可以一起去世界各地的舞室教授探戈。难道你不想吗?"他问道。

(脑子不正常。)

括号内的话是我在心里做出的回答。克劳迪欧说,我听。我几乎希望他能回到以前继续夹揉我的乳房,至少这样不会让我感到太恶心。

任何神志清醒的人都会问我为什么要忍受这些毫无意义的话?为什么不把这只苍蝇彻底赶走?我要说,我试过了。相信我,我确实试过了。但是,这只讨厌的苍蝇又不停地飞回来,嗡嗡嗡,嗡嗡嗡。有人大叫不要一直不说"不",我知道不拒绝他人是害人害己。

克劳迪欧已经第二次做父亲了,他却矢口否认这个事实。而我的反击也总是千篇一律:"你妻子呢?"不过,我还是省点儿说话的力气吧!每次我提到"你妻子呢?"他的大脑便会发出"沉默"的指令。

克劳迪欧也许在拒绝回答,但他并不愚蠢,不是个十足的傻瓜。他懂一些两面下注的道理。他对我说:"等着瞧吧,你迟早会改变主意的。我就在这里,等你一起喝马黛茶。"他明白就算同时再搅动两池春水他也不会有任何损失。

在实践中,这意味着,他对我的永恒的爱无法与他同时给予其他人的完全一样的爱彼此兼容。

例如,昨天我偷听到他对一个同他跳舞的女孩说:

"我告诉过你,你是我的一生所爱吗?"他说。

(……)

"我会为你而死的。"他说。

(……)

"我们可以一起去世界各地的舞室教授探戈。难道你不想吗?"他问道。

（……）

我无法听到她的回答，但也没有这个必要，我完全清楚她的想法。然而，出乎意料的是我对这一幕的反应。在为这只苍蝇昨晚终于落到了别处而感到欣慰的同时，我竟然发现自己极为愤慨。这该如何解释呢？

1999 年 8 月 27 日

现在是凌晨四点钟，我只想上床睡觉。但是不行，我要等克劳迪欧来。他之前让我先离开"泰沙"在家等他，并说会在二十分钟后到。

不可能赶上一个更糟的时候了，我的"大姨妈"要来了。真希望他对经期中的女人不感兴趣，这样我就不必与他做爱。我就像一个买完东西后悔了的人。我不再想与他上床，事实上，我从来就没想过。但是现在说什么都来不及了。不，我要勇敢地面对此事。既然答应了他，我就得说到做到。马塞罗给我的教训仍然让我记忆深刻，我真希望能将它永远忘掉。

"如果'不'意味着'不'，那么'是'必定意味着'是'。从来如此。绝无例外。"对正在竭力寻找漏洞的那个自己，我告诫道。

我是这样陷自己于麻烦中的。我们本来在"泰沙"，他像往常一样不停地对我摇尾乞怜。直到现在，我都干得不错，从未给他松开过链子。我的若即若离的做法包括与他调情、使他自感魅力无穷。（我记不清原先对他评价如何。每当看到本·阿弗莱克一般的帅哥，我就是无法控制地要卑躬屈膝。）同时，为了不使我们的关系越过界限，我找遍了各种托辞："你妻子呢？""你妻子呢？""你妻子呢？"终于你不能再说"你妻子呢？"——一台经常播放烂磁带的录音机难免会坏掉。这时你不得不开始从别处寻找借口："我太喜欢你了。""我害怕。""我不想失去你。"等等。

为什么我没让他下地狱？问得好。因为这该死的太棒了。

这就是原因。同大多数男人一样，他与你跳舞是因为他觉得有机会进入你的阴道。

我已经欲擒故纵得太久了。说到破纪录①，我想我可以打破一两项世界纪录了。现在，我就像尤里西斯的妻子佩内洛普，各种拖延策略已然用尽。由于我的经期前综合征，我把这叫做精疲力竭，或是缺乏想象力。当时我就没能想到一个借口不与这样的请求者上床。所以，我回答"好吧"。

我一到家就放出《永恒的探戈》中的主题曲，并把声音调到了最大，然后冲入淋浴中，希望借此缓和一下我的情绪。但是，不管用。更糟的是，淋浴时我发现自己的"大姨妈"来了。可怜的克劳迪欧！他会多么失望啊！（十指交叉）

报告（充满希望地）给他这个坏消息之前，我为自己沏了一些马黛茶，以消磨时间。到现在已经过去不止二十分钟啦。事实上是四十分钟。我想知道什么事让他耽搁了。也许，他正在向菲比安和德得夸耀他即将征服我，我想象着。他假装想要谨慎行事，但是如果你不能向朋友吹嘘此事，那么欺骗你的妻子又有什么关系呢？我打赌这就是他迟到的原因。

我的马黛茶已经泡得褪色（他们是这么形容的），就是说，它已全然无味了，可是克劳迪欧仍然没有露面。我已经等够了。尽管乳头还在为他挺立！我给了他一次机会，但是他没有把握。好，很公平，互不相欠。我要去睡觉了。

回卧室的途中，就在经过书架的时候，我发现了一本被压扁了的《布里吉特·琼斯日记》。我想起来其中的一个情景，当马克·达西接她去约会时，她因为正在吹干头发没有听到门铃声。

我只想到：天啊！

1999 年 9 月 3 日

无论你去哪儿，总是这样。你选择"打的"，想要更快到达目的地，但

---

① "record"一词在英文中既有磁带也有纪录的意思。"broken record"乃作者的双关语。作者在上文中提到过"broken record"，指"坏了的磁带"，因为这个词组又让作者联想到"被打破的纪录"，故有此句一说。

在下车的时候却又希望自己乘坐的是公共汽车或地铁,因为车费要便宜很多(不用按米计价)。布宜诺斯艾利斯的出租车并不贵。可是谈到个人为此付出的代价,你不得不屈服在司机口中飞溅出来的硫酸之下,它会在你的心里烧上一整天。这一定是世界上最痛苦的职业。开出租车似乎使司机们变得疯疯癫癫,这些司机又把他们的乘客逼疯。

比如今天,我上玛塔的西班牙语课要迟到了,于是跳上了一辆出租车。但是,堵车堵了一个小时,我只能听着司机对经济情况慷慨激昂地胡说八道,听他分析形势。他不停地嘟囔着,夹杂着巨大的鼻息声。"太粗暴了"!他指的是他的情绪。可见,他的情绪并不好,实际上是糟透了。没过两秒钟就会听到他的那句"太粗暴了"!他在传达着阿根廷人特有的狂怒、憎恨、挫败与痛苦的混合状态。这种状态已经形成并且溶入到一种灵魂深处的感情中,这是想要消除这种状态的温和的阿根廷人的灵魂。你不得不连根拔起他的灵魂。你看,阿根廷人的粗暴是他们通常显现的明亮笑容的另一面。

虽然这趟出租车的行程时间长得让我厌烦,但是还是不足以让我的出租车司机发泄完他那愤世嫉俗的心情。不幸的是,我的西班牙语已经进步到无法对其所说的话完全听而不闻。我有时仍旧装作不会说,但我从来不是一个善于撒谎的人。我倒不太介意出租车司机是一帮气愤的人,但是使我恼怒的是他们自以为是高智商的精英。他们并不了解坐在后座上的乘客们的(中规中矩的)想法,他们只是感到有必要将自己对时代精神的平淡无奇的表述与人分享,好像他们是普天之下难得的智者。据恩里克·费尔南德兹——今天我遇到的这位车轮上的专家所言,阿根廷两年来的经济衰退完全是掌权的那群笨猪们的错,他们应该立刻被处决。我会适当地发出深表同情的响声。在他自愿充当行刑队的一名士兵时,他的情绪尤为激动。我倒希望他拿我开刀。如果我死了,至少我的头就不疼了。

你当然无法想象,这个国家正处于恩里克所说的可怕困境中。咖啡馆二十四小时顾客不断。在别的国家,人们会顾及体面,尽量少呆在别人的视线下,而是在家中看电视。而在阿根廷,每一个人,包括老人,都愿意出来与朋友们狂欢享乐一番。要杯"泪珠儿"（在牛奶中滴一滴咖啡）或仿制的香槟，彼此畅所欲言。你很难分辨出这是下午四点还是早晨六点，是星期一还是星期五。在咖啡馆中总能度过一段令人愉快的时光。坦白说，他的抱怨让我摸不着头脑。如果你问我，我要说布宜诺斯艾利斯让纽约显得毫无生气。

1999 年 9 月 30 日

如果把胡里奥·瓦加斯和侯泽·瓦加斯并排放在一起，那么漂亮的那个是胡里奥，而性感的那个则是侯泽。但是，这种分别只限于将两人放在一起。如果你碰巧遇到了其中的一个，另一个不在旁边，这时想要辨认出他是哪一个，是绝对不可能的。他们不是双胞胎，但却一模一样。由此造成的难以弥补的深远影响，昨天晚上在"黎法溪"我已经清楚地感受到了。

有一个好办法能将两人分开。侯泽是传奇人物葛蕾西耶拉·戈麦斯（也被称为"罗萨姑娘"）的舞伴，并自认为是女伴心目中最为理想的搭档。而胡里奥不是（这种理想舞伴）。事实上，他正好相反。我甚至可以毫不夸张地说，与他跳舞简直有害身体健康。

如果只是注视着他，你根本辨认不出他是胡里奥。因为在舞池中，他看起来与侯泽一样出色。但是，他有一个缺点。他根本不懂领舞的含义，这本身就是一个相当不可原谅的过错。但我要谈的不是这个事实。症结在于他是个瞎子。这可不是什么比喻的说法。蝙蝠都要比胡里奥看得清楚。我的意思是作为他的舞伴，一曲下来，你不会还像开始那样完全依赖他的带领，你会争取一定的主动权，除非你对被踩到脚不太介意，对因为踩到了别人的脚而不停地道歉，或是撞上了桌子、椅子这些无生命物体也不太介意。总之，侯泽是美梦，而胡里奥简直是梦魇。

昨晚，瓦加斯兄弟只有一人出现在"黎法溪"，我真是运气不太好。他是哪一个？我愿付出一百万美金获得答案。时间紧迫，我必须立刻决定，因为那个我叫不准是谁的人正在示意要与我跳舞。如果是侯泽，正确的做法是微笑（因为心中的兴奋手舞足蹈），然后和他一起进入舞池。（如果能够做到的话，要克制自己冲入他的怀抱。千万不要大喊大叫："我是你的！""我是你的！"）但是，如果发现他竟然是胡里奥，这个错误就太离谱了。在情景 B 中的正确行动应该是："装傻"。这是你将学到的最有用的短语。可以大概解释成，"你假装没有收到他邀舞的信号"。我装傻的功力已经很深了，在舞场这是一项基本的生存技能。强迫自己假装没有看到那个站在角落里、极力搜寻我的注意力的家伙，这种情况我已经记不清一个晚上要发生多少次了。

做出选择真的是太难了，但我又得马上决定。我继续计算着风险，将与侯泽跳舞潜在的好处和侯泽一旦变成胡里奥所产生的可怕后果权衡再三。通常在做与不做间进行决策时，我会选择做——接着付出代价。但是这次，我畏缩了，尽管我讨厌承认这一点。害怕受伤的恐惧再一次将我击败。我采取了第二套方案。忽然间，我的双眼变得呆滞无神，我的头稍微转动了一点儿，如此一来，好像我在专注地看着胡里奥和侯泽左边空旷的空间。

打赌时，我的运气总是不佳。用我呆滞的眼球的眼角余光，我捕捉到了他惊讶的表情，一种只会出现在侯泽脸上的表情。他不明白为什么遭到了我的拒绝。没有人拒绝过他。我之所以这么做是因为我的那个充分的理由，我想我已经说清楚了。幸好，头发已被我在脑后盘成了髻，否则我会将它们全部扯断，一次一绺。我没有做出过于激动的反应。但在探戈舞会上，拒绝一个男人的后果往往是不可挽回的。他们会认为你对他个人有看法，从此不再邀请你跳舞。这想起来都让人后怕。上帝啊！我做了什么？

1999 年 10 月 14 日

我轻易地拒绝了侯泽。他不但原谅了我，而且事情似乎还朝着对我有利的方向发展。显然，这次阴差阳错的拒绝让我显得没有那么急切，因此激起了他更大的兴趣。但是，在我的余生我会一直为与他错失的那支

132

舞而哀悼。他真的是太棒了,他很清楚自己的魅力,这使他比以往更加性感,该死的太性感了。从古典意义上来说,他不像他的兄弟那么美丽夺目。他同样拥有地中海民族的橄榄色皮肤,黑头发和山羊胡子。但是他的皮肤上留下了粉刺的坑印。真有意思,在别人身上也许会有碍观瞻,在他身上,你会很乐意忽略这一点。另一方面,他的身材十分健美,我这么说毫无保留。他整个人犹如斧凿,菲狄亚斯①恐怕也不能雕出更加完美的作品。不管怎么说,他成功了。我想要成功,就像我以前从未想过要它一样。当然,无论我多么想成为他的舞伴,我无法欺骗自己他是唯一的,舞艺超群。毕竟,他与"罗萨姑娘"在一起跳舞,无论我对此多么地向往,我知道我永远比不上她——再过一百万年也不可能。我真希望自己不要这么理智——一种让人恼怒的脾性,尤其当我被无法控制的欲望征服时。

你能想象得出,昨晚在两支舞的间隙,当这个明星——从最遥远的星系而来——约我出去的时候,我感到多么地荣幸,又是多么地恐慌。(这次我一定答应,管他是侯泽还是胡里奥。盲目地。)我确实太吃惊了,因为在探戈舞会上从来没有小伙子约你出去。他们想当然地认为能从那儿把你带走,然后回到你的住处交媾。(从来不会去他们的住处,因为他们的住处简陋,又住着他们的母亲、姊妹、女朋友,或妻子。他们还没有想到,很可能这就是他们无法如愿获得更多性爱的原因。)然而,他们发现了电话的存在。或者是电话或者是他们下身的那个东西在召唤着一个女人。现在,你明白为什么听到电话的那一端传来侯泽的声音时,我从最初的惊讶,渐渐变得震惊。他的声音听起来有些僵硬——怎么会这样?神是不会紧张的,不是吗?他打电话来是为了正式地邀请我下周二和他一起去看演出。我几乎无法将听到的两个词联在一起,因为作为凡夫俗子,我比上帝要紧张得多。

我已记不得上一次约会(严格意义上的)是什么时候的事了。长期缺乏实践,我想自己早已忘记了该如何约会。

---

① 菲狄亚斯:古希腊雕刻家。

133

1999 年 10 月 19 日

实际上,我与上帝约会了。上帝也许只有二十一岁(所以从理论上说,我们同龄),皮肤上还留有坑印,但是,他仍然是上帝。当一个人外出与上帝约会时,是不可能过于放松的。生平第一次,我的舌头完全打结了。终于将结打开,却蹦出了几句相当、相当愚蠢的话。我只好再次将它系上,免得又跑出更加愚蠢的话来。面对这种情况,唯一的补救办法就是少说话、多喝酒。

"你总是喝这么多酒吗?"侯泽问道。我猜想以往与他约会的女孩大概滴酒不沾。在阿根廷,女人从不会喝比"起泡沫的水"危险的东西——甚至是这种"起泡沫的水"她们认为也不太安全。她们担心这些泡沫会上头——更严重的,会让你行走不稳。现在,我就在竭力模仿一条鱼的走路姿势。

"对……我的意思是不……我的意思是,我不知道。"这样的对话会让你感觉在闪耀着智慧的火花。整个晚上,我都在请他听这种似是而非的话。

表演过后(他带我去看了些什么,我都记不住了),我们一起吃了晚饭。然后我们去了"阿尔马格罗"。在坐出租车到那儿的路上,途经一座教堂时,我注意到侯泽和司机一致地都在胸前画了一个十字。他们同时表现出的虔诚让我很感动。我对侯泽更加倾心。虽然我从未觉得他是一个肤浅的人,不过,他要比我原先以为的更有深度。

我们到达阿尔马格罗俱乐部时,可怜的老人卡门希塔·卡尔德隆——她已经一百多岁了——坐在轮椅上被推了出来,这个又丑又老的女人成为了他们的展览品。我希望当我一百岁时,他们会让我平静地坐在轮椅中。他们这么做究竟是荒谬还是崇高,我不知道。大家见仁见智吧!

胡里奥加入了我们当中。我开始喝得更猛了,又一次感到自己困在了天堂和地狱之间。每当我与侯泽跳完一曲,就得忍受与胡里奥共舞的折磨。我怎么能拒绝他呢？他就坐在我们的桌旁,看在上帝的分上!"阿尔马格罗"的灯光一向如此——非常幽暗——这只会使事情更糟。我们撞上了桌子,撞飞了桌子上的香槟酒瓶,香槟酒洒在了我最喜欢的黑色绒面革高跟鞋上。此时此景让我差点儿不计后果地脱口说出下面的话,这些话我在与他跳上一支舞时就准备好了,那次并不比这次幸运多少:

"胡里奥,亲爱的(我发现言语上的爱抚可以减轻对对方的打击),我觉得你很好,我希望咱俩成为朋友。所以你必须停止请我跳舞。让我们彻底结束这样的闹剧,不然我就要大声叫喊了。谢谢你的理解。"当然,我没说。事实上,我根本没有胆量说。我保持沉默,一瘸一拐地回到了我们的桌旁,一路上,发出搞笑的吱嘎吱嘎声。

终于侯泽看我可怜,问我是否想离开。

"好!"我喊道,有点儿过于热情。

我们终于单独在一起了,就我们俩。我想着,同时欣慰地叹了口气。我整个晚上都在企盼的时刻终于要来临了。尽管我和我的鞋都灌了不少酒,还是无法浇灭我的那股兴奋劲儿。一想到他第一次献吻,我就兴奋不已。我付出了不小的代价(我的鞋被毁了,我还得再订做一双),但是他的吻可以补偿一切。

我确信它可以,如果他吻了我。但是,当他把我送到我住的大楼下面时,他只对我说:"明天我会给你打电话。"然后丝毫没有停留,又叫司机将车开到亚美尼亚大街 1366 号——维卢塔舞厅的所在地。下车的时候,我看了一眼车上的仪表盘:才凌晨四点。他还能再跳两个半小时,如果他抓紧时间的话。

当他消失在夜幕中的那一刻,他从逃之夭夭的出租车里送给我一个飞吻。他这么做让我明白了我才是将事情弄糟的那个。

如果从这个悲哀的故事中得到什么教训的话,那就是:当你与上帝约会时,只喝水——平淡无味、不会起泡沫的那种。

1999 年 11 月 5 日

"吗呐呐"的意思就是"两周后"。当然,就在我对他不再抱有希望的那天,他打来了电话。我以前就说过:事情只会发生在你绝望的时候。我对自己发过誓:如果他打电话来,我要置之不理。过去十天里,我没曾合眼,不停地想象着数百种不同的场景。在每一个画面中,他都是卑躬屈膝,而我却傲慢地高高在上,对他试图重获我的芳心的每一次努力都无动于衷。

不过,有意思的是,无论将剧本改写多少次,生活从来不会让你说你已经排练好的台词,我回答了好——甚至在他还没有讲完约我再出去的话之前。

他带我到科连特斯大街上的法国油炸薯片餐馆吃了晚饭——此番心意很重要——这次我保证滴酒不沾。根本没有必要喝酒,因为我已经快乐得醉了。我对此事仍然有些无法释怀。他说过会给我打电话,他后来确实打来了。虽然没有遵守允诺的时间,而是过了整整两周。但总比不打好得多,这 99.99% 是个时间问题。这一次我的话说得很连贯。老实说,我没记住我们谈话的细节,因为真正的对话在另一个层面进行着。他整个晚上都在深情地望着我的眼睛,让我感到这个世界上只有我的存在。在这样的感觉中,你会忘记周围的一切。这样暧昧的情形让我不禁浮想联翩:他会甩了"罗萨姑娘"——很可能是世界上最顶级的探戈女舞手——而成为我的舞伴吗?尽管所有的证据都与此相反,并且这也有悖逻辑。我要再次声明:我一口酒也没喝,或许我该喝些。

"我以为你和她是一对。"我漫不经心地说道。

"过去是,现在不再是了。"说话的同时,他停下了对我的手的抚摸。

"我这么问只是不想得罪到谁。"我解释着,试图尽快重新获得他的好感。他的手又开始抚摸我的手了。

"你没有冒犯任何人,亲爱的——不管怎样,我不是在这儿与你在一起吗?"他倾身越过桌面以吻封住了我们的谈话。他留恋徘徊的吻尝起来有番茄汁的味道,比它发出来的声音要甜美许多。

　　饭后,在乘出租车去舞厅的路上,我又一次被他的虔诚打动了。当我们经过一座教堂时,他在自己身上画了一个十字,然后吻了吻他的拇指尖。我本人并不信奉宗教,通常我也不会被其他人的信仰所吸引。但是,在他身上,这太可爱了!我愈来愈喜欢与他有关的每一件事儿,甚至是他在胸前画十字的方式。

　　当我们臂挽着臂一起进入"圣明之子"时,我想我就要因为自豪晕倒了。这么快我就成功抵达了最遥远的星系,真让人难以置信。我并非技艺超群:我绝对、绝对、绝对没达到这种水平。"罗萨姑娘"正坐在临近舞池的一张桌子旁。虽然我有点儿不安,但是我在竭力忽略这种感觉。由她桌旁经过的时候,我一直在用侯泽说过的话提醒自己:没什么可担心的。他们已经不是一对了。现在,他在这里与我在一起。

　　在她热情、友好的外表下,我怎么察觉她的反应极为冷淡?也许我多疑了,谁叫我几分钟前还一直计划着要偷走她的舞伴。无论事情如何发展,夹在他们中间,我感到很不自在。这甚至比坐在侯泽兄弟间还要难受。更尴尬的是,侯泽整晚都在与我跳舞,没有邀请过她一次。我觉得这么做有点儿过分。在她面前,他表现得毫无骑士精神,真让我替她难过。出于同情,我几乎要请求侯泽和她跳一支舞,毕竟她是要被抛弃的人了。但是,我无法说服自己放弃任何一次与他共舞的机会。

　　我们不停地跳着,一直到凌晨五点。"罗萨姑娘"早已离去,可我还在侯泽的怀中尽情地跳着,根本没有注意过时间。这时响起了《假面游行》,就要结束了?我想是的。难道我已经连续跳了几个小时?

　　我抄近路先回到了公寓。侯泽还在来这儿的途中,我已经一丝不挂地在等他了。侯泽脱去了他的衬衫,我注意到上帝的背上正在长毛。一两年后,这就是一具名副其实的毛发丛生的背了。比起他的粉刺,这对我的爱是更大的考验。

　　原来上帝也不是十全十美的,我想。我劝告自己尽量少看他的背。

　　结果表明,这不像我想象的那么难。在侯泽的帮助下,我终于记起我们之间最大的交易——性。

"我的上帝啊！"我只能不断地重复这句话，不敢相信自己正在与上帝做爱。我感到像尼俄伯一样被赐予了特别的恩典。她是宙斯娶的第一位凡间女子。这对于他来说并不值得一提，仅仅是这些不费吹灰之力就会发生的幸运事件中的一件，就像行星相撞或是流星照亮夜空。换种说法，我们有了"肌肤之亲"，尽管他长着粉刺。

我们充满激情的早晨持续到十点钟。我已经筋疲力尽了，慵懒地趴在他的身上，有一种欲望被满足后的飘飘欲仙之感。

"我要撒尿。"他边说，边将我从他身上摇了下来。

他上完厕所后，并没有回卧室。他在干什么？我来到起居室看看情况，发现他正在收拾撒落满地的随身物品。

"你在做什么？"我问他。

"我要走了。"他边说边穿上了裤子。

"去哪儿？"我问道。噢，不。我又感觉到了胃里的那种灼痛。

"去忏悔。"他说，然后穿上了袜子。

"什么？"迄今为止，这是我所听到的各种理由中最好的一个。

"我要去忏悔我的罪过。"他又说了一遍。

"你是什么意思？"我接着问道，"你在开玩笑，对不对？"我的声音里充满了恍然大悟，好像在说"哈！哈！现在我明白了"。

"不，我没有。这是事实。"他背对着我穿上了衬衫。

"我不懂。"这一次，我没有装糊涂。

"我不应该在婚前有性行为。"他说。

"你现在才想起来？"我问他。有时候我觉得，自己是唯一能忍受这些尖锐刻薄的言辞的人。他根本没费心思要回答我。我又问道："你每次做爱都要忏悔吗？"

"是，差不多吧。"他说。

"好好忏悔吧！"我对他说，虽然知道这么说可能不太合适。

罪恶似乎能激起某些人的性欲。但是对我不行。它已经令我"性"趣全无了。就我而言，侯泽愿意忏悔多少次随他的便，让他下地狱去吧！一个牧师会对我的性生活中那些过分渲染的细节感兴趣，这个想法让我十

138

分厌恶。它们是属于我的炫丽的细节。我喜欢继续保持那样的方式。

1999 年 12 月 10 日

今天对于阿根廷来说是个快乐的日子。梅内姆被赶下了台。人们就在我的窗外庆祝着,微风将他们满怀希望的声音吹进了我的起居室。他们选出了一位新总统——费尔南多·德拉鲁阿。他一定是个枯燥乏味的人,这反让人们对他很放心。在一个无趣之人的管理下,自然不会有什么坏事发生。不像爱炫耀的梅内姆。你能听到人们欣慰地松了一口气。

"骗子终于滚蛋了!"外面,人们一遍遍地喊着。

这个词对你了解阿根廷至关重要。一个骗子是在欺骗(说谎)的人,是一个不道德(不老实)的人——你能想象得出吧!如果你生活在阿根廷,你总能听到这个词。

欺骗还是天主教文化必不可少的副产品,与侯泽交往的经历教会了我这一点。如果享乐被认为是罪恶的,尽量背着教堂沉浸其中,就再正常不过了。然后,又会心怀内疚。终于,在罪孽变得无法洗刷之前,在一切还未太迟时,去向牧师忏悔。在一种享乐被视为罪恶的文化中,没有不靠欺骗而进行的享乐,也没有不为了享乐而进行的欺骗。

这倒帮我解释了原因——在与我跳舞的那些小伙子中,为什么我不断地听到这句话:"你最近背着我和谁在一起?"我们根本没发生过性关系,这样的事实却变得无关紧要。

这样,探戈舞似乎成为了天主教徒享乐的理想方式。因为你可以体验到那种由于欲望的邪念而生出的罪恶感,又不必跑去那个九码大的地方忏悔或是得到下地狱的下场——除非你事后一刻不停地奋力冲出别人的公寓去忏悔。但是,确实会到达这种地步——欲望被带入了沸点,罪恶无法再压抑。这时候,你会不顾一切跳入激情的火焰焚烧,待一切平静后,又跳下床马上去忏悔。不要让探戈成为天主教徒享乐的完美工具——正如全体布宜诺斯艾利斯的牧师对你的忠告。

再回头谈谈今天的阿根廷。关于性的这个道理同样适用于政治,因此这个国家的腐败由来已久。欺骗对人的诱惑太大了。但是,罪恶还是有值得肯定的一面。

就是说,救赎总会出现在罪恶产生之后。我想无数阿根廷人就是这样看待这些选举结果的。就好像多年生活在一起的丈夫完完全全地背叛了你,他粉碎了你的自尊以及你对这种制度的信任,你们成功地离了婚,你又可以重新开始。我希望你(这些阿根廷人)是对的。我也许不是一个好的天主教徒——也许在这件事上,也不会太差——但是,没有人可以阻止我与他们共同祷告。阿门。

1999 年 12 月 31 日

想想去年的这个时候,我正躺在贝思的沙发上,感到既痛苦又寒冷。从那时起,一整年就这样过去了吗?我搬到布宜诺斯艾利斯真的有九个月了吗?为什么当你意识到"时间飞逝"时,总是无比震惊?这些陈词滥调总会给人以惊奇。现在正是回顾过去的一年并为下一年制定目标的好时候,于是我忙着写下了下面这些话:

1. 我把纽约换成了布宜诺斯艾利斯。这是我做过的最好的决定。我爱这个城市的一切——甚至是呛人的柴油机公共汽车。

2. 我从上东城一幢有门卫的大楼中的一套一室公寓搬到了国会广场上一幢有门卫的大楼中的一套一室公寓。我喜欢我的阳台。我喜欢我的门卫。我的父母喜欢布宜诺斯艾利斯的房租只有纽约的四分之一。或者说,他们应该如此。

3. 我自然而然地学会了一门新的语言。就算如此,我仍然一直受到这个问题的困扰:"你从哪里来?"尽管我的西班牙语还带有口音,但是我已经说得相当流利了。我的"拉姆法多"甚至也有进步——可悲的是,这意味着我现在不用马塞罗和他那刺人的腮须的帮忙,就能理解探戈音乐的歌词。

4. 这九个月里我结交的新朋友比我一生中在世界各地拥有的朋友还要多。从我最好的朋友瓦勒丽亚说起,没有了她我不知道该怎么办。回首刚来的时候,我傻傻的,真担心他们会将我打包送回去。事实上,我有时会说——如果问这个可怕的问题的人有足够的时间听我的说法——"我有希腊和美国血统,接受的是英国人和法国人的教育,如今却过继给了布宜诺斯艾利斯。"

5. 这些日子以来,我经常被误认为是布宜诺斯艾利斯人——直到我开口说话之前。这与我性感的新形象有很大关系。我购置了许多亮丽的上衣,这些几近裸露的上衣只是危险地挂在我的身上,真该感谢那些缠绕在我后背上的细线。至于我的短裤和短裙,它们很少被提到腰上。但这可不是我故意的(见8)。至于我的高跟鞋,我现在只穿黑色绒面革的。新奇的丁字型扣绊鞋似乎在大喊着告诉人们"这是一个游客",因此我早就不穿了。结果,"巴士林那"的库存价大跌。

6. 我整天都在喝马黛茶,一点一点地咬着"阿尔法乔丝",我不知道这算不算是一项成就。

7. 我在探戈舞会上,与大多数巴勃罗、每一位路易斯和所有的乔治跳过舞。也就是说,我的人际网在扩张、扩张,扩张! 这也证明了我是多么地、多么地、多么地受欢迎! 不过,我不知道克劳迪欧会不会同意我的话。

8. 每天不分昼夜的跳舞让我体重大减,去年箍在身上的短裤,如今穿起来又肥又大——尽管我吃了不少"阿尔法乔丝"。问题是我如何才能使我的短裤和短裙不从腰上掉下来(见5)。这可能是我最引以为豪的成就了!

9. 我的体重减轻了,年龄也减轻了。准确地说,十年。在"街心公园",你问任何一个人我的年龄,他们会告诉你:二十一岁!

10. 我上的芭蕾课和放松课改进了我的体态,使我活动的灵活性、范围和质量都加强了。重要的是,我感到自己变高了、也变瘦了! 我不知道自己是不是真的长高了,但是感觉确实如此。从没有人注意过我的鞋跟只是一部分原因。

总之,这是好的一年。我拥有了合适的衣服、合适的鞋以及合适的身材(近似地)。我看起来像阿根廷人,尽管听起来还不太像。我的探戈舞技日益精湛,引起了众多男士的注意。在探戈舞会上,我几乎不曾坐下来。这使我想到：

11. 我还没有找到我的舞伴。为什么找不到?! 他究竟在哪里?! 好吧,至少我明年的目标十分明确。尽管他们确实说过——"他们"指的是出租车司机——事情会在你最不抱有希望的时候发生。所以,我明年的目标应该是不要期盼他——因为这样做的话,他就不会出现。但是,一件对于你来说无比重要的事,一件使你日夜心神不宁的事,一件你的生命中唯一感到缺憾的事,你怎么能不期待它的发生呢?

我要竭尽全力不去想他。如果我今晚在"圣明之子"遇见他,这会让人多么惊喜呀! 这会是新年愉快的开始。说到这儿,我得赶紧准备,瓦勒丽亚正在等着我呢。不像我的舞伴那样,我会在别人期盼的时候出现。

拧 转

1. 探戈舞中,男士带领舞伴旋转时,他不时
   扭动的上身所做的螺旋形的转动。

请看它的形容词:

1. 指人:感情波动/神经质,通常用于男性。
2. 指情况:复杂、混乱、棘手——令人头疼。
   在布宜诺斯艾利斯非常普遍。

2000 年 1 月 4 日

周日,我去了葩拉库尔图拉尔舞厅。你得爬上一段陡峭又昏暗的楼梯才能到达那儿。我想这倒增添了它地下舞场的魅力。一个黑影从暗处跳到你面前。

"交五比索。"他说道。

付完钱后,门开了。真是灵验的开门咒!你迈进了一个黑暗的洞穴。圣诞节留下来的彩灯仍然悬挂在潮湿的墙上,装点着这里。沿着墙摆放了一些从大型垃圾箱中淘回来的生了锈的铁桌椅。如果你不早点儿到的话(凌晨两点之前),一定找不到座位,因为这里已经人满为患了。这时,你只能爬上舞台坐在那里。"葩拉库尔图拉尔"显得肮脏不堪,与迷人的"阿尔马格罗"和"圣明之子"迥然不同。在"阿尔马格罗"或"圣明之子",把屁股放在任何不是椅子的地方都是一种罪恶的冒犯。正像我非常喜欢"葩拉库尔图拉尔"自在的氛围一样,我也非常讨厌这里的地板。它粗糙不平,缝隙处早已裂开,而且尖锐的钉子隐藏着危险。你就不要妄想在这样的地板上淋漓尽致地跳滑步了。事实是,如果你绊倒了六次,或者你没有感染破伤风,你就应该庆幸了。下肢如果无法旋转自如(似在枢轴上

145

转动一般），对膝盖无疑是一种折磨。试试在这种情况下，完成一个"8"字动作①，你就知道我的意思了。救命！我都快成为一个大惊小怪的人了。啊！我被人射中了！

我立刻发现了这间屋子中最棒的舞手。黑暗中我看不清楚，只知道他颧骨很高，拥有北美印第安人深色的容貌，他那头黑色的浓密长发在圣诞灯下看起来蓝蓝的。他真是太性感了——我敢这么说。他迈着这样的步伐：他那自信、从容不迫的大步占据了整个房间，使他周围的人暗淡无光。

"他是谁？"我问瓦勒丽亚。

"一个'仕诺'。"她答道，挑起了一边的眉毛。从我坐的地方看来那条竖起的眉毛似有不赞成之意。

阿根廷人将任何看似北美土著的人都叫做"仕诺"。在他们的眼中，北美印第安人与亚洲人长相无异。并且所有的亚洲人，包括日本人，都可以混合在一起看成是中国人。（虽然从政治上讲，这种说法可谓谬以千里。）也许你会预料到，在阿根廷有许多的"仕诺"，尤其是在北部少有欧洲人定居的地方。这位"仕诺"来自胡胡伊省，与玻利维亚的国界咫尺之遥。

尽管瓦勒丽亚对他的厌恶显而易见，我在心中仍旧暗下决定：一定要同他跳支舞。在跳探戈的过程中，我学到了一样东西——一个人必须帮帮自己的运气。在现实世界中我对此无能为力，但是在探戈沙龙还算安全的环境中，我的脸皮变厚了。这里只会加深你的迷恋，以至于你不会把"不"当成回答。就这样，在一支支舞曲短暂的间隙中，我不停地盯着他看。在如此一片漆黑中盯着某人，就像在黑灯瞎火中钓鱼一样，确实不无可能。

你瞧，他的雷达频率还真高。他收到了我的信号，从他站的那一端冲我点了点头。我朝他点了下头，就在他向我坐的桌子走来时，我站了起来，准备到中途与他碰面。而在我俩于半路相遇时，他却仍然向我的那张

①　Ocho：探戈舞基本舞步，一个以轴为中心的旋转运动。

桌子走去,在那儿只有瓦勒丽亚像猫一样冷淡地坐着。他们交谈了几句,终于她站了起来,跟着他走向舞池。我夹着尾巴返回了座位,只觉得脸在像火炭一样燃烧。羞愧难当仍不足以描绘我当时的感觉。幸好周围一片漆黑,没有人注意我。当瓦勒丽亚跳完一支舞后回到桌旁,我们默契地不去谈及这个伤人的话题。一道沉默的墙隔在了我们中间。

2000 年 1 月 11 日

昨晚,我又去了"葩拉库尔图拉尔"——这是一次"钓鱼"的探险。我希望抓到那个"仕诺"。我要说,钓起这个重达一百五十磅的家伙并不容易。

我一定要早点儿到达那里,以取得一个最佳的位置等候这条大鱼的到来。我已经备好了饵——一件崭新的银色无背连衣裙(其实,前身的遮掩也不多)。我不知道如何才能不让它掉下来。但是奇迹总是有的,它始终挂在我的背上(或者不是我自己的背上)。不管怎么说,我的穿戴让人有些瞠目。在这样一个不入流的探戈舞厅中,我的装扮过于讲究了,看上去完全格格不入。幸好,灯光很暗,没有人能够看清我的穿着。但是,这身衣服的确起到了一个作用:它让我感觉到自己很性感。在经历了上周的羞辱后,它给予了我必备的勇气去大钓一番。

果然有效!也许这次没有瓦勒丽亚在身边倒帮了我的忙。如果她在,我确信他不会想到与我跳舞。他会直奔她而去,根本无视我的存在。我承认她有时让我十分不安。这次,当他朝着好似我所在的方向点头时,我的屁股像在椅子上生了根。他不停地向我示意,我始终坐着没动。上周的惨败让我不愿再冒险。终于,他采取了行动,他走了过来,将我从座位上猛拉了起来。我却仍旧不想冒险。我将头转动了一百八十度,环顾了四周。我要百分之百地确信他不是想与别的人跳舞。显然,他确实是想邀我跳舞,于是,我站了起来,跟着他走进了舞池。

当我们站在舞池中等待音乐开始的时候,他向我介绍了他自己。我没有告诉他我早就知道他是谁了——我更没对他说我今晚来到"葩拉库尔图拉尔"就是为了他,并且只为了他。我让自己沉浸在他那深沉、优美的嗓音中。这时,音乐响了起来,将开始跳舞的信号传达给了我们。除去没有跳舞的时候,我们都飘荡在空中。我发誓,昨天晚上,我一直在云端漂浮着。我相信这个"仕诺"一定对我施加了某种古老的魔法。证据就是昨晚我从没绊倒———一次也没有——就在这污秽的、裸露出大片钉子的地板上,我一次又一次地完成了"8"字动作。

2000 年 1 月 20 日

他是佛雷德,而我则是金杰。我们在一起面贴面跳着舞,仿佛上演着《高帽》中的情景。我穿着白色的长裙,裙子上的鸵鸟毛随着他在舞池中飞快移动的脚步飘扬着。总是戴着白色领带的他看起来活力四射。啊!"我正置身于天堂!"

与"仕诺"共舞,我感到轻松自如,因为我俩的身体契合得就像两块不能分开的拼图。从不存在调整姿势的必要。在彼此的怀中,我们感到既舒适又自然。我的头偎依在他的颈窝处,他的臂膀勾勒出我后背的轮廓。我的身体找到了她的兄弟,他的身体也找到了他的姐妹。你知道他们所说的乱伦。

还有其他的一切:他的男子汉气概、他的创造力、他精湛的技巧——每一样都再合适不过。我找到了我的另一半。他就是。如果我感到如此满意,他一定也有同感。我不相信感觉是单方面的。它一定存在于两个人之间。并不是每一天,与你共舞的人都不明白你的心意。他分享着我的感受。问题是:我的意中人何时才能有所领悟?

他会请求我和他一起练习吗? 每个夜晚,他带我在舞池中旋转时,这个迷人的想法也在我的脑海中翻腾着。我所能做的只有等待。(显然,我被投放到这个地球上就是要在等候室中耐心等待。)我知道他就在眼前。他甚至告诉过我他正在寻找一个舞伴。但是,我最讨厌别人将红萝卜吊在我的面前,却不让我吃到。就像现在这样。

昨晚,我的直觉告诉我,我一直等待的时刻即将到来。一支舞刚刚结

束,金杰衣裙上的羽毛还未落下,他护送我回到了桌旁。就在这时,他问道:

"喂,你知道瓦勒丽亚在哪吗?"

停顿了一下,用几乎听不到的声音,我告诉他我不知道。他继续问道:"你有她的电话吗?"

"当然。"我说,强迫我的嘴角张开。

我给了他号码却没有问为什么,因为我不想知道我已经明白的一切。

2000 年 1 月 25 日

"有所得就会有所失。"每晚,我都要对我的枕头说这些话。可是,我仍然无法入睡。就像第一次涌现出对探戈的热情时那会儿,这几近崩溃的失望又让我成为了失眠症患者。我非常努力地试着不去忌恨瓦勒丽亚。这并不容易。我对自己说晚上跳得好的那一个胜出毕竟是正确的。

如果我表现得像一个优雅的失败者,我最终会感到自己就是。希望如此。

2000 年 2 月 1 日

我和瓦勒丽亚一起坐在阿尔马格罗俱乐部中。我们又成为了伙伴,只是都心怀愧疚。我可以自豪地说我已将这段插曲抛诸脑后。不过为了安全起见,我们都刻意不去谈他。我没有向她打听他的情况,她也从未主动透露任何他的消息。

当然,我们几乎每天都可以在探戈舞厅中看见他。我必须承认,他很老练。他保证轮流邀请我俩跳舞。我甚至注意到,如果第一天晚上他先邀请的是瓦勒丽亚,那么他一定会在第二天晚上先邀请我。

在我们当中的一个与他跳完一支舞后,我们回到桌旁,会一边扇着扇子或用手绢擦着光洁的额头,一边聊一些不相关的事儿。好像我们刚刚谁也没与他跳过舞。

昨天晚上,在两支舞的间歇中,他对我说:"他们已经邀请我去'帕瓦蒂塔'做表演。你想做我的舞伴吗?"我的震撼可想而知。

　　"瓦勒丽亚呢?"我问道,有些目瞪口呆。

　　"她?"他听起来着实很困惑。

　　"这样很好……和你们俩在一起练习,我不——"

　　"什么?她告诉你我和她一起练习?"他问道,听起来并不高兴。

　　"嗯……不,事实是,想想这件事。我只是猜测——"

　　"那么,你猜错了。"他坦白地说。

　　"哦。"我回应道。我不相信自己这么笨!他为什么向我要她的电话呢?我没有深究。我想好好品味这胜利的时刻。一旦我从他的那番话带来的震惊中恢复过来,我说道:"我愿意与你一起表演,'仕诺'。"我想,毕竟有一个神在。

　　我简直是跑回到桌旁与瓦勒丽亚分享这个好消息。

　　"这是不是太棒了?"我兴奋地喊叫着。

　　"是的。"但是听起来从她的嘴里说出的更像是"不"。为什么她是这样一个让人扫兴的家伙?她不是在嫉妒我吧?

　　"我必须告诉你一件事。"她说。

　　"你也喜欢他吧?如果你——"

　　"什么?!喜欢'仕诺'?你一定在开玩笑!"

　　"只是我原先以为……好吧,他向我要了你的电话,我以为他会邀请你练——"

　　"他邀请过我,但是我拒绝了。"她说。

　　"什么?!"这一次换我惊叫出声。"为什么?我不懂。"怎么会有人拒绝他?她脑中是不是少了根弦?

　　"听着,原先我不想对你说,因为我不想背后嚼别人舌根,但是……"

　　"什么?告诉我!什么事?"

　　"你不想与'仕诺'纠缠不清。你愿意与他在舞厅中跳舞,可以,但是千万不要做他的舞伴。相信我。"

　　"但是,我想。我想成为他的舞伴。"我叫道。

"不，你不想；这个男人是……他是个……贼。看，我已经说了。他时常出入监狱。因为持枪抢劫。"她说："你可以问任何人——这事儿几乎人人都知道。"她补充道。

这解释了为什么有一天我起身与他跳舞时，一个我不认识的女人用食指轻轻拍打着眼睛的下方，意思是"小心点儿"。那时，我只是想到她在提醒我不要陷得太深，因为他是如此出色的一个舞手。

"你赢了，瓦勒。与他练舞时，我会把钱包留在家里。"我说。

她并不满意我的回答。对于我所试图表现出的幽默，她没有笑，而是板着脸。她愿意板就板吧，无所谓。我的意思是没有什么能够阻止我与这个"仕诺"一起表演——我的处女秀。我的梦想就要实现了。一个舞伴——在我最不抱有希望的时候！真应了这些聪明的出租车司机总是在说的那句话。

2000 年 2 月 10 日

我到底在想些什么？

不像人们担心的那样，他还没有打劫我。我们练习的时候，我几乎不带现金，而不得不带上的那点儿钱，我把它们塞进了胸罩中。这倒促使他的手更加流连此处，这是最好的藏匿地吗？我有些不确定了。

不，这不是我对整件事重新考虑的原因。我先前一定是疯了才会想在阿根廷人面前展示怎样跳探戈。我无法相信自己有时竟是这么狂妄！我们现在谈论的是最恶毒的那群阿根廷人：探戈舞者。他们打算为我这个"外乡人"喝彩，无非是要戏弄我。我知道。只要跳错一步，他们就会把我给喂狮子。我已经看了很多表演，所以十分清楚他们会做出怎样刻薄的评论。更过分的是，他们甚至等不到我离开就会大放厥词。

"你看见那邋遢的步法了吧？"他们之间嘀咕着。

"和她一起表演，真不知这个'仕诺'在想什么？"他们窃笑，我仍然跳着。

"她要是会什么技巧才叫人生气，她不会倒是件好事。"他们会这么

151

说,想要彻底击溃我。

现在我知道怯场的滋味了。我发誓,从今往后,对深受其苦的人我只有同情!

2000 年 2 月 21 日

至少,我时髦的、紫色绒面革的新舞鞋令人羡慕(虽然我的舞技不能让人如此),这是表演前唯一使我感到安慰的想法。

上台前,我问"仕诺"他紧张吗。

"当然不。"他说。

我还从未感到如此孤单。

主持人让舞手清理地板。他说很荣幸地宣布"仕诺"今晚会给大家带来精彩的表演(热烈的掌声)……他会与一位迷人的新舞伴一起出场。请他听一听大家对他的希腊舞伴的热烈欢迎?(礼貌的掌声。)

我最终决定当希腊人,因为我想,如果我是希腊人而不是什么"外乡人"或者变异了的"美国佬",他们会对我和我的舞技更加宽容。千万不要当英国人,不是因为福克兰群岛,而是因为我想不出,论性感,还有什么会逊于英国的探戈舞手——如果把"英国的"与"探戈舞手"放在一起不算是矛盾修辞的话。这两个词本身就矛盾。除了萨莉·波特,尽管她也不是阿根廷人,但是在《探戈舞课》①中她跳得很好。当然了,任何人有巴勃罗·瓦隆这样的舞伴,都会有精彩表现的——甚至连我……我们在哪里?哦,对了,我记起来了:

我急需上厕所。我也需要一个担架。我的腿已经麻木了。我想,这并不是变成截瘫患者的最佳时机。有些不可思议的是,我发现自己与"仕诺"站在舞池中央。一阵安静的期待。我站得离他只有两英寸远,但是我看不清他。聚光灯令我眩目。真是太热了。幸好我的裙子用料极少。

---

① 《探戈舞课》(The Tango Lesson),一部爱情电影,又译为《梦幻舞神》或《梦幻舞台》。

152

就在这时,他将我拉入怀中,我注意到他在颤抖。或者发抖的是我?无论是谁,反正它会传染。此刻,我俩就像是秋风中的两片树叶。如果他不紧张,我想知道他紧张的时候是什么样子。当他将枪对准别人的脑袋时,他会抖成这样吗?我很怀疑。探戈舞表演比持枪抢劫还要令人害怕,风险也大多了。

音乐响起,它听起来一点不像我们练过的曲子。也许我们真的没有在这样的舞曲中练习过探戈吧。但是我们还是把它跳完了——不管怎样,从上面看来,我们完成了这支舞。我的思绪像气球一样漂浮着,从一个安全的距离观看着这场表演。当我们的表演接近尾声时,它不再是这样一个扫兴者,而是重新回到了我们中间。也就是在这一刻,我开始感受到其中的乐趣——这时舞曲结束了。人们欢呼着,我发现自己正以蹲坐的姿势,坐在"仕诺"的膝上,双腿缠绕着他的大腿。

将一切都考虑在内,这支舞可能要更糟。"仕诺"很高兴,他不再颤抖了。于是,他问我是否想与他再跳一支。你本来还会觉得我到现在已经学到了教训。但我说了是!

2000 年 2 月 25 日

我和"仕诺"打算在舞室见面,一起练习。我们不在我家练习,因为我不想让他知道我住在哪儿。不是我不相信他。是……我不相信他。我担心,当我一心想把我俩看做邦妮和克莱德①时,他却不这么看。我想他也许把自己想成了虎豹小霸王②,而把我当成了银行。不是我身上有什么怕偷的东西,而是我宁愿自己不会使一头魔鬼产生兴趣……当然,这不能阻

---

① 邦妮和克莱德是一对雌雄大盗,在三十年代横行美国得州,他们持枪抢劫银行,最后为警方所击毙,这成为了轰动一时的社会新闻。导演阿瑟·潘于 1967 年将这一真人真事改编成了电影《邦妮和克莱德》。

② *Butch Cassidy and the Sundance Kid*,影片名,译为《虎豹小霸王》,又名《神枪手与智多星》。两位主人公都是反英雄类的典型,令人愉快的个人主义者。特别是保罗·纽曼,自命不凡,永远乐观,从没杀过人,却整天幻想着全世界的银行都已时机成熟地待他轻取,是一个百分之百的空想家。

止我幻想着去引诱这头魔鬼。无时无刻,夜以继日。他是这么的性感。事实上,他如此吸引我的原因——除了他是一个危险的罪犯——他还是目前为止唯一一个不曾想得到我的人。不喜欢四处乱摸。

我想知道为什么不?

为了不久之后在"完美甜点屋"的表演,我们要在一起练习。离家前,我做了与往常一样的准备工作:将钱包掏空,只留下几个乘地铁用的代币和一张五比索的钞票,以交付舞室的租金(我的那份)。

我先到了。这很正常,因为他总是迟到。他们都这样——飘忽不定。我做了一些伸展运动,消磨时间。他还没到。我开始和舞室的接待员聊天。他仍然没有露面。我考虑着给他打个电话,但是又想到这行不通,原因很简单:我没有他的号码。你知道,他没有一个固定的地址。既然没有给他我的电话(我胡乱编了个借口,真正的原因是我不想让他知道我的住址),就算他要重新安排时间,也无法与我取得联系。

当我离开舞室时,我想该是停止这些愚蠢的行为的时候了。我这就把我的电话号码告诉他。他是抢劫犯也好,不是也罢,他毕竟是我的舞伴。紧急情况下,我们需要相互联系。

他要是出事了怎么办? 我很担心。

当他昨晚没有出现在"黎法溪"时,我更加担忧了。他到底在哪儿?

2000 年 3 月 12 日

我去了城中的每个探戈舞厅,仍然不见"仕诺"的踪影。自从他突然消失已经过去整整两周了。留下我无事可做,只能伤心地吸吮着香槟。

传言说他又进了监狱。显然是他正从仓库中偷窃一车电器时,被人当场抓住了。瓦勒丽亚告诉我这件事时,一脸"我早就说过"的表情。

但是,我希望,他是偷了比一车愚蠢的洗衣机和滚筒甩干机更值钱的东西后,安然逃脱了。

这车东西甚至连保险都没上。

2000 年 3 月 15 日

昨天是我的生日,但是我不想庆祝。我仍然沉浸在对"仕诺"的悲伤中。我只想早点儿睡觉——在凌晨七点之前上床。这样,到大约下午两点钟时,我就在愉快地酣然大睡了(当然我睡觉不打酣)。塞好耳塞,我享受着我的身体非常需要的修复。突然我意识到自己正在做噩梦。我梦到有人在不停地按门铃,试图把我叫醒。

这不是一场噩梦。现在是早晨五点,对讲电话非同寻常地嗡嗡响着。不用说,我不觉得自己是一个这么喜欢交际的人。

"我要投诉耳塞公司。"我满腹牢骚,摇摇晃晃地走向对讲话机。

"是谁啊?"我问道。我可没费心去装什么欢迎的口吻。

"是我!"一个愉快的声音答道。真让人难以忍受。

"'我'是谁?"我最讨厌别人回答"是我",期盼着你猜到"我"是谁。

"吉列尔莫!"他大声叫道,听起来有些受伤,因为我没能认出他的声音。

请谁给我解释一下,究竟是什么原因,让这些与你一起出去时避你如避瘟疫般的男朋友们,在分手之后却又突然不分时间地想要见到你?别误解我的意思:与吉列恢复友好关系,令我十分激动。我们都决定装作我从没说过那些话。这个约定对我们双方都有好处。但是,我只是希望不要在这个时候和好——现在是凌晨五点,我正在试图获得一些睡眠。

"吉列,亲爱的,你能换个时间再来吗?"(来生吧?)

"我有惊喜。不能等了!让我进来!"他听起来像个孩子。我无法对孩子表现残忍,无论我多么地想这么做。

"当然了,亲爱的。"我沮丧得想不出什么机智诙谐的话语来转移话题。吉列尔莫已经进门了,他拉着我来到了阳台。

"看!"他热情地呼喊着,并指向天空。"今天晚上是满月!是不是很美?"

"吉列,不要告诉我你凌晨五点来是要让我看月亮,一年中就这么一天我打算好好睡一宿觉。"我说道,收回了挫败的泪水。

如果我把他推下阳台,没有什么会比这么做更明智了。街道上寥无人烟。看上去很像是自杀或是意外。我从壁架上向下看,想象着这混乱的局面,估计着他的身体会对沥青产生的冲击。这时,我看见了它。在正对我公寓下方的停车空位上,几个漆喷的大字"生日快乐",在他的名字旁还画了一个可笑的卡通人物。眼中噙着一滴泪水,脸上挂着一抹微笑,我饶恕了他的生命。

另一个问题:为什么分手以后,男朋友才会给你带来更好的礼物?

2000 年 3 月 20 日

贾维尔、潘乔和霍尔赫并不是科学意义上的三胞胎——但是他们很相像。我唯一看见他们不在一起的时候,就是当他们跳舞的时候。这时他们的屁股便硬给分开了(只是暂时性的),随即又与一位女性同伴结合在一起。这三胞胎并没有在头部或脊椎处粘连,他们也没有共享一个心脏。从"分享"一词更为广泛的意义上来说,他们在分享一个器官——阴茎。他们好像将这个器官冲我的方向指来,并且看上去愈来愈像是这么回事儿。我不知道该如何理解这种三股欲火拧成一条线的情况。但是,我很清楚自己只是他们友好的(竞争激烈的)游戏(战争)中的一个棋子。我愿拿出一两个比索打赌,他们早已为谁能把我先弄上床下了注,甚至还不止押了这一局。他们没有想到的是,这场竞赛已经预先被人操纵了。

我说过,这是一场难以预料的赌局。实际上,我还没决定让谁获胜以及如何布局呢。他们三个全都舞技超群,身材适中,皮肤黝黑,相貌英俊——这比身材高大、皮肤黝黑、相貌英俊好得多,因为跳起探戈来,高并不是件好事。(从痛苦的经验中我们看到,高大的男士无一例外地都想与庞大的、呆头呆脑的小人共舞。)

第二天,当潘乔打电话邀请我去看《永恒的探戈》时,我承认我感到十分惊讶。这一季这部舞剧再次回到布宜诺斯艾利斯上演。它由多对顶尖舞手出演,其中包括克劳迪欧和玛利亚(她已经不用再给孩子喂奶了)。

克劳迪欧正装着不认识我,这让我喜忧参半。他不再与我跳舞并非我所愿,但是,不必一直问他"你妻子呢?"也让我松了口气,更别提我的右乳感到多么欣慰了。

好了,还是回头说说潘乔吧。我本来永远不会赌他是三人当中第一个出局的。但是,坦白说,他就是阿根廷人口中的"扶兰",也就是英语中"扫兴的人"。注意,西班牙语的说法要比英语听起来悦耳动听。这通常会令一个候选人丧失竞选资格,就好比我不喜欢焦糖布丁一样。我从来就不知道该对这些人说什么,而没有比不知说什么更令我讨厌的了。事实是,我宁愿与一个连续杀人的罪犯在一起,也不愿与一个扫兴的人呆在一块儿。这样,至少我不会感到无聊。很正常。在外面"真实的世界中"就是这样。但是在这里,价值体系全然不同。在这儿,不是杀人犯对抗扫兴的人。而是有形的舞伴与虚无的舞伴之间的抗衡。

潘乔无疑属于前者。因此,我不打算以他让人扫兴为由就拒绝他,我立刻弄清了这一点。事实上,他可能是三胞胎中最出色的舞手。与他跳舞似乎是另一个世界中的体验。就像在月球上行走,只不过不用穿那些丑陋的靴子。真有意思,他性格上的弱点在舞池中反而成了可取之处。在那里,他的存在如此微弱,你几乎感觉不到他。你好像在与稀薄的空气共舞。为了与稀薄的空气成功舞蹈,你就要变做一支羽毛,这般漂浮着,漂浮在温柔的微风中。没有比这更美好的了。唯一的障碍就是当你停止舞动时,你记起来你要比一支羽毛重得多。

当潘乔给我打电话邀我去剧院时,我简直太惊讶了。我们约好开场前十分钟在剧院门前见面。我七点五十到达剧院。他还没到。这没什么奇怪的:我确信阿根廷人体内都有 L 染色体(L 是指迟到)。我耐心地等着,相信他终会出现。当铃声响起时,我继续等待,乐观地认为他会战胜 L 染色体的挑战。当其他姗姗来迟的人从容不迫地走进大厅的时候(就好像他们拥有世界上所有的时间),我目睹了那些与我一样苦苦守候的人所得到的美满结局。我想象着我所期待的人向我从容走来的那一刻。

最后一遍铃声过后,我的希望随之破灭了。我绝望地猛然提起双臂冲向了售票处。我要给自己买张票。幸好还买得到。

"为什么是我？为什么这种事总是该死地发生在我身上？"我用食指对上帝又指又点，同时三步并作两步地跑上楼梯，以便在拉幕之前找到座位。整个演出中，我仍旧为"为什么是我？"困惑着。我气得冒烟，根本什么也没看。没有看舞手(尽管玛利亚看起来还有些丰腴)，没有看布景，没有看服装，也没有留意音乐。整场表演都笼罩在我那被害情结的厚重面纱之下。我模模糊糊地听到了一阵喧嚣，好像是坐在我旁边的那个男人的鼓掌声——在似乎应该鼓掌的时候，我想我甚至也拍了几下手——我自始至终都在用受到诅咒、遭到报应这样的想法惩罚着自己。我得出了一个符合常理的结论：前世我一定是一个可怕的人。

今天早晨电话声响起时，我不想与任何人说话。一种被社会遗弃的感觉仍然缠绕着我。但是，在最后的一分钟我改变了主意，拿起了电话。

"你昨天怎么啦？"潘乔问道，听起来好像是在指责我，我想这未免有点儿荒唐。

"太巧了，我正想问你同样的问题。"我用比平时更低沉、更缓慢的声音对他说道。不是个好征兆。每当我以低沉、缓慢的声音对某人说话时，这表示我打算剁下他的脑袋，把它扔到滚烫的油桶中煎熟，做成晚餐。

"我等了你半个小时，连开场的那段表演都错过了，人人都说这段表演是最精彩的。你还是没来，我只好自己进去了。我甚至没退掉多余的那张票。"他继续说着他的故事。这个故事还不算糟，我不得不承认。

"好吧，我就在那儿，在你告诉我的地方。而你却不在。"如果他认为我是一个好欺负的人，那么他就得好好想了想了。(尽管他表明等了我半个小时让我好受了些。即使这是一个谎言。)我继续说道："当你没有如约出现时，我只好给自己买了一张票，一个人进去看。确实，开场的那段跳得精彩极了。我得说，克劳迪欧和玛利亚表现得太完美了。"我无法控制地变成了一个泼妇，纵然使泼会产生相反的效果。

"不，你不在"，"是的，我在"，我们轮流担当着受害者(被告)的角色，几番争论下来，真相终于大白。我们回顾了各自的行动，将我们之间混乱的结解开了。我想阿根廷人有一个词意思是"不成功的碰面"，很生动，盎格鲁-撒克逊人却没有。事实是,他从下午三点四十分一直在剧院门口等我,而我失望地举起双臂不再等他时,距离晚上八点钟还有三十秒。因为没有提到"下午场"几个字,我想当然地认为他说的是晚上的演出,完全没有意识到下午还有一场。

这永远也不可能了。我怎么能与一个连约会都出状况的人成为舞伴?我已经预见到,与他一起练舞无异于一场噩梦。他会在早上十点到达舞室,而我却在晚上十点在另外一个舞室中等他。不,不,不,绝对不行。这意味着,潘乔恐怕要退出这场竞选了,我只好把目标锁定在剩下的双胞胎身上。

除去失望,我也有几分欣慰,因为我不是一个受到诅咒的人。这需要一顿晚餐庆祝一下!但是,不是和潘乔。与一个我一度幻想成开胃菜的男人共进晚餐真是太尴尬了。

2000 年 3 月 29 日

我在"坎宁伯爵"沙龙中,正与某个人跳着舞(我记不住了,所以他没什么特别的),这时我发现霍尔赫走了进来。三胞胎二号同样发现了我。这并不难,因为看见他的那一刻,我的脸一定像卤素灯一样明亮。这倒不是因为他是我最喜爱的舞手。诚实地说,他是三人当中最没有经验的。尽管如此,他同样很出色。我相信,经过一些努力,他会改掉一直低头看地面的坏习惯。说到他的身材,他不是最高的——虽然完全可以接受——这意味着每次与他跳舞总是要撞头。我多次暗示过这个问题,甚至还提到了我的头疼,但是,我似乎在对牛弹琴。既然他是一个准候选人——潘乔已经出局,贾维尔有自己的舞伴(我弄不清他的舞伴是西尔维亚,他的女朋友,还是罗米娜,常与他跳舞的那个女孩)——我想,我还是不要太敏感。这真的是他唯一的缺点。除此之外,他这个人极富创造力和乐感。他还有一个优点:光彩夺目。

事实上,我第一次看见他便狂热地喜欢上他了——即使他看起来只有十二岁大。很可能因为他看上去只有十二岁,我希望自己说他激起了

159

我母性的本能,但这是在说谎。每次朝那双大大的棕色眼睛望进去,我都会变得非常温柔和感伤。在这双眼眸中,我所看到的是我对他流露出温柔情感的影像,因为从他紧闭的下颚判断,他似乎缺少这样的感情,只是在用一个难以相处的家伙的态度告诉人们:"让我自己呆会儿",而这却让我更想靠近他。他拥有处子一般柔软、白皙的肌肤;那头乌黑、不羁的头发有如十九世纪的传奇英雄,每每靠近,我都忍不住要去抚弄(但又得控制自己的这股冲动)。对了,不知我是否提过:他已经二十三岁了。所以我还没有老得足以做他的母亲,但是,这却是我没有匆忙出击的根本原因。说实话,我已经使尽全力在克制自己的恋童癖,到目前为止,还算成功。但是,恐怕我不会坚持太久,这都是瓦勒丽亚的错。

"他真是个小甜甜(我至此才发现这种糖果的隐喻 = 可爱)。你们之间没什么事发生?"有一天,在一个街心公园我和霍尔赫跳完一支舞后,她问道。

"没有。"我说。出于某种原因,我不想告诉她他是我最近看好的舞伴人选。因为每次我对某个人感兴趣,却又无果而终,总是让我十分尴尬。这是部分原因。另一部分原因是我迷信地认为谈论的事情很可能不会发生。我想等到这件事已经板上钉钉后再告诉全世界的人,尤其是我最好的朋友。

"为什么?"她询问道。

"没有特别的原因。只是觉得他差不多比我小了十岁。"我说。如果我们成为了舞伴,这就是我俩之间现实的障碍。我想待到问题出现时再设法解决不迟。

"过去,这可不会阻止你。"她提醒我说。

"是的,我知道。但是,我该长大了。不管怎么说,与比我小的男人出去,终究毫无结果。"我说。不会有结果的。但是,为什么我还在考虑让霍尔赫成为我的舞伴呢?放眼望去,几乎没有我这个年龄的男士——他们不是八十一岁就是二十一岁——这就是原因。

"你想有什么结果?"她问我。"你想从一个男人身上得到什么?"

每一样东西:这就是什么。我想要一切!而且我想现在就要!并且

160

少得到一分一毫也不行。但是你不能将这些向人们奔走相告,因为他们会把你关进疯人院。向自己承认这种想法也很难。这也是我无法回答瓦勒丽亚的问题的原因。

"我不知道。"我回答说。

"那么,如果你不要他,我想要。"她说。

别这么快,我想。

我们沉浸在"遗忘"中。现场正在演奏《一旁的斗牛场》。我想皮亚佐拉如果知道人们如此亵渎他的音乐(用他的音乐跳舞),他会气得从坟墓里跳出来。但是,只要他了解这种感觉有多好,也许他会改变主意。当霍尔赫带领我经过乐队时,我将眼睛睁开了一秒钟,对钢琴手笑了笑,因为他是我的新朋友莫妮卡的舞伴。

我和莫妮卡是在米格尔·安吉尔的一堂课上认识的。当他像往常一样在全班面前取笑我的屁股时(他是一个同性恋者,认为所有的女孩子都应该厌食)',莫妮卡马上出来为我辩护,她说我的屁股没有那么肥,他在说什么?下课后,我们一起去喝咖啡,每向他泄愤一次,我们都会往肚子中填入三个牛角面包,友谊立刻在我们中间产生了。她特别有趣,将他学得惟妙惟肖:"你们把这样的动作叫做弯曲?我看这是一个女人正在稻田中生孩子!不!不!不!"

她告诉我原先在格雷厄姆的技巧课上她是如何训练的,但是同许多专业的舞手一样,现在她把精力投入到探戈舞中,因为这才是来钱之道。她确实漂亮,一头瀑布般闪亮的黑发,雪花石膏一样的肌肤,唇似玫瑰花蕾,鼻尖微微翘起。

我真的替她高兴:再也找不到一个比马丁更好的小伙子了,他非常投入,一边双手在键盘上上下飞舞,一边身体还在凳子上前后摆动。加百利,一个贝司手,伸了伸他的舌头,他以这种方式向我预邀一支舞。俗话说"演奏的人不跳舞",这当然不适用于他。我接受了,回头向他伸了伸我的舌头。

我闭上了眼睛,音乐再一次将我带进它的空间中。霍尔赫甚至在努力避免碰到我的头,这使此情此景更加充满了诱惑。最终舞曲结束了,我们的脚停止了移动，但是，我们仍旧无法分开。像塑像一样静静地站立着，我听到了他的心跳。我感觉到他的手掌紧紧贴在我裸露的后背上；我的手臂绕过他的脖子，轻轻地垂下；我用手按了按他的肩膀，然后我的手便徘徊在他臂部的肌肉上。我无法离开这里：年轻男人总是拥有完美的肱二头肌，我注定永远是一个恋童癖者。

显然，音响系统出了问题。乐队成员们跑来跑去，想要尽快找出问题。

"你有没有胆量约我出去？"我在他的耳边低语着。准确地说，这不是一个敏感的信号，能够让他采取主动，但是他获得了这个信息。

他那颗正冲着地面的脑袋突然弹起，一阵抽搐。我在他的脸上看到了一种表情，我立刻认出来这是恐惧。他抓了抓卷曲的头发，要从头皮上拔一簇下来。

"啊啊啊——"是他嘴里发出的声音。我想他正拼命喊出来的应该是："救命！！！！！"

我希望自己不要采取如此高压的手段。但是我没有选择。显然我害怕生机勃勃的白天没有男人的陪伴——我真的不知道为什么——这使我没有选择，只能装作我并不怕他们。只要他们知道真相：我惧怕他们要比他们怕我更甚十倍。但是我也感到十倍的沮丧，（为了性？亦或是为了爱？有什么不同吗？）一次又一次将他们绊倒的障碍，就这样被我克服了。

音响的问题终于解决了，让先前已经开始不耐烦地拍掌、跺脚的舞手们都松了一口气。音乐又响起来。我们继续跳起刚才中断的舞步。这支舞结束时，他已经恢复了镇静。

"在美术博物馆有一个米罗的画展。你喜欢米罗①吗？"他问我。

"是的，我很喜欢他。"诚实地说，我对绘画根本不感兴趣，尤其是对米罗。我用了三十年的时间在数不尽的博物馆中漫步，在成百上千个小时中驻足在不同形状和大小的名画前，终于意识到自己对此毫无感觉。

---

① 胡安·米罗（Joan Miró），出生在西班牙的巴塞罗那，是一位世界闻名的超现实主义画家。

"明天下午你想去看看吗?"他的声音还在颤抖。

稍稍停顿了一会儿,我翻了脑中的日历,查看着明天是否还与其他的舞伴(一些不算正式的)有约。然后,我望进他那双大大的棕色的(恐慌的)眼睛,对他说:"明天下午很合适。"

2000 年 3 月 31 日

我和霍尔赫在博物馆外碰面了。不能说他见到我很高兴。他的脸上仍旧是那副"我被绑架了"的表情,从昨天晚上到现在,他还是无法把它抹掉。但是,他就站在那里——比起上一次和他的三胞胎兄弟约会,这确实是一个进步了。

我们走进博物馆,他做了一个要去买票的手势。这对阿根廷男人来说再自然不过了,正如我曾经指出的,他们是英勇的骑士。但是我倒没期待像阿根廷探戈舞手这样的亚物种会有什么正常的举动。他果真将手伸进了口袋遵循起常规,这让我一阵惊喜,它标志着我们是在约会(不管他喜不喜欢)。

一踏入第一个展室,就明显看出他还不如我对米罗感兴趣。我们参观的目标变成了尽快体面地离开这里。十五分钟后,经过了许多巨大的蓝色帆布(上面还有红色、黄色和黑色的变形虫),我们奋力冲到了终点。

又来到了博物馆外,我们从一辆大篷车上买了两份滑软的冰激凌(他付的钱)。我们穿过马路,漫步到广场上,然后在欧姆布下找到了一张长椅。没有什么会比坐在这些巨大的热带灌木那生机勃勃的树阴下更惬意的了(显然,欧姆布不是一种树,尽管它们可能骗过我)。这些灌木根脉蔓生,犹如一只巨型的蜘蛛,它的黑色叶子既光亮又坚韧。如我所说,没有比坐在一棵欧姆布下更惬意的了,除非是在欧姆布下接吻。霍尔赫接下来便不慌不忙地这么做了。

精确些说,他似乎要用嘴将我口中所有的空气吸走。他的热情让我大吃一惊。或许他想要一些我的巧克力冰激凌,因为他已经将他的香草冰激凌吃完了。他确实将我的嘴舔得一干二净。我很好奇他上一次接吻是何时。我知道自己很性感，但还没有如此性感！

对于这种难以承载的感官负荷可能有两种反应。在某些情况下，最好的防卫就是攻击，即拼命抵抗，当然这会使那些无意中看到这幕公开示爱的人们大失所望。另一种选择是主导接下来的行动，让它变得更加放荡，但是不要让口水泛滥成灾。尽管我对自己的口水无能为力，可是我选择这么做。当一切渐入佳境时，他突然将节目中断，带给我一条最新报道：

"我不想发生关系。"他说。

他的口水还留在我的嘴里，他的口中还有我的巧克力冰激凌，难道他不知道嘴里含满食物时与人说话是不礼貌的吗？我们讨论一下这个话题：为什么人们会觉得拿"诚实"作借口，他们就可以摆脱无礼之名了呢？如果曾经有一种高估了的美德……那个美好又陈旧的谎言算什么？至少当他们忘记说实话时——全部的实话、纯粹的实话，一个女孩可以驰骋在她的幻想中——即使转眼间，她又会紧急迫降到地球上。但是，如果每个人都习惯于这么做——时时刻刻恪守"诚实"，她怎么能离开地面，尽情翱翔呢？

我最喜欢的一支探戈舞曲的歌词又回荡在我的耳边："一直给我谎言……情愿你对我说谎。"以前对这些高深的歌词我从未真正理解过，现在我是真的明白了。

"你知道我要搬到欧洲去，是吧？"他继续说。我知道吗？我一定是忘了。

"什么时候？"我用随便问问的语调说道。

"两个月后。"他回答。

如果我没有勾画过这种情景，失望的巨大痛苦会让我做出一些蠢事或说出一些蠢话。

好吧，你又失去了一位潜在的舞伴。再找一个能够代替他的人吧，我理智地想。

我对他说："那么……让我们享受这段共度的时光吧！事物不会永远存在，并不意味着他们就没有存在的价值。"

164

"对。"他说。"不对。"他的眼睛在说。心底里,他和我都知道这是在胡说八道。

同时,我告诉自己,如果我再度吻他,我会感到好受些。此外,我想,再度吻他还会让他闭上嘴,免得再说出什么伤人的话来。过后当我们回到他的公寓,我想,如果将灯关掉,我就不用去看这双大大的、伤人的棕色眼眸了。但是这只是一个毫无用处的预防措施:我还是看见了它们,甚至在黑暗中,在我的眼睛闭上的时候。

2000 年 4 月 9 日

罗米娜只有十九岁,在我看来,她是探戈舞会中最有才华的舞手。每次看到她跳舞,我都想了结自己。她也是最坚定的人。她想做贾维尔的舞伴(三胞胎三号),啊! 她成功了! 扮演了一年其他女人的角色,她终于把他从西尔维亚身边抢来。现在她是贾维尔名正言顺的女友和舞伴,而且还表现得相当出色。

当然,这并不意味着贾维尔就改变了他荒淫无度的生活方式。我不明白她如何能忍受。他到处去睡,左边、右边、中间。他甚至都不愿费心稍微隐藏一下。前几天,她抓到了他和别人在一起。但是,她坚信他们只是在一起跳舞,于是便忍了过去。我想我不会有这么大的肚量。我甚至确信自己不会忍受这种事。既然这样,我为什么还不放弃呢? 我困惑了。如果这就是与他在一起必须付出的代价,我绝不会这么做。

不管怎么说,前些日子,在"街心公园"当她问我:"你想借我的男朋友吗?"可以想象我有多么的惊讶。

我请她再说一遍。我以为自己刚刚听到的那些话被她重复了一遍以后,我惊呼出声,同时尽力不让自己听起来太热情,以免她将请求撤回,"我愿意。"

"我要回科尔多瓦老家一趟——我不知道要去多长时间。也许是一两个月。我爸爸病了——"她哽咽着说不下去了。我拿起她的手,抚摸着。于是,她接着说道:"我想陪爸爸呆一段时间。只是有一件事让我放

165

心不下：我不在的时候，我想找个人帮我照顾贾维尔。我想到了你。我不想把他托付给其他的人。"她说。

这真是一个模棱两可的表扬，如果我听到的话算是表扬的话！难道她觉得我就这么让人反感，会是贾维尔在这个地球上唯一可以抗拒的女人？也许她以为，既然我与霍尔赫在交往——尽管严格按照字面解释，我们没有交往（这是他的话，不是我说的）——贾维尔在他好朋友的非女友手中会很安全。但是她未能注意到贾维尔身上的一个器官，一个他与潘乔和霍尔赫共同拥有的器官，它不断地朝我这儿指来。我这么说并不过分，因为贾维尔无时无刻不在将他的生殖器官指向各个方向。你当然不能指望它告诉你北在哪里。

然而，我还是非常高兴：她认为我很好，好到可以与她的男朋友在一起练习；她信任我。幸好她不了解我的历史。假如她对此有所耳闻，她还会像这样不假思索地就将男朋友托付给我吗？她很幸运，因为唯一的一次我想偷别人的男朋友，结果让我损失惨重，我从中学到了永世难忘的教训。我不愿意回想被当场抓住时的难堪，不愿意回想那个女孩接下来要服药自杀的举动，更不愿意回想随后我所承受的巨大打击，他最终选择了她而不是我。事后，我度过了一段漫长时间的疗伤才逐渐恢复。最终伤疤愈合了——但仅仅是表面的那些伤疤；皮肤下面的那些永远都无法愈合。不，我不想犯两次同样的错误。在犯同样的错误之前，还有许多其他的错误等着我去犯呢。

"我答应替你好好地照顾他。"我说。

"不要太好。"罗米娜紧张地笑着。

"不，不会太好。"我笑着说，甚至比她还要紧张。

2000 年 4 月 17 日

昨天晚上我和三胞胎玩纸牌。很难相信这种象征阿根廷文化的牌类游戏居然不是阿根廷人发明的。但是，确实不是他们发明的，而是从西班牙人那里引进的。

我和贾维尔一伙打潘乔和霍尔赫。贾维尔刚刚发完牌。我检查了手里的牌：没有点。于是我闭上眼睛，示意我"看不见"，这只可意会不能言传。贾维尔冲我挑了挑眉毛，意思是他握有最大的一张牌：宝剑王牌。你看，你被鼓励作弊，向你的同伴发送信号，告知他你手中有什么牌。我说过，这种游戏已经完全被阿根廷化了。贾维尔皱了皱鼻子。这也是一个暗号，还是他要打喷嚏？如果这是一个信号，我可没记住它的含义。好吧，只能不去管它了。我的回应是：将右边的嘴角抽搐了一下，应该是这么做吧，告诉他我有一张宝剑七。

贾维尔看上去有些费解：他不明白我努力要传达的信息。显然，我还没有掌握这个动作。我已经有一段时间没玩纸牌了，说到我的面部表情，我还缺少练习。我又试了一次，但还是不太成功。我无法只抽动一边的嘴角，而不让另外一边跟着动。那天贾维尔问我会不会玩，我说"会一些"，现在他一定开始后悔了。

我又做了下一个动作：我噘起嘴，向他送去一个飞吻。他也回送给我一个。难道他也有一个二？还是他在开玩笑？要不然，就是他在误导潘乔和霍尔赫？事实是，我手里也没有二，但是我想，误导潘乔和霍尔赫倒是十分可能，因为我感到贾维尔的视线落在了我身上。不管怎么说，这是我做对的为数不多的几个暗号之一。

同伴间迅速地打着暗号，一边还在尽量拦截对手传达的信息，终于到了开始叫牌的时间。如果你觉得玩纸牌与打桥牌或扑克一样，是一种安静的游戏，那么你就错了。我想我或许提到过，这是最具阿根廷特色的游戏。无论出牌和玩牌时背诵的是散文或是传统诗歌，就其本身而言，这只是人们为了不断地讲话所找的藉口。阿根廷人想要不惜任何代价畅谈闲聊，纸牌无疑是最佳的发泄途径。他们说的也许不切实际，也许只是废话，也许根本不是真的——但是他们就是要说出来。

我以前曾说过：我不是一个自信的说谎者。因为我确信自己很容易被看穿。所以当我说"开牌"，而我的手里却没有必要的点数，我肯定自己会被抓出来。但是，没有。我们玩了一轮，赢了。当潘乔和霍尔赫发现我这个希腊人在说谎时，简直无法相信！

到傍晚快结束时，我已经熟能生巧了。我已经能将左右嘴角抽动自如。我的下唇因为被我咬了太多次，有些红肿（手中有三打的暗号）。我胡乱打牌，一边喊着"诡计"和"我想要个四"，我还叫了许多牌，根本不知道自己在说什么。我们赢了！

有趣的是这种游戏我总是赢——我不确定自己是否喜欢这所说明的问题。也许我该考虑转行。我敢打赌，如果我转行去做职业纸牌手，我会更容易找到一个搭档！

2000 年 4 月 25 日

你知道抗拒一个禁果的诱惑有多难吗？你能想象不止一次抗拒一个禁果的诱惑，而是四次之多，该有多么的难啊！

使事情难上加难的是，我们谈论的并不是一个安静地坐在枝头、只管自己的事的果实。我们谈论的是一个正在乞求你采摘的果实，它在哭喊着："吃了我吧，吃了我吧！"它将迄今为止为人所知的各种计谋用尽，就是要诱惑像我这样意志薄弱的女孩：在呻吟之余，它的气息拂过我的耳畔，一路撩拨着我的脖颈；它使劲地挤压着，令我的乳房感到疼痛；当它的腹股沟紧紧贴着我的腹股沟时，它的每一个毛孔中都在渗出睾丸激素。昨天它甚至吻了我的唇，就在我们练习结束之后，它离开我的公寓的时候。

当罗米娜让我像照顾"婴儿"一样，临时看护贾维尔时，我同意了。我没有想到这个婴儿会向我证明它是如此玩劣。当然，我知道自己在玩火，但是，我真的认为我能制住他。也许只是我喜欢玩火罢了。

不管怎么说，昨天我对自己的品德进行了一项艰难的测试。如果我诚实，那就应该说这不算是一项艰难的测试，而是牵扯到一些简单的品德。

我必须时刻提醒自己为什么绝对不可以与他发生性关系。

1. 目前我没与某个人发生关系，我没与之发生关系的这个人就是贾维尔。

2. 贾维尔是霍尔赫最好的朋友。事实上，他们形影不离——除非霍尔赫想与我做爱时。（我想知道他们怎么对付这种事。）

3．贾维尔正在与某个人交往。

4．这个人就是我的好朋友罗米娜。

5．这个人将他托付给我，她明确地表示过她的理解，尽管说得不是很清楚，却也相当明白。当她在科尔多瓦照料病危的父亲时，我不会与他发生肉体关系。

这是五条理由——不是四条——因为不能与他上床，使想要偷尝禁果的诱惑大了五倍——不是四倍。

2000 年 4 月 30 日

早晨五点，我们准备离开"大教堂"。我们是指霍尔赫、潘乔和我。贾维尔在战斗中失踪了，他一定是追赶某人去了。

我们三个一同离开，在黎明中穿过布宜诺斯艾利斯这座城市漫步着。我玩起了小猪在中间的游戏，我挽起了他们的胳膊，这时感到某种东西弥漫在空气中。我们正在朝一个我不确定自己是否想去的方向前进。我能看出潘乔和霍尔赫之间的你来我往，在暗中密谋着什么，脸上还挂着得意的傻笑。

就像怀揣着一个梦想，有朝一日你可以驾驶赛车，但是你从来就没有考取过驾照。更糟的是，你的腿太短了，根本够不到刹车的踏板。这辆车无论在什么地方总是突然转向，现在它就要打滑、撞毁了。但是，回想一下，我不必感到如此紧张。我先前没有预见到，当你不懂如何驾驶，而你的腿又太短时，开车是一件多么有趣的事啊！

"我们沿着这条河走吧！"霍尔赫说道。

"好啊！"我说。我没有任何刹车，记得吗？

"好啊！"扫兴的家伙说。

当霍尔赫提议沿着河走时，我联想到一幅宁静的画面，画面里有树，有星星，还有沾满露水的青草；我脑中的这幅图画可不包括冒着黑烟的工厂、废置的仓库、好奇的孩童，甚至是更加好奇的警察。当用来描述我们挑选的这个地方时，"宁静"只是相对而言的。但这是属于我们的地方。

我不知道会发生什么，但是我已经不紧张了（这是魔窟吗？多亏了霍尔赫一个当警察的表兄；他已经找到了一个上好的地方）。我仰躺着，凝望着星空，工厂的烟囱只将它遮住了四分之三。我深深地呼出一口气，我的紧张随着这些烟雾飘散了。我接着吸了一口气，感到内心充满了平静：我知道一切都会顺利的。

宇宙万物一定听到了我的话，因为有一只手隔着我的裙子抚摸着我。他故意画着大大的圆圈。这只手是潘乔的，还是霍尔赫的？这重要吗？另一只手加入进来，以一种几近粗鲁的坚定抚摸着我。这只迫不及待的手想要伸到我的裙下，探寻我的肌肤。当它找到了一直寻找的东西，便自在地游走着，画圈的幅度随着他的每一次抚摸在逐渐扩大，直到完全覆盖了这个广阔的区域，也就是我的整个腹部。第三只手出现在我的身上——准确地说，在我的大腿上。真有意思！我感到它的挤压在增加。然后，第四只手不甘寂寞，承担起它的职责，一心一意投入到我的乳房上：爱抚、掐捏、轻拂、挤压、戏弄、拉扯、搔痒，总之，极尽挑逗之能事。

一张嘴，然后又一张嘴落在我身上。这些吻协调得极好，我怀疑他们是不是经常这么做。我终于理解了什么叫"并肩作战的战友"。哦，我弄不清谁的手在哪里，哪张嘴又是谁的。

我通常不是一个要求很多前戏的人，有人知道我甚至会将它省略掉。理由是我非常没有耐性，只想直接进入主题。但是，三人行，我发现，又有些不同……我根本不介意这进行了整整一晚。因为这么多只手带来了光明，这是真的！

2000 年 5 月 4 日

"我不能这么做。"霍尔赫说道，一边将用过的安全套摘下——里面什么也没有，又是这样。今天是周四。

"做什么？"我问，假装不明白。

"嗯……和你约会。"他说。

"但是你不是在与我约会,记得吗?"我说道,语气中不免带些讽刺。

"你知道我的意思。"他说。

"不,事实上,我不知道。"我要尽可能让这个问题变得难以回答。

"我不想做爱。"他说,从他手中的香烟上落下的烟灰在我的被单上烧出了一个洞。

"哦。"我转念一想……

明白了。几天前那个晚上的约会注定要毁掉一切。我应该听从自己的敏感神经,而不是什么赌注。尽管坦率地说,我不会错过这种鱼水之欢。因为如你所知,我在我的妇科医生那儿总是过得很愉快。

如果你的同伴不乐在其中的话,你很难从性爱中获得享受。我最近发现有一个术语叫做精液潴留症,它是指一个男人努力了几个小时还无法射精的情况。这不是我第一次直接面对这种"病症"。依我看,这根本不属于身体上的缺陷,而是心理上的"拒绝"——往往是一个"性"致勃勃的人却突然之间止住了,就好像他朝自己的屁股猛踢了一脚。是的,保留了精液,他们便拥有了控制权。但是,在一天结束的时候,我还是会为他们感到难过,他们只是在逃避无法达到情欲高潮这个问题。

没有人对男人的性无能说长道短,因为人们总是忙着谈论女人是多么的性冷淡。真是鬼话!什么时候人们才能不再重复这种让人厌倦的老话,说什么男人在性爱上如何如何的主动。他们确实主动!如果在他们的想象中,不存在必须马上与任何女人上床的危险的话。但是,一个女孩不再推拒而是顺从时,会怎么样?突然,他会"食欲"全无,就是这样。当然,他会将自己突然间失去欲望归罪于她,指责她在两人亲密时缺乏热情。但是,他在做爱时,从来就没有如他所想的那般富有激情。他会将想要的、想做的一切说得头头是道,但是,一旦实践的时刻来临,你就意识到他只是会说而已。幸好,凡事皆有例外——"啊,弗兰克,弗兰克,你在哪里?"——但是,总的说来,今天的女人们必须与那些临阵逃脱的男人们斗争,如果他们能行,他们不会放弃;或者他们可以,只是时候未到;还是我的原因呢?

他们的确为自己的无能为力想到了最有创意的借口。霍尔赫有一次在我俩枕边私语时,对我声称他正在控制自己一次射出的精液以保持他的本体完好无损。这是他所信奉的道家思想的一部分。对话中,他经常提到"阴"与"阳",正如他经常提到对自己的"种子"的看法以及它们与他的能力之间的密切联系。我对中国的哲学也很着迷,因此忽略了在我的头脑中疯狂作响的警钟。我刚刚经历了一个高潮——我不想剥夺自己的权力——所以我的大脑并没在百分之百地工作。既然我的神经腱又活跃起来,那么我希望他不要找什么脱身的借口,这是我的底线。

我的意思是男人在床上同女人一样脆弱。除非一个女人对双方的关系感到安全,她是不会达到高潮的,霍尔赫也是如此。男人与女人之间唯一的不同就是男人不会承认。他们宣称做爱时,他们可以毫不在意自己的感觉;但是我要说他们在撒谎。我原本希望,他也许最终会释放出来。可我还是有个疑问,为什么当着他的面,我竟能与他最好的朋友颠鸾倒凤?事后想想,这件事全然不利于他在床上的放松。看来,我的神经腱需要检查一下了。

2000 年 5 月 6 日

我和霍尔赫结束了,这件事最终还是伤害了我。

我感受到的毁灭性打击,与这件事几乎不成比例。并且我对此无能为力,无法减轻这种痛苦。我想起来曾经参观过的伦敦地牢,这是一个蜡像博物馆,里面展示的是世间的各种酷刑。人们在铲除同类的时候竟然有这样的想象力。其中有一种聪明的刑罚让我永生难忘。行刑时,他们将你开膛破肚,掏出你的内脏,让你躺在那儿看着老鼠把它们吃光,然后慢慢地在自己的血泊中死去。我应该让自己的心肺接受这样的刑罚,虽然它缺少复杂的程序,但是它的功效可以弥补这些不足。我之所以现在想起它来,是因为每次有人与我分手,我都会有这种撕心裂肺的感觉。即使,从严格意义上来说,他们这不叫与我分手,因为他们从来就没有与我恋爱过,霍尔赫就一直在向我表明这一点。

处在痛苦中有一样好处,它迫使你去阅读。躺在地上,手里拿着一本书,没有比这更好的为自己感到难过的方式了。我曾经花费了一天的时间阅读艾伦·德·波顿的《哲学的慰藉》。出于某种原因,这不能算是最佳的选择,因为这个作者同样出现在抛弃过我的男人的长名单上。我曾经作为他的崇拜者给他写过一封信,但是他从没给我回过信,这个狗娘养的。对我说他的出版商没有把信给他,这根本于事无补。我是不会买账的。

无论如何,我决定再给他一次机会。他曾经伤了我的心。现在他能够将它修补好。我不得不说关于叔本华的那章让我振作了些。根据波顿(真是个愚蠢的名字)所写,叔本华说甚至是最短暂的浪漫史也会完蛋,这时感觉想要自杀是十分正常的。理由是,你曾经不自觉地为你的孩子选择了父亲,因为他的遗传特征要与你的互补才会生出完美的孩子,为了这项使命,你的身体做好了准备。一旦这部机器发动起来,想要全身而退就没那么容易了。

我想知道我们的孩子长得什么样?它会有他的黑色卷发和我的绿色眼睛吗?

我打算割腕。该死的叔本华!

我最好还是求助于另外一位哲学家。尼采一定有效。他说,我们人类每隔一段时间就要经受一些考验,以证明我们才是真正的万物的灵长。我提醒自己我所承受的痛苦只是一种考验,这让我振作起来,任何别的做法都不会产生这样的效果。

我确实意识到,尽管我感到十分伤心,但是严格说来,我还算不上心痛如绞。心痛是你在失去之后才会经历的。然而,我所遭遇的无非是对自尊心的打击,一种慈悲的老式的打击。但是,受伤的心听起来要比对自尊心的打击更富戏剧色彩,却不及后者吸引人。有朝一日,我会选择一颗受伤的心。第一步只是将你支解,第二步才是死亡。缓慢地、痛苦的死亡折磨着你,就像伦敦地牢中的老鼠一样。

哎呀!我想我需要到别处寻求安慰,既然像艾伦这样的哲学家们似乎不能排解我的忧愁。我想想……

1. 我找到了一条微弱的理由不跟霍尔赫睡觉。

2. 好吧,虽然只有一点安慰,但是我想,聊胜于无。

2000 年 5 月 15 日

阿尔马格罗俱乐部,我正与瓦勒丽亚、莫妮卡一起坐在那里。这时,霍尔赫同潘乔、贾维尔走了进来。我的脸一定变红了,然后又变成紫色,最后呈现在一种难看的暗绿色:因为瓦勒丽亚和莫妮卡都注意到了,她们询问我是不是发生了什么事。我指了指霍尔赫,她们同情地表示,在探戈舞会上突然碰见前任舞伴是有些不好受,她们能理解。当然,我没告诉过她们真正的原因——霍尔赫是我刚刚分手的情人。冠冕堂皇的说法是他"这个月内会移民欧洲,因此害怕与我纠缠不清"。我想她们不必知道她们的朋友是一个荡妇。

不是我自认为是个荡妇,而是显然有人极愿意扭曲事实。说起霍尔赫和潘乔,他们都认为最好的策略就是忽视我。他们的表现让你觉得他们是贞洁处子,却被堕落的老色鬼(我)蹂躏了。事情好像不是这样吧,那天晚上是我强迫他们在河边做那种事的吗?这是三个人的事,在我的记忆中,他们似乎与我一样乐在其中。

我只顾着对霍尔赫和潘乔的虚伪生气,这时,贾维尔向我示意要邀我跳舞。三胞胎中至少还有一个像男人。

当我从桌边站起来走向等候在舞池中的贾维尔时,复仇的欲望主导了我的身心。我想对霍尔赫嘲弄一番,我知道我可以指望贾维尔作为我嘲笑他的工具。

我是对的。显然,贾维尔对自己错过了某种乐趣感到有些生气,他坚持要在我接下来的行动中插一脚。换句话说,他现在是一个比平日更加淘气的果实。我们跳舞时,他在我耳边低声倾吐的那些淫秽之辞简直不堪入耳,我实在无法空腹将这些话重复一遍①。但当时我正处在气头上,因此根本没有在意他这些话。我很喜欢听他生动细致地描述他稍后打算

① 作者的意思是贾维尔说的话很不正经,听到后让人想呕吐。

174

对我做什么，这让我满怀希望。

他心情极好地继续大放厥词，突然他滔滔不绝的污言秽语戛然而止了——正说到关键的时候。该死的！谈到了如何戏弄霍尔赫，我想着，一边睁开了眼睛。怎么是她，站在我面前的正是：罗米娜。

"你没告诉我她回来了。"我发出嘘声，并没试图掩盖我的挫败。

"我忘了。"他呻吟着说，听起来备受打击，这使我的挫败缓解了不少。但是，我仍然想勒死他。

我们静静地跳完了这支舞。然后，我走向她，尽可能热情地说道："欢迎你回来！"即使这句话并不能准确地反映我此刻的感受。当我安慰她时，贾维尔再也受不了与我们两人呆在一起，跑向了霍尔赫跟潘乔那里。她父亲的葬礼刚刚在周六举行完，她看起来就同她此刻内心的感觉一样：受到了毁灭性的打击。

你做得对，事后当我用冰冷的肥皂水擦洗身体时，我这么想着。当然，如果罗米娜不是在这个时候出现，我也许就没有机会感到自己是多么的伪善了——但是，我宁愿今晚没去"阿尔马格罗"。我讨厌在那里做出这种正义的事。非常讨厌！

2000 年 5 月 20 日

对某个我宁愿忘记的人，我只是有些后怕，因为他的缘故，也因为我自己。这件事以后，我裁定自己之前太来者不拒了。我打算就坐在那儿，一直等到某个正派的男人过来邀请我。我不再倾向什么油头粉面和花言巧语了。

我不得不挑剔些，我想。这样，就不会冒这么多次险了。

这时，一个我以前从没见过的男人站到了我面前。他伸出一只胳膊，似乎认定我会站起来同他走向舞池，总是这样！面对这种自以为是的人，你要拿出所有的勇气做出一个有尊严的布宜诺斯艾利斯女人会做的事。我摇了下头（一个让他难以察觉的动作），拒绝了他，然后我的视线便穿过他，落到了远处。

175

他真的应该有自知之明，我对自己说，正在为我的残忍寻找理由。他不应该遭受这种拒绝。但是他不尊重礼法可不是我的错。

"自便。这是我最后一次邀请你跳舞。"他低声说道。

我挑起了一边的眉毛，似乎在说"哇哇哇，我要哭了"。

但是，几秒钟过后，当我看见他优雅地滑行在舞池中，怀抱一个如同置身在天堂中的女孩，我差点哭出来。

我来到瓦勒丽亚的桌旁，她正与埃塞基耶尔坐在一起——埃塞基耶尔长得奇丑无比，真可惜他探戈舞跳得那么好——我问瓦勒丽亚："那人是谁?"他是迪亚戈，他在周末教授探戈，平时他是夜间出诊的医生。

我又仔细地将他看了一遍，他不老（但也不是很年轻，可以换个口味），长得很英俊，不高不矮，不胖不瘦。这种情况需要你诚心诚意地卑躬屈膝一番。我会将所有的尊严抛掉。

"你真是太棒了！我刚刚犯了一个大错误。你能原谅我吗?"将嘴撅得这么高，我的嘴唇有些抽筋。但是，不管我怎么撅嘴，迪亚戈都无动于衷，这次他的视线穿过了我，落到了远处。他正在让我知道，我被拒绝了。如果你认为大象会记仇，你就不会遇到一个受人冷落的探戈舞手了。

2000 年 5 月 29 日

人们把他叫做"加托"，也就是"猫"，因为他不是在走路，而是在潜行。我永远都不会忘记在"大教堂"舞厅我第一次看见他跳舞时的情景。这是一幅震撼人心的力与美的画面，相形之下，猫未免显得笨拙了些。他所散发的光亮如此耀眼，使周围的一切陷入黑暗中。从我见到他的那一刻起，我就在对上帝祈祷让他邀请我跳舞。可是他没有回应我的请求，我只好让瓦勒丽亚插手了这件事。于是我一直在期盼的奇迹出现了。

"加托"也许像猫一样走动，但他看起来却不像一只猫。实际上，他确实有一副猫相。如果他是绿色的，他就是绿巨人。我猜他巨大的身躯应该是他摔跤生涯的产物。可是，"加托"不是绿色的。他拥有彩虹一般绚烂的颜色。他身上刺满了各式的纹身。他的左臂上刺有一颗心，并刻着

176

"妈妈"两个字。如果这还不能证明他是一个真正的探戈佬,我不知道什么能。

"加托"最近出演了《探戈传奇》,一部一流的探戈舞剧。尽管这是事实,我还是无法把他当成一个真实存在的舞伴。也许我正盼望着一个舞伴,但是我还没有迫切到每天与一个多彩的幻影在一起度过八个小时,更何况这是个有恋母情结的巨人。不!但是不要误会我的意思:我喜欢与他跳舞,并且不放过探戈舞会上的任何一次机会。例如,昨晚。

我正享受着他那柔软、光滑的爪子触摸着我的后背的感觉,突然我注意到这双爪子变得比平时活跃了。起初,我以为他在专注地与我调情——是无伤大雅的那种,直到我意识到他不是在抚摸我,而是在向我背后的某个人打着信号。我很震惊,这种做法让我根本无法接受。我看不到他在给谁打信号,因为我的脑后可没长眼睛,但是当他带领我做了一系列后"8"字时,我能感到他的手在疯狂地打着手势。

"对不起,亲爱的,我得走了,有些事要处理。"他用那沙哑的、被香烟和威士忌损坏了的声带对我说道。他就这样在这支舞跳到半道的时候弃我而去了,留下我独自尴尬地站在沙龙的中央。这是我经历过的最糟糕的事儿。我没有夸张。

我的自尊心裂成了一千块细小的碎片,我步履蹒跚地回到桌边。我发现他的圆底酒杯还在那里。真是奇怪,每次他放开我后,总是立刻跑回到这只杯子旁。

与我的朋友不同,我在跳舞的时候从来不喝酒。因为这会降低我的平衡能力。但是,昨天晚上,我破例了。我的神经需要一杯烈酒来麻痹。我决定喝光这个兔崽子的苏格兰威士忌,给他点儿教训。当我坐在那里沉思的时候,我在头脑中将这半支舞曲重新回放了一遍,仔细地寻找着错误,就像是一只母猩猩给她的孩子抓虱子一样,不放过任何一个地方。我在野外生活过一天。在我的姿势、步法、轴心以及重量分配上,我都能找出问题——事实上,我在每一个动作上都能找到问题。回想起来,我很奇怪他为什么不早些摆脱我。我只想逃离这块伤心地。总之,我喝完了他的威士忌。

我正准备离开，就在这时，莫妮卡来到了我身边。

"你听说了吗?"她问我。

"没有。"我郁闷地说。

"警察突然闯进这里搜查毒品。他们不让任何人进出。"她说。

"哦，他们找到了吗?"我问道，一边脱下了鞋。我没有记下她说的话。酒精除了让我失去平衡，还让我反应迟钝。

"当然没有。他们找不到。"她对我挑了挑眉，好像在暗示着什么。我环顾了整个房间，寻找着"加托"。没有他的踪影。叮咚! 突然，我想起了一些传言，人们说他是现场交易中最大的毒贩子。我觉得这些传言不无道理，尽管我不愿这么说。

他一定是在后面的某间屋子中"付酬金"。唷! 这个想法使我周身变得温暖又混乱。是威士忌的作用? 还是发现了他弃我而去的原因并非我的舞技不好? 我赶紧穿好鞋，在接下来的夜晚我与埃塞基耶尔、马里奥、巴勃罗、普皮、法布里济奥、厄内斯托、吉列尔莫，还有许许多多的人跳了舞。

2000 年 6 月 18 日

当我妈说她要来看我的时候，我很发愁。我要重新措辞:我很害怕。说起探戈，她从来都不是我最有力的支持者。我知道我应该穿上闪亮的盔甲武装好自己，防止在她的担心(我会变成老处女)又掺杂了我的担心(自己会变成老处女)下，那一番猛攻。哟，你瞧! 我遇到了一个盟友而不是敌人。我突然想到，上周日在"街心公园"，有些事情改变了。

迪亚戈在那儿。我错怪他了:他根本不是一只大象。如果他是，也是一只有健忘症的大象。他让我戴着笨蛋的帽子在角落里站了将近一个月之后，终于认为可以原谅我了。我想，一个女孩表现出如此真诚的悔恨之情，用一双世界上最悲伤的眼睛望着他时，他同情她了。终于，他满意了，他的目的达到了，效果甚至更好。

在舞场的围栏里，他朝我走来。他没有说话，只是伸出了他的手臂，摆出了与第一次请我跳舞时完全相同的姿势。这样做，他是在把我的行为纪录擦干净，同时也将我的无礼举动从我们的记忆中清除了。

哇！他太棒了！与他共舞让我发挥得淋漓尽致！我讨厌音乐停止的时刻，因为这意味着我不得不放开他。他同样讨厌这样的时刻，因为我会离开他的怀抱。所以，我们默契地当做音乐没有停止。我们站在那儿，拥抱着彼此（不是简单的环绕——而是紧紧相拥），我们的胸部碰撞着，如同两座活火山，随时都有可能爆发。我们的心跳出奇地一致。我随着他的呼吸，呼吸着。我的眼睛闭上了；正如他的眼睛也闭着，我猜测到。它们最好如此！我在触摸他的灵魂，他也在触摸我的，我们一起经历了几秒钟的永恒，直到下一支乐曲响起。

这一切发生的时候，你能想象出，我根本没有注意到我妈和她的摄像机。我们终于彼此松开——你无法再承受这样的高压，否则你一定会爆炸（我不敢说自己目睹过此类情景，但这并不意味着我想冒险一试）。

当舞会结束的时候，我不得不把我妈拉走。回到家后，她让我看了她拍摄的东西。这时候我才感到她不光是站在我的身旁，而且她还真正体会到了探戈的精髓。她比许多专业的摄影师拍得还好。我很惊奇，每次我与迪亚戈之间稍有异状，都看得出来——我不是指触摸他灵魂的那一刻——她将一切尽收眼底。想要抓住探戈的内在冲动是很难的，甚至连舞者都不知道接下来会发生什么，更何况只是一个欣赏者？然而，她的摄像机好像在跟着我们，在乐池周围一起跳舞，它捕捉到了我们无拘无束的灵魂和我们内心深处的感受。突然，她把摄像机镜头移到了我的腿部，正好拍到我做了一个甩腿动作，这个装饰动作是我现场发挥的。当乐曲达到情感的高潮，摄像机知道要把镜头对准我们的脸，因为在这样的关键时刻你不可能从别的地方找到探戈的精髓。从这个片段中，我意识到我妈抓住了它。她用自己的眼睛看到了探戈的魔力。这就是我所谓的奇迹！

2000 年 6 月 23 日

昨晚，我带我妈去了"坎宁伯爵"沙龙。要把她介绍给"加托"，我有些担心。但是"加托"坚持让我这么做,他说他自有一套对付母亲的方法,我不必担心。

"亲爱的女士,你的女儿太美了。"正式的介绍结束后,他说道。我妈立刻笑逐颜开。称赞她的女儿就等于在称赞她。

"……我爱上她了!"听到这句话,我妈没有畏缩。她仍然和颜悦色。如果她真的被吓到了,也只能说她掩藏得很好。我笑了,确信她听懂了这个笑话。

"……你会给我这个荣幸,让我娶她吗?"他以一个夸张的动作结束了这句话。我大笑不止,几乎喘不过气来。我从我妈的上方觑了她一眼。她不但仍旧喜滋滋的,我还在她的脸上看到了一丝感激。这时,我明白了一个求婚,哪怕是来自永远醉醺醺的绿巨人,只是他的多彩的影像,也比没有人求婚强。

"你的未婚夫很迷人!"他去与别人跳舞时,我妈对我说。

"我没告诉过你我会找到一个丈夫吗?"我说道,然后我们都爆发出一阵阵(紧张?)的笑声。

这些日子以来,我妈没有像以前那样关心我的婚姻大事,让我肩上的重担轻松不少,然而,我接替了她的工作,开始担忧起来。尤其在我想到这个开玩笑的求婚还是我唯一经历的一次求婚时。我还去了趟古巴,在那里甚至没有人向我求婚。去之前,每个人都让我小心那里的小伙子们,因为他们迫切地想出国,为此他们会做出任何事,包括与你结婚。他们实在不必操心,那里没有一个人向我求婚——总之,没有以结婚为目的的。为什么向我求婚的都是些不像样的人?甚至在古巴也是这样?

2000 年 7 月 1 日

第一次见到他时,我在想:他以为自己是谁?鲁道夫血腥的情人?他留着一撮铅笔杆一样细长的胡子,它在刻板地对人们尖叫着:"我是个粘球!"

他向我点头示意,发出了邀我跳舞的请帖。他将眉毛挑起到一个不可能抬到的高度，又将脸颊吸住突显出他的颧骨，我知道他是谁了。我不能断然地拒绝他。他是彭巴斯草原上的巴勃罗。

在这种情况下，我决定，最好的办法就是装鸵鸟：我将头埋到了脖子里，这样就不必去看那撮胡子。噢……等等……感觉出人意料的好。与某个留着这种可怕胡子的人在一起竟会有这么好的感觉？为了不让自己多想，我将头埋得更深了。

尽管我觉得巴勃罗有些荒唐——他根本不是一个正常的人，他是一幅漫画——无论如何，我打算与他周旋。如果他想利用我往自己脸上贴金，我不妨也还以颜色。毕竟，不管他有没有胡子，他经常在国内外演出。并且，他正在寻找一个舞伴。我知道这件事是因为在我常去的那间舞室的告示板上，我看到了他的广告。这张广告具体写明了他的舞伴除了探戈舞外，还要有芭蕾方面的训练。很好，我符合。我继续往下读，她必须年龄在十八岁到二十五岁之间。哎哟！

我早就过了"二十一岁"。我不能永远装下去。我困在了自己的谎言所编织的网中。我对不同的人说了不同的谎话，连我自己都记不住对谁说过什么。我对有些人说，我二十一岁；又对一些人说，我二十五岁；对其他的人，我甚至说我永远年轻。我开始害怕起这个问题来，每次听到有人问我的年龄，我就会满脸猩红，料想到自己又得撒谎了。我一直都讨厌撒谎，倒不是因为我品德高尚，而是来自我童年时就有的恐惧——每当我撒谎时，对方总是能读出我的心思，当场将我揭穿。我一定是给他们读了太多的童话故事，使他们拥有了魔法——也许我是超自然的透明人。我得出的结论是：欺瞒我的年龄，只会让我得不偿失。无论事实有多可怕，为今之计只能是勇敢地面对它。

事实究竟如何？那就是如果我还有嫁人的希望，希望也很渺茫。一个正常的人谁愿意与一个满脸皱纹、臀部下垂的老干李子跳舞？当然，这样描述我自己并不公平。然而，时钟每天都在嘀嘀嗒嗒地越转越快，我很快就会如此。问题是，有多快？到时候，臃肿的肚子会将我的裙子紧紧撑起，从裙子的开叉处伸出的会是我松弛的大腿，在我变成这种怪异的老女人之前，我还能有多长时间？在那以前我会懂得放弃吗？上帝会大发慈悲,在一切都还未太晚的时候给我送来一个舞伴吗?

2000 年 7 月 6 日

昨晚在"圣明之子","加托"向我招手。到目前为止,感觉还不错。他无法忍受与他的威士忌分开,哪怕是从他的桌子走到我的桌子这么一会儿也不行,于是,他带着他的酒过来了。坐在我这里,他一切照旧。平时与我跳完一支舞后,他会把酒杯放到我的桌子上,休息片刻。但是昨晚他几乎手不离杯,甚至打算拿着它与我跳舞。尽管我不常找人麻烦,但是这次我不得不说话了,我的忍耐也是有限度的!

当我意识到我应该拒绝他时,已经太晚了。"加托"此刻的状态比平时还糟,他完全忘记了舞池中挤满了人。为了不撞上别人,最好的办法就是将活动的范围缩小。而他似乎喜欢玩碰碰车——将碰碰车的角色派给了他的舞伴(我)。公平地说,在公共场合跳探戈,不可避免地会撞青膝盖,踢到胫骨,或踩伤脚趾,诸如此类。我不是在说"加托"是布宜诺斯艾利斯唯一的一位烂司机(在他酒后驾车的时候)。有许多这样的司机,我应该知道。但是就算我曾经不幸地上了某位烂司机的车,他最起码已经尽量小心了。或者他拥有一个好的理由——他像蝙蝠一样什么也看不见(无名)。当无法避免地撞到了人,他会满脸歉意,低声下气地请求你的原谅,对上面提到的踩伤的脚趾或擦破的脚踝表现出他的关心。但这不是"加托",不是昨天晚上。当他成功地撞上另一对舞者时,当然是把我当做惩罚的工具,真的很难抹去他脸上的兴奋之色。他似乎在侵犯他人的空间时得到了极大的快感。这意味着我同样从中获得了乐趣——确实如此。

我没说这是我生平第一次与一个不为别人考虑的家伙跳舞。毕竟探戈是一种彰显男子气概的舞蹈。但是,一位具有男子气概的男士与一个不为别人考虑的家伙,这之间的界限太微小了。当两位旗鼓相当的男士争抢舞池中同一块空间时,我常常被牵连进来。我曾经多次目睹男人们挥拳相向。我甚至在沙龙墙上看到了一个我认识的米隆加佬留下的子弹洞,据说是因为另一个米隆加佬说了些称呼他妈妈的不干不净的话。我不明白我这位乱开枪的朋友为什么如此妄自尊大,他的枪法显然上不了台面,他连一个无辜的旁观者都没射到,更何况是他的目标呢?

问题是,一个女孩被夹在一场斗鸡中时,她要怎么做?我的道德准则指示。"不管司机多么地鲁莽和(或)无能,你不要成为后座上那个指手画脚的人。"这不是一个女人该做的,况且这么做永远不会有什么好处。男人只是假装听你的话,几秒钟后他又会犯同样的错误。丝毫不为车身(=我)的残骸担忧。这种情况下唯一的办法就是笑一笑加上忍一忍,发誓不会再与他跳舞。

我就是这么做的。我坚忍地遵循着这个办法,我向自己保证这是最后一次,还对自己说了其他一些鼓舞人心的话。

"他们请我在'大教堂'表演。我想让你和我一起去。他们还邀请了阿莱汉德罗和克劳迪娅、埃杜阿多和嘉布瑞拉。"他说道。我哽住了。真是让人印象深刻的阵容。

"猫把你的舌头咬住了吗?女人,说话呀!"他含含糊糊地说。

"我说不出来,我太高兴了。"我告诉他。"我当然愿意做你的舞伴,小猫咪!"我喊道,我们跌跌撞撞——我帮他跌倒了——回到桌旁,让他休息一下。

2000 年 7 月 16 日

"加托"让我在"托伊洛之角"与他见面,在表演之前热热身。他有些"事"需要与这儿的老板商讨一下。在约好的时间,我来到了这家俱乐部,它位于城中破败的一区——虽谈不上是人烟稀无之地。它就伫立在一条荒凉的街道上。在这一带几乎看不到生命的迹象。我不得不在外面等他。天气非常冷,地上还有暴风雪过后残留的一些雪。

我穿着羊皮夹克,戴着羊毛帽,但是里面只穿了一条几乎盖不到屁股的短裙("加托"说让我穿性感一些)和一双鱼网袜。为防止我的四肢冻伤——得了冻疮就很难跳舞——也为了驱除我孤单一人在这种地方的恐惧，我开始跳起舞来——更像是上下轻微地摇晃。当我感到有人过来时，便大幅度地摇摆起来。一辆小汽车开到我身边停下来。原来是一辆警车。

一位年轻的警察从车上下来。"你的证件。"他一边面无表情地说道，一边看着我好像我是……噢。

我知道我应该等一下再化妆，但是为打翻的牛奶而哭泣有什么用呢？现在麻烦的是，我身上没有任何证件可以证明我不是一个妓女。我从没想过要成为这里的正式公民。与官僚机构打交道，还是越少越好。考虑到官方承认的身份，我算是一名游客。但是游客也应该随身携带他们的护照。

看来只能用老办法，展现一下我的个人魅力。

"真是太抱歉了，"不幸的少女说道，"我把证件落在家里了。幸好你们停下车，我遇到了困难。你看，我正在等我的探戈舞伴，因为我们今晚要在'大教堂'表演，他让我在这儿等他，但是一定出了什么差错，这里关门了。我不知道该怎么办？"我停下来，泫然欲泣。我得留一招，万一一会儿用得上。

"你是说探戈吗？"这位巡警问我。我注意到他的态度没有先前那么生硬了。

"是的。探戈。"我重复着。

"劳尔，你听到了吗？这个老外跳探戈！"他对车里的同事说道。他又转向我：

"我不会跳。"他伤心地摇了下头。

"现在学还来得及。"我对他说。

"我一直想学，但是它太难了……"

"如果你循序渐进，它没那么难。"我鼓励他说。

"你说得对……也许你可以教我？！"

"改天我教你，亲爱的……但是，现在我要到'大教堂'。看来我的舞伴不会来了。我在哪能拦到出租车呢？"我大声问自己。

"让我送你吧。"这位警官说。他打开了后座的门，示意我进去。这使我坐立不安。每个人都知道这儿的警察比罪犯还可怕。前几天晚上，我与一位警察跳舞，人们说他下班后就是与人签了约的杀手。谁知道这是真是假，但是这却反应了人们对警察的看法。"肮脏的战争"过去还不到二十年——这是 1976 年到 1983 年间由军事政权对它的大多数公民发动的一场恐怖战争——人们不会这么快就忘记警察在其中扮演的角色。

人们的伤口远没有愈合，现在遍布整个城市的广告牌宣传运动又让它益发明显。广告标语写道："如果你不确定自己的身份，给我们打电话。"这是指三万名"失踪了"的人和被军人集团的拥护者抢走了孩子的人。无论我听说过多少次，对此我都无法理解。这种事似乎不太可能发生在这里。但是它确实发生过。许多失踪了的人，人们最后看见他们时，他们就坐在一辆黑色"猎鹰"的后座上，那是当时的警车。

现在停在我面前的虽然不是一辆黑色的"猎鹰"，而是一台破旧的"标致"，我还是吓得不能动弹。我想不出逃脱的办法，只好上车。前面的两个警察压低了声音，谈论着什么。我听不清。我不知道他们要把我带到哪儿。我曾经在一个自卫课程上学到，与攻击者谈话对我有帮助。于是我开口了。东拉西扯，无所不谈，无论他们原计划做什么，我希望阻止他们。说话的时候，我仿佛看见自己被剁碎后又被他们装到黑色的塑料袋中，最后顺着河水漂浮着……我认出我们现在的位置，就在"大教堂"的前面。车停了，那位巡警下车为我打开车门。真是服务到家！他们祝我好运，并对不能留下来观看我的演出表示遗憾，因为他们还要值勤。我感谢了他们。当他们开进寒冷的夜色中时，我长长地呼出一口气。

我进到里面，这回十分肯定，"加托"在这儿。他看上去要将我生吞活剥，我抢在他前面说道：

"不要助长我的胆量，'加托'。"（阿根廷人可不会被吓破胆，他们一向愈挫愈勇。）"你说在'托伊洛'见面，却让我等你等到差点把屁股冻掉。"我立刻说道。

"我说的是奥梅罗·曼西（另一位著名的作曲家）！"他的声音隆隆作响。

"不，你没说过。你说的是'托伊洛'。"我不甘示弱地回应道。（你是

185

醉过了头，根本忘记了在哪儿——这句话我可没敢说出口。）

"不准再对我说这种傲慢无礼的话，女人！"他吼道。

"因为你我差点就被捕了！"我咆哮着，让他看看我的厉害。他果然冷静下来。

我按照自己的意图将遇到警察这段插曲做了取舍，然后添油加醋地说："接着，当他将手铐戴在……"这只猫现在像耗子一样安静。很好。

"好了，好了。一切都结束了。你现在不是在这儿了吗？"他喃喃地说道。"重要的是——"

他还没说完，这时，有人通知我们赶紧准备，下一个就轮到我们了。我们的热身就这样结束了。

"如果你搞砸了，我会杀了你。"当我们走向舞池时，我被如此告知。

真奇怪，一个要把我处死的威胁居然这么有用！我别无选择，只能变成坚强的支柱，撑起早以脚软的"加托"，防止他摔到地板上。

报偿！这个含有肾上腺素的命令贯穿了我的四肢百骸。

没有别的办法，只能豁出去了，表现出蛊魅人心的样子吧。我想没有什么会比脱光衣服更具挑逗性。事实上，观众中的清教徒一定会把它描绘成一场下流淫荡的演出。他们一定会反对我的右腿紧紧地缠绕着他的屁股。他们也一定不会赞同我的胫骨刚刚还差点碰到（你知道是什么），又沿着他的大腿慢慢滑下。然而，非但没有响起反对的哼声，还传来了一两声口哨和人们的叫好声。我因此推断观众中一定没有清教徒，一个也没有。

现在我的手在他的脑后抚摩着，滑过他算不上干净的头发，又像对待婴儿一般轻摇着他的头。与此同时，我将半张开的双唇送到了他的嘴边，停留在他那整日浸泡着苏格兰威士忌的嘴中，直到四周的观众都忘记了呼吸。我几乎能听到他们的欲望在音乐下面蠢蠢欲动。我的胳膊滑落到他的上臂，驻足在那里；我血红的手指掐进他刺着纹身的二头肌中。就在我的胳膊找到它的归宿之前，它又在空中挥舞起来，伸展着，五指张开，我的整个身躯随之舒展。（如同在现实生活中，当我一觉醒来，我习惯于伸展全身，让自己的身体竭尽全力地生长——似乎只有这样才会尽可能地享受到内心中美好的感觉。)经历了最终的迸发，我的手臂在用尽了气力之后，虚弱地飘回来，轻轻地依偎在怀中。

我的动作转移到腿上，就在我的手臂刚刚离开的地方，我的腿摆动起来。随着我的每一次甩腿和勾腿，我能感受到观众的体温在上升；当他们看到我裸露的大腿困在鱼网袜中，尽情地舞动时，他们的身体在发热。"无性做爱"，没有比这更贴切的了，尽管我还没有弄清与我做爱的究竟是谁：是"加托"，还是观众？终于，这支舞结束了。观众席爆发出雷鸣般的掌声以及"再来一个""再来一个"的叫喊声。

引诱成功了：他们为我疯狂！我感到一阵高兴。我真的很喜欢这种感觉！第一次，我全身心地投入到表演中——没有像与"仕诺"表演时那样心不在焉。站在这些人前面，与他们分享探戈在我心里激发出的种种感情，这使曾经令我向往的那些地方失去了魅力。这个夜晚将会载入史册，因为在这个晚上，我克服了怯场！

彭巴斯草原上的巴勃罗碰巧站在那里。他走过来向我表示祝贺。他说话的时候，他的胡子让我感到很不舒服，于是我转眼望着他的耳垂。我们聊了一会儿。然后，他随口提到他正在寻觅一个舞伴。

"这件事我知道。我看到了你的广告。"我的脸有些发红。我料到接下来会有什么事发生。

"你在与谁搭档？"他问我。

"没有固定的人——我正在找。"我说。他的胡子真应该刮掉，我想。

他不再说话，思考着这个问题："你多大了？"他最终还是开口问了出来。

"三十一。"我答道，我一定是疯了。为了不失体面，他尽量掩饰着自己的厌恶。但是，与胡子不同，年龄是无法除去的。

他很快转向了埃杜阿多和嘉布瑞拉，与他们聊起来，他们的表演就在我的前面。我找不到说话的人，于是直接进了洗手间。我在镜子前面足足站了五分钟，仔细地数着这张即将萎缩的老脸上的每一条皱纹。

2000 年 7 月 18 日

迪亚戈简直目中无人。当然这只会使他更有吸引力。尤其是他的傲慢针对我时。所有的舞手都很愚蠢,值得注意的是,迪亚戈却是个例外(不要忘了,他是个医生)。所以完全忽略他的话并不容易,即使他的话让人听了很不好受。以下是一个例子。这是昨晚我们在"泰沙"的一段对话:

"你很有才华。你要把它浪费掉,真是太遗憾了。"他像往常一样,话说得很简洁。

"浪费? 你不觉得我正在进步吗?"出于自卫,我反问道。

"你应该进步得更快。看看瓦勒丽亚。她那才叫突飞猛进。"这正是我不愿听到的话。他怎么知道? 就像我说的,他很聪明。

"显然,我没有她那么才华横溢。"我说道,吞下了自己的怒火。我不知道自己此刻更怨恨谁,是他还是瓦勒丽亚。

"真是废话。你只是太懒惰了。"他说。

"你这么说不公平! 你不知道我有多努力。"他触到了我最敏感的地方。

"你的舞伴不合适。"他说。他指的是"加托",他正在与一个满身脂肪的浪荡女人跳舞,那女人的头发用过氧化氢漂白过,简直糟透了。"我听说了那场表演,他们说有些低级。"他又说道。

我暗中怀疑,恐怕我知道"他们"是谁。既然"他们"无法用跳舞来挽救"他们的"生命,这当然不会对我产生丝毫的影响。

好吧,也许对我有一点儿影响。

我承认,我被彻底击垮了。高兴了吧?

不管提供这个消息的人舞跳得多么不好,批评总是会伤害人却是事实。

我不想让迪亚戈看出他的话对我产生了效果,这么快就顺了他的心。

"我喜欢与'加托'跳舞,他很有胆量。"我这么说是因为我想不出更好的方法,只能间接地挑战一下他的男性自尊心——也许我正在激怒他。但是,他不必知道我已经与"加托"到此为止了,我刚刚决定我们之前跳的是分手舞。因为那时我还不知道这会是我们的最后一支舞。

我的回击显然让他安静了一会儿。这么容易就让一个阿根廷男人闭上了嘴,真有意思。比不让一只公鸡在清晨六点钟啼叫容易多了。但是,还是太晚了。他的话在我的脑中挥之不去。回想起来,掌声并非雷鸣一般。它听起来没有那么热烈——甚至有些冷淡。仔细回忆,他们只要求再跳一曲。难道我听到的是掌声中掺杂着的讥笑?迪亚戈说的对:我很糟糕,观众恨我,我是一个毫无才华的废物。

"如果你与我一起练习,我会向你展现探戈的真正内涵。"他说道,从他嘴中飘出的烟雾盘旋在空中。

我想我一定是听错了。我将他的话一遍遍地在脑中回放。听起来非常像是他在邀请我与他一起练习。我不知道这究竟是什么意思:是对我间接的表扬,还是侮辱?情节发展真是一波三折!

这时我突然想到,我甚至没把他列入我的候选人名单。我现在意识到真正的原因是,内心深处我认为他太出色了,自己高攀不起。(我对他来说太老了:别的人都不想要我这个即将萎缩的干李子,他又怎么会愿意呢?)但是我不会让他对此生疑。我必须表现得很"酷",不让他看出他的请求对一个绝望到极点的探戈舞手来说,无疑是上帝送来的礼物。我必须表现得好像这是世界上最自然的事,好像每天都会有年轻英俊的博士请我成为他们的舞伴。于是,我沉默了——我怕自己一说话就会打破咒语,刚刚的请求就会被收回。

"你的回答是什么,愿意还是不愿意?"他问我。

"让我考虑一下。"我说。我正在扮"酷",记得吗?这个傲慢的家伙应该学到点教训。他可能会等到明天,我想。

他低着头没说话,把烟捻灭在烟灰缸中。然后,他抬起头,环顾了整个房间,寻找着舞伴,好像我化成了空气,随着他吐出的最后一口烟消散了。我注意到,他正在与现场最优秀且最漂亮的一名新舞手交换着眼神,情况危急到他马上就要向她点头示意。我害怕了。

189

"我愿意!"我说。事实上,我想,我也许用了自己的最大音量,喊出了这句话。与此同时,我冲过去搂住他的脖子,整晚没放开过他。冷酷啊、冷静啊⋯⋯就算了吧。

2000 年 7 月 27 日

我和迪亚戈在我的住处练习。我们目前正在练普格利埃斯的曲子《蝴蝶》。有人会问:"你如何将个人感情和你的职业分开?"回答是:"我无法将它们分开。"即使你想这么做,你对物理规律始终无能为力:我们每天四个小时(一周三次)不断碰撞的身躯产生了摩擦;摩擦生出了火花;火花引发了火焰。你需要火焰,如果没有它,探戈还剩下什么? 但是,如果你让火焰失去控制,屈服于你的欲望,这同样意味着探戈的终结。换句话说,探戈是在玩火,却又不能让自己烧伤。说起来容易,做起来难啊!

正像我说的那样,表面上看起来我和迪亚戈在练舞,实际上,我们无所不为,除了⋯⋯火焰要失控了。我能感到我的脸颊与他的贴在一起燃烧着(还有别处),我们俩在剧烈地摇动。跳舞的时候,我的内心在斗争。我对自己说,为了激情就不顾一切未免不太理智;但另一方面,他真的很吸引我,非常性感——尤其是他目空一切的时候⋯⋯我要加一句,如果我不与他上床,他早晚会离开我,与愿意这么做的女人在一起。男人找你跳舞无非是想拥有一个方便的性伴。

一件导致了另一件⋯⋯火焰失去了控制。

为打翻的牛奶哭泣,于事无补。发生了的事就是发生了。但是不准再发生了。这会把一切毁掉。还要多少次我才能学到教训? 探戈和性不能混为一谈。我必须把自己看做修女,不是嫁给了上帝,而是许身于探戈。

我不知道该怎么办。如果我不与他做爱,我怎么能把他留在我的身边? 今天他看起来相当热切地要重新开始,当我把昨天的事说成"意外"时,他非常的不高兴。

做也该死,不做也该死,我无数次说过这样的话。

2000 年 8 月 5 日

有时看来，似乎每个人和他的狗都想与我上床。埃塞基耶尔就是一个。他甚至称不上一条狗，因为狗都比他长得好看。他可谓使尽了浑身解数，而我始终对他说不要在我身上浪费时间——尽管我没有告诉他具体原因。我知道最好残酷些，不要太仁慈——对人对狗都该如此——我从没在他面前指出这个事实：虽然我爱狗，但是通常我不与它们出去。

不久以后，我意识到将狗倒着拼写就成了上帝①。

诚实地说，在舞池中，我根本没在意过埃塞基耶尔的长相，因为与他跳舞的时候我总是闭着眼睛。我们之间一直有种奇特的联系——但是最近他的舞技突飞猛进。几个月前，他辞去了工作，离开了建筑业（他过去是搬砖工），全身心地投入到探戈舞中，成效显著。他已经到达了人类已知的宇宙中最遥远的星系，现在他正准备去那些未知的地方。每次与他跳舞，我的感觉总会好于上一次。我对自己说，下次不可能有如此美妙的体验了，可结果我还是感受到了前所未有的美好与震撼。他迫切地发掘着新的动作以及新的组合，他满腔浇不灭的热情使他成为了真正意义上的开拓者。被邀共赴此行，无疑是一种殊荣。无论这趟旅程多么的惊心动魄，我总能把持住自己，不与领航员暧昧不清。当然，领航员相貌奇丑，让我面临的诱惑少了许多。

一直到昨天晚上。我不知道自己中了什么邪，越是与埃塞基耶尔跳舞，我就越不想与别人跳舞。事实上，我开始觉得我无法再与别人跳舞了。这使迪亚戈很生气，虽然他尽量不把它表现出来。为了使我嫉妒，他与屋子中所有漂亮的女孩跳舞。但是没有用，我的眼里只有埃塞基耶尔，其他一切都入不了我的眼，谁管迪亚戈在与谁跳舞呢。

我们之间的化学反应显而易见，以致许多人都在谈论我们之间这种

---

① 英语中，狗的单词是"dog"，上帝的单词是"god"，将"dog"反过来写便是"god"。

不可思议的力量。通常,两支舞过后我就会对一个舞伴厌倦了。我在舞池中经常瞬息万变,恐怕胡安先生也不能马上领会。但是与埃塞基耶尔跳舞却乐趣无穷,真让人受伤。与他跳完舞后再与别人跳舞就像吃过一个三重巧克力软糖圣代(上面还滴了热的焦糖汁,撒了焦糖粒)后再吃香草冰激凌。我想我的心快要跳出来了。

终于迪亚戈怒气冲冲地离开了舞厅,连声晚安都没对我说。我知道明天我得应付这件事,在我们练舞的时候。不过明天的事还是明天再说吧!此时我沉浸在埃塞基耶尔带给我的极度的喜悦中,越陷越深。

"这就是爱。"我情不自禁地说。我是认真的,并非出于什么意图我才说出这般话。我只是想与他分享这种感觉。称它是无上的幸福,或者是心醉神迷,随便你怎么叫它。如果我不能将满腔的情怀抒发出来,我一定会爆炸。但是,他却不这么看。他从另一个角度看待此事,一个刚刚变得明朗的角度。

跳完这支舞,我们一起坐下来休息。他用那只粗糙的、历尽风吹日晒、又被水泥和艰苦劳动侵蚀过的手,抓住了我的手,玩弄起我的手指来。他将我的手拿到他的唇边,对着它轻轻地吹气,然后他用嘴裹住了我的食指指尖,拿他的舌头轻柔地搔弄着。

"想想,它就是你的乳头。"他说道,深深地望进我的眼里。

我照他说的做了,并且惊奇地发现我可以毫不费力地想象出来。这怎么可能!不愧是埃塞基耶尔!到底在我身上发生着什么?然后,他又让我想象一些其他的东西,我仍然不太费力地就能想象出来。我感到一股热流串过体内,它不断地变大,眼看有一场大火之虞,尤其是我的腰,成了危险重生的地带。说得委婉些,这真让人惊惶。

就在我的食指被他的嘴含住的前几分钟,我还觉得这张嘴真让人反胃。谁想吻这样一张嘴呢?嘴唇这么厚,牙齿这么不整齐。这些牙齿竟然如此无法无天地往外凸——每一颗都在肆意生长。而在许多你原本期待会看到牙的地方,却只发现了一个豁口,半颗牙都找不到。事实上,他的整个身体只会让人产生这些感觉:从轻微的恐惧到深深的同情。我相信他小时候一定是营养不良。现在这位弱不禁风的青年看上去就像是一个骨瘦如柴的老头,被他搬运过的所有砖头压弯了后背。没有人会对这样一副身躯感兴趣,可是我却正在为它欲火焚身,这该如何解释?难道我回到了《仲夏夜之梦》?因为喝了妖精王下的药,所以我才会对一头驴如此疯狂?

下一支舞曲响起来,我们回到了舞池中。我们正在接近沙龙前面的区域,这里由锦缎做成的帘幕将舞场与入口隔开了。突然,我觉得自己像旋转托钵僧一样,一个转身来到了帘幕的后面。埃塞基耶尔将我紧紧地抱住。现在这是我们两个人的世界:我熔化在他的嘴中,它早已成为我的延伸。

终于我们放开了彼此。当我们从帘幕后面走出来时,我根本不在意被人看到。我知道这会传到迪亚戈的耳中,无所谓。我们将随身物品收拾了一下,回到了我的公寓。我还没来得及像往常那样进行一番心理斗争,他便进入了我的体内。他回家了。无论从哪个方面。

"好像你一直都在这儿,等着我!"他喃喃低语。他对我们之间如此完美的契合感到敬畏。但是我的震撼更大。

直到昨天晚上,我才真正相信两个人"为彼此而生"或是"生命中的另一半"的理论。直到昨天晚上,我才明白"灰姑娘"的故事和水晶鞋的真正意义。想想我从五岁就开始读这部色情作品,但却一直无法理解它。

2000 年 8 月 15 日

我已经没有时间去上舞蹈课了。我忙着为埃塞基耶尔做饭。前天,我给他炖了鸡肉沙锅;昨天是卤汁面条;今天我要做猪肉排骨,给他个惊喜。照顾他需要你投入全部的时间。我们在下午两点起床,我为他准备早餐。然后他离开我这儿,去与瓦勒丽亚练舞。这让我有些生气,但是我还没对他说我想让他成为我的舞伴。慢慢来吧。我不会突然把自己的想法告诉他,除非他已经准备好了。

他匆匆离去是与瓦勒丽亚练舞;我急忙出门却是去超市购物。我几乎每天都去,因为给埃塞基耶尔做饭,就得给瓦勒丽亚带一份儿,在他们练完后,她也会饿的,可怜的东西。既然在"我们"的住处总是有很多的食物……我真的喜欢瓦勒丽亚,但是我非常希望她能给我和埃塞基耶尔一些空间。她已经与他跳了一整天。在剩下的时间里,她应该把他让给我一些。

当我一身疲惫地从超市回来(手里拎着沉甸甸的袋子),我才能挤出两个小时的时间与迪亚戈练习。他最近一直在用行动发泄心中的怨气。事实上,他正在变成一个非常让人讨厌的家伙。不是说我在责备他,或者他的变化让我大吃一惊。迪亚戈还没有意识到,一旦埃塞基耶尔看到他所犯的错误,将瓦勒丽亚用力推开,我就会弃他而去。

然而,就在几天前,我确实享受到了复仇的快感。埃塞基耶尔提前回到了我的公寓,那时我正在与迪亚戈练舞。我穿着一件被剪短了的上衣和一条紧身的莱克拉弹性纤维裤。我们正跳到整支舞最富激情的部分,就在这时,他走了进来。你应该想象得出他脸上的表情。完全符合他。他通常会在我把迪亚戈送走后才进门。当这些贪婪的人(注意这里是复数)到来时,桌上已经摆好了晚餐。

我相信爱情与烹饪之间一定有某种联系。当我爱得越来越深时,我所做的菜也越来越多。埃塞基耶尔太瘦了,他非常需要被养胖些。我希望瓦勒丽亚少吃些,多给他留点儿。到目前为止的好消息是,这种疾病(爱情)还没有扩散到其他的家务事上。我担心这只是时间问题。过不了多久,我就会为他补袜子。但我不会这么快就到达最后阶段,给他熨袜子。

总之,当我喂饱了他们(注意这里仍是复数),又洗好了碗碟,就该动身去舞场了。为了每一分钟靠在他怀里的幸福时刻,我要忍受几个小时的折磨,看他和其他的女人跳舞。我原本希望,从弗兰克以后我会变得成熟些。但是没有。我不知道哪种情况更糟:看着他与瓦勒丽亚跳舞,还是看着他与外国女人调情,引诱她们跟他学习探戈。他既然离开了"建筑业",就只能靠这种方式凑些钱来养活自己。看着他与其他的舞伴拥在一起,我的痛苦在不断地加深,最终达到了无法忍受的极限。我发誓他能读出我的心思,因为这个时候他总能将我拉回到他的怀抱,把我从痛苦中解救出来。这时我会提醒自己，一切都值得了。每一秒、每一分、每一小时的折磨。即使用整个世界来与我交换，我也不会换。

2000 年 8 月 27 日

周二，我在埃塞基耶尔的脖子上发现了一个吻痕——我不曾吻过那里。他不但没有遮掩，好像还在炫耀着。我不知道他为什么以伤害我为乐。但是我不会让他知道他已经成功地伤了我的心。我努力藏起这颗受伤的心，不让他称心如意，看出我有多么的嫉妒。在台上我是一个没用的演员，但是，在这样的时刻，我的表现可以赢得奥斯卡大奖了。虽然我的内心感到死气沉沉，我的脸上却挂着让人眩目的热情笑容，我真是个演戏的天才。

我承认他脖子上这个同胎记一样大的紫红色印痕让我毫无准备。不经意间我的话泄露了我的情绪（我记不住说了些什么），我的思绪中断了一秒钟。他问我怎么了。毫无疑问，他正在期待着我会与他当面对质。我只是告诉他我累了，没有多说什么。他介意我今晚呆在家里吗？我向他保证明天我就会好起来。我确信自己说这些话的时候已经极尽温柔了。

"晚安，亲爱的。"我说道，想知道明天在他身上还会看到哪些印记。告别的时候，我吻了他，避开了那个地方。

他一离开，我便爬上了床。此刻我连脱衣服的力气都没有了。在黑暗中，我躺在那里，并没有入睡。我正在竭尽全力将这种痛苦赶走。我尝试了书中所有的冥想练习，但是没有用。我的思绪不停地飘回来，一味地触摸我的痛处。我不停地将那些自我毁灭的想法逐出脑海。我试着给它诱人的红萝卜，但是没有用。我又试着拿出大棒威胁它，但是仍然没有用。我试着与自己交谈，然后我尽力将脑中掏空。我尝试了深呼吸。我试过了念咒语，对自己说："这会过去的。"我尝试着变换各种姿势，趴过去，把腿抬起来顶在墙上，面朝南而不是朝北。这些我都试过了，可是没有一样起作用。这好比心灵的量子物理学：我们无法确定痛苦粒子究竟在哪里。你刚找到它的位置，可是转眼间它又不知去向。痛苦粒子无处可寻却又无处不在。在你知道之前，它已经渗入到你体内的每一个角落。当它流过你的血管，穿透你的心脏、你的肺、你的胃、你的四肢和你的头脑时，你毫无招架之力。它像癌症一样扩散——人类已知的传播速度最快的癌症。

但是还有好消息。与癌症不同，它无需费力就会进入好转期。你不用化疗或放疗，你需要的只是一个小小的奇迹。虽然奇迹不常发生，但是它一旦出现，你马上就会康复。痛苦的潮水退去，你发现你只是被小水坑溅湿了脚底，而几分钟前你差一点被深水淹溺。

这个吻痕在我的脑海中挥之不去，就像一只小狗咬着一根骨头不放。我越摇晃它，越想把这根骨头拿走，它就越是吼叫着，用下巴紧紧地咬住它。终于，我放弃了。让它留着这个愚蠢的吻痕吧。就在这时，奇迹发生了。我突然明白了，埃塞基耶尔向我展现这个吻痕，是把一种甜蜜的折磨强加在了我的身上，这种痛苦与他被烙下这个吻痕时所感到的甜蜜的折磨是一样的。现在他颈上的吻痕是我的了。这是他的爱的象征，如同我的爱一样。他伤害我是因为他爱我，而我感到受伤，也是我爱他的缘故。这个吻痕在那儿提醒着我痛苦伴随着爱而来，当我去拥抱痛苦的时候，它便消失了，只在它呆过的地方留下了爱的痕迹。

想到这里，小狗终于扔掉了它的骨头，蜷缩在壁炉边，不久便进入了梦乡。

2000 年 9 月 7 日

收藏家埃克托尔邀请我参加人们昨晚在格里塞尔舞厅为他举行的活动。人们将授予他"探戈终身成就奖"。原来这是一个大型的庆祝会。现场还有"探戈独舞"（电视台）和一家日本的纪录片公司进行拍摄。许多著名的探戈舞手前来捧场，其中包括侯泽·瓦加斯和"罗萨姑娘"。从我们亵渎神圣的那日起，多少水（平淡无味、不起冒泡的）从我的鼻梁下留过。曾经我对他只能仰视，仿佛他就是"上帝"！现在想想有些好笑。尤其是当我看到他让葛蕾西耶拉怎么对待他时，我的感觉更是如此。看那一对，穿短裤的男人让人一眼就能认出来。不过她可以摆脱这些：她是一个活生生的传奇。我确实想知道他俩上不上床。他还是做爱后马上跑去忏悔吗？我敢打赌她一定把他铐在了床上。

还有许多非常知名的舞手，既有年轻的一代，也有年龄稍大些的米隆加佬。他们在舞池中排列好准备表演，以表达对埃克托尔的敬意。他邀请我和埃塞基耶尔坐在他的桌旁。

"喂！你介意我借一下你的中国小女孩吗？"他向埃塞基耶尔问道，仿佛我没坐在那里。我穿着红色的中国旗袍，这还是离开纽约前我在运河街买到的。

"请便！别客气！"埃塞基耶尔答道。好像我根本就不存在。

他把我领进舞池。在上一支舞曲终止以后，他对我说："组织者请我在今晚做一个表演，你有准备吗？"

"当然！"我答道。

我过去常常担心，如果大家都知道我在舞会上正和某个男人约会，其他的人就不会请我跳舞了。但是我发现实际并不是这样。聚集在我身边的人非但没有减少，反而多于以往（平日就有很多人围着我）。我重新修改了关于阿根廷男人的这个理论，即他们并不是真的想引诱我，他们只想看起来如此。这样一来，即使他们的引诱成功了，他们也不必冒着被困住的危险。但是我还有一个与之相悖的理论。他们觉得如果埃塞基耶尔都能够俘获我，他们一定也可以。毕竟在他们的眼中，埃塞基耶尔只是一个长相丑陋的下层人，如同当初我的看法一样，那时我还很盲目。他们不能理解我与他的关系——许多人甚至当面对我这么说——他们十分肯定我们早晚会分开。因此，他们一直做着准备，等着成为下一个。既然我曾经屈服了（如他们所知），我一定会再次陷落。这件事的寓意：我完全不知道他们扭曲的脑中在想些什么。

这是一次精彩的表演，尽管让我们卖弄技艺的空间少得可怜。我们如同在沙龙中跳着探戈。没有装腔作势，只是在展示探戈舞纯粹的本质。这是老一辈喜欢的方式。一阵热烈的掌声和欢呼声过后，我们回到了桌旁。

"你觉得怎么样,亲爱的?"我问埃塞基耶尔。虽然人们把这场表演的成功夸大了,但我还是为自己感到高兴。

"还可以吧。除了你的膝盖。你应该再并拢一些。"他一边起身要与"罗萨姑娘"跳舞,一边对我说道。我感到很丢脸。这是一个探戈舞手所不愿听到的最严厉的批评。我坐在那里,将桌子下面的膝盖紧紧并拢,直到他原谅我。我这是何苦呢?我困惑了。

2000 年 9 月 10 日

与迪亚戈的练习变成了每日都要进行的拔河比赛。他一直在使我用力地拉着某样东西,一种我宁愿不去碰触的东西。非常感谢。

我对他并非百分之百的坦诚。在我内心深处隐藏着一个秘密。这个秘密太令人难堪,让我难以启齿。我为什么不想回到迪亚戈身边,甚至连"几秒钟"都难以忍受?我不能再保守这个秘密了。当然这其中必有原因。考虑一下:他高大英俊,是一名医生,又是一位出色的舞手。一个女孩(还有她的母亲)还期望什么呢?不,我一直不想伤害他,把我的怨恨诉诸笔端。但是已经到了我必须坦白承认的时候,唯有如此他才能明白我的处境之尴尬。

是他的阴茎。我曾经说过。它是最特别的东西!当他把裤子上的拉链拉开,他的阴茎自豪地站在那里任凭世人观赏时,我却只能一脸严肃,心里装满了悲哀的想法。

那是什么?我以前从未见过这样的阴茎。不要告诉我,我将不得不与它做亲密接触。我一定要触摸它吗?请说不要。请让他把它放回内裤里。它属于那里。但是我的愿望从来不会实现。这次也不例外。

它若笔直如箭——它确实如此——能与肚脐成九十度角伸出(在他前面),我会把它视作爱神丘比特之箭,并且非常乐意让它不断地刺进我的胸膛。但是,唉,它不是丘比特之箭。问题在于它像箭一样笔直但却只能从肚脐右方成四十五度角挺出——我希望自己懂些绘画。我想它的科学术语应该叫做"非正常阴茎弯曲"。我怎么知道？垃圾邮件。（我在雅虎上申请到一个邮箱！以一个退休男人的身份注册，我想我的垃圾邮件会少一些。但是结果出乎我的意料。我收到了更多的有趣的垃圾邮件。我对一个退休男人会受到这么多种性功能障碍的困扰感到惊奇，同时也对五花八门的治疗方法感到震惊。更别说这一切的大前提是一个退了休的男人还要做爱，真让人恶心。）不管怎么说，你在电脑屏幕上看到"非正常阴茎弯曲"这几个字是一回事，面对活生生的人时又是一回事。我不希望它发生在这个最坏的敌人身上。

我想知道我该如何把这一切进行到底，又不能让自己笑出来？对他说："对不起，我改变主意了。"这不是一个好的选择，未免显得我粗鲁无礼。我曾经心甘情愿地抚摩一个无法勃起的阴茎。但是，今天不是我的幸运日。我于是闭上了眼睛，表现出我的教养。

如果我们能继续跳舞，忘掉他的阴茎，事情还不算太糟糕。但是他不会让它休息的。他不停地强迫我感受他的欲望（在一支探戈的中间他把我的手放到他那弯曲的阴茎上），我帮不了他，各种托辞快被我用光了。

我不知道对他说过多少次它很"特别"（我没有撒谎），但是我不会再让它对我摇首乞怜了。我已经将太阳下存在的每一条理由都对他说了，但是我的这些借口似乎从他的左耳进去，又从他的右耳出来。我甚至拿出了那句老套的说辞："如果我改变主意，我会告诉你的。"（我在撒谎。）

"与一个男人在一起时，我真的没有安全感。我变成了一个有依赖性的怪诞小丑。我的需求像一个黑洞在等人填补。你应该看出我的占有欲有多强。你不想要这些，相信我。我是为了你好。去问问我以前的男朋友吧。"这是我昨天灵光闪现时对他说的一番话。可是同其他几次一样，被我煽动起来的仍然是一场逆火。任何话语都只会让他激情的火焰越烧越旺。我已经黔驴技穷了。他仍然坚持让我与埃塞基耶尔分手。

"他无法给你你想要的东西。可是我能。"他说。他是如此真诚，这让我感到更难受。我要怎么告诉他，他可能无法给我一样东西，因为我已经从埃塞基耶尔那里得到了它。

2000 年 9 月 16 日

昨天,迪亚戈改变了战术。他不再迫切地想得到我的身体,而是开始对我施加心理压力。他说如果我不想与他上床,他就不想与我练习。我怎么对你说呢?我不是爱因斯坦。我打算让他下地狱,却被什么东西给挡了回来。我说不清这是一种什么东西。恐惧?懦弱?还是对残障人员的同情?

我更愿意把它解释为:"对探戈的热爱。"

因为"对探戈的热爱",我再一次让步了。

但是我可以肯定:不会有第三次了。因为无论我对探戈是多么的热爱,也没有热爱到那种地步。

2000 年 9 月 19 日

埃塞基耶尔让我"借"他一些钱。一百五十比索。他想买一套衣服。他与瓦勒丽亚要在一家咖啡馆做短期表演,但是他没有什么合适的穿戴。我对此感到……非常不舒服。不仅仅是因为他借钱是为了和瓦勒丽亚跳舞。我想尽可能地帮助他,我当然会帮他!我甘愿为他付出一切。他知道。我不禁怀疑起他的动机。我看起来像一台提款机?这只是一个修辞性问句。我当然是。

但是如果我答应他,对我们俩都没有好处。生活同探戈舞一样:对于没去踩你的脚趾的男士,你应该表现出一些抵抗力。问题是:表现出多少?什么时候抵抗合适?什么时候不合适?我开始厌烦起这种注定不会赢的局面。如果我答应他,我是帮了他,却也开了先例。每当他缺钱时(这是常有的事),他就会想到依靠我。我不想这样。但是如果我不借给他,我想不出会有什么好的结局。(我知道这看起来像什么,但是即使我决定把钱借给他,这与我跟迪亚戈上床又心生愧疚绝不是一回事。)

莫妮卡告诉我不要这么做。她对此非常坚持。事实上,她希望我能永远不再见这个"吃软饭的家伙"(她说的,我不会这么说他)。她会这么说,是因为她不了解找到了"另一半橘子"(阿根廷人的说法)的幸福感觉。即使他长得与你想象中的一点也不一样。

2000 年 9 月 30 日

我来到丹迪咖啡馆看埃塞基耶尔和瓦勒丽亚的演出。他穿着那套新衣服看起来帅极了。他没对我说过谢谢(这也不是我所期待的),但是我知道他很高兴。迪亚戈也来了。我邀请他来是因为我们的三角关系需要再出现一个人才能平衡。我知道我若自己坐在那里看他们表演,我会备感煎熬。我需要一些精神上的支持。

表演开始了,灯光暗了下来,这时迪亚戈抓住了我的手,我立刻用嘘声赶走了他。出于报复,他在我耳边大肆批评着埃塞基耶尔的舞风,直到表演结束,他的那些刻薄言语才停止。让他来真不是个好主意,我比先前更加地沮丧了。我早该料到会这样。我这么聪明的女孩怎么成了个笨蛋呢?

我觉得埃塞基耶尔和瓦勒丽亚在一起看上去十分登对,虽然我不愿意这么想。我原以为已经被我消灭了的魔鬼又来势汹汹地缠住了我。看他们俩在一起跳舞纯粹是对我的折磨。源于本性,我不想让我们的友谊受到伤害,但是我做不到。我开始讨厌瓦勒丽亚。非常讨厌。我说过了。事实上,我憎恨她。我憎恨她完美的桃型屁股;憎恨她完美的修长双腿;憎恨她完美的金色秀发;憎恨她完美的又细又长的脖子,它让我只想把它拧断。最令我憎恨的是她能跳出完美的探戈。我还从未憎恨过这么完美的人。如果我手里有针,我甚至想对她施以伏都教巫术,把一根根针扎在写有她名字的玩偶上。幸好我不做针线活。我为自己这些邪恶的想法感到羞愧万分,于是我想竭尽全力补偿他们。我从未表现得这么够朋友。

"祝贺你!你真是太棒了!"我热情地称赞着。她知道我表现得过于热烈了。

"我怎么样?"我的爱人问我。

201

"你知道你是最棒的。"我说道,忘记了自己这会儿正坐在迪亚戈身边。"我是说你跳得很好。"我迅速地纠正。

两个小伙子谈了一会儿他们的本行,对一些动作交换着看法。迪亚戈时不时地偷偷碰下我的脚,我跟着踢了回去。埃塞基耶尔似乎完全没有注意到桌子下面发生的事。或者他只是不在乎?

男士们谈话的时候,我在听瓦勒丽亚向我抱怨她的背痛。她在我面前没有一次不抱怨:不是背痛,就是头痛;不是头痛,就是脚痛。我用一个圣人才会有的耐心听着她说。准确地说,这是由愧疚而生的耐心。然而我的耐心获得了回报。当我和埃塞基耶尔回家时,他注意到了。我的灵魂——我的丑陋的灵魂——再一次归于平静。

2000 年 10 月 14 日

我并不知道,在星期二凌晨五点二十三分,埃塞基耶尔从我的体内抽离,这竟会是最后一次。那一刻我的眼睛正好扫过了闹钟,因此我知道时间。那是五十九小时十二分钟之前发生的事。我一生中最漫长的五十九小时十二分钟。

那天早晨似乎一切正常。我们像往常一样在彼此的怀抱中入睡,像往常一样在下午两点钟起床,我像往常一样为他准备早餐,然后他又像往常一样离开,与瓦勒丽亚一起练舞。

但是那天晚上九点钟,他没有像往常一样回到我的公寓。我一直等到十点钟,终于屈服了。我拨通了瓦勒丽亚的电话。

"喂,埃塞基耶尔在你旁边吗?"我故作轻松地问道。

"在——你的电话。"她说。(我听到电话不小心摔落,然后递给了他。)他在电话的另一端,但是却没有向我打招呼。

"你怎么还不回来? 鱼片要凉了。"我说。

"我不回去了。"他说。

"什么?! 为什么不回来? 今天早晨你没说过这句话呀?"我问他。有一种感觉悄无声息地入侵到我胃里的每一个角落。那是一种恐惧和恶心混合在一起的感觉。

"那是今天早晨。"他说。我知道他在说什么，我当然知道。

"你在说什么?"我问道。

"迪亚戈告诉我。"他说。

"告诉你什么?"我接住他的话，因为我想不出还能说些什么。

"你是个妓女。"他的话不啻于一个巴掌，让我的脸颊感到火辣辣的。

"我们能不能心平气和地谈话，像成年人那样?"我对他说，感到自己根本无法冷静。

"不，我不会。"他说完便挂上了电话。

我坐在电话机旁，死死地盯着它。时间一分分地过去，我从确信他会打回来，到希望他或许会打回来，再到知道他不会打回来，最终十分肯定他不会打回来了，与此同时，我还是在祈祷着他能打来电话。我一动不动地坐在那里，回想着自己的世界刚刚是如何坍塌的。我知道自己一站起来，也会跟着崩溃。所以我坐了很长的时间。

终于，我找回一些力气，移到了沙发。我蜷缩着，就像一个有毒瘾的人蜷缩在公共长椅上。唯一的不同是我的针孔留在了心里。我为自己注射的麻醉剂在我的血液里循环着，让我失去了知觉。我不知道它的效用是何时消退的，但它的确不能继续麻痹我了。

真是太疼了，我不知道自己能否忍受。五十九小时二十五分钟过去了，我一直在逃避现实。因为我知道自己再也不是一个完整的橘子。

2000 年 10 月 18 日

今天我与迪亚戈在一起练习，即使这让我非常痛苦，即使我很想杀了他。但是我没有别的选择。我必须与这个敌人跳舞。因为我被邀请到"老邮车"进行表演，而我没有别的舞伴。我答应了，虽然这是我目前最不想做的事。我们有一个月的时间把普格利埃斯的曲子排练完。工作是一件幸福的事，他们是这么说的。我不知道当你与一个讨厌的家伙一起工作时,你还会不会有这种感觉。更何况他还是一个十足的骗子①。想想以前,我竟会觉得他很迷人。

"最近你和埃塞基耶尔怎么样?"他问我。

"你知道我们怎么啦。"我答道。

"不,我不知道。"这个虐待狂对我说。

"我们完了。"我心情低落,现在不想对他说这件事。

"这是不是意味着我们可以做爱了?"他问。

"也许吧。但是今天不行,这太快了。"我说。

我怕我会再有这种想法(我宁愿死去)。

奇怪,奇怪,我们这一次练得竟然比平时都好。

2000 年 10 月 26 日

昨晚,我在"圣明之子"看到了埃塞基耶尔。我知道他会去那儿。参加舞会对我来说就如同把手放到了热炉子上,明明知道会造成三度烫伤,会烫得满手水泡——这些水泡会突然间冒出来,却一时间无法愈合。但这仍然阻止不了我。

"让我到他的身边去。"我的心乞求着。

"我也要去!"我的身体说道。它们俩是好朋友。

"你敢动! 就呆在这里。"我的头脑对我说。为什么它要这样苛刻?

"他现在正朝我们走过来。他要请我们跳舞!"它们俩一起喊着,非常地兴奋。

"你不要让他再践踏你了。"我的头脑提醒着我。

"但是我们想给他当地毯!"他们喊道。

"不会有这种机会了。"我的头脑说到做到。

---

① 此处的原文为"a crooked prick"(另有几处写成"a crooked disk")是作者使用的双关语,用来指迪亚戈,有"弯曲的阴茎"和"骗人的家伙"两种意思。prick\disk :阴茎;讨厌的人。

"你过得好吗?"埃塞基耶尔问我。

"很好。你呢?"我问道,声音中充满了愉快,听起来有些不自然。

"很好。"他说。他的声音没有异常。

"好。"我说。我的声音就快变得歇斯底里了。

"好。"他说。他的声音非常平静。

找不到什么合适的话,我们不再说什么,只能跳起了探戈。但是与他正在跳舞的不是刚刚的那个我,而是一个空壳。我的头脑施展了魔法,把我的心和身体放到一个帽子里变没了,转眼间把他们移到了一个埃塞基耶尔触摸不到的地方。这支舞结束时,我的头脑才把他们从帽子中变出来,我又是我了。

"我们恨你。"它们异口同声地说。

"随时欢迎。"我的头脑说。

2000 年 11 月 4 日

电话应答机已经被我切断一个多星期了。我不想看到它那不断闪烁的红灯,这个可怕的景象会让我想到埃塞基耶尔再也不会给我打电话了,这只会令我更加痛苦。我知道如果我听到更多的留言,无论是我妈的、保险公司的,亦或是一个老情人的(那时候,他常常让我害怕听到自己的留言,就像他对电话留言也心怀恐惧一样;但是,现在他的留言让我无动于衷)——总之,除非听到的是埃塞基耶尔的留言,否则我确信自己一定会切腕自杀。所以为了避免出现无法挽救的后果,我只能关掉我的电话应答机。

我觉得自己这么做很聪明。我的逻辑是,如果我关掉电话应答机,这就证明我没有在等他的电话;既然我没有期盼他打电话来,他就一定会打来,因为事情总是在你毫无预料的时候发生。但是,我的想法不灵了。

公平地说,在我没把电话应答机切断之前,他确实给我打过一次电话,并且留言请我给他回电话。但是我没有回电话,莫妮卡让我发誓不会这么做。她说如果他真想与我通话,他一定会再打给我。显然,他并非真想与我讲话。

我为什么认为他还会打来？当我在夜晚辗转反侧的时候，我问自己。因为这是我所寻求的最后的安慰。我幻想着他会克服我们之间的障碍，把电话当做他的利剑。我幻想着他会在电话中对我坚定地宣布他仍然爱着我，我们的分手是个错误，唯有如此他才能穿越我们之间尚未表明的感觉的丛林，直捣我的城堡。我的大脑告诉我这只是幻觉。但是我的大脑不是我最强壮的器官。我的另一个充满鲜血的器官正在血流不止。

2000 年 11 月 6 日

迪亚戈难道不知道当一个人情绪低落的时候不要再打击她了吗？

我终于坚决地对他说，我们之间没有什么浪漫的未来可言，我是非常严肃地看待我们之间的搭档关系的。结果，他同时又与另一位舞伴练舞，作为对我的惩罚。回想起来，我更希望他彻底抛弃我。但是他很聪明，我曾经说过。他知道迫使我与另一个女人竞争，可以给我带来更大的羞辱。

另一个女人名叫塞西莉亚。或者我才是另外的女人？不管谁是，我只觉得自己被当成了一团狗屎。一个已经被多次践踏过的生命，现在又被狠狠地踩在了脚下。我本来可以忍受这一切，如果他不是一再强迫我听到这个名字。他不停地谈论着她，拿我跟她做比较，这实在让我无法忽视他对我"不忠"的事实。情况对我十分不利。

"塞西莉亚的步幅比你的长。"他说（长＝好）。

"塞西莉亚的交叉步从来不会像你这样匆忙。"他说（匆忙＝不好）。

"你要加强抗衡能力，像塞西莉亚那样。"他说（塞西莉亚＝好）。

"塞西莉亚学得很快。"他说（我＝不好）。

我不明白人们怎么会把探戈看做是"高尚的战争"。你若问我，我没看到它有任何高尚之处。

还有两周我们就要表演了。他的明枪暗箭愈来愈频繁，也愈来愈让人难以忍受。我尽力掩饰着他们对我的伤害。我温顺地对他微笑着，对于我的跳法中他不喜欢的地方，我都竭力改正。我咬住嘴唇，心里想着佛教的禅宗。我告诫自己不要把他的批评放在心上。毕竟这是他报复我的方式。我还得尽量体谅他的怯场。但是,我发现做到这一点并不容易。普格利埃斯的《蝴蝶》已经编排好了百分之九十,这时他却说不想再跳这支曲子,要换成迪·萨利的曲子。于是我们一切从头开始。跟着迪·萨利的曲子练习过三次之后,他决定再换一支。现在他选择了一支佩德罗·劳伦兹的曲子。对此我尽力耐心对待。不幸的是,我所拥有的美德中,并不包括耐心。

2000 年 11 月 17 日

如果我再用力地咬,我的嘴唇就要流血了。你知道不让它流血有多难。我们之间不可避免地要进行“那场谈话”。我最怕进行“那场谈话”。依我的经验来看,“谈话”就等于“解雇”。所以,人们通常尽可能推迟“那场谈话”。等到你无法再推迟时,一切都晚了。在这种情况下,我本应该再推迟几天,直到表演结束以后。我知道现在不是破坏现状的时候。但是我总是不按我知道的做。

从“圣明之子”回来,我发表了“或者是她或者是我”的古老演说。(我会吸取教训吗?我不这样认为。)如我所料,他的回答是:“我无法做出决定。”我知道我们之间不可能有一个愉快的结局了。我只须让事情悬在那里,直到表演过后。那是我原来的计划。而这却是真正发生的事情。

星期一,他过来与我练习。这次他比以往更难伺候,一有机会就挑我的毛病:“不要紧紧抓住我的胳膊,行不行?”两分钟后:“我感觉不到你夹住了我。再用力些!”我要疯了。我终于疯了。“别担心,亲爱的。还有五天,你就再也不用和我一起练习了。”一开口我便知道一切无法挽回了。

他惊呆了。然后他非常平静地说:“这样的话,我不敢保证会去参加表演。”

多么称职啊,我想。“好,”我说,“你现在就告诉我,你去还是不去?你如果不去,没关系。我会找到愿意与我一起去表演的人。”(听清楚了!)

“那么,我不去了!”他说。

狗屁！杂种！我要把英语、法语、西班牙语、希腊语中所有这样的词都送给他。

五分钟后，他走出了我的公寓，我没去拦住他。

2000 年 11 月 21 日

就在迪亚戈走出我公寓的那天晚上，我毫无征兆地呕吐起来。我没能及时地把它吐在厕所里。（当我说"厕所"的时候，我的意思就是"厕所"。那天晚上，它确实不是"洗手间"或者"盥洗间"，它所在的房间也不能称为"休息室"或者"化妆室"。）第一次吐得到处都是，我知道最好不要从抽水马桶中抬起头。幸好我没有，因为我又吐了五分钟。我还没有吐完。不，先生！我继续吐着，我的肠子里早已空无一物，身上不知流了几桶的冷汗。据说人体中百分之七十都是由水组成的。我想那天晚上，我至少将占人体百分之七十五的物质排出了体外：所有的水分和一些其他物质。然后，我的脑袋僵住了，迸裂开，然后停止了运转，就像一台计算机。最终，它爆炸了。

幸运的是，就在这一切发生之前，我爬回到床上。我现在全身瘫痪。从头到脚。我无法拿起电话寻求帮助，不能眨眼睛。我想我会死去，没有人知道发生了什么。有趣的是，我并不悲伤。到目前为止，我把死当成了解脱。当我像植物人一样躺在床上，我在等候着死亡的来临。等了三天三夜。电话不时地响起，门铃响过两次。但是我没有力气喊叫。我只是躺在那里。等待着。但是死亡没有降临。

今天清晨，似乎有一支魔棒挥动了一下，将我身上的诅咒驱走了。突然间我又能动弹了。现在我几乎恢复了正常，尽管感到有些脱水。明天就要表演了，可是我还没有舞伴呢。

附言：好消息是我的体重至少减轻了十磅。（虽然你会觉得我身体的百分之七十五不止这些。）

又附言：你想会不会有人在用针扎写着我名字的布偶？

2000 年 11 月 21 日（科学地说，22 日）

凌晨四点，我从"泰沙"回来。我去那里是为了明天的表演寻找舞伴。一点钟时，我脑中突然灵光一闪：我想到了"加托"。我知道，我知道……我曾经发誓不会再与他跳舞了，但是这个紧急关头需要……"加托"。

我脱去睡衣，这是三天以来冲的第一个澡。我都忘了身上没有那股秽物的味道有多好。然后我化了浓妆，穿上一条明亮的蓝色连衣裙，竭尽全力掩饰着自己的憔悴。黑色已经被我杜绝了，因为我不想让自己看上去像一个寡妇的鬼魂，如果可能的话。离开前我又对着镜子审视了一下自己：在我面前呈现的是一幅健康的画面，这使我相信自己已经完全康复了。直到向电梯走去的时候，打颤的双腿提醒了我实际并非如此。走路总是这么困难吗？只有当你一段时间没有使用过你的双腿，你才意识到它们是多么努力地工作，把你带到你要去的地方。我今天甚至没换高跟鞋。我进入电梯，按下了大厅的按钮。突然的下降让我后悔乘坐了电梯。幸好我的胃里再也没有什么可吐的了。"一切小心。"我不断地对自己说，一边走出了大楼，对萨尔瓦托露出虚弱的笑容。他主动提出帮我叫一辆出租车——所以我一定看起来没有那么健康。但是我不能不去"泰沙"。我有重要的事要做。

"我的小猫咪，我多么地想念你啊！"我一边对他发出轻柔愉悦的声音，一边抖动着睫毛，我涂了大量的睫毛膏来遮盖过去几天的憔悴。

"你这些日子去哪儿啦？"他问我。

"我病倒了。我还从没生过这么大的病呢。"我说着，噘起了嘴。我用的是最诱人的红色五号唇膏，通常我只是在演出的时候才涂上它。

"你看起来很好。"他说。或许我不应该擦这么厚的化妆品。我没有博取他的同情，我要倚赖的同情。

"听着，亲爱的，我带来了大消息。我应该早点儿告诉你，但是我病倒了（强调这一点不会有错）。你知道纳塔莉娅·卡尔巴哈尔吧？她让我到'老邮车'演出。我立刻就想到了你。事实上，我对她说：'只有加托做我的舞伴,我才会去。'然后她说:'你能让加托来,真的吗?!'"他吃吃地笑着。"我的小猫咪会与我去的,对不对?"我希望自己听起来不是过于迫不及待。

"什么时候?"他问。

这才是不好对付的地方:"明天。四点吧?"我用试探的语气对他说,希望听起来不太明显。

"明天?下午四点!"好像在说,"你一定在开玩笑。"

"我知道已经到了最后一刻,亲爱的。"我有些茫然不知所措。

直到我的灵光又一次闪现。

"到时候会有媒体到场。"我告诉他。我祈祷着媒体会在那儿。

"你是说媒体?"这条鱼正在上钩!

"当然,连'探戈独舞'也会来报道的。"我说,颇有些洋洋自得。

"我会去的。"他说。

"万岁!太棒了!"我喊了出来。心里顿时感到轻松不少,我希望它听上去不太明显。

我的任务现在完成了,我只想回家躺下。我已经忘记了,直立让人头晕目眩。

2000 年 11 月 22 日

我很幸运,因为媒体在那儿。我想重新表达。我很不幸,因为媒体在那儿。它在那里将纪录下我事业的最低点,这是我如日中天的事业的最低点。(我非常希望这是我事业的最低点。)

我的胃里打了一百万个结。迪亚戈走后,我倒下了,接着我的精神也崩溃了,在表演当天的凌晨两点我还在到处寻找舞伴,这几天所经历的一切,我到现在还没有恢复过来。我的胃里打着结,又积聚了许多闷气。你试过跳探戈舞的同时还得憋着不能放屁吗?我做不到。

莫妮卡答应帮我梳头。离四点差五分钟她才露面。我在电影中看到过许多娱乐界的故事,往往到上台前的最后一分钟,事情还乱作一团,人人惊慌失措,但是到了最后一刻,一切都能奇迹般地转危为安,顺利进行。

可惜,这不是电影。

"别这么麻烦了,莫妮卡,我们没有时间去做一些特别的造型,帮我在脑后简单盘个髻就行了。"我恳求着她。

"别傻了,这种表演从来不会准时开始。"她一边说,一边倒了我满头的水。就在这时,我听到纳塔莉娅·卡尔巴哈尔宣布"猫与希腊人",接着响起一阵巨大的掌声。

"主啊!"我一边喊道,一边跑出了化妆间,匆忙来到台上。我的头只有一侧盘好了髻,另一侧散落着,头发上的水从我的前额滴下来,淌进了我的眼睛,让我的睫毛膏流到了脸颊上。

如我之前所言:幸运,还是不幸,媒体就在那儿,他们拍下了许多照片。至于我胃里的百万个结,它们仍旧在那儿,恐怕无法解开了。

2000 年 12 月 10 日

费尔南多·德拉鲁阿当选总统已经一年了。我还记得当时人们的欢呼声,好像就发生在昨天。今天欢呼声已经渐渐退去,代之而起的是另外一种声音。

同样是每周三的下午。喧吵的、巨大的声音充斥在我所住的街道,那是富有节奏的抗议的击鼓声和人们喊出的"粗暴!粗暴!"的叫声。示威准时在下午一点钟开始——这个国家中唯一准时开始的一件事——让我的公寓成了巨型收音机,接收并放大了人们对这个国家的不满声。

他们说这是反对失业的集会。有意思的是,梅内姆在位的时候(失业率已经达到了 18% 的最高点),我的星期三可没比一周中其他几天吵多少。你想会不会同工会与庇隆党(梅内姆所在的党派)结盟这个事实有关? 这只是个修辞性的问句:新总统刚上台,这些示威就出现了。所以从一开始就很明显,他的当选违背了某些人的意愿。

除了担心这种破坏行动对阿根廷的影响,我也担心起它对我的影响。它让我发疯。在外面持续不断的尖叫声和呼喊声中,我怎么能放松下来呢？得不到放松，我如何能经受住埃塞基耶尔对我的折磨？这种折磨对我来说已经成为日常工作，而且战线还在拉长。我原本希望这些示威过一会儿就会停止。但是看来不太可能。以后的星期三我只能去别的地方，在和平宁静中，感受痛苦的折磨。

2000 年 12 月 15 日

瓦勒丽亚和埃塞基耶尔一起离开了。他们到阿姆斯特丹碰运气去了。这是迪亚戈昨晚在"圣明之子"告诉我的。我克制着自己没把这个带来坏消息的人杀死。但是我却无法克制自己赏他一巴掌。非常用力。这会让他那个龇牙咧嘴的笑容消失。更爽的是，他不可能当着这么多人的面还手。我的手还有些麻。上帝，感觉真是好极了！

当然，如果瓦勒丽亚在这儿让我掴一巴掌就更好了。幸好在我找到机会拧断她的脖子(除了掴她一巴掌以外)之前，她离开了阿根廷。因为我听说阿根廷的监狱可不怎么舒服。想想我曾经把她当成最好的朋友，她却让我看到探戈与友谊比不上她的探戈与爱情。

我想她走出了我的生活并非是件坏事。她走了，也带走了我的嫉妒。至少我希望如此。如果与瓦勒丽亚的关系教会了我什么，那就是比起你想要伤害的那个人，嫉妒这种诅咒对你自己的伤害更大。

2000 年 12 月 31 日

长话短说：

1. 仕诺：出局

他被送到哪里去了？我很想知道。我不曾去监狱里看望过谁。也许他们会让我们在探视的时间里练习？

2. 潘乔：出局

我怀疑自己是不是错看他了。我认定他是一个扫兴的人，但是在河边的那一晚，似乎不是这样——如果当时我弄清楚哪只手属于谁……但

212

是,太迟了:他已经得手了。

3. 霍尔赫:出局

我听说他在博洛尼亚。显然他在那里遇见了一位舞伴,现在他们一起教授探戈。我希望他不再虔诚地信奉道教——为了他自己,也为了他的舞伴。

4. 贾维尔:出局

尽管严格说来,他从来都没有成为过我的正式舞伴。然而,我的确希望,罗米娜永远不要发现我曾经差点就同她的男朋友上了床,正是她的父亲躺在科尔多瓦的医院里病危之际。

5. 加托:出局

但是在那天结束的时候,这位前摔跤手、毒贩子、永远醉醺醺的绿巨人却要比我所有其他的舞伴更可靠。

6. 迪亚戈:出局

不过,那一巴掌确实让我感到很难受。他有一个弯曲的阴茎并不是他的错。

7. 埃塞基耶尔:出局

我知道这样"最好",人们一直在劝我这样做。但是,我不想要这个"最好"的结果。我只想让我的另一半橘子回来。我甚至愿意为他熨袜子,如果需要我如此付出的话。

8. 彭巴斯草原上的巴勃罗:出局

因为他可怕的胡子,我已经打算把他从我的名单中删除。谁知他却先发制人,他觉得我太老了。

9. 我的理想舞伴:出局

如果2001年仍旧不见他的身影,他也将出局。或者他在接下来的十二个月中来到我的身边,或者我回美国继续做我的广告。这是我的新年计划。

同轴旋转

1. 探戈舞中,男伴将女伴抛出,使女伴离开
   旋轴,悬挂在空中;于是,她将
   宝贵的生命交给了男伴。

2. 一个女孩被晾在一边——例如,
   被她的舞伴。

3. 一个迟钝的人;一个健忘的人。
   通常用于男性。

2001 年 1 月 16 日

在吃了两周的罐头食品之后——真是狗食——埃里厄尔,我的一位作曲家朋友,来拯救我了。

"拍一盘录像! 我对你说过多少次啦!"他喊道。(他总是大喊大叫——就连不发脾气的时候也是这样。)"你需要有一盘自己的代表作选辑! 把它拿给人们看看! 把你的特约表演汇集到一起! 忘记你的魅力王子吧! 他不会出现的! 没有人会让你一见倾心! 你到现在还没有学到教训吗? 一切都取决于你! 你必须把它变成现实! 要我提醒你这些跳探戈的人是多么懒惰的家伙吗?!"(不用。)"想要轻而易举地让他们与你跳舞,你必须让他们看到好处! 你必须付钱给他们! 扔掉你那些浪漫的幻想吧! 看在上帝的分上,表现得专业点儿! 别再愁眉苦脸了! 拼命干吧!"

他的一番话激起了我的干劲。不管怎样,我该起来了,否则就要生褥疮了。

我要做的第一件事是列出一张供最后挑选用的候选人名单。为了让我的梦想顺利实现,我的候选人必须符合下列条件:(1)舞技一流;(2)既不太年轻也不太老;(3)越迷人越好;(4)不在坐牢;(5)仍然与我说话。

我本来可以拟成的长名单因为最后一条标准被大大缩减了,变成了名副其实的"短名单"①。我写下了三个名字:克劳迪欧,第一人选(尽管这件事还有待商榷,因为我不知道在五号位上我们站在哪里);胡里奥·瓦加斯,"像蝙蝠一样看不见的"家伙,是我的第二个选择;巴勃罗,那个来自彭巴斯草原上的男人,是我最后才会求助的人,除非我非常、非常地绝望。(除非他同意刮掉胡子。)

该给他们打电话了。

电话已经变成了怪兽哥斯拉。电话推销员是怎么做的?我想他们没有什么选择,因为冷不防地打电话给潜在的顾客是他们工作的一部分。但是一定出了什么差错:当我要劝诱一个人受雇于我,和我一起跳探戈时,合同中并没有提到要如何给潜在的顾客打电话。难道在限制性附属细则上?该死!我没看见。一想到拿起电话,我的喉咙中就好像卡了一大块灰油。我正在付钱让人与我跳舞,这个想法让我难以下咽。真的一点也不浪漫!虽然埃里厄尔要我这么做,但是事情不应该变成这样。我应该被一位骑在白马上的探戈骑士夺走,为了得到与我一起跳舞的快乐,这位骑士才应该付出代价。最起码,他不介意免费与我跳舞。差点就被这块灰油噎住,我终于咽下了它,拨通了克劳迪欧的电话。

电话不停地响着。他接起了电话。呸!

"这么长时间!"我喊道,尽可能听上去轻快活泼。但是他能嗅到我的恐惧,好吧。那一次因为我在冲澡,所以没有听到他按门铃。这个不幸的事件发生后,我们还没有说过话。我希望他已经原谅我了,如果他还记得这件事。我漫无目的地与他聊着天,只想拖延些时间,好弄清楚他是喜欢我还是讨厌我。我不确定。终于,我决定冒险一试。我用颤抖的声音问他,有没有时间参与我的一个计划。我想拍摄一盘录像带(紧张地咳嗽),我想请他做我的舞伴(大声地咔咔地咳嗽着,然后清了清嗓子),我会付给

---

① "供最后挑选用的候选人名单"的英文单词是"shortlist",把这个单词分开,写成"short list",意思就变成了"短名单"。

218

他五百美元的报酬(差点噎死)。既然我已经把难以启齿的话讲了出来，剩下的对我来说就轻松多了。我正打算进行收尾工作，一共是三十个小时的——但是我还没把我的安排说完，克劳迪欧就插了进来：

"看，亲爱的，非常抱歉，我们现在正忙得不可开交。我和玛利亚一个月后要去日本，我们的日程已经排满了。还有要上的课——你什么时候请我去喝些马黛茶？"他问道。不要痴心妄想了。这个杂种！

"你看，还没有这么糟。"我对自己说着谎话。我决定把所有的痛苦一下抛开。既然我已经被列入拒绝往来户，我不妨再试试。我知道如果我坐下来，什么也不去做，我一定会抓起一瓶药片，把它们全倒进喉咙中。于是我拿起了电话，拨给了这张让我备受打击的名单上的二号候选人：胡里奥·瓦加斯。有谁能预见到我会再与他牵扯上呢？我只想说感谢上帝，我们(与他的兄弟侯泽)在"阿尔马格罗"的那个晚上，我闭上了自己的大嘴巴。尽管胡里奥仍然像蝙蝠一样看不见，但是他确实更加出色了。多亏了他英俊的外貌，让他在这么短的时间里取得了极其显著的进步，他真的可以破纪录了。男孩子同女孩子一样，一张漂亮的脸蛋总是比一副平常的相貌拥有更多的练习机会，他能快速进步也就不足为奇了。(看看达尔文和他的进化论。)胡里奥变得如此杰出，在探戈舞会上现在是他拒绝注视我。(这当然不是进步。)我拨通了他的电话，他接了。我又流利夸张地对他说了一遍我的想法。我在自动导航，穿行在我的思路中全速前进着，让他的抱歉和借口无法出口。

"当然，我非常愿意。我们什么时候见面再谈谈细节？"听到他的回答，我差点从椅子上跌下来。

2001 年 1 月 25 日

每天，我和胡里奥在"街心公园"见面，一起练习。我们拿着我的那台隆隆作响的录音机，把它安置在演奏台的中央，然后放出普格利埃斯的曲子《来自心灵》。又是普格利埃斯……他有一种魔力：流浪狗、无家可归的人、练太极拳的人、踩着滑板的人顷刻间都跑开了，把整个空间留给了我们。

最近几天，天气难以想象地闷热，让我想起了第一次来到这里看望海伦妮和雅克时遇到的那股热浪。每当我回想起那段日子，我的心里都会有些感伤。这种感觉就好似你在结婚二十年后回忆起让你脸红心跳的初恋岁月。想到曾经的梦想和激情，只会让我备感痛苦——当你发现你不得不付钱雇人与你跳舞……

具有讽刺意味的是，虽然付钱的人是我，胡里奥的表现却让他看上去更像是老板。为了我的计划，我只好让他得逞。他是出了名的"不好相处"——这只是个委婉的说法。他比歌剧中的首席女主角还要善变，一点点挑衅都会令他暴跳如雷。通常都没有必要。对于他反过来指责我，我只好忍气吞声——既然都是我的错，解释也没有用——就像把难以下咽的药片硬给吞了下去一样，令人反胃，可是医生却坚持说它会让你的病好起来。我对自己说不要与他的坏脾气一般见识，我明白当他对我大发雷霆的时候，其实他是在和自己生气。与一个暴君一起工作，我的情绪大受影响。我现在宁愿与那些懒惰的家伙们在一起——我曾经不得不忍受的那些杂种们——而且是一百万倍地愿意。但是尽管我劝自己不要介意这些小小的"插曲"，我还是克制不住了。

"看在上帝的分上，收紧你的屁股！"他一边责骂着我，一边却因为没有注意到我的胫骨在哪里，一脚踢了上去。

"你根本没在努力！"他喊道，我确实竭尽全力了。

"在这儿谁是老板，是你还是我?!"答案非常明显。但是现在不是纠正他的时候。

"我们都是。"我这么回答只是想迁就他。

我为什么要忍受这一切？对此如履薄冰？因为好的时候就是非常、非常、非常的好。为了节约墨水，我要省着点儿用这些"非常"。一般来说，男人们很快就会疲劳。他们缺乏耐力。但是胡里奥不同。每次练习结束后，我总会感到筋疲力尽（更别提汗流浃背了）。我确实心满意足，只有一次在回家的路上，我没有轻哼滚石乐队的"我很满足"。这就是我忍受这位歌剧女主角的原因，无论他是多么、多么、多么的喜怒无常——我

220

也要省着点儿用这些"多么"。

所以当他今天告诉我他刚刚摆脱了他的舞伴时,我的心脏开始怦怦地剧烈跳动起来,我担心它会因为过于急切而停止跳动。

"发生什么事了?"我问道,声音中透出的是虚假的关心。

"我能和你做的事却无法和她做。"如果什么时候我会春风得意,恐怕就是现在。我屏住呼吸。因为在接下来的每一分钟中,他都有可能向我"求婚"。

"那也是我当初决定与维罗妮卡跳探戈的原因。"我的心跳停止了。

"你说得有道理,胡里奥。非常有道理……"这是我能想到的唯一的一句话。

我还能说些什么呢?她终究是他的女朋友。

2001 年 1 月 30 日

付给他钱,真是该死的太好了。如果不是他急需那种小绿丸,他现在绝对不可能与我练习。在我们俩的关系中,我如果对他还有些约束力,只会是这个原因。我想从现在开始给我所有的舞伴支付报酬。因为听说了他的一些不检点的行为,他的模范女友维罗妮卡(这么说并不是因为她"循规蹈矩",而是她很"时尚")把他丢在了他的狗窝。现在气氛非常紧张。他自然不会告诉我是怎么一回事,但是既然她不给他回电话,我猜一定是大事不妙。

第一天,他自鸣得意,面带微笑;第二天,他仍然自鸣得意,却没有了笑容;第三天,他完全是一副失魂落魄的样子。结果,我面临着会变得体无完肤的巨大危险,因为他把一切都发泄到我的身上。他们如果不能马上重修旧好,我就只能对我的录像挥手告别了。我们只剩下一周的练习时间,《帕瓦蒂塔》的舞蹈动作我们现在才编排完一半,它是三支曲子中要求最高的一首。我们打算做些托举,但是与一个正在崩溃的人练习托举似乎不太可能,他无法将你举起来。昨天,他把我摔下三次,还因此责备了我。很庆幸,我没有扭伤脚踝或摔断一条腿。但是我受够了。该是我采取行动的时候了。

"喂，维罗，我打电话是为了胡里奥的事。"我说。

"他怎么了？"她问道，她想三言两语就打发我吗？

"他很烦恼，你知道。"我说。

"他很烦恼！"她用鼻子哼了一声。这是在间接向我刺探吗？我决定不予理睬。坦率地说，如果有什么比我自己与男朋友争吵更让我讨厌（在我有一个男朋友可以争吵的时候——那是很久以前的事了，时间久到我都快忘记了，但这是另外一个故事），那就是别的情侣间的争吵。我发现这样的争吵让人的心情十分低落。不过，我没有时间去听她讲故事了——我还要挽救我的录像。

"维罗，我知道胡里奥有时候是多么的……难以相处。相信我。但是，我敢肯定他现在非常、非常地后悔。你为什么不给他一个机会补偿你呢？我敢说为了让你回到他的身边，他愿意做任何事。"我这么说（a）一点儿也没去想那些是不是真的，或者（b）他到底做过什么。但是这些都不重要。重要的是如何才能让他不再萎靡不振，每次都把我摔下来。我知道我总是没完没了地说自己很胖，但是一百零五磅并没有那么重，不是吗？

"让他烦恼去吧。"她说，我知道她就是这个意思。这是一个懂得如何对付男人的女人，我想。我一定要让她私下教我几招。

"理论上，我同意你的做法。但是实际上，我下周就要拍摄录像了。"我说。

"你想让我做些什么？"天啊！她在采取强硬的方式。

"请你从心里原谅他。我相信他已经为此付出了代价。我求你了。"如果我们现在在一个房间里，我一定会毫不犹豫地给她跪下，亲吻她的双脚。

"他非常后悔？"她问我，拐弯抹角地打探着。这让我更加充满了希望。

"非常，非常的后悔。"我十分诚挚地说。我能听到她在电话那边咧着嘴笑。

"好吧，我会给那个杂种打个电话。"她叹了口气。

"谢谢,谢谢你,维罗!"我喊道,尽量不去对她用在男朋友身上的亲密称呼下结论。我只感到欣慰:我的录像得救了,而且我不用再生活在水深火热中,你知道就是我与胡里奥的关系。

第四天,我很高兴地报告:他的自鸣得意不见了,笑容却回来了。一个你所见过的最大的笑容。哟!

2001 年 2 月 12 日

我刚从剪辑室出来。这盘录像已经制作好了,与我梦想的一模一样。不,它比我想象的还好!我从没想过,真正的现实能够达到——甚至超过——我的期盼。我让它一遍遍地播放着。我无法把眼睛从屏幕上移开。看到那个女人与一个年轻、英俊的男人翩翩起舞,我简直难以置信。难道他们用了会让人变形的镜头——让我看上去这么苗条,却没有告诉我?我不相信那个女人就是我!我从丑小鸭变成了白天鹅,我想知道这个神奇的转变要归功于什么?是我每天所忍受的几个小时的折磨——你知道就是我每天都要进行的抻拉练习——终于得到了回报?看上去确实如此!我的确变长了。事实上,它让我想起在游乐场中看到的哈哈镜,它们捉弄着你,就好像你是一块泡泡糖。我现在就站在一块哈哈镜的前面,它把你从某个人的嘴中拉出来,将你抻成了一条长长的细线。

我从各个角度分析着自己在屏幕上的影像,仔细评估着我所注意到的这些变化。它们真的在我的身上发生了,或者只是高超的化妆师和灯光师的杰作?难道一直以来我看上去就是这样,只是我没有意识到?也许我从来就不是一只丑小鸭?真难说。

除了我的外表,我更喜欢这个女人身上所散发出的自信的神情——她的确不是一个女孩,对,就是她在舞台上的风采,或者"安赫尔",西班牙语是这么说的。

"你看起来太棒了。"胡里奥说道,他正在与我一起看最后剪出来的片子。那是我从他口中听到的最好的赞美。

"胡里奥,你也是。"我说。

223

上帝，这真让人受挫。这盘录像带证实了我一直就知道的事情。我们在一起看起来登对极了。真的很般配。但是他如果看不见，我也无能为力。面带微笑，我把一盘录像带送给了他，期盼着也许有一天，他会有所领悟。

好吧。我有了自己的录像。现在，我还需要什么？

2001 年 2 月 14 日

如果没有人爱你，无论你是美丽的白天鹅还是丑小鸭根本没有什么不同。

我已经连续 N 年在情人节这一天受到了惩罚，打开邮箱——真正的邮箱和电子邮箱——里面空无一物，没有巧克力，没有玫瑰花，也没有心型的盒子。我宁愿把它说成 N 年，因为要我回忆上一次收到别人寄来的（我的祖母除外）情人节贺卡是在什么时候，我也许会做出傻事——或者这才是聪明之举，全在你怎么看了。我相信百分之九十的科学家会同意，在这种情况下，自杀是一种正确的行为，因为我只是缩短了我的进化之路。其实我早已踏上了这条路，并无时无刻不在朝着路的尽头——灭亡——走去。就食欲不振这一点而言，我会繁衍后代的几率微乎其微，从我那空空的邮箱就判断出来了。套用达尔文的术语，我该是濒危的物种，一种正在消失的品种，生物链中脆弱的一环。我相信如果我生活在动物王国中，我到现在已经遭遇杀戮了，为了整个群体更大的利益着想。其他的天鹅一定会把我啄死，不为别的，只是出于它们的责任，因为我在浪费宝贵的食物和氧气。除非我被错当成丑小鸭，届时猎人会先射死我。

2001 年 2 月 19 日

漫长的一周过后，无论我是多么的疲惫与沮丧，"街心公园"总能在我的身上发挥出它的魔力。尽管有时会发生意想不到的例外，比如有重要的足球比赛或者难得一见的星座，但是今夜值得我与之共舞的人却没有出现。我说过那是例外。通常,如果我将自己强行拖到那里,总会有所回报的。随着魔棒轻轻一挥,我留着来这儿穿的白色高跟鞋变成了水晶鞋。我原先的那双是黑色绒面革的,现在穿在我脚上的是一双后帮呈带状的细跟女鞋的"残骸",上面沾满了灰尘——这是让我穿起来最舒服的一双鞋。接着我身上的灰色运动裤和厚厚的羊毛衫变成了舞会上最耀眼的礼服。最终把我这个失魂落魄的女人变成了童话中的公主。我知道当我鼓起勇气跳上 64 路公共汽车——属于我的南瓜车,历经四十五分钟的车程到达这里时,一切都会好起来的。

我开始怀疑上周日是不是属于这样罕见的例外。我坐在舞场的围栏上,眺望着人群。我看不到一件像样的东西。我问坐在我旁边的女孩今天是否有大型赛事,她不知道。

这时,我发现了古斯塔沃的身影,我欣慰地叹了口气。某种东西让我的肾上腺素激增:征服的欲望!对,就是这种强烈的感觉!

我记得第一次看到古斯塔沃的表演时,我便对他肃然起敬。那时我回到了纽约,还只是个初学者。他好似一位从《圣经》中走出的人物:深色的面貌,尖尖的五官,漆黑如墨的头发在脑后吊起了一个马尾并用发胶固定住。在他的舞伴的衬托下,他的戏剧性的外表更加凸显出来,你从没见到过一张比他更富有瑞士人特征的面孔。他是黑夜,她是白昼,他们一起给我留下了深刻的印象。更别提他们的舞蹈了,它包含了所有我喜爱的因素:戏剧效果、幽默感、音乐性、激情、叛逆——你所能想到的一切,都在其中。这是一场让我永生难忘的表演,它将那些无法熔化的东西熔化了……

后来,当舞会继续进行,舞池中又涌入了大约一百对舞手时,我想起来自己一直在从远处看着他。当他与一个个经验丰富的舞伴滑过舞池之时,我只感到自己的卑微。我记得自己曾经许下诺言,有朝一日一定要与他跳舞。现在在这里——我不知道已经过去了多少年,我的机会终于来了。

我向身旁那个仍旧在围栏上坐着的女孩打听他的情况。她只知道他从马德里回来,刚刚下船,已经跟一直在那里合作的舞伴分手了。我的耳畔响起了天籁之音!

但是在他属于我之前，我得让他与我跳一支舞——一支就够了。问题是：该怎么办呢？如果我一直在围栏上荡来荡去，他永远不会知道我的舞跳得如何。容我打个譬喻，我应该将商品展示一下。我正在竭尽全力地解决这个难题——我不顾一切地环顾四周，寻找着合适的时机（我提到过，我想向他展示舞技的希望非常的渺茫），这时，你瞧！我从眼角的余光注意到他正在向我走来。他伸出手臂，帮我从我的栖息处来到了地面。现实与我的理想竟然会这么一致，让我万分震惊——这一次我的愿望没有被人置之不理——我的高跟鞋差点折断，只怪我落地太猛了。我真是笨手笨脚，为了掩饰我的尴尬，我紧张地笑了笑，祈祷着不要把这次机会搞砸了。我只有这一次机会让他记住我。

　　它终于来了！自从我搬到布宜诺斯艾利斯一直在等待的时刻。它就像电击疗法，带给我兴奋的感觉。我立刻振作起来，所有的疲惫一扫而光。与他跳舞竟能如此震撼我全身的系统，我现在浑身是劲，爬上两座（不是一座）喜玛拉雅山都不成问题。随着我们不停地跳下去，我感到越来越兴奋。每一支探戈都让我更加肯定：我找到了他，我一直在寻觅的那个人！我们在一起可以征服全世界！我对此毫不怀疑，"街心公园"再一次兑现了它的承诺。

　　"我看了你的录像带，真是棒极了！"在两支舞的间隙，他对我说。"得意"并不足以描述我此刻的心情。我的虚荣心就要骄傲得爆炸了。那盘录像带是他请我跳舞的原因。

　　"谢谢！胡里奥拿给你看的吗？我不知道你们俩是好朋友。"我说。

　　"那天，在'罗萨姑娘'的舞蹈教室，他把它放给了所有的教师。"他说。胡里奥至少对这件事不会感到害羞。我还没有把它放给任何人看过——除了我的朋友。我怕别人会问："那是你的舞伴吗？"我不得不说："哦，不，实际上，他不是。我没有舞伴。我一直希望也许你能借给我一个。"这真让人羞愧。它比去婚姻介绍所的感觉还要糟。我能听到他们说："对不起，亲爱的，我们没有单个女舞手的空缺，我们需要的是一对舞手。"不，我不能这么做。

　　在古斯塔沃的怀抱里，有那么一秒钟我忘记了自己是那个受到蔑视

226

的探戈舞手。

"你有什么计划吗?"他在休息的时候问我。

"你是说我最近的打算还是总体的计划?"我问道,小心翼翼地绕过他的问题,我不敢把它解释为我所期望的意思。我的梦想(你知道,那个固执的我在寻找舞伴,对,那个我)几乎要实现了——我不想把脑中的这个想法表现出来,我害怕接下来不得不面对的失望,它就像太阳落下后月亮会升起一样无法避免。

"总体说来呢。"他说。难道古斯塔沃要谈论的是我所关心的事?

"好吧,我正在寻找一个……舞伴。"我说道,不敢抬头看他的脸。

"你怎么想的? 我可以试试吗?"他问我。

"上帝啊!"我喊道,"当然可以!"

"但是我必须提醒你。"他说。

(哦,不。这次是什么? 妻子? 三个孩子?)

"我希望我的舞伴能够完全投入。"他说。

如果与他跳舞的时候我感到飘飘然,现在我则感觉自己像氢气球一样逃到了外太空,不想再回到地球上。现在不想,永远都不想再回来。我是在做梦吗? 还是他刚刚确实说过一个"C"开头的单词?

2001 年 2 月 25 日

我走进"坎宁伯爵"沙龙,愣住了。她在这儿做什么? 瓦勒丽亚! 她不是应该在阿姆斯特丹吗? 和我的男朋友在一起? 说起这个,那个杂种在哪里? 我将整个房间扫描了一圈,没有发现他。我不知道自己是害怕他在这里,还是害怕他不在这里。我的心狂乱地跳着,我相信艾米里亚诺,与我跳这支舞的小伙子,一定以为我突然狂热地爱上了他。

想要知道埃塞基耶尔的下落,唯一的办法就是去问那只母马。我于是朝她走去,给了她一个虚伪的、大大的拥抱。我问她何时回国的,会呆多久。正是这时,她告诉我埃塞基耶尔还留在那里,但是她不打算回去了。我听到后目瞪口呆,虽然我整日在祈祷着这一天的到来。在我脑中某个阴暗的凹陷处，我没有一刻不在幻想着他会抛弃她，就像当初他抛弃我一样。（杂种！）有时，我的眼前会出现这幅鲜明的画面，以至于我都快忘了这只是我的想象。有一次我甚至发现自己在得意之时，竟然搓起了双手。现在，这不再是一幅我虚构出来的画面了。我的复仇天使终于出现了。

我的梦想成真了。可是在我还没有完全适应这一现实之前，在我还未能细细地品尝复仇的快感之前，瓦勒丽亚又将一份巨大的、优厚的"事实"摆在了我的面前。可悲的是，它没有带给我复仇的快感。显然，他遇到了一个女孩。她是荷兰人。但是这还不是故事的高潮。高潮是他与她结婚了！我的胃会永远记住这个高潮的感觉。我站在那儿，面对着她，只感到呼吸困难、头晕目眩。就好像她拿着一把沉重的长柄铁锅打在了我的头上。我非常想晕倒，但是又觉得这看上去不太合适。我无法相信，我长久以来盼望的这个时刻正在遭受破坏。现在，哪还有什么胜利的感觉，我所有的只是可怜。我不知道更应该为谁感到不值，是她还是我。我现在怎能还生她的气？我无法再去恨她。大失所望。

这个消息也让我意识到了一些别的事情。一直以来，我偷偷地幻想着——如此隐蔽，甚至连我自己都不知道——埃塞基耶尔总有一天会回到我的身旁，它会在我最没想到的时候发生。但是，我发现他却在我最没想到的时候与别人结婚了。现实再一次拒绝与我的幻想合作……

2001 年 3 月 3 日

我们正在排练卡纳罗的《金子般的心》。我们已经敲定了两场演出。当我们可以拿出三支编排完整的曲子时，我们就准备进行表演。我们最终的目标是明年的某个时候可以去美国和欧洲创办工作室。你可能在想这么多"我们"会让我很开心。这不就是我一直以来梦寐以求的吗？但是为什么我没有感到高兴，反而在从古斯塔沃的口中听到那些"我们"的时候，会非常的不自在呢？

我终于找到了一个可以依靠的男人，他愿意投身到我们的事业中，但是他有一个严重的缺陷，让我只感到他的投入如同脑中的一个空洞，这是为什么呢？我讨厌抱怨。但是他确实不具备组织才能。我想我为自己找的依靠——古斯塔沃是世界上最没有条理的人。我是认真的。我还从未遇到过比他更加杂乱无章的人。我们浪费在寻找磁带上的时间让人难以置信，他不是把磁带弄丢了，就是错把录音配到了原带上。他有一台 CD 机，但是出于某种我不得不理解的原因，他拒绝播放 CD。事实上，对我的耐心的考验还没有结束。

这只是个开始。有些时候，我来到了他拥有的那间舞室，他却告诉我不能使用，因为他已经把它租给了别人。其他一些时候，我按下他家的门铃，一次、两次、三次，才终于从对讲机上传来一个有气无力的声音：我把他从午睡中叫醒了。这意味着，为了让他苏醒，我不得不在厨房中陪他喝一个小时的马黛茶。我开始觉得我才是缺乏理智的那个人！因为太有条理，我一定是哪里失常了。我必须学得松散些，当我啜饮着他递给我的马黛茶时，我这样告诉自己。这是对我的耐性的考验，我对自己说，同时我脑中的时钟还在嘀嘀嗒嗒地走着，提醒着我已经错过了多少练舞的时间。

每一声"嘀嗒"对我来说都是巨大的痛苦。不久，恐慌向我全面袭来，我在冒险。我小心地掩藏起内心的悸动。表面看来，好像我会愉快地与他喝一个下午的马黛茶。有时我们的确就这样喝了一个下午。我险些未能通过考验。有时，上帝同情我。这种巴拉圭茶失去了它的味道，表示马黛茶的品茶时间可以结束了。他或者找到了磁带，或者为我们找到了另一间舞室，或者挂上了打了半个钟头的电话……总之，我们终于可以跳舞了，令人痛苦的考验告一段落。我的耐心（还是不耐烦？）得到了奖赏，他又把我带到了那个地方，即使那里有时钟在发出嘀嗒声，我也听不到。

2001 年 3 月 13 日

尽管我在努力地与古斯塔沃保持一种工作上的关系，但是他却在加倍努力，想要超越这种关系。这很正常，我想。这就是探戈，它的定义就是"麻烦"。

我曾经说过这些话，我想再说一遍：摩擦引起了火花，如果你不小心的话,火花会变成噬人的火焰。我承认引发一场火焰的确需要两个纵火狂。关键是不要让火焰失去控制。因此你要在它的前面放置一个防护网。不幸的是,古斯塔沃总是将防护网移走,将火焰撩拨得更旺。他当然很喜欢这样做。在他煽弄一番以后,我要确保把防护网放回原来的地方,希望可以将房子烧成一堆灰烬的灾难再推迟一天。但是我一把防护网放好,他马上又把它挪开了,每次练习的时候,这样来来回回总要折腾一百多次,让人疲惫不堪。

古斯塔沃,保佑他的灵魂吧,别直接向我扑过来。他的引诱非常隐蔽。比如,他在脱毛衣的时候会"偶然地"把他的 T 恤也脱掉,这样我就可以瞥见他的啤酒肚了,我要说,那里真的不赖。再比如,我们跳舞的时候。我能分辨出一个小伙子是单纯地在与我跳舞,还是想借此挑逗我。古斯塔沃当然不是为了跳舞而与我跳舞。

我为什么要让自己陷入泥沼?为什么不让这件让人烦恼的事情结束呢?但是,他毕竟与我年龄相当,充满了魅力与智慧,还拥有一套自己的房子,最重要的是,他是一个了不起的舞手。我还想从生活中得到些什么?我不否认有时候与他跳舞的感觉如此美妙,我忘记了把防护网马上放回原处。但是某种东西阻止了我,我不能与他玩火。甚至不能伸出试探的手指……有种感觉告诉我再等一等,直到我更好地了解他。

问题是我买得到所需要的时间吗?我只能装作不懂他的暗示:"跟我站在这里,到镜子前面……我们是多么完美的组合啊,你不这么认为吗?"我只能装作没有注意到他从眼角偷偷看我的那种方式。我只能装作没有感觉到他的不太专业的双手。我只能装作没有察觉一场暗潮涌动的战争即将在我们之间爆发。我的表现像一个胆小鬼,我知道。但是要点在于我怕失去他。我的候选人所剩无几,这很可能是我最后的一次机会。我不想浪费。

2001 年 3 月 22 日

我通过电话将我的信用卡的详细情况告诉给航空公司,预定了一张飞往纽约的机票,这是一张不能退票的机票。五分钟之后,古斯塔沃给我打来电话,通知我有人邀请我们在一家餐馆做短期表演。他忘记了我马上就要离开这个国家。真是的!

我没有对他大吵大闹,没有对他唠叨或抱怨个不停,"哦,古斯塔沃……"我不敢这么做。当你只剩下最后一名候选人的时候,你会变得更加包容。相信我。

"如果你认为这件事非常值得做,我会把我的机票换掉。"我说。但是当我这么说的时候,我在想:请对我说不用,请对我说不用!我不像会有那么多的钱让它打水漂的人。但是如果我不得不这么做,我会的。可我真的希望我不必这么做。

他一定是听到了我的祈祷,因为他说这不是什么重要的事,让我放心。他会对组织者说把表演推迟到我回来之后再进行。我欣慰地发出一声叹息。

古斯塔沃也许没有世界上最好的记忆力,但是他在尽其所能地维护我们的合作关系。以前没有人这么做过。"你应该感激。"我告诉自己,那才是最重要的,其他的都无所谓。我对自己终于找到了一个真正的舞伴而欣喜若狂。

下一次我与古斯塔沃练习的时候,他并不是一个人。他正在与另一个女孩跳舞,她叫佛罗伦西娅。我们共同拥有许多舞伴。我想我们对彼此的复杂感情是一样的。

"离我的舞伴远一点……"有一次她警告我,"这只能表示他是个废物。"很高兴我不是唯一受到她责骂的人。但是她在这里与古斯塔沃在干什么?我感到惊讶。看起来好像他们在练习!我困惑不解。他不是我的舞伴吗?我站在那里,观看了半个小时。这原本是我的练习时间。他们跳完后,我和佛罗伦西娅互吻了对方,相互说了些轻松的客套话,虽然我的心里一点也不轻松。

"你说过无法参加那场表演,所以我邀请她与我一起去。"佛罗伦西娅走后,古斯塔沃主动向我解释道。

"我明白。"我说。

"有什么不对的地方吗?"他问我。

"不,不,不,没有什么地方不对。"我的演出没能达到平日的奥斯卡影后的水准。我看起来就像我的内心那般痛苦。

从那以后——大约一周前——古斯塔沃确保我和佛罗伦西娅还会经常碰车,以此来向我们表明谁才是主导一切的雄鸡,谁只能当忍辱负重的母鸡。

昨天终于到达了我忍耐的极限。我一秒钟也不想再当小鸡了。"古斯塔沃,你这么做不会把问题解决的。"我说。"对不起。"我真的感到很抱歉。毕竟,我早已敏锐地意识到在这个市场上女人的数量要远远多于男人,而且很容易就可以找人将我取代,上一周他已经向我显示了这一点。

我没有料到我的突然爆发会产生积极的效果。

"我一直很坏,我保证一定改。从今往后不会这样了。你会看到的,相信我。"他看上去非常真诚。我怎么能不再给他一次机会呢?

(自我提示:要经常对男人说不。)

2001 年 3 月 30 日

我正在纽约与家人和朋友团聚。我在这里甚至遇到了弗兰克,虽然有些尴尬,但是我想这次见面对我们俩都有好处。他现在已经不和伊莎贝尔一起跳舞了,但是他的舞伴仍然是一个高挑、美丽的女孩子。这样对他来说很好。我给他看了我的录像带,不过,我的确得到了极大的满足。我敢说他对此留下了深刻的印象。我想他并没预料到我会变得这么出色。

"你一定为它付出了许多心血。"他说。我想这应该是一种赞扬。但是谁能说得准呢?

然而,最大的赞扬,对我来说最有意义的称赞却是来自我的父亲,他也在这儿。当我放给他看时,他起初并没有说什么。他安静地坐在扶手椅中,好似毫无知觉,犹如佛祖在打坐。我不想问他"你觉得怎么样",因为答案对我来说已经非常明显，他对此不以为然。

多少年来，我对他那种特有的不苟言笑的作风已经免疫了。更确切地说，我已经学会了在痛苦侵蚀我的心灵之前，将我的所有系统关闭。但是生活自有它有趣的地方，当你对一些东西不再在意的时候，它反而会把它们送到你的面前。我想这就是礼物的意义吧！因为你需要的东西，你要出去为自己争取。从另一方面来说，礼物并非你所需之物，但是有人主动把它拿给你，你当然会高兴地将它收下。

"我真为你感到骄傲！"佛祖最终说出了这些话。我从没想到会从他的口中听到这些话。这是一件弥足珍贵的礼物，比我从他那里得到的任何一件有形的礼物都要珍贵得多。

"所以这根本不是在浪费金钱，对吗？"我问道，希望可以引出他更多的赞扬。赞扬只有一点不好：你得到的越多，你想要的也就越多。

"不，这当然不是在浪费金钱，"他让步了，"与我原先想的不同，这是一种更好的投资。"他说。

"爸爸，我这趟旅行值得了！"我给了他一个大大的拥抱。

2001 年 4 月 12 日

我一走下飞机，古斯塔沃就告诉我《永恒的探戈》要来面试。我知道对于这个可能是世界上阵容最大、竞争最激烈的表演，我们还没有准备好。我们在一起的时间还不够长，我们还拿不出一首编排完整的曲子。但是这个机会太好了，我们不应该错过。

"一点不错！我们当然要去！"我兴奋地说。

首先，我们需要为试演进行排练。其次，向你的对手表明你在参加角逐，这很重要。于是我们疯狂地练习，《金子般的心》的编排已经接近了尾声。鉴于我去纽约前和古斯塔沃的那次谈话，他现在正在与我共同努力，他不但变得更加专业，而且也不再那么浪费时间了。他真的很出色，让人惊讶。

上帝啊，我的体重增加了，都怪在纽约时吃的那些软糖核仁巧克力饼。我究竟怎么才能穿上我的裙子？我正在考虑给衣服缝上亮片。

附言：我忘了提及，他本打算与佛罗伦西娅一起进行的表演并没有发生。很好——但是我想知道为什么。

2001 年 4 月 20 日

我很早就赶到了面试的地方，这样可以避开人群，排到一个比较好的位置。不久以后，等候试演的队伍就像巨蟒一样甩开，它盘据了两层楼梯，接着穿过了一间舞室，就这样一路蜿蜒来到试演的房间那扇紧闭的门前。等到古斯塔沃露面的时候，一半布宜诺斯艾利斯的人都跑来试运气了。每个人都伸出了手臂，在空中与别人飞吻着；伸出了手臂，在空中与别人飞吻着；伸出了手臂……真是一个虚伪的地方。每个人都害怕得想吐，为了能出演这部世界上最大型的探戈舞剧，互相残杀。他们四处走动着，好像这里正在举行鸡尾酒会，我们不是都得非常愉快吗？

古斯塔沃在尽量掩饰他的紧张。但是他还太嫩——不像嫩黄瓜那样冷静，倒是紧张得脸色发绿，快要呕吐的样子。似乎永远也不会排到我们了。这比困在交通阻塞中还要糟糕。为了消磨时间，我让莫妮卡给我做头发，她这次还是我的正式发型师（在"老邮车"经历的那场惨败，我已经原谅她了）。我们选在楼梯中间开始工作。她先给我梳头，然后喷上了发胶，再用力地拉扯我的头发。舞手们从我们的身旁挤过去，他们总是充满希望地走上去，又沮丧地走下来。我终于弄好了：每一根头发都喷过了一百次发胶才固定好，嘴唇涂成了深红色，睫毛上涂了厚厚的防水睫毛膏。

古斯塔沃选在这个时候告诉我："我已经把舞室租给了一对舞手。我原本以为我们这个时候能演完了。现在没有人给他们开门。我得过去一趟。别担心。你排到前面的时候我一定会回来。再见！"然后他走了。我甚至没来得及眨一下眼睛。不过，我的眼睛也没有办法眨动，那上面的睫毛膏太厚了。我现在只能茫然地盯着他刚刚站过的地方。接下来一个声音宣布道："我们将进行午休。请剩下的舞手到前面的桌子领取今天下午试演的号码。"这是天使的声音吗？

我回到家中,给古斯塔沃打去电话,告诉他我们这回有多走运。我没有提到他中途逃跑这个细节。现在还不是时候。我要等到试演结束后再同他谈。就目前来说,我需要专注于试演一事上。我告诉他已经打电话通知我们四点钟去试演。我们商量好在楼梯上碰面。

　　我于四点钟到达了那里,我把头发重新定好型,又重新涂过了唇膏和睫毛膏。等待着。当然,我从一开始就知道。我问自己究竟从什么时候意识到的? 从他消失的那一刻,还是更早? 从今天上午我看到他脸上的恐惧开始,或者在此之前? 从他告诉我这次试演,我感觉到他对整件事情的矛盾之时起? 不,我很早就知道了,第一次我到他那里练习,我们花了半个小时的时间寻找他自己录制的磁带,从那时起,我就知道了。回想起来,我领悟到在那一刻我就该尖叫着跑出去。为打翻的牛奶哭泣根本于事无补。还有一条谚语告诉我,我自己种下的苦果,只能自己咽下。

　　我决定将这个荒唐的喜剧演完,直到它悲伤地落幕。并非我还存有一丝希望,在这种情况下,希望早已没有痛苦地死去了。但是我想满足自己对故事的结局的好奇。于是我耐心地排队等候着,让我不可思议的是,队列的前部似乎在不断地增大。舞伴悔约带给我的羞辱,我只能竭力将它掩藏起来。我表现得毫不在乎,因为队列里有我的朋友们在看着我呢——无论是真正的朋友还是虚伪的朋友。其中一位便是佛罗伦西娅,对于古斯塔沃放我的鸽子,她一点也不感到惊讶。

　　“你听说我和他的那场表演了吧?”她问我。

　　“只知道它没如期举行。”我说。

　　“是他把日期弄错了。我们到那儿的时候,与餐厅的老板大吵了一架。他们终于答应尽量给我们插进去。我才不会忍受这种不专业的对待。所以我走了。但是,听听这个:他居然跳了! 与一个他在现场随便认识的女孩! 真是让人难以想象!”她说。不幸的是,我能想象出来。

　　我们嘲笑着属于我们的不幸,同时我们也在一寸一寸地接近试演的房间,那里有属于我们的圣杯。

　　就在我离那里只有大约一码之遥的时候,天使的声音再一次响起,广播出另一个通知:“今晚剩下的时间里,我们只能进行三场试演。请没能进行试演的舞手下周一再来。可以于今晚进行试演的三个号码是……"
有我的号码。只有一瞬间让我做出决定。我决定:"让他滚开!周一的时
候,我要一个人去。"我把我的号码扔给了佛罗伦西娅,她正在为试演结束
而感到绝望。一天中第二次,我走出了这栋大楼,我低声对自己说:"我会
回来的!"

2001 年 4 月 21 日

我还在排队等候的时候,古斯塔沃给我打过电话,在电话机上留了
言。他听上去有些局促不安。今天我终于可以给他回电话了。

"我刚睡着。"这是他为自己找的借口。然后话筒那边传来了最精彩
的一句话:"你会给我什么惩罚呢?"

这时,我彻底明白了他是一个什么样的家伙。他属于那种小男孩,他
们感到被人打屁股很刺激。他们只知道用淘气来吸引女人的注意。你不
得不同情这些变态。但是我不会纵容他跳上我的大腿,拿走藤条。我不
会这么做。即使这意味着我会失去他。

我不知道该对这种可怜的声音做何反应,所以我把自己的决定告诉
了他,我要一个人参加试演。

"你不能再给我一次机会了吗?"他问。

我开始紧张地吃吃傻笑,不久我爆发出一阵无法控制的大笑。

"我权当你这是不同意吧。"他说。

2001 年 4 月 23 日

我终于走进了试演的房间。我无法相信这一刻终于到来了。圣杯是
属于我的!但是我本不该这么兴奋。面对这些表情冷酷的裁判,我想起
了五岁时参加的那场芭蕾舞考试。那一天,我感冒了,体温升到了华氏一
百零四度。那一天,我忘记了所有的步法,脑袋发涨,我尽力窥探周围的
人在怎么做,但是没有成功。那一天,我失败了。我永远忘不了那一天。

今天，在这里，我又一次面临相同的情况，我还是没有充分地准备就来了，来接受更多的惩罚。

"我为什么一直要对自己这样做？"我在心里大声地质问自己。

"你一个人表演吗？"一位裁判问我，这真是雪上加霜。

"是的，我一个人。"我想有史以来，不会再有谁的上嘴唇比我此刻张开的上嘴唇更加僵硬了。

他们给我的舞伴根本毫无用处。他没有使我看上去好一些。为了把这场灾难控制住，我所能做的就是让自己看起来充满激情。我的激情只表现了三分钟，这时评委们说了一句毫无激情的谢谢，我对他们说了一句同样不带感情的谢谢，然后离开了。当然，我从一开始就知道这不会是我走向百老汇的通行证。可是被人拒绝总是一件难受的事，即使它一直在你的预料之中。

"我为什么一直要对自己这样做？"我再一次发出质问。

周围没有人，我只能自己回答：

"你出现在这里，已经说明了一种品质。这就是原因。"我说。

"好答案。"我说。

"谢谢！"我对自己说。

当我走下楼梯，走上街头时，我撞见了古斯塔沃，他正要进入那栋大楼。他的身旁是一位我在舞会上见到过的女孩，但是我不知道她叫什么名字。从她的穿着来看，他们显然不是出来闲逛。他要与她一起试演！突然，打他屁股的主意似乎不再让我那么讨厌了。

他看见我的时候，假装非常的尴尬。很明显，他在骗人。他特意走这条路不就是为了创造与我见面的机会，想要挑衅我吗？为了不让他称心如意，我尽可能地表现得镇定自若，我的脸上挂上了在参加家人的婚礼和生日时才有的笑容，我对他说："祝你摔断一条腿！"我就是这个意思。

2001 年 4 月 27 日

今天我收到了一束红玫瑰（共十二支），卡片上写到"请原谅我"。如果不是太麻烦,我真想把它们退回去,还给那个送花的人。我把它们送给了公寓大楼管理员的妻子。她很喜欢。

2001 年 5 月 1 日

通常情况下,我一醒来,他便浮上我的心头。这是大脑神经性的痉挛。就像一个功能极差的膀胱,机械的条件反射令我无法控制。"我醒了=埃塞基耶尔"。但是,今天早晨是个例外。

像往常一样,我从床上爬起来的第一件事便是闭着眼睛摸进厨房,从壁橱里翻寻出一个过滤器,舀上三大调羹咖啡,一半倒进了过滤器,另一半则撒在了台面上。然后将咖啡机灌上水(非常艰难)并打开开关。与往常不同的是,今天早上我做这整项工作的过程中,埃塞基耶尔都没有在我的脑海中出现。我解手时:没有。我边喝掉三杯咖啡边查收电子邮件时:没有。我舒展筋骨进行晨练时:没有。我吃早餐时:没有。我洗了个澡:甚至在淋浴时也没有。仅仅是当我将钥匙插入锁孔准备去上芭蕾舞课的一刹那,他最终从我的脑海中闪了出来:埃塞基耶尔,只是名字——不是面孔。

仅仅那一瞬间他的名字掠过我的脑海,而此时我都已经起床差不多两个小时了。整个早上(确切地说是下午),这是我第一次想到他。而且,以前每次想到他总是伴随着胸口的沉闷和恶心,今天则不然,想到他就好比听到一场足球比赛的结果——即什么感觉也没有:丝毫不感兴趣。

我从未想到这一天会来临:我已甘心于终生判决了。然而,我被提前假释出来!阳光在闪耀,鸟儿在歌唱(实实在在地),我沿着布宜诺斯艾利斯的街道欢呼雀跃(实实在在地)。我终于得以重见天日。我已忘记了它有多美丽。我不在乎人们是否管我叫"疯子"。我想要怎么跳就怎么跳——只要我喜欢,我甚至要飞跃一两下才过瘾!

我不敢相信这么快就从他的阴影中走出来了!我听人家说要从分手的痛苦中解脱出来,通常需要大约你实际和那杂种交往的一半时间。但那种计算方法对我从来不管用。通常我需要付出至少十倍的时间。所

238

以,想想看此时此刻我有多兴奋:两人共处的时间与为他痛苦的时间的比率仅仅是一个半月比七个月——比值居然小于五! 这难道不了不起吗?!

2001 年 5 月 4 日

"我有一个提议。"佛罗伦西娅在电话里说道。

"我听着呢。"我说。

"如果咱们不能联合他们,那就让咱们打倒他们!"她说。

"再说一遍?"我说。她到底在说些什么?

"我被选中在下个月圣马丁剧院的节庆活动上跳舞。"她说道。

"不错嘛,佛罗! 祝贺你! 那可是个了不起的成就!"我说道。事实确实如此。

然后,她出其不意冒出一句:"你想和我一起跳吗?"

由于我没有立即做出反应——我太震惊了——她又继续说道:

"看吧,你我现在是在同一条船上。而这船正在疾速下沉。很简单,只是因为没有足够的男人。我指的是好男人。"她说(她告诉我一些我不知道的事情):"所以我们该怎么办? 不再跳舞? 就因为没有男人做舞伴?"她说到点子上了。

我又何尝不曾这样想过。我时常幻想自己与一个女人共舞。尤其是当那些男人把你约到试听室,自己却不见踪影的时候。不过,幻想和现实之间还是有一定距离的。我还不确定自己是否准备好逾越这道鸿沟。这太冒险了。那些男性探戈舞者看到这一幕该做何反应? 我曾不止一次看到男人们在探戈舞会上将一起跳舞的两个女人分开。他们认为这是一种侮辱。"我们要坚决杜绝此类现象在这里发生。"我曾听他们这样说道。如此看来,与佛罗伦西娅跳舞岂不是要扼杀掉我寻求舞伴的所有剩余机会?

和谁开玩笑呢? 我自言自语道。没有任何剩余的机会可以扼杀了。佛罗伦西娅是对的。我没有任何可损失的了。与其坐在这守株待兔,等待奇迹发生,倒不如找个人跳舞——即便是找个女的。

"当然,佛罗! 我乐意去!"我说道。

"我太高兴了,亲爱的! 让咱们证明给那些狗日的看看!"她叫道。

"去他妈的古斯塔沃!"我叫道。

"好样的,姑娘!"她叫道,"叫他们见鬼去吧!"

从那以后,我们集中精力投入训练。距离演出还有三个星期,一切都进展顺利。再也不必一直打击一个男人的自尊了,多好的转变! 可以自由自在地给予和采纳建设性批评而不用担心对方的反应,多大的解脱! 不必吞吞吐吐、拐弯抹角、如履薄冰,多么新奇! 不必老是费心解释每一件事,只须片言只语或根本无须言语就可明白对方的意思,多么放松! 可以将任何争论拿到台面上公开讨论,多么成熟! 我们还可以轮流领舞和跟舞,多有意思啊! 能够体验一次不做二等公民的感觉真好!

事实上,这一经历正在坚定我关于女同性恋者更容易相处的论断。想想吧,上帝和人类开的最大的一个玩笑就是创造了异性。他创造出来自不同星球的男人和女人(这一点我们读过书的都知道),并迫使他们生活在同一个星球上,从而陷入欲望的地狱,使他们苦不堪言。那就是我所说的让人恶心的幽默。能从地狱逃出来度假真是莫大的解脱啊。坦白地说,我不曾想过再回到那儿。

2001 年 5 月 12 日

我们还没有一个完整的节目。不过我们还有两个星期,时间相当宽裕,所以我并不担心。不过,随着最后期限的临近,我们之间开始出现一些裂痕。我猜想那是正常的。你不可避免地会出现某种程度上的紧张。佛罗伦西娅似乎不像当初那样对我的舞蹈着迷了。或者对我本人。我担心亲密确实能产生轻视——对于双方都是。每每我犯下什么"过失",她总是大声唏嘘。她未曾直接指责我,但有两三次她含沙射影地指出,正是因为我的过失使得花样繁多的前后移步不能像预期那样流畅。她告诫我——她有时候相当居高临下——步子要向她靠近一些但不要过于依偎她的右臂。同样,昨天当她的一个勾脚动作滞后了——它们总是滞后——并踢到我的大腿时，又轮到我挑她的刺了。我认为问题在于她的拧转不当，但是当我试图帮她矫正时，她不愿听我的，所以我只能作罢，在那儿生闷气。一般情况下，我不太抱怨别人伤到我，但是昨天不知为什么，我决定好好发作一番。

不过，比起与一个男人排练，这仍然要好得多得多。

2001 年 5 月 23 日

一团忙乱！我们放弃了原有的音乐，中止了正在排练的舞蹈——那个节目不可行。我们只得另起炉灶，而后天就是正式演出。和平共处，步调一致的日子早已一去不返了。在我们没有公开表示敌意的时候，我们会轮流生闷气。总有许多机会让我们相互仇视或愠怒。比方说，当一方忘记了某一次序或另一方提前进行从而扰乱速度的调节时，或当跳跃时一方意外松开了手从而使得另一方狼狈着地时，我们就会指手画脚相互埋怨，彼此伤害自尊心，而且还进行人身攻击，比两个泼妇还要恶毒。这种感觉似曾相识。以前我在哪儿经历过呢？噢，对了，我想起来了：在和男人跳舞的时候。

这一切让我明白了什么道理？我明白了问题不在于异性，因此转向同性恋不是解决问题的办法。问题在于他人。让-保罗·萨特说过"他人即地狱"（他人＝地狱）。我想，他是在说探戈。事实上，我确信他是的。尽你所能远离探戈吧，它是一种战争。如果你认为你能够和朋友成为舞伴，你就大错而特错了。探戈亘古不变的功能就是将朋友变成敌人。

这件事的教训：与其树立新敌，倒不如与自己已有的敌人跳舞。至少你可以把异性的行为想得不比猪好，而如果对象是同性，则会感到自己好像是被背叛了一样。虽然恨男人没什么，恨女人可就没什么意思了。

不过问题的症结尚不在此：不像原以为的那么方便，可悲的事实是，倘若敌手是个女人，人们就没有和这个敌手上床的欲望。如果没有和这个敌手上床的欲望……那就不是探戈了，不是吗？

2001 年 6 月 14 日

昨天晚上,我去"托尔夸多塔索"听久负盛名的阿尔韦托·卡斯蒂略唱歌:这个老头不失为一本活教材,教会人们如何去享受生活,而不是一天到晚做个可怜兮兮的胆小鬼。已是九十五高龄的他如今依然健壮。我怀疑这和他一天到晚泡在酒精里有关。确实,对于清教徒来说他无异于一场梦魇:嗜酒如命,吸毒成瘾,生活放荡,赌博成性,抽起烟来不亚于工厂的烟囱——然而他还是活得好好的!

我进门的时候,门房奥斯瓦尔多——那个曾经将我送到那个狡诈的骗人高手、出租车司机手中的无家可归的家伙,在我脸颊上飞快地吻了一下。

"这阵子你藏到哪里去了?我都想你了!"他说道。

"我也想你,亲爱的!"我说道。我不想告诉他我过去两星期没来的真正令人沮丧的原因。(既然无论找个男舞伴还是女舞伴的愿望都泡汤了,再出来还有什么意义呢?)

"嘿!有样东西我一直给你留着。"他说道。

只见他把手伸进口袋,掏出一枚戒指。一枚紫色的塑料戒指:人们可以从便利店的小碗里淘出来的那种。

"我在街上发现了它,然后就想到了你。"他说着把戒指递给我。

我太感动了,一句话也说不出来。他怎么知道紫色是我最钟爱的颜色?

"每次我朝里看时,你都在和某个人跳舞,我看到了一个天使!"他说。这个男人要么是个谎话精,要么需要配副眼镜。

"要是真有天使的话,奥斯维,那你就是!"我大声说道,突然间感觉好受多了。管他是谎话精还是近视眼,听他这么一说,我心里着实暖融融的。

我戴上戒指,不大不小正合适。我至今也没把它取下来。我要戴着它,每当我情绪低落时,提醒我自己在这个世界上并不孤单。说真的,我开始怀疑自己真的有一个守护天使,每当我跌倒时,她总以这样或那样的方式出现并扶我起来。

比方说上个星期吧,我在车站等公交车。

"别担心,亲爱的,你会好起来的。"我旁边的一个陌生人对我说道。

我起初没有听见他说什么,只是沉浸在自己的思绪之中:你为什么要答应佛罗伦西娅?白痴!你从一开始就知道这是个馊主意。你当然知道!然而现在太晚了。这是你的最后一枚炮弹,你把它弄爆了。你只能怨你自己……"

并非那个陌生人能看穿人的心思,而是我一边喃喃自语,一边摇头,还把手指向莫须有的人。

"对不起? 你是不是说了什么?"我问道,试图让自己听上去像个正常人——即,一个不会在熙熙攘攘的大街中央自言自语的人。

"我说别担心,一切都会好起来的!"

很显然,这家伙不知道自己在说些什么。一切都不会好起来了。不过,即便如此,我还是挺感激他的。那些属于布宜诺斯艾利斯的美好瞬间……

2001 年 7 月 17 日

为什么最好的事情总是发生在最差的时刻? 此刻,你正在为十二个客人准备碎肉茄子蛋——茄合,虽然你并不知道茄合该怎么做,但你感觉你应该知道,因为你是希腊人,至少有一半是。我在为雅克的妹妹伊内斯筹备晚宴,庆祝她与一个叫胡安·卡洛斯的西班牙人订婚。这个人我还未曾谋面,迄今为止,关于他我所知道的就是他拥有一个庄园——大致相当于一个农场——他们是在温莎的一次马球比赛中认识的。现在她搬到这儿来了,我为她兴奋不已,同时也为我自己。在这儿重新有家人的感觉真不错——我表妹的丈夫的妹妹毫无疑问算是家人。

真庆幸提前一天开始了晚宴的准备工作,因为制作白汁真是费了我九牛二虎之力。我已经将自己第一次努力的结果淅淅沥沥地倒进了排水道。都怪我的手腕：它预感到要失败，所以从一开始就不听使唤地抖动，以至于整盒牛奶都溅洒到装着面粉和黄油混合物的碗里，从而验证了预言。我所有的希望都随着排水道里白色的汁液付诸东流。但我又重新振作起来，毫不气馁（不对，有一点点气馁），开始重头再来。我庆幸自己在超市里的先见之明——每样东西我都买了双份，以防万一。此刻，我正试图将蛋黄从蛋清里分离出来，眼看已到了决定性阶段。我屏住呼吸，因为这需要超凡的注意力。这是个微妙的活儿，我几乎稳操胜券了……就在这时，电话铃响了，将我从凝神静气中惊醒。太晚了：灾难已经发生了。透明的粘液在碗里欢快地流动。我在超市里的先见之明现在又有什么用呢？电话不停地在响，但我沮丧万分，根本无心接听。

我正要尖叫——我指的是挂掉它，我想。然后，我听到一个我从未想到的声音从电话应答机那头传来。不是别人，正是那个从彭巴斯大草原来的男人，巴勃罗！还有他那愚蠢的小胡子！

我得长话短说，赶在邻居打电话到消防局之前把电话搞定。

"真想不到啊！"（又来电话了。该死。）"你能稍等片刻吗，巴勃罗？又有人来电话了。"我说道。

"亲爱的！"声音从伦敦传来。

"妈妈，感谢上帝你来电话了——不过你能否稍等片刻？我在接另一个电话。"我按住闪光健。

"抱歉，巴勃罗。什么事？"我说。

"你有没有空参加一个特约演出？规模不大，但值得一去。"他说道。

"什么时候？"我问道。（他是不是得了健忘症，忘了我的年龄？还是走投无路了？）

"今天晚上。"他说道。（他走投无路了。）

"嗯……好吧。几点钟？在哪儿？"我叹了口气。（你不值得我这样做。）

我还有半小时时间换衣服并赶到那里，非常感谢！

"真抱歉，妈妈。是那个白汁——"此时，刺鼻的黑烟正朝客厅飘来。"我回头打给你！"我大叫一声把电话挂断了。

我冲向电炉去抢救那些茄合——洋葱已经没救了,它们已在熊熊燃烧的大火中升天了——然后我冲进浴室,把壁橱翻了个底朝天,一半的东西都被我扔到了浴室的地板上,还打翻了一些我甚至不知道放在那里的小瓶子。最后,我想起来了,那正是我要找的红色指甲油。随后我又跑回厨房,一边搅拌着肉馅和番茄酱,一边涂着指甲油。我跑到卧室拿我的网格丝袜。这又得让我翻箱倒柜了,因为正如我以前所提到的,即便是渔网也可能有破洞,而通常情况下私密调情和坐碰碰车这两种戏法总爱导致丝袜破洞。

我看了一下钟,还有五分钟,正好够我给妈妈打个电话。我拨通了她的号码,将听筒夹在右颊和肩膀之间,腾出手来卷起一只丝袜并将其固定在吊袜带上。

"妈妈,刚才我说到那白汁,它出了点问题。刚开始它又软又粘。可现在它起泡沫了。我该怎么补救?"

答案是没法补救了。一旦空气进入,它就彻底完蛋了。明天我不得不一切从头开始。我再次庆幸自己的深谋远虑,居然想到提前一天开始这项工序。在厨房里缺乏自信,我?现在我心急火燎,也顾不上哀悼自己的损失了。我必须决定穿什么衣服。我想对付沮丧唯一的办法就是红色,红裙子(带白色圆点花纹的),红唇膏,红黑双色高跟鞋,还有一件把乳沟突现得恰到好处的露肩黑色上衣。我已经从烹调失败的沮丧中恢复过来了。我想,卧室里的荡妇一角钱能买一打,但做一个厨房里的荡妇,现在看来倒是一种成就。

"哪里起火了?"这是巴勃罗见到我后的第一反应。

"你指什么?"我说。

"什么东西闻上去像是烧焦了?"他说道。那个什么东西就是我的头发。

"哦,那个! ……没什么,只不过是茄合。"我说。

"茄什么来着?"他说。

"我以后再告诉你。"我说。

这次活动规模确实只能用小来形容。总共只有十个人。我恨不得杀了巴勃罗,他竟然为了这点小事扰乱我的烹饪大业。(正在我开始找到一点乐趣时。)更可恨的是,他为了取悦我们,竟让他的那帮人跳了一个小时的舞。我坐在那里恭维着他,同时又恨不得毙了他。

他叫我来这儿一定是有某种理由。因此,我要耐心坐着,直到我找出这个理由,我想。

我很快就找到了。到了我们表演的时候了。好小子,莫非他有心要炫耀一下?我希望我也能炫耀一下自己。镶木地板对跳舞者来说真是要命。地板变成了一块薄冰,不过我穿的可不是溜冰鞋,而是高跟鞋,而且和我跳舞的是一个全然不顾我尴尬处境的家伙。"彭巴斯草原上的巴勃罗"(他已经完全进入了舞台上的角色)饶有兴趣地如海螺般飞转。我别无选择,只能跟着他旋转。他丝毫不因我恐惧的表情而放慢速度,每秒钟完成大约二十个"旋转"。由于旋转这种舞步以男性为轴心,而女的需要围绕他不停地转圈。因此,无需专修三角法,你也能明白那意味着她需要以比他更快的速度移动才能跟上。想要骑稳这样一个"疯狂的旋转木马",且不说所需的杠杆作用力,单是注意力的集中程度都是超乎想象的。当我最终安然无恙地跳完曲子后,我优雅地冲观众微微一笑,仿佛在说"小菜一碟"。

巴勃罗似乎对我的表演相当满意。我想我通过测试了,如果那是一种测试的话。不过,我有更迫切的事要做。因此,时机稍一成熟,我便逃了出来,匆忙奔向我的茄合。

然而,太晚了。发明家宴承办的人真是个天才。

2001 年 7 月 21 日

今天早上,巴勃罗打来电话问我是否有空参加一个特约演出。我的第一个问题是"什么时候?",因为我估计如果他如此低声下气打电话给我,一定是因为他又走投无路了。不过,你瞧,他居然说:

"不是一两个星期。不是一次就完事的。是一次长期的演出。"

我难以置信!一个顶级的专业舞蹈演员邀请我做他的舞伴!那天晚

上确实是一场测验,而我以高分通过了!难道我不是一个才华横溢的探戈舞者吗?那些茄合终究没有白牺牲。

我仍在沾沾自喜,他告知我演出并非在剧院进行,也不是在一个像埃尔·别霍·阿尔门赛或米开朗基罗那样由专车接送组团旅游的游客前往观赏的探戈城堡。

"那么到底在哪儿?"我有点摸不着头脑,不解地问道。

"佛罗里达街。"他说道。那是我最不喜欢的一条步行街,位于布宜诺斯艾利斯的商业区。所有的喜悦顿时烟消云散。他应该不是当真的吧?他不会是让我去做个乞丐吧?

然而,当我问"对不起?"时,他又重复了一遍他的建议。我意识到他是认真的。他确实是在邀请我去做一名街头舞女,如果确切地说不是做一名街头暗娼的话。

我不知道这是不是一个很好的"职业转型"——事实上,我相当确定这不是。然而同上次一样,我没有任何东西可失去。这里没有任何东西等于没有舞伴、也没有得到一个舞伴的可能性,无论是在近期还是遥远的将来。因此我答应了。

"现在听着,不要把这太当回事。这是 sin compromiso:没有约束。明白吗?我之所以找你是因为我固定的舞伴不想去。可我需要现金。我前妻因为孩子抚养问题在起诉我。不过那确实不关你的事。"巴勃罗说道。

有意思!我想。

"没问题,巴勃罗!sin compromiso!"我说这话时心里想:你也太自以为是了吧,居然以为我会想受缚于你和你那愚蠢的小胡子!别逗我发笑了!

然而今天,我并不想笑。事实上,我很恼火。对于约束恐惧症,我有着自己的双重标准。如果它从我嘴里说出来那没关系,但是如果从他们嘴里说出来那就有关系!尤其是当他们恐惧的对象是我的时候,那就更有关系了。我烦透了听他们说这"没有约束",那"没有约束",就好像他们只会说这些似的。为什么他们总是一张口就说"我不想确立关系、不想约束、不想太当真"之类的混账话?为什么他们不能等到将他们覆盖着香

247

草冰激凌的舌头伸出喉咙再说这话？（或者我亦如此？）

当然，我清楚他们来自何方。"约束"这一思想在西班牙语里甚至比在英语里更缺乏感染力。如果你从一开始就将"妥协"一词嵌入其中①，还有谁想去受约束？即便如此，还是很让人恼火。我痛恨他们总是提出以愚蠢的"C"开头的字眼，仅仅为了说明那是他们不想要的东西。坦白地说，我更希望他们根本不要提出这个字眼，这让我感觉自己好像得了什么传染病似的。而问题还在于，我将怎么跟一个行为举止视我如瘟疫的人跳探戈？不过现在想反悔已太晚了：我已经答应了。况且与某个国家的某个性别不同，"约束"这东西不是说说而已，它需要你付出实际行动。

2001 年 8 月 6 日

我和巴勃罗以及其他演员在太平洋购物中心前面碰了面。他带我去"更衣室"，其实就是购物中心的公共厕所。我把自己锁进一个小隔间里开始换衣服。我已下定决心不穿我的任何一件"像样的"礼服，因为一不小心它们就会被弄坏。于是我选择了一条样式简洁却不失妖娆的及膝短裙，就是我和"仕诺"第一次表演时穿的那条。它后面饰有极其精致的吊带，若隐若现，因此尽管朴素，却也十分性感，如果我称得上性感的话。我拿不定主意穿哪双鞋子，因为我所有的舞鞋都是绒面底的——踩在那些我将要跳舞的石子路上无异于自杀。我不得不在今天一大早冲到修鞋铺，让他在我那双黑白双色鞋底部钉上一些橡胶。

最后，我终于换好衣服，从小隔间出来了。这期间，外面已排起了长龙般的队伍等着如厕。我不知道她们是对我的摇身一变感到惊讶多一些呢，还是为我实现这一变形花了这么长时间感到恼火多一些。

然后，我在众目睽睽之下开始梳妆打扮。等我妆扮完毕，厕所侍者和两名正在排队的女子冲我竖了竖大拇指。我离开更衣室，穿过购物中心。我的鞋跟在大理石地板上发出清脆的哒哒声。我假装没注意到那些扭头

---

① 英语中"妥协"为"compromise"，西班牙语中"约束"为"compromiso"。

248

看我的人(尤其是那些男性购物者)。

"你就准备穿这个?"这是佛罗伦西娅看到我的第一句话。佛罗伦西娅是我的老板。

"喔……是——的,"我结结巴巴地说,"有什么不对劲吗?"

"你就没件性感点的吗?露出点大腿,女人!"她眨了眨眼睛说道。这时我才注意到她的裙子几乎没有遮住胯部。

"明天我会看看有没有什么合适的。"我说。

"好极了!"她大叫道。

探戈舞曲的音乐已经从高音喇叭里响起来了。这是一个信号,示意活雕像从基座上走下来,擦去绿色涂料——记得自由女神像吗?——并清出自己的地盘。我们宣告占据了一方领土。但是,从另一个地方传来干扰。购物中心对面的音像店传来的音乐盖过了我们的。佛罗伦西娅派出身经百战的剧组成员鲁文去处理这件事。

"告诉他们把音量调低点。他妈的那么吵我们怎么工作?"至于涉及到有关街头叫卖的"法律",其复杂性我想还是不说为好,因为我估计有没有还是个问题。

鲁文完成了他的使命后,佛罗伦西娅开始准备她的日常伸展运动。她是如此灵活,真令我沮丧。她确实比我有优势。说实在的,什么都不穿确实很明智,你看她能把腿抬得多高,屈膝和踢腿也丝毫不受影响。

"这是演出的一部分,"她悄声对我说道,"如果这都不能让他们停下脚步,我不知道还有什么可以。"

我照着做。整个过程中竟然只拉伤了两处肌肉,我真自豪。我从身后将腿向上拉,竭尽全力扭曲自己的身体。但愿米格尔·安吉尔能助我一臂之力。她是对的:这一招果然拦住了不少路人。观众们张大嘴巴、目瞪口呆地看着我们。不过,我不敢确定这是不是一种赞许。五分钟后,我们开始正式"热身"。(感谢上帝,因为天实在是冷到了极点!我要得肺炎了。或者肺结核。就像《波希米亚人》里的咪咪那样①。尤其像现在,我

---

① 《波希米亚人》是一部歌剧,咪咪是剧中人物。

249

被告知将要几乎一丝不挂地跳舞。不过,她说我会习惯的。)

佛罗伦西娅让我学她的样子去做。她从椅子上抓起一只帽子,也扔了一只给我。这些帽子稍后会在周围传递以接受"捐赠"。她正在表演着一系列复杂的动作,软呢帽在她手里跟变戏法似的,一会儿拿下来,一会儿这样投,一会儿那样投,一会儿扔到空中然后又接住。不消说,我是不会变戏法的。猛然间,我发现自己身处芝加哥,我尽全力去模仿,但我的全力还是不够全。我又回到那些健美操课上——这一课班里其他人都已经练习了一个月,而你刚刚加入,老师对你说:"你会找到窍门的!玩得开心一点!"而当你试图跟上其他人时,你却从镜子里看见一个与班里其他人完全不协调的自己。而且你确信每双眼睛都在看着你,嘲笑你。你玩得一点儿也不开心。

我们玩了很长一段时间的噱头,我甚至怀疑有没有必要持续这么久。最后,佛罗伦西娅说演出可以开始了。在我努力不让帽子掉下的那段时间,鲁文和巴勃罗已经召集了相当一群人。

"向里靠近一点,伙计们,演出马上就要开始了!"主持人毛里西奥高喊道,"不,你不能站在那儿!你堵住了那家商店的入口。这边,这边!请围成一圈。对了。朝里挪挪,靠近一点。紧紧靠拢。挤进来。好样的!女士们,先生们:这里是世界上最受欢迎的探戈秀,在一年半的时间里吸引了超过一百万的观众。让我们以热烈的掌声欢迎太平洋探戈秀!"

2001 年 8 月 8 日

演出以鲁文和毛里西奥的共舞拉开帷幕,这毫无疑问吸引了很多人。那些对探戈一无所知的人们喜欢认为"探戈这种舞蹈最初是在男人中间跳的",他们根本不知道那是胡说八道!的确,男人们在一起排练——时至今日依然如此。但是他们这样做的目的只是为了和女人跳舞。男人跳舞只有一个目的:引诱女人上床——或者最起码假装想和女人上床。舞跳得越好,成功的几率也越高。咱可别忘了探戈发祥于美好的旧时光。那时候,阿根廷的女人远比男人要少很多,这意味着男人之间的竞争是十分残酷的。很显然，除非他们的舞技达到一定层次，否则是不允许进入某些机构的。而且很显然，我生错了年代。

开幕演出之后便轮到我和巴勃罗献上演出最精彩的部分。对我来说很不幸，播放的曲子是达里恩佐版本的"假面舞会"，堪称探戈史上时间最长、节奏最快的曲子，而我不得不跳上整整八遍——因为我们每天表演八次——每一次我都确信自己坚持不到最后。想想我将不得不在明天、后天、大后天又重新开始，日复一日。我像吃糖果似的大口大口吞服布洛芬来止疼，同时也作为预防肺炎的一种措施。然而，我并不觉得这有多大作用。我的咳嗽似乎越来越厉害了。

朝好的方面想想吧。我有望大幅减肥，如果佛罗伦西娅那瘦骨嶙峋的身材算得上某种奋斗目标的话。不过，我似乎更有可能先被送进精神病院。那首曲子老在我的脑海中，挥之不去，而它偏偏是浩如烟海的探戈舞曲中我唯一痛恨的一支。

正当我寻思自己的身体再也经不住下一个旋转（巴勃罗的拿手好戏）时，我获准休息片刻。我正大口大口喘着粗气，佛罗伦西娅示意我摆造型让台下的人拍照。这些按下快门的可怜的傻瓜还没意识到，他们刚刚拍下我将大腿绕在巴勃罗的屁股上，就会有一只帽子伸到他们鼻子下要求他们放点东西进去。不要硬币，谢谢。真是具有讽刺意味，世界上最不上镜的人却不得不在一支舞曲中摆上不是一次而是三四次的造型。

在两支舞曲的间隙，我注意到佛罗伦西娅正和两个看上去像游客的人交谈，其中一个脖子上挂着一架摄像机。她招呼我过来，叫我做翻译。他们用英语跟我解释——"那是不是加拿大口音？""是的。"——他们正在拍摄一部关于探戈的纪录片，想把我们的演出拍进去。我翻译给佛罗伦西娅听。

"告诉他没有一百美元休想拍到我的半边屁股。"她的回答沉着得让人害怕。这已不是她第一次就自己的屁股讨价还价了。

"她说她将很高兴让你们拍摄演出，当然前提是你们愿意付一百美元的标准费用。"

"他们说他们恐怕不能付费，因为那会影响纪录片的真实性。"我告诉佛罗伦西娅。

"既然这样,告诉他们见鬼去吧。"

"很抱歉,伙计。她说很不幸她不能成全你们的项目。"我很难过给他们传递这样的坏消息。不过,他们看上去似乎对此并不介意。后来,当我认出他们——或者说他们的变焦镜头,从距离街道五十码的一棵盆栽树后伸出时,我才明白为什么。但愿他们拍到的不仅仅是那些他们用来作掩护的绿叶。

一曲"假面舞会"之后——感谢上帝,并非只有好事才有尽头——喇叭里响起收场音乐"米隆加"。我和佛罗伦西娅轮流与鲁文这个老男人跳舞。和他跳舞有一个最大的好处,就是不用四下传递帽子。这帽子在我们跳"假面舞会"时会传递一圈,然后在谢幕表演时再传递一圈。当我第一次手捧帽子被佛罗伦西娅推向人群时,我想我准备了一生的这一天终于来了。这是正式声明:我现在是一个乞丐。不过,随着帽子的每一轮传递,我领悟到下等阶层的生活并不是那么糟糕。乞讨亦能行乐!

另一件不像我想象的那么糟糕的事是观众的流失。诚然,这不是世上最好受的滋味。我可以精确地告诉你我失去了多少观众,因为每一次失去我都铭刻在心。不过,我不想这么做。我的眼睛总是像磁铁般情不自禁地转向那些未及等我表演完就离开的人们身上。即便是在以每秒一百英里的速度飞转的"旋转"当中我也能认出他们。然而,你慢慢地就会接受这一现实:像羔羊一样,观众也会迷路。作为街头卖艺者,我受尽凌辱。我无法忍受当他们中的一员走进地铁时,人们突然间装聋作哑、双目失明。不过,我过去最痛恨的还是当一名地铁卖艺者竭尽全力,并试图通过自己的欢呼激发观众的掌声时,他满以为会赢得满堂彩,却不料只剩下一个人的掌声(他自己的)在耳畔高声回荡。

然而,你对一切都会习以为常。

2001 年 8 月 9 日

今天早晨我收到一份从母校寄来的表格。他们希望我把它填好,以便他们编写一本毕业生名人录。此举的官方目的是帮助我们这些"老生"保持联系，非官方目的则是让我们所有人保持良性竞争（通过神经兮兮的相互攀比）。然而，我确信这表格还有一个不为人知的存在理由。它设计出来唯一的也是特定的目的就是羞辱我。

直到今天早晨，我还能愉快地否认自己已差不多毕业十年了这一事实。然而，读完表格上的问题，我再也不可能无视这一令人沮丧的事实而四处游荡了。因为这份刨根问底的问卷要求我把自从离开剑桥以后的所有经历——包括工作和个人生活——和盘托出。

他们让我列出曾经工作过的所有公司——好吧，至少在这里，我可以填上令人刮目的一条。你不可能找到比扬·罗必凯更有含金量的公司了。让我看看，还有什么？助你成就今天卓越工作的过去职务，例如，世界某著名银行总经理，或某一大学物理系主任，或某一知名报纸的知名记者。这个最好先放一放。

让我看看，还有什么？他们希望我列出女王最近在白金汉宫颁发给我的所有奖项，以及因为在文理科、世界经济和世界和平等领域做出杰出贡献而获得的各种爵位和帝国勋章，更不用说我的钱包。他们想知道我最近是否获得过诺贝尔奖或布克奖或其他任何此类奖项。这有什么关系吗？还有，在过去十年里我赢过多少棋牌或国际象棋比赛？羽毛球赛或墙网球打得怎样？有没有什么值得炫耀的事情？究竟有过什么成就？来吧，姑娘，使劲想想！至少告诉我们你已经成家了，哪怕是离了两次婚也比一次都没得离要强。还有，你有几个丈夫、几个孩子、几个奶妈、几条狗、几栋房子、几个花园、几个园丁、几个俱乐部——包括城里和乡村，但不包括"扶轮社"①。你拥有什么车，梅赛德斯还是豹牌汽车？你手指上有多少克拉的钻戒？任何事情，告诉我们任何事情，以使我们相信你没有白白浪费大学的几年时光或纳税人的钞票。任何事情。

我面无表情地盯着这些问题看了足足三个小时，最后，我终于想出了

---

① 扶轮国际是 1905 年由芝加哥律师哈里斯创建，以培养"服务精神"为准则，辐射全球 150 个国家，影响深远。

究竟该如何来填写这些空白。我在每一个空格里都用黑体写上"无可奉告"四个大字，以便能多占一些空间。然后，在"目前职业"下面，我写上"在布宜诺斯艾利斯的佛罗里达街头跳探戈"！

若没猜错的话，我的答案必定会给那些"老生"带来莫大的乐趣。我不在乎他们是否真的会笑死。

2001 年 8 月 13 日

我们的新更衣室在距离太平洋购物中心五个街区远的佛罗里达的一个购物通道。我们每天在那里会面。我每天按照要求十一点就到那儿，可每天都要等到十一点五十五分，佛罗伦西娅他们才会姗姗来迟。由于我们迟到了，不得不忙成一团。我和佛罗伦西娅直奔洗手间更换行头。我借此机会与她拉拢关系。你要知道拉拢关系是很重要的。我竭力不让自己泄露一丁点儿蛛丝马迹，让她看出我实际上不是靠她每天从帽子里掏出的十五美元养活自己。要是她知道那十五美元还不够我每天换双鞋底再买双新网格丝袜会怎样？我编了个故事（我知道……我说过我不再撒谎……），说我教人家英语以补贴我在佛罗里达的"生计"。她现在想跟我听课。无论如何，也不能让她知道我住哪，因为即使按大多数人标准那只是个老鼠洞，那也可能比她住的地方要好。我不知道该如何把这事推掉。

我们化完妆、戴上首饰并相互拉上拉链后，便下楼打点道具：音响系统、超大号电池、麦克风和底座、高音喇叭、老板椅、帽子、手推车……还有那两个男人。听上去有些直接，但事实就是这样。每天总有一幕插曲确保我们一开始就出漏子，而且总是毛里西奥的错。我前面说过，毛里西奥就是佛罗伦西娅新近离异的丈夫，也是她六个孩子的父亲。是的，六个孩子。

倘若你以为他们是和平分手，那你就错了。佛罗伦西娅恨透了毛里西奥的不忠行为，这一点我们早有耳闻。多着呢。

一旦电池没有充好电：

"他这狗娘养的故意干的。"我没有提醒她这毫无道理,因为他若故意砸自己的场子,那对他来讲无疑是经济上的自杀。

一旦我们找不到那些帽子:

"他这狗娘养的把它们藏起来了!"我渐渐明白了,毛里西奥并非唯一一个在家庭里出现可卡因问题的男人。回头想想,要是我有六个孩子,我就不是吸食可卡因,而是吸食海洛因了。

一旦磁带被倒过头了,高音喇叭发出不是通常的探戈舞曲的声音,而是一片寂静:

"我要杀了那个婊子养的!"她一边尖叫,一边发疯似的把所有按钮通通推上去。我丝毫不怀疑她指的是哪个婊子养的。

然而,我或许会因为心存疑虑而被宽慰。因为当佛罗伦西娅的矛头不指向毛里西奥的时候,她就会指向鲁文。

"她不可以把我差来遣去!"这位身经百战的街头老将有一天对我抱怨道。(她可以,而且她这么做了。)"我们曾经和毛里西奥一起那样开怀大笑。现在这样一个老好人。真不知道他怎么会曾经和那个母夜叉搞上……"

2001 年 8 月 15 日

佛罗伦西娅撒谎:我没有习惯这份严寒。不过,好消息是,我跳舞的时候感觉不到,因为巴勃罗总能让我挥汗如雨。然而,在两支舞曲中间休息的时候,我便被极其无情地暴露在了冰天雪地里。只要有一秒钟坐下不动,温热的汗水顷刻间就会变成一道道冰柱。我平均每天要经历八次冻结和八次融化。而事实上从第二天开始,我按照要求穿上(脱下)的衣物就无济于事。佛罗伦西娅想要性感的,而且她也得到了性感的。我不得不承认,几英寸的距离带来的差别确实令人惊异。我的迷你裙现在已有了相当规模的粉丝团:主要是那些无家可归的无业游民。他们没有别的地方可呆,只得成天泡在"我们的"长椅上。他们沉迷于那些每天以吵闹与调解的方式给他们带来娱乐的肥皂剧。有件事值得一提,毛里西奥离开了演出。不过他没走多远——佛罗里达街再往下两个街区而已。他在那里重新雇了一对舞者从事相同的演出。这是太平洋探戈秀的加盟机构！但愿这意味着我们都将免遭耳膜手术之灾。

我们的崇拜者们很是热衷这一新近的转机。我无意中听到他们中一个漏掉一段插曲的人，向其他人打听前一天的故事梗概。他们中的另一个人还制作了一块招牌，上面写着"希腊人舞迷俱乐部"，每次我表演的时候他就举起来。尽管我十分感动，不过我怀疑佛罗伦西娅是否会有同感。事实上，我担心她或许会嫉妒。但是，我能采取什么措施阻止呢？而且，坦白地说，我并不想去阻止。有人喜欢我，感觉还不错，也算换换口味。即便那只是个街头的无业游民。至少他不像对待瘟疫那样对待我。

事实上，我正处在对那些舞迷产生依恋的险情中。正如我的肌肉对布洛芬的依恋。被人们从远处崇拜着实弥补了感情生活的空白。但与此同时，我也感到前所未有的孤独。真是不可思议。我像荡秋千一样，在万众瞩目的狂喜与只身独处的绝望之间飘来荡去。当我孤身一人在自己的寓所里，没有任何人与我分享任何事物时，孤独便会袭上心头。这一切都是为了什么？我苦苦思索。直到下一轮掌声响起我才停止思索，转而又想：拥有了那么多舞迷的倾慕，谁还稀罕某个男人的钟爱？即使他们只是一群陌路人，除了整天坐在公共长椅上别无出路。用整个世界换取他们的喝彩我都不干。

然后，我回到家，唯一的感觉便是空虚。我从不知道空虚竟有这般沉重。

2001 年 9 月 15 日

我与佛罗里达街头的乞丐们成了最好的朋友，我每天去跳舞都会从他们身边走过。那个坐在轮椅里的只有一条腿的家伙总是问我："近来如何？"为了避免直接回答（我不想让他难过，以免对他造成不好的后果），我说道："更多即更少。"这一表达在这里用得再频繁不过了，意味着"还行"或"一般般"。没有任何"好"或"坏"。总之"一般般"。我还与那些吉卜赛流浪儿结为好友,他们总是在我们表演时满场乱跑,惹得佛罗伦西娅直想动手。她已经数落我好几次了。

"别再他妈的做老好人!给他们一根手指,他们会把你胳膊掰下来!我可不想那些畜牲靠近演出。他们会影响生意。他们把顾客赶跑了!你听到没?"

"听到了,佛罗伦西娅,清清楚楚,明明白白。"但我一想到这些孩子从未体验过一丁点关怀与体贴,就无法忍受。即使我明知自己爱莫能助,还是满足于偶尔给他们一块糖果或一个三明治什么的,以使自己心里好受些,这一自私的行为就足以令我着迷。

对了,还有我的朋友巴勃罗。最近情况越来越糟糕。他最新的爱好就是在我们跳舞的时候批评我。他好像等不及我们走下"舞台",就要发泄他的不满。这使我陷入了严重的信心危机,有一次我甚至想到退出。他想必是个同性恋。我找不到任何其他的理由解释他对我的恶意。这里有个证据。有一天他指着街上的一对双胞胎姐妹对我说:

"给我半点机会的话,你知道我会对那两个双胞胎做什么吗?"我还没来得及告诉他我内心压根儿没兴趣知道这些,他已经滔滔不绝地对我描述开了。然而,那些话听起来很不切实际。在我听来,他好像是在过于努力地说服我相信他的男子气概。

"真有意思……我以前从未听说过那种幻想……"我说道。(那简直平常到了极点。)同性恋,我想。毫无疑问。

"踮起脚跟!挺起身子!屁股别摆动!"他一天到晚喋喋不休,好像他是公鸡而我是他喉下的玉米似的。我竭尽全力安慰自己:对于一个长着那样的胡子的人,我还能期待什么呢?

还有一天,我试图搬出新探戈之父古斯塔沃·纳韦拉的大名来为我的风格辩护。真是大错而特错。然而,太晚了。现在佛罗伦西娅也加入了他的阵容。他们联起手来对付我,场面是二比一。这让我的自信心备受打击。好在并非每个人都同意他们的想法。不是我的崇拜者俱乐部,也不是那些不时告诉我他们有多喜欢我的人们。这个星期我得到的最大的认同来自一位巴西妇女和她的女儿。她们连续两天前来观看我的表演,中途休息时,她走上前来对我说道:"你有着某种人们称为'天使'的资质,一种天分。好好珍惜,亲爱的。"我想放声大哭。没有什么比得到一个女人的赞美更令我动容了。女人没有隐藏的动机。当然,从一个男人那里获得赞美也不是什么坏事。比如说,有一天我乘地铁去参加芭蕾舞课,一个小伙子向我走来并说道:"你不就是那个在佛罗里达街跳舞的演员吗?"我点点头。"我只是想告诉你我有多喜欢你的表演。"他说完就消失在拥挤的车厢里。真可惜他消失得这么快:他确实很迷人。我之后很长一段时间都兴高采烈。

2001 年 10 月 7 日

春天来了! 今年比往年来得稍早一点儿。想想此前我对严寒的所有抱怨,你一定认为这是件好事。然而,试一下在阳光明媚、万里无云的蓝天下跳上五个小时的舞,你很快就会发现这是件多么不幸的事情! 让我回到冰天雪地里去吧! 还有那些可爱的灰色天空! 为什么总是在失去了之后才会意识到曾经的幸福呢?

幸亏我在 C&A 连锁店的入口处找到了一块阴凉地,可以趁着舞曲中间休息的当口跑去避难。然而,不等我那化纤衣裙里焐着的热量散发出来,又得回到火炉里。再这样下去我就要中暑了。

星期六那天,佛罗伦西娅无缘无故缺席了。她一定是头天晚上遇到了什么紧急状况,如果你明白我的意思的话。相应地,必须由某人临时充当头头。猜猜那个人是谁? 坦白地说,别无人选,因为我不知道巴勃罗和鲁文哪一个更没用。事情迫在眉睫。与其在每场演出前浪费二十分钟时间围拢那些不愿被围拢的人们,我有自己的一套方法,既省时又省事。我把自己的想法告诉他俩:"他们只要一看到你们俩在跳舞,就会像飞蛾扑火一般围过来。别再试图在演出之前圈住他们了。那太耗时间。你们希望不希望尽早完成八场演出?"他们当然希望。"那就这么办。"我讨厌说这话。我们不仅吸引了比往常更多的观众,而且八场演出四个小时就演完了,创下了太平洋探戈秀有史以来最高的纪录! 我们就像那些因为老师生病而被提前放学的学生似的。

我或许算是今天的总经理。至于谁是今天的财务员就不消说了。鲁文等不及回到通常佛罗伦西娅数钱的长廊就迫不及待地数了起来。我们挣了大约二百美元。不算差！我感觉就像当奴·杜林 ①。鲁文把我拉到了一边。

"拿三十比索。我保证，她绝不会知道。"他小声说道。我吃了一惊，我不曾料到我的道德标准会以这种方式受到考验。不是在这儿，也不是现在。

内心有一个声音说道："听他的，她绝不会知道。毕竟你是被剥削的。拿走它才是对的。就这一次，你将得到你应得的份额。尤其是巴勃罗都可以得到二十比索。难道因为他是男的就应该比你拿得多？还是因为他是'名人'？抑或因为他比你优秀？"这个声音煽动着我。不拿走这钱是不正常的。难道"老猫不在，小猫偷腥"不是一条黄金准则吗？然而，我做不到。

"我拿份内的十五比索就好了。真的。不过谢谢你的好意。"我说道。

鲁文直摇头。他对我失望透顶。毕竟我让他难堪了。当然，现在我后悔了。

2001 年 10 月 13 日

由于今天是佛罗伦西娅的生日，我带了一打肉馅卷饼去上班。我希望这份礼物能够充当和平的贡品，也可以说是一枝橄榄枝——好吧，是种贿赂。正常情况下，我讨厌巴结别人，真的，但我实在再也无法忍受她找我的茬子了。我必须想个办法制止她（趁着还没到两相厮杀的地步），而我所能想到的就这些了。而且，要是幸运的话，我将一饼二鸟，让巴勃罗对我的态度也有所好转。我从未见过比他更冷酷的人。

我曾尝试过自己制作那些塞满牛肉末、火腿、干烙和鸡肉的尤物。不

---

① 美国纽约知名房地产商。

过,现在可不是逞能的时候。那太冒险了。这些肉馅卷饼必须完美无瑕,因为他们将要为我收买不是一个而是两个人的感情。它们必须是从"美食家"买来的,因为在我印象中,那里的肉馅卷饼是市场上最好的。我们这里所说的是一个巨大的市场。它们几乎无处不在。有一天我甚至看见它们中的一些在街头跳舞。人们打扮成肉馅卷饼的模样。为了谋生人们都被迫干了些什么……

我不知道自己第一次也是最后一次尝试亲手做肉馅卷饼是什么使然。我想也许压根儿就没什么使然。它们看上去那么简单,那么低调,小巧玲珑地排成排,摆在镇上的每一家咖啡馆、意大利脆饼店和肉馅卷饼店的展示柜里。然而,我却一点头绪也没有。制作肉馅卷饼是一门艺术。自从那次失败的尝试后,我每经过一个展示柜都忍不住要驻足端详那些小巧而又饱满的杰作。我对他们神秘的制作工艺充满敬畏。为什么他们做出来的肉馅卷饼看上去就那么健康?那么饱满?那么鲜嫩?那么金黄?与我做的那么截然不同?这是一个玄奥的问题——一个永远无法解开的谜。

不管怎样,我还是要高兴地向你汇报:这些肉馅卷饼奏效了。当然,谁也不知道它们的效果能持续多久。不过,至少今天佛罗伦西娅不会将我怎么着。事实上,她对于我记得她的生日是那么的感动。她是那么的友好,我甚至为自己的别有用心感到内疚。我倒希望她恢复平时那副令人厌恶的嘴脸,而不是每次看到我做了什么让她赞成的动作就冲我挤眉弄眼,或是连翘拇指。比如说,一个相当高的踢腿,或一个相当低的、就差没劈叉的弓箭步,因为无论我每天伸展多少个小时我还是不能劈叉。事实上,我准备从今往后放弃伸展而依赖肉馅卷饼了。从佛罗伦西娅的反应来看,它们似乎比我的舞技管用多了。我得伸展好多年才能得到相同的待遇。

至于巴勃罗,这些肉馅卷饼也创造了奇迹。我不敢相信,但今天,他确实冲我笑了! 我几乎晕过去了。

2001 年 10 月 15 日

自从伊内斯搬到布宜诺斯艾利斯以后,我出没于阿根廷"上流社会"的时间要多多了。倒不是说我过去有意逃避这种场合,而是实在没时间参加:我过分忙于在探戈舞场里"织网"。然而,现在的我,在佛罗里达的大街上卖了一天的艺,回到家筋疲力尽,最不想去的地方就是探戈舞场了。况且,我现在也不需要再去了。我有了工作,而且有一个舞伴——虽然他并不真正属于我。他又恢复了平时的老样子——我知道肉馅卷饼的作用不会一直持续下去的。

正如我所言,这些日子我更倾向于接受非探戈邀请。说实在的,与那些按妈妈的话说知道怎么拿刀叉的人在一起,确实是个令人愉快的转变。在人行道上蹦跶了漫长的一天后,没有什么比从一双戴着白色手套的手中接过一杯香槟和一片盛在银色浅盘里的薄面包更让人感到安慰了。不过,这是个秘密。我不想让探戈圈内的任何人知道,尤其是佛罗伦西娅。

例如,上个星期,伊内斯和胡安·卡洛斯就在他们的屋顶平台上举行了一场晚宴招待六十个客人。像往常一样,我被介绍成古怪的探戈舞者。而且像往常一样,起初是令人尴尬的沉默——刚开始没人知道说些什么——然后便是潮水般迎面而来的各种问题。他们全都属于阿根廷的上等阶层,不会为探戈而卖命——那是最下层公民干的事——这就是为什么他们依赖我给他们一次身临其境的震颤。我去过黑暗的社会并且回来了,他们想要一个详尽的报告。像往常一样,我满足了他们的要求。我能够未受惩罚就轻易逃脱的唯一原因是我是一个外国人。发生在我身上,他们觉得很迷人——仅仅因为我不是他们的女儿、姐妹或妻子。他们尤其对我每天十五美元的薪水津津乐道——毫无疑问,他们的员工拿的比我多。那总能让他们捧腹大笑。

我喜欢他们的笑声,同时又为之感伤,因为正是这堵墙使我与他们相隔开来。我常常感觉自己像个精神分裂症患者——我不属于任何一个世界。既不属于这儿,也不属于街上的那个。我在两边都被判为稀有动物

（"一只奇怪的臭虫"，一个好奇的对象）。不过有些时候我会告诉自己，我很幸运，有两个归宿，而不是一个。每当这时，我又似乎看到了一线光明。

2001 年 10 月 17 日

我一开始并没认出他来，不过他目光中透出的某种神采令我怀疑那并非完全归因于巴勃罗和我的精湛技巧。我们正在表演一组颠倒的后勾脚动作。然后我想起来了：他就是那个地铁男孩！我又一次注意到他有多么迷人。他在这儿干嘛？他在附近上班吗？因为我看见他扛着一个邮袋，左边屁股还倚着一辆自行车。

只有在阿根廷人们才会让邮差看上去这么帅气，我自言自语，心里感觉既失望又满怀希望。

等我们跳完一组舞曲，他走上前来打招呼并对我的"表演"大肆恭维了一番。他站得离我非常近，说话的时候，他的双眼自始至终像要穿过我的体内。这让我联想到波斯王子。他从近处看更迷人。一般情况下，我没发现一字眉有什么吸引人的，但在他这儿却显得挺性感的。这使他的目光更加炯炯有神。可悲的是，他从近处看不仅更好看，而且更年轻。我猜想他告别青春期至少一年了——或许两年。我知道，我知道……但我发誓我不是故意的。我不是女性版本的毛里塞·奇瓦里尔，尽管有人或许会这么想。我不会四处哼唱"感谢上天赐与我小男孩"。（除了在淋浴的时候。）

可是，阁下，一个孤独的女孩该怎么办？难道她对小男孩具有吸引力是她的错？难道就因为那家伙碰巧生错了年代就得拒绝与他"结识"的机会？那对她岂不是太残酷？尤其是考虑到事实上无论是近期还是长远都无望发生嗯……罗曼史？况且，人们不是被教导接受礼物时要有风度吗，即使圣诞树下的安哥拉呢毛衣事实上并非自己所希望？而且，假如你以"不会有结果"为由拒绝一份给予，结果第二天却被汽车撞了呢？那又怎么样？难道那不是一种浪费？因此，当那小男生问你要邮箱地址时，你给他岂不是更有意义？我知道你会同意我的,阁下!

今天早晨就有情况了:一封来自他的留言——因此他不可能那么年轻,如果他会写信的话。留言以"公主"开头(一个好的开始,我想),接下来的内容也昭示着希望。信中提到我的才能(那总是很受欢迎),提到我那能让灵魂燃烧的双眼,以及一大堆缺乏新意却很管用的句子。

今天下午,他几经周折再次跑来看我的演出。结束后,当他邀请我出去喝点什么时,我能怎么办?我欠他的,不是吗?如果不是欠他的,那就是欠我自己的。我已经有太久太久没有见过任何行动——我甚至记不得上一次是什么时候了。哦,是的,我想起来了。我倒希望自己没想起来。现在我得重新忘掉。

2001 年 10 月 21 日

我确保告诉了地铁男孩在我寓所对面的咖啡馆见面。始终在游戏中先人一步,那就是我!

服务员送来了我们点的餐点,两份牛乳和两份煎饼,上面滴着甜奶——一种加入了被熔化的蔗糖的乳液,如此一来,却让它变得更加乏味,尽管甜奶本身一点都不乏味。我一度以为自己得了厌食症,不过当我意识到这意味着我再也吃不下甜奶时,我迅即改变了想法。我不能理解的是,既然每一勺都含有两百万的卡路里,而他们不是直接从锅里舀来就吃,就是把它涂在任何食物上,怎么每个人都那么瘦骨嶙峋。就我个人而言,我是一勺都懒得吃。

我一边听他夸我有多么多么漂亮,一边寻思着要不要再来一份甜奶煎饼。我使出了所有意志力,然后又有所动摇。就在我与甜奶恶魔斗争的时候,我暗地寻思地铁男孩是不是委托大鼻子情圣帮他写的电子邮件。尽管事实上他的模样越看越好看——那双具有穿透力的眼睛!——我却担心他的言谈会使情况朝反方向发展。尽管他的开场诗歌(阿根廷标准的恭维人的套话)一点也谈不上充满灵气、别出心裁,不过总比他现在用以取悦我的足球话题要好。如果还有什么甚至比汽车还枯燥,那就是足球。不要问我是怎么从 A 过渡到 B 的,不过我发现自己竟想起了弗兰克。然后,一个念头接着一个,我问地铁男孩是否想到我的住所坐坐。或许我不是询问他。或许我是吩咐他。

他看上去有点吃惊。他没想到会这么轻而易举。况且他也不知道是该进行一次小小的大扫除的时候了——春天来了!正如我以前提到的,阿根廷男人并不指望在女人方面像在足球上那样轻易得分。不过,就像大多阿根廷“猛男”在这种情况下所表现的那样,他努力克制住内心的恐慌,忍住没从咖啡馆里夺路而逃。这或许跟我紧紧拽着他并连拉带搡拖着他穿过马路也有关系。

到了我的住处,他显得更加拘谨了,而且还感染了我。我不知道自己是否还知道该怎么做。我告诉自己那跟骑自行车没啥区别,但我也不确定自己是否还知道怎么骑自行车。为了打破尴尬的局面,我带他看我的音乐并让他挑选一张 CD。他对我拥有这么多探戈 CD 惊叹不已。他在那挑选的时候,我走进卧室换了身衣服,穿上一条线条优美的长睡衣。但愿这能让我们俩进入状态。对我而言,咖啡馆里的谈话实在没什么让人兴奋的地方,我需要利用一切可以利用的帮助。当我出现在他面前,欧内斯托(如果我直到现在才提到他的名字,那并不是因为他只不过是个性猎物,而是因为……好吧,你赢了)。总之,欧内斯托选了一张当今最为流行的探戈女歌手阿德里亚娜·巴雷拉的唱片。他已做好音乐主持需要做的事了,可他没有向我靠近一步。他像是在那儿生根发芽了,而且无论是眼前还是将来都没有挪动的迹象。这迫使我亲自上前将他连根拔起并领他到沙发上。我问他要喝点什么,他说他什么也不需要。我们就这样一言不发地坐着聆听音乐。

正当我开始觉得自己这样穿着睡袍有点愚蠢的时候,他终于俯过身来开始吻我!所有等待都是值得的:这一吻就像涂在我们煎饼上的甜奶一样润滑、一样香甜。虽然我每天都在一个男人的怀抱里度过——如果巴勃罗可以称得上男人的话——可我已经忘记了那种感觉有多美妙。我的身体开始慢慢苏醒。他的也正在苏醒吗?我想是的。然后,我不知道是什么使然,反正他从慢吞吞的长途客车一下子转变成了特快专列。他似乎迫不及待地要把所有衣服一下子脱光。然而，这位欲火焚身的家伙的着装并不适合这种场合。他穿的衬衫是那种有着上百万颗纽扣，而且是专门为极其细小的手指设计的。到处都是纽扣。最为恼人的是袖口的那些。最后，他放弃了这种笨拙地解开它们的方式，将衬衫从背上硬扯了下来，弄得纽扣飞了一地。现在，他正狂乱地试图脱掉裤子，可是他的皮带扣环却卡住了。推推拉拉弄了老半天终于把它抽出来了。谢天谢地，他的牛仔裤不是一溜纽扣到底！他拉开拉链，裤子滑了下来，露出一条有着他的足球队标志的平脚短裤。然而，又出现了意外状况：他忘了脱鞋子，因此，他的牛仔裤挂在脚踝上没地方可去了。他无助地站在那儿，我上前替他解了围。我弯下身子，解开他的运动鞋带。他单脚交替支撑着上下跳跃，好让我把鞋子脱下来。最后，他的鞋子终于脱掉了，牛仔裤和平脚短裤都可以脱下来了。它们都脱下来了。他现在一丝不挂地站在了我的面前。

噢，不。

我将如何用那个进行春季大扫除？你需要一个比那个长得多的扫帚才能够到蜘蛛网。那些声言大小无关紧要的人根本不知道他们在说些什么。有一个理由称之为性行为的实践。看样子我是连边也够不着了。

这年头你不可能找到合适的援助，我想，叹了一口气。用沮丧来形容我此时此刻的心情未免显得太轻描淡写了。

我恐怕得说这一次我的举止有失常态。我气急败坏到了极点，完全不是往日那个彬彬有礼的自己。我所能做的就是挤出一丁点儿仁慈来说一些违心的话，作为安慰奖。然而，即便是有人需要安慰，那也不是他。他那边对这次廉价交易似乎相当满意，这只会让我觉得更加悲惨。一想到他走后我将不得不自己清除那些蛛网，我彻底心灰意冷了，只能拼命抑制住不让泪水涌出来。该死的，一切都跟往常一样。

事后想想，我真希望欧内斯托那会儿从咖啡馆里逃走了，因为那样会省去我不少时间和纷扰，还有他衬衣上的六粒纽扣。

2001 年 10 月 30 日

我坐进出租车并默默祈祷能让我享受一段不用聊天的行程,哪怕就这一次。我感到筋疲力尽。身心两方面。总是如此。然而知道了又能怎样呢,又不能将它驱走。我唯一的愿望就是能够独自一人在阿米巴·特罗尔交响乐里缅怀自己的不幸,即使司机正在收听的当地探戈广播电台现在正被噼噼剥剥的干扰声淹没也不碍事。如我所言,那本该妙不可言,然而事实并非如此。

"你结婚了吗?"内斯托尔问道——那是司机的名字,悬在他椅背上的驾驶执照上写着。这应该是三个最常见问答题之一,另两个是"你从哪里来?"和"你多大了?"

"但你总该有个男朋友吧?"由于我对他的前一个问题予以否定,他便接着问道,自以为这是个修辞性问句。

"这怎么可能?!单身?!一个像你这样漂亮的女孩子?!"他惊骇不已地叫道。这使我发现自己处在了不得不再次反驳他的不幸境地。他的语气让我想到人们在听到一桩罪大恶极的罪行时的反应。

究竟咋回事?我已记不清听到过多少次这样相同的质疑。为什么人们总是不假思索地认为如果你是单身,那一定是你有什么问题呢?为什么他们不回过头来想想,或许你单身的原因是因为他们有什么问题?

"你他妈的看着镜子!"我几乎要大吼一声。然而,由于义愤填膺过于激怒,我甚至说不出话来,更不用说吼叫了。

我疲于向每个人解释我并非有意要单身以使他们烦恼。"我极其乐于合作,"我说,"把我介绍给那些有魅力,有头脑,有风度的人吧。我随时恭候!"我说。但是,我的要求很显然太过分了。显然,他们认为我只要得到下列条件之一就该心满意足了:

有风度,有魅力,但没头脑;
有魅力,有头脑,但没风度;

266

有头脑,有风度,但没魅力;

　　有头脑,有风度,有魅力,但有一个小得可怜的阴茎。

　　不!我宁愿永远忍受孤独的痛苦,也不愿屈从于这些条件中的任何一点变动。是的,这会孤独——不管你在公交车站对自己说的那些话多么鼓舞人心。可是,嘿,孤独到了极点!当然,我不可能站出来直接对他们说这些,否则他们会把我当做不知天高地厚的贱女人而以乱石攻击。因此,我选择了耸耸肩,做出一副顺服的样子。当我进一步耸肩并显出一份因为没有男朋友而抱歉不已的神情时,表示我也默认了他们无言的假定,即,肯定是我出了问题。

　　我冲内斯托尔耸了耸肩。他已调整了后视镜,因此,他能更好地看到我。我下定决心不惜一切代价避免与他闲聊,因为我的身体(精神)已濒临崩溃。然而,当我听到广播里正在播放的探戈舞曲时却情不自禁地用头打起了拍子。而且,不幸的是,内斯托尔光顾着看我,而不注意看路——有两次差点就撞到前面的车子——该死。

　　"你喜欢探戈吗?"他问道。又一道问答题。

　　要不是太疲惫了,我会告诉他这实在太轻描淡写了。我会说:"我爱探戈!"我甚至可能会补充一句:"我为它而活,为它而呼吸!"我几乎理所当然地要接下去解释它是如何改变我的生活,再告诉他我是如何在佛罗里达街跳探戈的——即,传帽乞讨。至少,那是我与百分之九十九的司机的谈话内容。但不是今天。我知道一旦我提到自己现在在"世界上最受欢迎的探戈秀"担当主角,他就再也不会闭嘴了。因此,为了避免像往常那样打开话匣子并一发而不可收拾,我只是淡淡地说了声"是的",再也不多说一个字——这着实费了好大的劲,因为正常情况下,我内心取悦他人的倾向总会迫使我对每一个问题都做出充分的应答。不过今天我不准备取悦任何人。没门。

　　然而,内斯托尔并不吃这一套。

　　"我是一个音乐家,不是一个出租车司机。真的,我在一个探戈交响乐团拉低音提琴。我只不过从上周起开始干这份该死的工作。二十年了,他们让我滚蛋!我们在'窗口'演出,你听说过吗?探戈城堡?所有游客都去那儿。或者说,他们过去经常去那儿。生意不景气了。可即便如此,他们也不能那样做!不应该在这么多年之后。我在起诉他们。"他说道。

"我很抱歉听到这些。"我抑制不住说道。我怎能保持沉默?但我铁了心,再也不会受他诱惑而张嘴了。

"他们说他们别无选择。人们不肯再掏腰包了。这个国家……就要完蛋了!连非洲都不如!"这话我都记不清听说过多少次了。我选择叹息,作为介于搭腔与不搭腔之间的折中办法。可是,内斯托尔仍然不肯住嘴。

"看在上帝的分上,一个外国人跑到这世界的最底层来干什么?这毫无意义!其他每个人都试图离开!"最近,这一问题已上升到常见问答题之列。当然,我为每一个因为经济萧条而遭罪的人感到怜悯。但是,我希望他们能够别再那样问我!这让我感到自己一点儿也不受欢迎。

我拒绝上钩,并佯装这是他的又一个修辞性疑问。我绝不会掉进陷阱,告诉他我到这儿有一个极好的理由——即使我是在大街上干这活儿。

内斯托尔似乎没注意到我还没回答他的问题。

"这是我的名片,"他转过身来更近一步打量我的时候说道,"给我打电话,什么时候一起出去走走!"他说。然后,我发誓他舔了一下嘴唇。我不想太残忍,但确切地说内斯托尔不是我喜欢的类型。纵然这样,我心里明白他为什么认为我会是他的。

实事求是地说,我看上去不是最佳状态。在他身后坐着一个女人,年龄介于三十一岁到一百零一岁之间,头发的油腻状态昭示着她急需预约一名理发师帮她掩饰那已长出三英寸的发根。她那布满雀斑的脸蛋和她身体其他部分一样,像在水里泡过似的浮肿膨胀。尤其是她的大腿,似乎随时可能把她灰色的紧身裤绷开。此情此景,很容易理解内斯托尔为什么觉得他或许是在帮我的忙。

"祝你好运!"当我爬出车门时他说道。

"你也一样!"我愉快地答道。想想我一路上明显的冷淡态度,这着实出乎意料。有人或许会问:为什么转眼间就高兴了起来?

想到马上就可以进入我那空荡荡的公寓并独自一人呆在里面,我就莫名地兴奋,因为那意味着我将不必和任何人交谈或继续倾听他们愚蠢的提问。一种想要弥补我现在看来极其不公的做法的欲望:也就是说,我现在觉得内斯托尔不应该受到我的被动—进攻的沉默处理。这令我感到极其内疚,于是就转化成了那句愉快得有些滑稽的告别辞。

这就是原因。

2001 年 11 月 15 日

每当素不相识的人们走上前来告诉我他们曾为我热泪盈眶,或因我而勾起心中回忆,或因我而受到启发,我便觉得再苦再累也是值得的,即便明知是花言巧语也在所不辞。

"你好,希腊人!"他们说道,自以为因为他们认识我,我便认识他们。

事实上,这可能导致某些相当尴尬的局面。有一天,我正沿着五月大道行走,突然听到后面有人喊我的名字。我转过身,一个陌生人赶了上来。我不知道他是谁。他约摸四十来岁,跟我说话时显得十分熟悉,以至于我认为我一定认识他。他除了提到自己在里奥银行上班没给我其他任何线索。然而,这没能引起我丝毫模糊的回忆。他看上去太时髦(就其着装而言),不像是跳探戈的。莫非我在伊内斯和卡洛斯家里遇见过他?我一边绞尽脑汁回想自己究竟在哪儿认识了他,一边费尽心机让谈话顺利进行下去。我唯恐自己一不小心冒犯了他。他就演出的事问个没完没了。这么说,他知道佛罗里达的演出,但那仍不能帮助我想起他来。我当然不是在探戈舞会上结识他的,因为我记得曾与我跳过舞的每一个男人的每一张面孔和每一个姓名。这个男人是谁?我花了漫长的十五分钟,担心自己会无意中吐露出我压根儿不知道自己在和谁说话。他说他本来要给我打电话的,但他把我的号码弄丢了。我要不要再给他?这比我想象的更糟:我怎么能忘记了自己曾给过号码的人?我把号码给了他,但愿通常的惯例能起作用:它将像其他百分之九十九点九九的人一样接过它,但绝不会拨打,虽然我熟知凭自己的运气,他将是那百分之零点零一的例外。而且,他甚至在来电时也不会告诉我他的名字。他会说:"是我!"然后,我将仍然一头雾水,不知自己在和谁说话。总之,他不是我喜欢的类型——他太老了,而且"衣冠楚楚"。然而,我因为忘了他是谁而内疚不已,以至于对他分外客气以示弥补。我称呼每个人"亲爱的"这一事实在这种情况下可帮了我大忙。最后,我说很高兴他能追上来,但我不得不赶路了。

"毫无疑问,我还年轻,不至于得老年痴呆症。"我给自己打气。也不是吃多了药,除了布洛芬。直到两天后我在观众席上看到他,这才明白我认不出来的真正原因是:我根本就不曾认识他。他只不过是一个看过几次我的演出便认为够格"认识我"的任性家伙。(潜在猎物者?)

平生就这一次,我运气做主,他没有违背惯例。我的电话号码对他来说是个足够好的战利品。他不想从我这儿得到更多东西。(这就是为什么我会大无畏地交出自己的号码,因为我知道他们不会来电。)想想我差一点就跑到医院去做紧急脑部扫描,以确定自己脑袋里是否长了肿瘤。不过,我学会了一分为二地看问题,把这些不必要的健康恐慌当做出名后的消极副作用来接受。

2001 年 11 月 29 日

今天,佛罗伦西娅试图剥夺我(不)应得的份额!我从一里之外也能看出她的意图。每曲下来,她都会一边掂量估算着帽子里少得可怜的内容,一边摇头,嘴里还语无伦次地咕哝着什么。她无需清点硬币的数量,实在是少之又少。至于纸币,一张也没有。

"现在是月底。"她出于我的利益说道。

(说到这,莫妮卡今晚要到我的住处吃意大利汤圆,一种由番茄加盐、牛奶或鸡蛋制成的面食品,是每个月的二十九号都要吃的传统大餐。因为到了二十九号每个人都身无分文,而它们又很廉价。然后,这个月支付薪金的支票得以兑现,每个人又可以从头开始从富翁到穷光蛋的循环。)

因帽子第一圈传下来几乎空空如也，佛罗伦西娅中途两次中止演出。她怒火中烧，把帽子拿到观众面前。

"Boludos!"她冲着他们大声喊道。这是阿根廷最常见的称呼用语，大致意味着"屁眼"的意思。有趣的是，这个词类似于希腊语的对等词"malaka（变态）"，根据不同语境既可以用来表示侮辱，又可用来表示亲昵。此时此刻，佛罗伦西娅嘴里的"Boludos"可没有表示亲昵的意思。

"如果你们认为我出卖自己的屁股就为了这个，"她边说边用拇指和食指做出一个 O 型——巧得很，这也意味着"屁眼"——"你可以再想想!"她将手指穿过 O 型，以便观众中任何外国人或聋哑人能够理解。她此刻没什么好心情。

我知道她将尝试说服我减少工钱，对此我愤愤不平。我不打算听凭她肆意摆布。已经够了！这条蠕虫将要来个一百八十度大转变，就像在《狂怒的公牛》中一样。我开始进入竞技场之前的热身。我准备好演说词，其中诸如"交易就是交易"、"照章办事"之类的关键短语被提到了显著的位置。就这样，我酝酿着自己的愤怒。

演出结束了，我们拖着沉重的椅子，沉重的音响，沉重的喇叭，沉重的心情——以及轻得可怜的帽子向画廊蹒跚而行。在我们换衣服的时候，她开始说话："今天是糟糕的一天——"我立马打断了她。她不必白费口舌。

"佛罗，我毫不在乎今天有多糟糕！我的薪水是十五比索，少一分也不行。"

令我诧异的是她没有试图还击。一言不发，她从帽子里掏出一分和两分的硬币。十五比索一分两分的硬币，看上去似乎很多很多。她阴沉着脸，但没有为了改变一下而大喊大叫。这教会了我一个珍贵的教训：欺凌恶霸其实很简单，难就难在鼓起勇气去这样做。事后一个小时我都在瑟瑟发抖，血管里有太多的肾上腺素不时地喷出。我喝了三杯甘菊茶才得以镇定下来。

我预计自己新近展露锋芒的专断本领会在我去附近拐角处的食品杂货店买意大利汤圆时派上用场。这是一家中国人开的店——我想相对于韩国人、日本人以及其他看似亚洲长相的人,他们是地道的中国人。当我用一分两分的硬币付账时,收银台里那个脾气粗暴的老板娘很不情愿。我知道,她准备制造一点麻烦,因为她几乎和佛罗伦西娅一样强悍。她有所不知的是,她将面临某种难以应付的对抗。不过,我最好先回去喝一点甘菊茶再说。

2001 年 12 月 2 日

总统德拉鲁阿赢得大选那天,群众的欢呼至今仍在我耳边回荡。但如今,胜利的喜悦已被苦涩所代替。我能从他们的嘴里体味出来,仿佛就是自己的滋味。我无法相信已经两年过去了。感觉就像昨天。

上星期,总统发表电视讲话,恳求全国人民团结起来,以使阿根廷免于即将临近的破产。当时,我没意识到即将临近有多近。之于他,我要这样说:他不是喊"狼来了!"当他说"即将临近"时,他指的就是即将临近!

人们说他是个酒鬼,所以在这次讲话中含混不清。我倒没注意到这一点。不过我应该知道:我在探戈舞场里听过许多含混不清的发音。当他乞求观众支持政府的财政措施,以应对国家的金融崩溃时,我浑身都起了鸡皮疙瘩。他还说:"即便你们当中有很多人或许不喜欢我的风格。"

好吧,现在我们知道那都是些什么措施了。星期五,政府宣布启动"小畜栏计划"。这与牛呀马的毫不相干,只与人们的钞票休戚相关。他们一周只能提取二百五十比索的现金。这一措施旨在阻止近来大量现金不断从阿根廷的银行体系流向瑞士和乌拉圭等地。不过看来这一措施与预期的效果恰恰相反。成千上万的人排着长队,试图不惜一切手段把他们的钱从银行系统取出来,放到自家的床垫下面。还有一个意外的障碍:每周二百五十比索的零用金根本不够他们付账单。为了想办法解决这一问题,他们开设多个银行账户。宪法赋予他们处理自己财产的权利被剥夺了,他们为之大怒。不过,我怀疑他们会对此采取什么行动。他们能怎样呢?

阿根廷人爱发牢骚,不过一旦事情真的发生,他们便视之为命中注定要受到上司的欺凌。他们在队伍中摇头晃脑,嘟嘟囔囔,相互找茬。不过,仅此而已。很多人随身带上折叠椅以便更加舒适地打发时间。大多数人啜饮着马黛茶以缓解痛苦。还有,他们正在吃的是那些三明治吗?显然,银行为了安抚他们的客户正在提供点心——这会不会是世界上最为昂贵的三明治?

2001 年 12 月 10 日

昨天晚上,鲁文打来电话说他准备退出演出。他说他受够了佛罗伦西娅对他呼来唤去,他准备在圣·特尔莫另起炉灶,想知道我是否愿意和他一起转换地盘。他还特别强调我们将是"平等的"合伙人,所有收入五五分成。这分明是诱惑,我必须拒绝他。巴勃罗虽说不太讨人喜欢,但他的名字会让我的简历好看一些:"彭巴斯草原上的巴勃罗",多大气的名字,足以抵消我在街头跳舞可能对自己作为一名"严肃"舞者之声誉造成的损害。

然而,鲁文的名字就不能这么说了。倒不是说他舞跳得不好,而是跳的类型不对。不过,即便如此,说老实话,我宁愿与类型不对的人跳舞,也不愿与类型对的人跳。至少鲁文搂着我跳舞时不会和我拉开一臂之距,好像我是什么卑鄙龌龊的老巫婆似的。他以人们心目中既定的方式跳探戈。贴近。虽然他或许没有巴勃罗那般专业的技巧,但他表现出了探戈的精神实质。他的风格保留了最初探戈之花赖以发芽的土壤——淫猥或污物。而淫猥无论过去还是将来都将是探戈的生命之源。

的确,要说太平洋探戈秀除了让我过早患上静脉曲张外还有什么作用的话,那就是让我认识到探戈原本是"肮脏之舞"。由于巴勃罗总是强调技巧高于本质,跟他跳舞时很容易忽视这一点。过分地规范动作,人们便会不可避免地失去使探戈成为探戈的色情特质。在我看来,剔去探戈中的淫猥成分无异于把小孩连同洗澡水一起倒掉,结果就只剩下某人跳着某种中规中矩但却了无生机的类似于探戈的舞蹈了。至于那个"某人"

273

指的是谁,我想就不用我多言了吧。

不过,尽管我对鲁文让我认识到"保持其肮脏"的重要性心存感激,但我不能接受他的邀请,因为这无异于职业自杀。我尽量婉言谢绝。但他完全以探戈舞场上的规则来理解——即,不好。他指责我是个势利小人,还有其他种种不是。他是多么有洞察力,真让人称奇。

但愿我没有铸下大错。现在我们只剩下三个人了,巴勃罗、佛罗伦西娅和我轮番共舞。这一转变最直接的后果是我不再成为他们唯一的批评对象。他们开始瞄准对方并相互开火,这对我来说是种解脱,但巴勃罗的日子可就不那么好过了,他甚至几次扬言要离开演出。我可不希望他兑现自己的诺言。因为那样的话我将和谁跳舞呢?有个冷血的人儿总比一个人也没有强吧。

"她简直不可理喻。我没法和她跳舞。她不愿听我使唤。她太专断了。"他不停地跟我抱怨。当然了,他可不敢直接跟她抱怨。我静坐倾听,心里暗自得意。

由于班子发生了变化,佛罗伦西娅和我不得不经常共舞。她是个不赖的领舞者,但也不是毫无瑕疵,也就是说有时候她会让我不得不怀疑自己的判断力,有时候我会错看她,有时候她还会在我耳边咆哮一些不堪入耳的东西。不过,我发现我们这种女同性恋式探戈吸引的人群甚至比男人对男人的探戈还要多。我因此推断,两个女人共舞能吸引:

1. 男同性恋和女同性恋群体。

2. 有女同性恋幻想的男人们——这几乎囊括了所有男人。

无论由好奇的旁观者和人权支持者(我发誓有一天我曾看到一面彩虹旗帜)组成的人群有多庞大,都不能满足佛罗伦西娅的胃口。自从毛里西奥离开后,她就变得极其缺乏自信。因此,你猜她干了什么?她请求他回来做一次"客串演出"。虽然她对他恨之入骨,但她无法否认他的领导气质,这确实吸引了不少人群。我敢肯定他对于佛罗伦西娅的被迫求助感觉好极了。他一出现,观众席上的常客们便激动地窃窃私语,纷纷猜测他俩是不是重归于好了。然而,当他们看到和毛里西奥跳第一支舞的人是我时,你能感觉到空气中的失望,因为他们意识到自己的猜测不过是空穴来风。相反,他倒显得格外惊喜。我想他是不指望我这个不起眼的异乡人能有什么好处。那些第一次和我跳舞的家伙都是这样,一开始心不在焉,而后突然若有所悟,每每此时我便忍不住哑然失笑。他们着实无法相信我不是一个布宜诺斯艾利斯人。这很大程度上得益于我跳舞时宛若精灵般轻盈这一事实。

"小子,这个金矿是在跳舞吗!"他一边冲着长椅上的一个常客挤眉弄眼,一边大叫道。阿根廷的姑娘们既不是小鸟也不是小鸡,她们是"金矿"——我喜欢这儿的又一原因。

然后,他在我耳边低声说道:"咱们去探戈舞场吧,你和我,这星期的哪天晚上,好吗?"他掐了一下我的臀部以强调他的邀请。

"也许吧,亲爱的,我会考虑的。"我说道。(他疯了吗?!我倒不如现在就拿出研磨机把自己碾成肉饼,省得佛罗伦西娅费力。)

2001 年 12 月 18 日

今天演出取消了。佛罗伦西娅没能赶上到市区的班车。到处一片混乱。抢劫者们大肆洗劫全国各地的超市!政府已宣布进入紧急状态。新闻里,一个接受采访的劫匪在那声称"他很饿"。我一向痛恨愤世嫉俗,但在我看来那家伙似乎有必要再减掉二三十磅肥肉才好。有谣言说爱德华多·杜阿尔德(继卡洛斯·曼南被软禁后庇隆主义运动的现任领袖)乃幕后主使。每一个为之效力的人都紧张不安。他们不知道期望什么。或者不如说,他们一切都了然于胸。他们过去经历的混乱太多太多。

由于今天被迫停工,我才发现自己已对太平洋探戈秀产生多大的依恋。我真担心如果明天还不能在欢呼、掌声和奉承中过上一把瘾,我将会就此一蹶不振。

2001 年 12 月 19 日

我和伊内斯、胡安·卡洛斯,还有他们的朋友圣地亚哥一起在"圣经饭店"吃饭。当我认识到这是一场诡计时已经晚了。我们去"补妆"时我告诉伊内斯，我认为他还不错，只不过……他不跳探戈！看着面前这位站在她旁边搓香皂洗手的人，伊内斯只能沮丧地摇摇头。我对拒绝她的善意感到很难过，于是我告诉她继续努力，不要放弃。

实际上，这个男人本身没什么不对劲的，他是一个非常好看的人。确实，如果罗伯特·雷德福和保罗·纽曼一起有一个孩子——可惜他们并没有——这个孩子长得就像圣地亚哥。并且他三十五岁，是一个黄金年龄。此外最重要的是，他的家庭出身很好，拥有一座豪华庄园——说他有钱的另一种方式——还会打马球，（他们没说?）这一切我妈妈都很喜欢。我希望我能喜欢上他。但是，他不跳舞。是的。探戈。这不是他的错。每个人都不完美。

不管怎样，我们整晚上谈论的一切不过是风暴之前的酝酿而已。但没人会想到今晚就会暴雨骤起！为什么不带伞十次就有九次便会赶上雨，即使明知要变天?

晚饭后，圣地亚哥驱车送我回家，我们中途被阻——不是因为交通，而是因为滚滚的人流。抗议者们在位于卡亚欧大道财政部长多明戈·卡瓦略的住所外面敲盆砸锅，这没什么不同寻常。自从政府颁布"小畜栏"政策以来这种情况已经持续多日了。绕了几圈后，我们才到了我的寓所大楼后面，我们不能从五月大道那边过来，因为那儿交通被封锁了。现在我们明白为什么了，无数小型的火把照亮了整条大道，熙熙攘攘的人群沿街而涌。圣地亚哥让我下了车，我坚持跟他说没必要陪我到门口，我想避免任何尴尬的情景，他勉强同意了。

"无论你干什么，请保证呆在屋里。"他说。

"好，我保证。"我说。

"你不会干傻事的，对吗?"他说。

"当然不会。"我说。

我挥手告别了他便跑上楼。回到公寓，没等打开房门我便踢掉了脚上的高跟鞋。一进屋，我将从祖母那里继承的香奈尔手包扬到角落里，穿上一双帆布胶底运动鞋和我的牛仔夹克衫，然后以最快的速度冲回楼下。

276

我离开大楼加入到沿着大道向五月广场进军的人潮中。

抗议者们都是普通的中产阶级，年龄介于一到九十一岁之间。感觉好似一次大规模的外出野炊，只是由于人们高喊口号、摩拳擦掌并唱着反抗的歌曲，场面略显喧闹。不过大多时间他们都是在敲击东西，不是敲锅碗瓢盆，就是敲打路边的街灯柱、垃圾筒和他们手边的任何东西。感觉就像嘉年华会，他们敲打出一段"康东贝"舞曲的节奏。偶尔人群安静下来时，也会有一阵短暂的缓和。我终生难忘那种沉默的声音，人们的脚踩在柏油路上发出的肃静的声音。然后，随着某个人领导人群喊起新一轮的口号时，沉默又被打破了，人们重新开始敲敲打打。我觉得自己没有资格敲盆或是砸锅。我一度试图开设账户，但他们因我不是正式居民而拒绝了我。具有讽刺意味的是，正是这些繁文缛节救了我。但是即使我没有受到"小畜栏"政策的直接影响，我仍然为今天的阿根廷感到自豪。通过将问题和厨房用具掌握在自己手里，他们证明我错了，而我此生从未因为犯错而如此高兴。

人群将我带到了五月广场，总统宅邸前面的这块宽阔却封闭的场地已经挤满了示威的群众。人们喊着狠凑卡瓦略母亲的话，我不禁为他感到难过。这并不全是他的错（我认为不是），他应该试试把这一点告诉人们。然后我听到激动的喊叫，"那个婊子养的下台了"！话音刚落，人们便就这一主题即席创作出一道歌谣。此情此景就好比刚刚踢完一场重要的足球比赛，不过庆祝地点不是在方尖碑下（那儿是胜利球队的支持者聚集的地方），今晚的庆祝是在粉红宫前。人们感觉肩负使命，乐此不疲。他们之前要求撤卡瓦略的职，现在他真下台了！我确信这一定让他们大吃一惊，就像原指望能依旧自鸣得意的政府一样。

不过这件好事好得有点令人不敢相信。卡瓦略辞职的消息传来几秒钟后，欢呼声便停止了，取而代之的是一片含混的嘈杂声。人们离开宅邸朝我这个方向直奔而来，我正纳闷发生了什么，忽觉双眼钻心地疼，继而流出眼泪。我感觉喉咙里火烧火燎的，几乎一眨眼工夫，便延伸至肺部，使得呼吸非常困难，我努力不让自己因咳嗽而窒息。

"催泪瓦斯?！对付孩子和老人？太可耻了！不要脸的杂种！"四处传

来愤怒的声音。

我好似一名自动飞机驾驶员，跟着人群出了广场。我试图找到一种稳妥的做法，让自己既能离开那个鬼地方，又不至于被认为是在逃跑：快速行走。随着催泪瓦斯的消息四处传开，人潮纷纷掉头往回走。

陶醉已转变成愤怒。在我顺着五月大道往回走的途中，我注意到一些戴着黑色面罩的小伙子。他们一直在那儿吗？他们从哪儿一下子冒出来的？他们手上拿着小块、小片石头和其他投射物，正在寻找目标。我要是幸运的话，就不会夹在他们和他们的目标之间。我看见一些人试图控制住局面，高喊"不要跑！"而其他人则巴不得打起架来。其中一个女孩劝阻自己的男朋友不要参与斗殴，结果他竟动手打了她。人们一个个剑拔弩张，情况一触即发。

现在，我又回到位于国会大楼外的国会广场。这里人头攒动，人们极力登高，有站在台阶和狮子雕像上的，也有爬在四周灯柱上的，还有蹬上阳台和屋顶的，他们到处挥舞着旗子，热闹场面毫不亚于河床队—博卡青年队的总决赛（两支最强的足球队）。在这样的情况下，居然能遇见莫尼卡和马丁，真让人难以置信！你猜怎么着？他们订婚了！我当时太兴奋了，以至于请求他们让我当伴娘。不过，但愿他们忘了这事。不管怎样，我们在一起闲荡了两个小时，仿佛置身于某个大型的探戈舞会或是有史以来最大的订婚晚会。这样看来，催泪瓦斯的插曲就好比一次酒吧闹事，很快就会被遗忘。后来我离开了，留下他们继续参加社交舞会直至深夜。对我而言，庆典已经结束了，我被从头至尾的兴奋折腾得筋疲力尽。然而，外面的喧闹还在继续，我自己不可能捞得着觉睡。已是凌晨三点，晚会仍然在持续高涨，但愿最后不是以烟花礼炮收场，我还指望明天能在佛罗里达过上一把瘾呢。

2001 年 12 月 20 日

今天早晨我离开住所去重新上阵时——是的！——我注意到楼下咖啡馆窗子上的玻璃碎了，大街小巷看上去有点破败。不过他们正在更换玻璃,街上生意看上去仍和往常一样。

佛罗里达的人群略显稀薄,不过那是预料之中的事情。事实上,我惊讶的是居然有人在那儿。我无法将他们与昨天晚上疯狂地敲盆砸锅的那些人联系在一起。好像什么都没有发生过,他们照常经营生意、买卖物品、出差,出没于办公室、咖啡馆或电影院,真让人不可思议。难道这些真的是同一批人?

佛罗伦西娅说她和毛里西奥以及他们的六个孩子都一起去了。她心有余悸地说,昨晚她差点在人群中丢掉一个孩子。很显然,巴勃罗也去了。他说他带了一只平底锅去的,真让人惊讶。我实在想不出他会愤怒到敲打任何东西,更不用说一只平底锅。这说明你永远也不会真正了解任何人……

回去的时候,途经一家咖啡馆,我停下来买了一杯咖啡和一点羊角面包。在电视屏幕上,我看见玫瑰宫前面不断地有抗议者和马背上的警察发生冲突的画面,我听见咖啡馆老远一头桌子上的人们多次提到杜阿尔德的名字,而且声音响亮,从我坐的地方都能听得一清二楚。根据他们响亮的悄悄话,这些"拦路者"或立场强硬的抗议者是他的走狗。而我从邻座又无意中听到一个词,一个压低嗓门吐出的词"压迫",他们指的是官方的恶劣行为,包括政府和警方。军事独裁政治以及它的三万名受害者制造的阴影仍未散去,人们依旧心有余悸。

回到寓所,我正在写一封电子邮件,熟悉的游行示威的声音又响起了。在过去的两年里,没有哪一个星期三我不是在被迫忍受这种喧闹的集会。不过,今天的声音不太一样——更具有威胁性。今天它们刺激了我的神经。我试图摆脱内心不断增长的焦虑,继续写电子邮件。

直到伊内斯打来电话说她担心我身处暴乱的中心,请求我前去与她和胡安·卡洛斯呆在一起时,我才明白自己已经到了忍无可忍的程度。直到这时,我才想到选择逃跑。一等想到,我的心便立马开始狂奔。我要走,我现在就要走!我开始狂乱地收拾行李,确保带上护照和我丢在房子里的任何现金,只是为了以防万一。我还想把为六个门卫准备的圣诞礼物送给他们——同样以防万一再也见不到他们。正当我忙着将东西扔进行李袋时，电话又响了：

"他们把军队召来了，你必须马上离开！"伊内斯说道。

我不知道那意味着什么，但我并不急于找出答案。我停止收拾行李——我承认并非所有该带的都带上了——抓起门卫的礼物，夺门而出。走出大楼的途中，我将礼物扔向当班的门卫。

"圣诞快乐，拉蒙！你能确保其他人都拿到他们的礼物吗？太谢谢了！"不等他回答，我已冲出了大门。

外面是一个暂时宁静的战区，我拖着塞满乱七八糟物品的行李袋蹒跚而行——你怎么决定什么该带上，什么该留下？我脚上穿的鞋子可不太明智，我不忍心丢下那双厚底女鞋，但由于它们太沉，我只好决定穿上它们以代替搬运。结果，我不是被翘起的铺路石就是被本该有铺路石的小坑绊倒。由于广场现在已经戒严，所以连一辆出租车也看不到。我周围有很多戴着黑面具的男人，他们虎视眈眈地看着我。这次我可不是在胡思乱想了（我想不是）。难道我的额头上写有"我爸爸是个银行家"的字样，还是我在凭空想象？

等我到了伊内斯家里一定记得检查一番，我寻思着。

走了大约十个街区（穿着厚底鞋，还带着一只非常沉重的行李包），总算发现了一辆出租车。我招手叫停了它并说道："去北区的波伊雷！"嘿！说话间我已走出不毛之地，奔向了沙漠绿洲。

整个下午我一直都在盯着电视看，我住所门外发生的暴力事件令人不寒而栗。想必那不是我曾住过的地方吧？我无法将这些地狱般的景象与我住的街道联系起来。他们说有二十个人丧生。我已打过电话给我住的大楼管理员，向他和他的家人进行确认。他们躲在自家的公寓里，出人意料的是他听上去对整个事件好像颇感开心，让我觉得自己倒像是一个十足的胆小鬼。我还试图联系佛罗伦西娅和巴勃罗，好让他们知道我明天没法照常上班，但到现在为止我还没能和他们中的任何一个通上电话。我要说的是，做个逃难者并不像想象的那样激动人心。事实上，这可不是什么我乐意向任何人推荐的好事。

2001 年 12 月 21 日

简明新闻:总统德拉鲁阿刚刚辞职。倒更像是逃跑。两小时前他被一架直升飞机从玫瑰宫空运走了。他试图携家人一同逃往乌拉圭的埃斯特角,但未能如愿。这无疑勾起了我心中关于某个也是乘坐直升飞机逃跑的独裁者的记忆(我记不清是哪一个了)。我同时还看到犯罪分子利用领导者缺失的空子,趁机胡作非为的报道。一夜之间,阿根廷变成了一个没有法制的国家,那些戴着黑面罩的人们正在我原来居住的门前制造混乱。

我终于拨通了佛罗伦西娅的电话。她和孩子们都很好。不过她说这几天实在不可能从她住的乡下赶到市中心——确切地说,她住的地方并不是在贫民区,但离那不远。因此,她决定今年提前几天开始我们的“圣诞休假”。鉴于她是多么需要钱的事实,我想整个事情一定都经过了她的深思熟虑。我真心希望这不会意味着她的六个孩子圣诞节将得不到任何礼物。

“别担心!”她说道,“新的一年再见!”真不敢相信她也能这么友好。只可惜这个国家没有早些分崩离析,因为很显然这是它产生的作用。

2001 年 12 月 22 日

伊内斯和胡安·卡洛斯带着我这个逃难者到“希望之村”度假。虽然这座庄园的名字具有一定的讽刺意味,但还算可以,因为还有比这里更差的软禁营地。

多亏庄园附近方圆数英里的土地都归胡安·卡洛斯所有,这里才能远离尘嚣,与世隔绝。毫无疑问,这与前几天在我窗外的喧闹中四分五裂的那个国家不可同日而语!这里寂静得几乎让人失去镇定:我已忘记了听不到无休无止的敲打锅碗瓢盆的声音是什么滋味。是的,我不得不忍受每天早晨六点钟被该死的鸟叫声从睡梦中惊醒。幸好胡安·卡洛斯的手边还有那么多的来福枪。我在郑重其事地考虑,明早六点是否应该拿一支出去用。

这些天来,我漫无边际地漫步于田间地头,并同样漫无边际地驰骋在农场巨大的直线跑道上,一直向前、向前、再向前,直至无边无际的天际,从不停歇。我开始爱上这些大草原,但我起初可没有这种感觉。记得第一次来到乡间时,我将它们的单调、平坦与乏味相提并论,但现在我发现正是它们的单调让人着迷——甚至充满神秘。最惬意的事情莫过于抬头仰望广阔的苍穹。每当这时,你会觉得一切都变小了,事物被置于各自最为合适的视角。

今天下午我骑完马回来喝茶的时候,伊内斯告诉我大选已被安排在三月一号。同时,他们已找人接替了总统的位子,但我没记住他的名字。

是该有点变化了,我们期待着隔壁农场的一家人能前来吃饭。乡村生活就是那样,人们唯一能做的便是大吃大喝,以便对得起无处不在的新鲜空气。不过对我来说,生活在乡村最大的好处还是能够无所顾忌地吃大蒜。那匹给我骑的马"别恩托斯"(有"疾风"之意)一点也不介意我满嘴都是蒜味。或者它即便计较,但也没法抱怨。

2001 年 12 月 24 日

那天晚上伊内斯告诉我邻居要来吃饭,却未提及所说的邻居是格雷丝和路易斯以及他们的儿子——圣地亚哥! 他们从未放弃,不是吗? 不过我只是假装同意,甚至为了让每个人开心而和他打情骂俏。这还算不上是我度过的最不舒服的夜晚。正如我所言,这个家伙出奇地健谈,因此不需要我费太大的力。令人备感遗憾的是,他不会跳探戈。

第二天,圣地亚哥的父母邀请我们去他们的庄园玩一天。当我们踏上通往他们家的马路时,我看见左边的空地上有一个畜栏,里面有一个加乌乔牧人正在驯一匹马。我觉得这个加乌乔牧人似曾相识,但又不太确定。我与格雷丝和路易斯简短地寒暄了几句,随后便信步走到畜栏那边。我是对的,那个加乌乔牧人正是圣地亚哥。我们无言地向彼此打了个招呼,然后我便撑坐在木头围栏上,看着他忙自己的事。

他静静地站在畜栏的中央,潮湿的空气使光线漫射开来,在他金色的头上形成一道光圈。那匹马远远地躲着他,尽可能往边上靠。然而,渐渐地,他能够引诱她靠近——这是一匹母马——直到他深深地凝视着她的眼睛。我想我听到了他对她的窃窃私语。他一边说一边将马嚼子缓慢地滑过她的头部,直至滑进她的嘴巴。她几乎没有退却,难道他给她施了催眠术? 我敢肯定他正在给我催眠。

我不知道过了多久——在我看来时间已经停止了流动——但是圣地亚哥以一个引诱者所特有的耐心等待着下一步。渐渐地,她先前的漠然被一种看似半合作的态度取代了。此时,她正在场子里由慢行变为小跑,再是疾奔,然后又放慢脚步改变方向,继而又莫名其妙地停下。我没有听到任何鞭子抽打的声音。我就这样坐在畜栏的栏杆上,看着亚历山大驯服布塞弗勒斯①,心里寻思着为什么任何人或动物都会将自己的自由拱手让给一个主人。

到了给她套马鞍的时候了。起初,这个陌生的玩意儿吓得她直往后退,但随着他不停用这个逗弄她,将其戴上又拿下,一次一次摩擦并撞击着她的侧腹,最后她终于允许将马鞍放在她背上。我又一次问自己:为什么? 但随着他继续拍打着她,并在她耳边低声说些甜言蜜语的时候,她似乎开始习惯了背上的重负和缠绕在腹部的皮绳。

她已整装待发。当他双腿叉开骑到她身上时,她被突如其来的动作和额外的重量吓了一跳,猛地扬了一脚,弄得尘土四起。但他抚平了她的恐惧,使她重新镇定下来。现在马和骑马的人合二为一了,慢慢地融会贯通,感觉就像在看他们跳探戈。圣地亚哥的表情也随之舒展开来。

一般的探戈能持续三分钟,但我以为这支仅持续了三十秒。她完美地掌控着表演的节奏。只见她鼻孔张开,口吐白沫,双眼冒火,后腿直立,尾巴竖起,双耳后伏,威严地屹立在那里,继而又俯冲而下,重心落到两只前蹄上,同时嘴里发出尖厉的嘶鸣。圣地亚哥骑在马背上就好比骑在了

---

① 布塞弗勒斯是亚历山大的战马。

跷跷板上,一上一下,前仰后合。很显然,她正以行动证明自己是一匹桀骜不驯的野马。他终究没有下马,反而骑在马背上一跃而起。马蹄在原地打转,画出四道圆圈,与之伴随的还有个前后一周半跳,然后他便背部着地,像一袋沉甸甸的土豆落了下来。

我的背跟着痛了一下。当他从地面上爬起来的时候,我感觉自己的肋骨在嘎吱作响。他现在看上去更加动人——就像一个受伤的战士。尽管他极力掩饰,但还是能看出他承受的痛苦。他一瘸一拐地向她走去,眼里闪着愤怒的光芒。我想他更多的是在生自己的气,而不是她的。毕竟,引诱这门艺术要求持之以恒的耐心。他做了一个致命的错误判断,终因操之过急而功败垂成。不过,他打算驯服她,无论她喜欢与否。

我坐在畜栏边上,心里寻思着为什么她会依他,继而又寻思着什么时候会轮到我。

谁在乎他会不会跳探戈?我想,那只不过是一种舞蹈!

2001 年 12 月 26 日

圣诞夜过得挺圆满,除了晚饭中途突发的一点美中不足。胡安·卡洛斯在场地远端的桦树林附近有一张可坐十二个人的桌子。摇曳的烛光与满天的星光遥相辉映,花坛里的花儿在烛光下忽隐忽现,草坪在烛光映照下闪闪发亮,而此时烤肉那明亮的橘红色火焰又在直蹿夜空。

我担心抽出片刻讨论烤肉会打破魔咒,但我必须说说。因为这是所有为人熟知的事物中最受人尊敬的一种——就其在阿根廷人集体意识里的地位而言,它甚至比马黛茶更为神圣,这是一种……户外烧烤。不过,倘若一个阿根廷人听见我这样称呼它,他定会因我的相提并论而感到被冒犯,不会再邀请我参加任何烤肉活动,那无异是奇耻大辱。不可否认,阿根廷人在吃肉方面很有一手,我知道为此就范的素食者已经不止一个。这部分是因为菜单上没有太多其他的选择,你要是想生存的话,最好乖乖开始吃肉。不过,正如通常情况下那样,皈依者往往会变成最狂热的追随者。许多前素食主义者放弃信仰之后,随之又转而走向另一个极端,他们抓住一切可能的机会纵容自己刚刚滋长出来的食肉激情。写到这儿，我的口水都流出来了。这一切都说明烤肉师埃尔南做的烤羊肉实在太了不起了！

好了，现在我们可以重新回到那个温暖的夜晚了。华灯初上，繁星满天。那张桌子看上去做工考究，上面铺着挺括的亚麻桌布，摆有精巧别致的水晶制品和古色古香的银制餐具。筵席上觥筹交错，美酒飘香，人们的情绪不断高涨，嗓门也随之提高。我不明白酒精这玩意儿怎么会让人叫嚷。你认为它能影响人们的听力吗？所以他们不得不提高嗓门说话以便能相互听清。正当场面愈演愈烈，险些演变成一场粗暴的闹剧时，屋内所有的电灯突然熄灭了。

说了一半的句子顿住了，玩笑话悬在了空中，无所适从，笑容也在脸上凝固了。我仰望夜空，惊叹在一片漆黑中更加明亮的繁星，好像就我一个人怀有寻找浪漫的心情。我期待圣地亚哥能利用这个机会与我调调情或拉拉手，或爱抚一下我的大腿什么的，随便做点什么！可是现在我明白了：我对他只是一厢情愿，因为他根本无视我的存在。奇怪！

无论如何，因停电激起的义愤令每个人都烦躁不安。

"是杜哈尔德，是他在故意破坏电力！"路易斯嚷道。

"你认为这会不会是一次改变？"伊内斯问道。

大约半小时后，灯重新亮了，大家不约而同地舒了一口气，我们又可以回到原位，佯装自己身处另一个世纪、另一个大陆了。美酒再次在席间泛滥，相应的人们也重新开始谈笑风生，开怀畅饮。

圣诞节过得很圆满，只是此前我决定与一个马镫较量一番，结果是那个马镫赢了。我真希望能把这事说成是当我像一名亚马逊女战士般在南美洲大草原上纵横驰骋时发生的。不幸的是，我甚至未曾骑上马背。这事发生在鞍具室里，我正准备从那高高的木钉上取下那个巨大的皮制马鞍以及它那沉重的金属马镫——这时便砰的一声！这下可好，破相了：我的整个左边脸都被缠上了白色的纱布绷带，好在那半不是我最好看的一边。不过我觉得自己看上去像个埃及木乃伊——或半边埃及木乃伊对我与圣地亚哥的缘分并不能起到什么促进作用。

我看唯一的好处是等我回到布宜诺斯艾利斯，当别人问及发生了什么事的时候，我可以大言不惭地告诉他们："我在五月广场卷入了一场和警察的小冲突！"这种说法虽然也很愚蠢，但比起说出真相不知要好到哪里去了。

2001 年 12 月 28 日

我在站着写东西。我担心一旦坐下来，会把水泡弄破。现在除了左眼上的白纱绷带，我的右半边屁股也有了一个与之对称的白纱绷带，这是因为我太过努力取悦格雷丝所造成的。

"坐稳马鞍，腿用力蹬！"当我们一起出去骑马的时候她这样指导我。我来回在马鞍上蹬着，直到感觉裤子快把皮肤烧掉了。但不管怎样我仍然坚持这样做。为什么？因为格雷丝是我的理想婆婆，我想凭借自己的骑术给她留下深刻的印象，好打电报回去告诉他们我将成为一名优秀的乡村主妇。（探戈？那是什么？）然而，我没能成功。如果她留有什么印象的话，毫无疑问也是我那肥大的屁股，因为她凭借畜医方面的训练为我包扎了伤口。我敢打赌她有生以来应该还从未见到过如此大的一个。我不是在指伤口。（要是那鞍座在燃烧我的皮肤的同时也能烧掉一团脂肪，那岂不是很好？）

感情是相互的：她曾一字一句地告诉我，她希望我成为她的儿媳妇。所以这是天作之合，对吗？错。她的儿子是个十足扫兴的人。

她一边用碘酒轻涂我那皮开肉绽的伤口，一边教我如何使他上钩：

"抓住放开，再抓住再放开——那就是得到圣地的办法，"她说，"无论你干什么，切记不要和他上床！还不到时候，在他做好准备之前别做这事。"

我不知道什么更让我刺痛：她的训诫还是碘酒。我跟她说过，我觉得他对被人"俘虏"不感兴趣。除非是被一匹马。圣地亚哥对他的母马可比对我更入迷，使得我不得不再一次与"其他女人"做竞争，只不过这次的"其他女人"恰巧是一匹马。（那是不是意味着我在她眼里也是"别的马儿"?)更糟的是,那匹马比我年轻三十岁。我不知道哪一样更丢脸:与一个人类情敌竞争,还是与一个马类情敌竞争。我的确知道的是我再次陷入了三角恋情,并且又一次,我仍处在下风。

但是,格雷丝坚持认为现在放弃还为时尚早。她有所不知的是,涉及到赢取男人的心,我是而且永远都将是个差等生。我怎样才能告诉她真相?一如在所有男人的眼里一样,在圣地亚哥的眼里我仍不是做妻子的料,我甚至不是做女朋友的料。他们看我一眼想到的是:性!(在我身上,性和爱是不相容的。)

2001 年 12 月 30 日

因此我无视格雷丝的忠告。我知道事实上无论我多少次抓住和放开都不可能赢得圣地亚哥的心。既是这样,干吗还要坚持?我的哲学是,既然你不能战胜他们,倒不如和他们在草堆里滚成一团。不得不说的是,在这一点上格雷丝的儿子倒表现得分外配合。在我脸部和臀部分别是那样的情况下,他居然有兴致和我发生性关系,真令人难以置信。我无法想象,自己缠着纱布的样子看上去会让人胃口大开。但是有一点我们不能指责圣地亚哥的是他缺乏胃口。在他那里,"我不想确立恋爱关系"意味着"让我们在田野、马厩,以及其他任何牲畜们有可能拉屎的地方发生关系"。在一间狭小的柴房,即使有稻草戳进伤口、随后感染上疥癣也在所不惜。人们当然不能指责圣地亚哥没有抓住性感的日子!

当然,我知道明天我将为之付出代价,那时我会变成一个顾影自怜的可怜虫。每次事后我总是这样。就像吸毒似的。你当时觉得快活,然而,嗯——我不觉得有必要一字一句说出事后的感觉。凭我以前的经验,我知道当我从狂热的性爱所带来的兴奋中恢复过来时——我这里所说的狂热的性爱指的是与一个这样的阳具做爱:比我的拇指大一些;勃起的时间超过两秒;长在罗伯特·雷德福和保罗·纽曼之子身上的——正如我所言,明天我所剩下的便是认识到他会发现一匹马也要比我可爱得多。我所有能记住的将是"我不想确立恋爱关系"这几个字。

唯一能让我感觉好受些的便是重返工作岗位。到那时,我将再次听到众人的喝彩,顷刻间我将忘却所有的伤痛。当我跳舞的时候——我是多么想念探戈啊!——我定会幸福得忘记自己生来不是一匹马这一悲惨的事实。我的舞迷俱乐部,以及他们亲切的小招牌,还有他们偶尔的潜行跟踪,这些必定会让我忘记自己是世界上最不可爱的人。只需再过几天就可以回到聚光灯下的生活了,回到做"名人"的日子,将圣地亚哥从记忆中抹去。既然事情不会像想象的那样严酷,何不妨再到干草堆上滚上最后一次,以迎接新年的到来。为什么不? 格雷丝绝不会知道。

附笔:幸亏那天没记住总统的名字,因为伊内斯刚刚告知我他已经被另一个人换下了,而那个人的名字我同样没记住。

2001 年 12 月 31 日

我的屁股受伤了! 这也是总结这一年的一种方式:

1. 我不得不付钱给舞伴请他和我录制节目,因为没有人愿意免费和我跳舞。

2. 唯一对我说过中听的话的舞伴失约了。我排队等了几个小时,到头来就像用旧了的袜子一样被抛弃——我甚至没能为此扇他一耳光。

3. 我尝试做个女同性恋者惨遭失败。

4. 我弄毁了好多好多茄子。

5. 我现在在下等阶层乞讨为生。由于不断地在路边摔打,我的身体已衰老了十岁;严寒酷暑的气候环境导致了肺结核和过早的静脉曲张。

6. 而我的身材只比以前瘦了一丁点儿。

7. 我摊上了一个让《雾都孤儿》里的费金都相形见绌的冷酷老板。

8. 我的舞伴比鳕鱼还要冷,而且老气横秋。

9. 比起探戈舞者,我对马球选手甚至更没吸引力,而他们尚未发明出将人转变成马的手术。

10. 最后,这个国家的状况比我的爱情生活更糟,用一团乱麻来形容一点也不为过。人们带着睡袋在西班牙大使馆的门外一连排了几天几夜的长队,竭尽全力想走出阿根廷,为了在一个仍有可能梦想未来的国家重新开始生活。

不,不,不! 你不能像这样开始新的一年。你必须尽量朝好的方面看。想点积极的! 哪怕那会要你的命:

1. 我在录像里看上去棒极了,虽然就我一个人这么说(因为我还没有勇气到处炫耀)——而且不光是服装、发型、妆容和灯光,也不全是变焦镜头的作用。

2. 我没有退缩,我露面了。忠贞是我突出的个性。

3. 结果好就是好。我和佛罗当时只不过是萍水之交,就这点而言,我们的合作情况还不算太差。而且,后来我们相互亲吻并言归于好了,并非同性恋意义上的那种。

4. 那是我最后一次尝试做茄合。这对我来说是好事,因为不管怎么说,我更倾向于做个卧室里的荡妇。

5. 我从我的"舞迷俱乐部"得到的爱弥补了世界上所有的严酷和孤独。

6. 喔,或许不是全部的,但也不少。

7. 佛罗伦西娅终究还是有人心的,而且我发现了通向它的途径:肉馅夹饼。轻而易举!

8. 还有比和鳕鱼跳舞更糟的事。比如说,和一条比目鱼跳舞——或者更糟,既不是和鳕鱼跳也不是和比目鱼跳。到那时候,我就没有理由生活在这个世界的尽头了,毫无理由。

9. 想到这一点,真该庆幸圣地亚哥不想明确恋爱关系。否则的话就只能选择每天在草堆里打滚了。想想你幸免了夹在中间听多少无聊的马语!

10. 阿根廷的人民终于已经站起来并掌握了自己的命运! 他们对腐败说不! 对无能说不! 对在遍及各处的银行外面吃昂贵的三明治说不! 新年快乐、快乐、再快乐!

2002 年 1 月 3 日

和我像一只无头的苍蝇逃走之前一样，一切依然如故。我所住的大楼既没遭炸毁，也没有被洗劫，就连窗户也全都完好无损。没有一张掀翻的桌子，没有一把弄坏的椅子，甚至没有一只被撕开的枕头！真是虎头蛇尾！说实在的，那是我生命里的故事。不过，我确实有一条有趣的消息。我们有了一个新总统，这是两周内的第五个了，他的名字我确实记住了：爱德华多·杜阿尔德（没有评语）。

工作方面，情况也和我离开之前差不多，这无疑是莫大的慰藉。自由神像一见到我们便立即开始解开他那一码又一码的绿色绷带，走下基座。"陶尔"音像店依然在播放着它那实在难听（而且响亮）的音乐，而现在恳求商店经理降低音量的工作落到了我的头上。我认为他是故意这样做的，迫使我穿着短得离谱的舞裙、鱼网状的紧身衣和穿孔锥般的细高跟鞋走进他的店里。

C&A 连锁店的自动门继续随着购物者们的进进出出而时开时合，从而为我送来空调宜人的阵阵凉风，帮助我在曲间休息的时候从暑热中恢复过来。那些吉卜赛流浪儿仍然像往常一样，在演出时从我们的圈子里跑进跑出，惹得佛罗伦西娅像从前一样气急败坏。我们通常的一班人马又回到了他们的长椅上，坐到他们固定的位子上。那个无论多热都穿着灰色连帽夹克的老男人旁边坐着那个没牙的老女人，再旁边坐着那个我怀疑患有轻微唐氏综合症的男子，再旁边坐着正式的"希腊人舞迷俱乐部"的首创人员。（也是唯一成员？）和往常一样，只要自认为是表示支持的好时机，他便会举起手中的纸板，并引来其他观众的欢呼喝彩。

唯一有点不同寻常的是从远处不时传来的敲盆砸锅的声音。不过它们够远的，几乎可以忽略不计。

"小心点，别像那样！你要把我的裤子弄脏了！"巴勃罗数落着我，因为我不小心撩起了他的裤管，露出一截袜子——糟糕！——不过更有趣的是，袜子上面还有吊袜带。这一失礼之举是在我完成一个标准的探戈

290

装饰动作时发生的,这个动作要求你以一种嘲弄的方式,用鞋子去踢对方的胫部。不过,今天他可以随心所欲地对我嘘长道短,因为我完全沉浸在回到佛罗里达的兴奋中,任何事都不会令我沮丧。

相反,我面带微笑,闭上双眼继续跳舞,并在心里设想着那个和我共舞的人是圣地亚哥。当我睁开眼睛的时候,我看见欧内斯托也站在人群中,屁股斜靠着自行车,背上背着一个包裹。我在旋转时给了他一个飞吻,同时却瞅见佛罗伦西娅恶心地看了我一眼。我知道这支曲子一结束她就会跟我说些什么。不过我不在乎。我又回到了自己的归属地!

"再见,公主!"欧内斯托一边高喊一边冲我做了一个飞吻,然后跳上自行车,愉快地踏上了自己的行程。

我再次闭上双眼,回到圣地亚哥的怀抱继续跳舞。最后我告诉自己那样不健康,我确实应该打住。于是我集中精力投入到自己正在做的事中来,同时心想:"在世界的这个尽头我仍在跳舞!"

2002 年 1 月 9 日

一夜之间,阿根廷变成了一个香蕉共和国①。我指的并不是商店。这事儿就发生在前天:可怕的货币贬值,自从我差不多三年前来到这里后几乎每个人都在预测的事。而这正是杜阿尔德上台后所做的第一件事情。曾经和美元挂钩的比索———比索兑一美元———现在解挂了,最终导致美元对比索的兑换比率跌落了百分之三十。这意味着我不再是每天赚十五美元,而是五美元!

这使得每个人都陷入了疯狂的投机倒把活动中——货币方面的投机倒把。大多数人趁比索尚未跌破大关之前试图在手头多存集一些美元;而另外一些人则要出去捞一把,倾注全部精力根据市场价格的波动进行美元的倒卖。突然间,所有曾经形同虚设的外汇所犹如枯木逢春一下子火爆起来。我过去还在想它们为什么会存在,因为它们总是空荡荡的。

---

① 指只靠出口诸如香蕉等单一经济作物且受外资控制的拉丁美洲小国。

现在我明白了。它们一直在等待，等待这样的时机。

突然间，这个国家到处都是排起的长队：不是在大使馆外面，就是在证券交易所。但是货币交易不是只有在这些污秽的场所里面才在进行，其实光天化日之下到处都有。货币贩子随处可见——佛罗里达街头一下子冒出了好多——他们走近你，鬼鬼祟祟地对你耳语："要换钱吗？"我不明白他们为什么看上去那么紧张，好像没有人会去阻止他们吗。警察当然不会管这种闲事。

货币贬值导致的另一后果就是店主们纷纷抬高物价——许多时候都是先发制人，让人们措手不及。今天我的润肤水用完了，于是我到药店去买。我简直不敢相信：一瓶中性混合润肤水（不含油）现在居然卖到十八比索！比我一天挣的还多，简直是打劫！这还不是我平常用的牌子，我那种找不到了，因此我别无选择。从外包装上的灰尘来看，这瓶润肤水放在架子上估计都有六个月了。但需要继续使用，我只好狠狠心掏出十八比索，虽然这让我心里很不爽。

说真的，我没有权力抱怨。和佛罗伦西娅的世界比起来，我简直就是一个被宠坏了的孩子。我手头上有着直通纽约某个银行账户的信用卡。即便是这些日子，我也无须动用自己的一美元。美元的严重短缺意味着银行没有足够的美元供我提取。结果是每次到了取款机前，发现它不是被砸了就是取不出钱——取不出钱时居多。

然而，事实上，对于我们这些美元持有者来说，生活从现在起将会变得更加廉价——除非局面上升到一发不可收拾，整个国家走向无法控制的通货膨胀。这种事在 1989 年发生过，这也是为什么他们从一开始就把比索和美元挂钩的原因。人们害怕这种事再次发生。他们不想再用手推车推着一车不值钱的纸币去换一杯咖啡喝。但这不是我目前最关心的问题。

我现在最关心的问题是我和佛罗伦西娅之间的距离又加宽了百分之三十。一夜之间，她比原来贫穷了百分之三十——或者说，我比原来富有了百分之三十，就看你怎么看这件事了。这就使得和她共事又艰难了百分之三十。本来隐去我的某些背景细节就够难的了，现在要假装自己很穷就更难了。而我对此心生的负罪感已远远超过了百分之三十。

2002 年 1 月 24 日

昨天晚上我出去吃饭的时候在包里装了一支牙刷，以防万一。我总是不能确定自己是否能带着它重新回到公寓。你根本不知道他们何时又会因为一点暴乱再次封锁广场。这已成为设在你我之间的一种阻隔。

自从他们盗走了每个人的钱——即他们把所有的美元存款转变成比索后，情势变得越发紧张起来。换句话说，比如那些以为自己的储蓄账户里有一万美元的人们，一觉醒来发现一万美元变成了三千美元，而明天很可能就只值两千五百美元了，至于后天它们又会值多少谁也不知道。这对于鼓舞人们对银行系统的信心可没多大好处，尤其是当银行不让那些惊慌失措的储户把钱取出来的时候，或是出于某种原因又想存进去的。在我住的那条街上，每家银行为了免遭洗劫，都用东西封堵了起来。但它们没法躲过那些变成涂鸦大师的老太太们——她们全副武装，手拿颜料喷枪，在每一家银行的正面都密密麻麻地喷上了"贼"的字样。一想到这是她们发泄愤恨唯一可能的途径，我不禁流下了伤心的泪水。

我所担心的倒不是胡安·卡洛斯那帮人。他们从不把钱存在这个国家，将来也永远不会。我现在明白为什么了。

受创最严重的是那些中产阶级。他们虽小有积蓄，但又不够存到瑞士或乌拉圭的银行里。他们别无选择，只能将钱存入本国的银行。幸好，我圈子里的这类人并不多。

剩下的那些人要么是没什么积蓄可以失去的，要么就是有一点点钱，但很明智地把它们都藏在了自家的床垫下。我问佛罗伦西娅是否受到最近一系列事变的影响——我没法让自己说出"偷"这个词。

"你是在开玩笑吧！你觉得我会把哪怕是一个钢蹦儿托付给那些屁眼吗？"她说道。

感谢上帝！我想。

但是，当我问及巴勃罗他那边是否顺利时，他没有回答。这倒没什么

293

不寻常的。但他的眼睛抽了一下，这一抽比一千句话都能说明问题。我感觉糟透了。阿根廷，别为我哭泣。我在为你哭泣。

2002 年 2 月 2 日

今天早上，在我们准备动身前往佛罗里达街之前，巴勃罗告诉我他要退出。

不！我无声地哭泣。你不能这样对我！不是现在！我还没有准备！他曾在多处场合扬言要离开，这倒是真的。但我从来都没当回事，以为他只是说说而已。

"为什么？"我问。我以为他会说他受够了佛罗伦西娅对他指手画脚。

"我要离开这儿！我不想再呆在这鬼地方！与那帮窃贼为伍！"我知道他说的是政府以及他们对他的存款所做的勾当。然而，还没来得及等我想出一个合适的方法问他需不需要我借些钱给他时，他又接着说："我在阿曼接了个新活。能干六个月。待遇也不错。我们下个星期就去。""我们"指的是他和他的"正牌"舞伴，不屑于在街头跳舞的帕特里西娅。

不能这样！我可怎么办？我一边想一边喃喃自语，说了些理解他和他要走我也跟着走等等之类的话。他让我无路可选，真的。我没办法再留下来，让我一个人跟着佛罗伦西娅。谁知道她会让我跟谁跳舞呢？或许她会把鲁文再请回来。不，我不能冒这个险。如果巴勃罗走了，我不得不走。该死。

当我们冷不丁地告诉她，她将失去不是一个而是两个舞蹈演员的时候，场面可不是那么乐观。太平洋探戈秀就剩下一个舞蹈演员：她。我要说明一下，以免大家到现在还没弄明白，那就是跳探戈至少需要两个人。不过，事情并不像我预想的那么糟。我原以为她会大呼小叫，拽着我的头发把我拖过大街。相反，她神情木然地看看我们俩，过了一会儿才回过神来，说道："当然。没事。好的。我会另找一对接替你们的。"

我不敢相信：她居然能装出我的样子——使得我更难表现出一副漠然的神情。看穿她的内心世界后，洞悉到她那高超演技（或我自己的）之下遮掩的苍凉的心境后,我怎能不与她心生共鸣? 我倒希望她能毫不犹豫地让我们滚开,那样我还会感觉好受点。

一切都结束了。巴勃罗和我双双离开佛罗伦西娅走到各自的十字路口时,我们以一种特殊的方式向对方告别(这种方式正是我俩关系的象征说明):

"那么,祝你在阿曼好运!"我说。我不知道还能说些什么。

"也祝你好运!"他说,并象征性地给了我一个冷冰冰的吻。然后,我们便分道扬镳,各奔东西。

今天,"佛罗里达"这个名字足以让我产生不适,我感觉好伤心——同时也是因为许许多多其他的事情。正如厄运安排的一样,我明天将要面对的不仅仅是听到这个名字。现在回去还早,但我必须回去。我没办法摆脱。莫妮卡让我陪她去买一些结婚用品,显然是只能去太平洋购物中心了。为了不碰上佛罗伦西娅,我建议我们最好在自由女神像换班的时候去。然而,即便是走在那条街上也会勾起我此时心中尚未平复的感情。

当然,要是我真想的话,我本可以留下。但我知道迟早有一天,自己还是不得不离开。我总不能一辈子以贫民窟为家。无论它之于我是多么亲切——从这个词所包含的家的意思来说。但在功能上说,它当然还算不上是一个家!

不知不觉地,我已变得依恋佛罗伦西娅了,甚至还有巴勃罗以及他那愚蠢的小胡子。还有毛里西奥和鲁文,虽然我跟他们接触不多。用我最喜欢的音乐剧里的台词来说,我已经习惯了他们的面容。而且习惯成自然,想抛都抛不掉,即使他们不咋样。

我会想念这条大街以及街上的乞丐、吉卜赛人和活雕像的,还有长椅上的"后援团",以及那些喧闹和争吵,还有从高音喇叭里传来的音乐,当然还有欢呼和喝彩。我会想念曾经做"名人"时所得到的那种爱。

贫民窟里的生活还不错。可是最后,我还是不能在那儿落脚。我多想找个地方安顿下来。我厌倦了四处漂泊,厌倦了寻寻觅觅,厌倦了没着没落。然而,随着太平洋探戈秀的结束,我再也没有理由呆下去了。再一次,到了我收拾行囊说再见的时候了。再见了,梦想。再见了,布宜诺斯艾利斯。

2002 年 2 月 10 日

昨天,我打电话给妈妈。

"我准备离开布宜诺斯艾利斯。"我说。

"别告诉我,你又要迁往澳大利亚。"她说。她已不指望我有什么好事。我不知道为什么。

"我不曾想过澳大利亚,不过现在既然你提到它……"我说。我只会戏弄别人,我的舞伴们是对的。

我最终让她从痛苦中回过神来并告诉了她我的计划。

"感谢上帝!"她高呼道。我很高兴她能开心。

"那探戈怎么办?"她问我。

"什么怎么办?"

"你仍将继续跳下去,对吧?"她说。

"喔,不,事实上,我不准备。"我说。

"你不能放弃,你已经为它付出了那么多。"她说。

"我知道,你说得对,但是——"

"我怎么跟我的朋友们说? 说你突然离开,不再做一名探戈演员了?"她说。(探戈已成了她和牌友们的谈资。)

"别担心,妈妈,你会想到法子跟她们说的。你可以说我准备结婚了,并生好多好多孩子,从此以后过上幸福生活。"

"我不能跟她们说那些! 她们绝不会相信的。"她说。

然后,我又打电话给爸爸:

"噢,不,你已沦落到贫民收容所了!"他忧郁地说道。

我想起了在我十六岁那年我们曾有过的一次谈话。比起那时,我已长大了一点儿,不是吗?

不管怎样,我向他保证我没有沦落到贫民收容所,而是准备离开布宜诺斯艾利斯。他没有说"感谢上帝"! 但我敢肯定他是那么想的。他最近一个劲地给我发邮件,询问阿根廷的动荡局面,生怕我注意不到自己肺里的催泪瓦斯似的。

"那探戈怎么办?"他问我。

"我准备提前隐退。"我说。

"那真丢人。"他说道。我确信他是认真的。

我以为他会滔滔不绝地就养老金计划训诫我一通,然而他没有。

"那么你现在打算怎么办?"他问道。

"我不知道。"我告诉他。"但我准备去找找看。"我说。

"我相信你会找到的。"他说道,相当于"我为你自豪"这一环节。

"你知道,如果需要的话,你可以一直和我们在一起。"他补充道。不,那高于"我为你自豪"。我谢过他,并告诉他没那必要。我跟他说了我的计划,他听上去很高兴,这也让我感到高兴。

2002 年 2 月 26 日

在前往"街心公园"之前,我戴上了那枚紫色戒指,因为这将是我最后的探戈。我下不了决心告诉大多数舞伴我即将离开,只能告诉特定的几个人。其余的人,我给他们留下的印象是下周日他们还会看到我。我想这是因为我害怕因为我的又一个背叛性的消息而伤害他们。我感觉自己就像一个幽灵,来到了她的心爱之所。

然后,我认出了来自三胞胎的一员——是贾维尔!我已经有很长一段时间没有见到他了。天哪,我都忘记了他有多性感。那深邃黝黑的容貌……太妙了!继而我想到极具讽刺意味的是,到头来我竟没能与三胞胎中最放荡不羁的一个上床。我当时究竟是怎样努力才抵制住诱惑的?这勾起了我心中关于冷水澡的记忆,还有他的女朋友。我四下张望寻找罗米娜,但她没和他在一起。缥缈的幽灵立刻变成了血肉之躯。

"嘿,我给你的电话应答机留了言,你收到了吗?"他漫不经心地问道。然而,我敢说他的问题绝非漫不经心。

"没收到。都说了些什么?"我问。

"这不重要。你现在已经在这儿了。"他说着用手搂住我的腰把我领进了舞池。

他一定听说了我将要离开的谣言。我为自己企图不辞而别却被逮了个正着而感到面红耳赤。但我知道这太危险了。我担心内心的欲望再次被唤起,然后再次被悬在半空。(我已发誓再也不洗冷水澡了。)但我有所不知的是,贾维尔丝毫没有轻易放我离开这个国家的意思,除非他再次点燃我的欲火,并亲手熄灭它。

我不知道人们是否意识到欲火中烧的时候跳探戈有多么困难。

"来吧!咱们离开这儿!"他呻吟地说道。

"不!"我呻吟着。

"为什么不?"他哀声抱怨。

"需要我来提醒你你有女朋友吗?"我说。这话多少有些煞风景。

"那有什么关系?"他粗暴地说道。

"你要再不规矩,咱们就别跳了。"我威胁道。

他规矩了(即停止了说话),我们继续相安无事,哑口无声地跳着"隐形"探戈。直到悔恨袭上心头。我的。

"如果……?"我开口了。

"什么?"他迫不及待地追问。

"如果……我们……就做这一次……将会怎么样?在我离开布宜诺斯艾利斯之前。"

"你要离开?"他装出一副震惊的样子问道。我敢肯定他已经知道了。不过,听到别人说出来还是让我觉得悲伤。

我们像达成了一笔交易似的无言地结束了这支探戈。

"谢谢你,亲爱的。"我说道。"忍耐是一种美德。"我又补充了一句。我还想和许多舞伴再跳最后一次舞。我想体验一下我的每一个舞伴带给我的不同形式的悲伤以及不同质感的哀愁。最后一次。

探戈舞会刚一结束,贾维尔就来到我的身边。这让我觉得他信不过我。

当我们走向他的卡车的时候,我回过头从肩膀处瞥了一眼夹在黄檀

298

树中间的舞台,叹了一口气。

"你想去哪里?"他问我。(我想去哪里?)他希望我说"我的住处"。然而,我要让他失望了。你看,我还有最后一个幻想,想在临走之前实现。

"我从未去过情侣汽车旅馆,你愿意带我去吗?"我问他。

"我身无分文。"他说。

"我来付款。"我说。

"那好吧。"他边说边发动引擎。

现在,为了防止你认为他拒绝付款没有绅士风度,且容我为他辩护一句:他确实从他的卡车储物箱里抽出了一张抵用券,凭此券到位于贝尔格拉诺的一家情侣汽车旅馆去可以抵扣五元,那儿离"街心公园"不远。我被他的此举打动了,"太好了,咱们就去那儿。"

入口上方红红绿绿闪烁的灯光显示我们已经到了。为了确保隐私,我们把车开进了封闭式车库。这种车库可以让那些被认为不应该出现在那种地方的车辆免受被人认出的风险。车库里还有两辆车。但愿这里的房间是隔音的,否则我会感到难为情的。我们穿过车库来到接待处。一扇烟灰色的玻璃窗后面,一个面无表情的接待员为我们办理了登记手续。在我们进旅馆之前,我已将十美元塞给了贾维尔。我不想让他没面子,也或许是我不想让自己没面子。他将钱和抵用券递给了玻璃后边的那个人。

"你们想要钟点房还是通宵房?"那家伙问我们。贾维尔看了一下我的眼色,回答道:"钟点房。"那是两个小时,绰绰有余。

我们走进这间魔窟,而它……实际上和我曾经住过的每一家廉价旅馆都差不多,从孟加拉到布拉迪斯拉发①都是如此(我不曾去过孟加拉,但我不能联想到任何其他与布拉迪斯拉发相匹配的地方)。这里有着同样陈旧的地毯,同样破损的墙纸,同样残缺的床头柜,以及由于同样差劲的电视信号而造成的同样模糊不清的色情片(因此,你不得不猜测屏幕上

---

① 布拉迪斯拉发(Bratislava)是斯洛伐克的首都,因其在英语中与孟加拉(Bangladesh)一词的发音、拼写接近,所以作者就将二者联系在一起。

飘忽不定的影子究竟是什么,这确实十分色情),卫生间里有着同样皲裂的粉红瓷砖和同样不翼而飞的浴帘(不过这并无大碍,因为那么浅的浴缸,如果你还能称之为浴缸的话,水总会溅得到处都是的),还有那些同样粗糙的浴巾(无论你有多瘦,也不能够绕着你的腰裹足一圈),此外也有那些同样使你洗之后比洗之前还要难闻的小肥皂块。一切都是那么的亲切,让你觉得失望的同时又平添了几分踏实。唯一给人新奇之感的便是头顶上的雷射灯。或许镜子也比必要的多出几面。我问贾维尔对此的看法:

"那么,这是一个典型的房间吗?"

"嗯,我想是。还有一些真正豪华的情侣汽车旅馆。房间都是有主题的,比如说'游猎队'、'一千零一夜',诸如此类的。当然,也有一些档次极低的汽车旅馆。这家应是介于两者之间的。"

我不能说自己对这间屋子有多大感觉,我甚至担心让自己的体液沸腾起来都比较困难。我无须烦恼,我们已经没什么可闲聊的了,该办正事了。

对于贾维尔和我所办的正事,我只能用"激烈混战"这四个字来形容。在这里是褒义。我不知道谁更让我吃惊:贾维尔,还是我自己——我可不是轻易吃惊的人。原因是,正如我昨晚所发现的,贾维尔最擅长的并非探戈。我从未体验过任何一个人的性行为像他那样单纯,那样原始,那样激动人心,而且那样地不顾一切。我完全被一个由人变成的怪物支配了。然而,令我吃惊的是,我喜欢这样!这一点我前面也说过了。他将我带到痛苦的边缘,然后跨越过去,并在另一边找寻着快乐。我的身体被完全地揭开,所有的秘密都一览无遗。想到自己险些一辈子也不了解它们,我不由得惊出一身冷汗。我寻思着还有多少关于自身的事情至死都不可能了解。我怀疑有太多、太多。

我们歇了一下。贾维尔拿起电话为他自己要了份可乐。挂断电话后,他问我:"你要喝点什么吗?"

"不用,不用。没关系。"我从干枯的嘴唇里吐出几个字。"我和你共饮一杯。"几分钟后,一只拿着一听可乐的手从墙上的一个窟窿里伸了进来。

"多么聪明!"我心想。这个房间里的一切都变成了欣喜和欢乐的源泉。

我们轮流从易拉罐里啜饮着。贾维尔问我是否想在这儿过夜。不,我不想。我认为他也不想,只不过他是出于礼貌问了一下。我们重归正事。现在,他将我放飞到了一个我以前从未到过的地方。我所指的"放飞"是就这个词的高空特技的意思而言的。他仿佛被一个精灵所主宰,完成着纯粹的肉体凡胎所不可能完成的精湛表演。他处于这样一种鬼魂附体的状态:能让利箭刺穿脸颊,行走于燃烧的炭火之上,单臂举起卡车甚至一百零五磅的姑娘,一阵狂风暴雨之后,将她变成一架直升机。你不得不在那儿。

当十元钱消费完之后,我们一声不响地穿着衣服。只是当我把衣服拉过肋骨的时候,发出了一声尖厉的"哎哟!"声。但愿没有哪根断掉,它们实在疼痛难忍。而且今天,它们已变成了深深的青紫色。如果过几天还不好些的话,我将不得不上医院拍片子看看。

在我们准备关门离开之前,我最后一次将脑袋探进门里。如果你可以将那称之为脑袋的话,因为它更像是一个乌鸦巢(由于自始至终地拉扯抓挠。说实在的,我很庆幸居然还有头发留下)。不管怎样,正如我所言,这个房间让我越来越喜欢。表面看来,它在两小时里不曾有任何变化,但它现在已将我的秘密收于其四壁之内。想到自己的一部分将永远留存在它们中间,我不觉笑了。抑或我是因为想到自己将带着它们的一部分走遍天涯而发笑?抑或是因为我得了轻微的脑震荡?我不知道。

我所知道的是,即使明天我就被出租车撞死,我也无怨无悔。即使此生再也不过性生活,我也会过得很好——喔,或许确切地说不是很好,但我能够活下去。因为在两小时里,贾维尔补偿了我在过去三年里所不得不承受的所有憾缺的或根本不存在的性生活。他单枪匹马将布宜诺斯艾利斯作为拉丁文热爱者的世界之都放回到地图上。在第十一个小时,阿根廷的地位被拯救了。(SFX体育公司:人群在一个足球场的欢呼声。)

不知怎么回事,这使得离开布宜诺斯艾利斯不那么困难了。

301

"加油。"我做出一个夸张的假笑并说道。

"加油。"他说道,看上去好像度过了生命中最为糟糕的一个夜晚。

2002 年 2 月 27 日

我讨厌收拾行李。我希望可以跳过这一步。我希望所有的东西都能自动跑到箱子里。我希望不用去面对那些我再也不会穿的探戈舞服。那条小里小气的黑裙子是我第一次跟"仕诺"进行表演时穿的;那条银色带亮片的裙子是我在试演的房间门口被古斯塔沃放鸽子时穿的;那条黑色天鹅绒紧身连衣裤,虽然把臀部裹得就像一块包在胶膜里的羔羊肉,却奇迹般地使我的屁股看起来不是太大;那条红底白点的裙子则是我驾坐"疯狂的旋转木马"(巴勃罗)时穿的;还有那条短得离谱的小舞裙,在佛罗里达街已拥有了自己的一帮粉丝团——还有其他所有的裙子。它们全都在衣架上冲我挤眉弄眼。

"我们曾共度过一段美好时光,不是吗?"它们说。

我飞快地把门关上,脑子里闪过一个念头:卖掉这些跳探戈的行头。

"留着它们太傻了。它们只会积上灰尘。"我自言自语道。然而,我知道我不会卖掉它们的。永远也不会。

那些鞋子也有着同样的故事。我打开鞋架,在这里,我同样不可避免地要去面对那八双绒面革高跟鞋。它们曾经是我最忠实可靠的伴侣。我信赖它们胜过信赖我的那些舞伴(这样说一点也不为过,我知道)。它们有的已经很旧了。其中资格最老的当属那双我每个周日都会穿到"街心公园"去的高跟鞋:它们几乎被灰尘掩盖了。应该授予它们一枚勋章。在鞋架顶层,那双铮亮的红色"桃乐西鞋"吸引了我的目光。我一度对它们痴爱如狂。它们旁边是那双在我发现"凡士林"之前几乎要了我的命的漆皮鞋。再下面是两双紫色的绒面鞋,旁边是那双黑白双色鞋,再旁边就是那双我每天穿着在佛罗里达的石子路上蹦跶的红黑双色鞋。它们磨损的程度几乎和我穿到"街心公园"的那双差不多。但它们不值得怜惜。

"你今天能带我们出去玩玩吗? 我们在这里很无聊。"它们对我喊道。

看着它们心里太难受了，因此我关上门，把它们送回到远离聚光灯、与阴影为伴的新生活里。

呆会儿再收拾。

2002 年 3 月 1 日

在等待飞机起飞时，我将一张探戈唱片放进随身携带的 CD 机中，然后用头戴式耳机将自己包裹起来。这样，就不会有人和我搭讪和（或）吐到我身上了。我戴耳机的时候，手碰到了脸，引起了一阵剧烈的疼痛。我想起了那儿的伤疤，不觉笑了一下。我甚至很可能咯咯地笑出了声。我不能确定。

然而，当我闭上眼睛，脑海中浮现出那些我从前的舞伴们的臂弯时，我的嘴唇开始颤抖起来，感觉喉咙哽住了。我拼命抑制——就像当你和其他人在同一间屋子里看悲剧电影时那样，你不想当众失态。但我抑制不住。很快我就放弃了努力，哭得跟个泪人儿似的，甚至连班都诺手风琴都比不上。

空中服务员提醒我们系好安全带、收好托盘、竖起座椅靠背时我在哭。她们演示如何给救生背心充气、如何应对紧急迫降、如何戴氧气面罩，以及在其他方法都失败时要到哪里找紧急出口时我在哭；晚餐时她们问我是要鸡肉还是意大利面时我还在哭，边哭边哽咽着说："鸡肉。"当我试图用不锈钢勺和不锈钢叉子旁边的那把封在袋子中的小塑料刀切一片鸡肉却没切下来时我在哭。（航空公司怎么知道我有自杀的企图呢？）当我把一瓶又一瓶迷你装伏特加调进血腥玛丽①时我还在哭。（能让人点血腥玛丽的飞机又怎么样呢？）然而，我的悲伤没有被它们淹没。世界上也没有那么多的迷你装伏特加供我糟踏。我已经准备好了在接下来的九个小时里一直哭下去，因为我忘了带上一本书，而且我有太多哭泣的借口：

---

① 一种通常用伏特加、番茄汁和调味料制成的鸡尾酒。

为了所有我将再也不能与之共舞的男人们。

为了我的身体。他们每个人都有一把钥匙,现在我失去了这些钥匙,我的身体将要永远地闭锁。

不过,最最重要的是,为了探戈。它带给了我前所未有的欢乐。

我光顾着哭,因此起初并没注意到它:一只拿着纸巾的手。直到它轻碰了我一下。我抬起头来(天知道我那沾满泪痕的脸看起来像什么样子,但我能猜得到),看到了他。

休·格兰特①什么时候坐上牛车旅行了?我寻思着。

他确实长得像极了休·格兰特,但他不可能是。那种事不可能发生在我身上。我是那种坐在人们身旁只会让人觉得恶心的人,而不是那种航空公司的电脑会安排在休·格兰特邻座的人。我对这个长相酷似休·格兰特但又不大可能是他的人点了一下头表示感谢,并接过纸巾。我重重地擤了一下鼻子,同时确保头上的耳机纹丝不动。然而,这个休·格兰特的克隆品并未理会我的暗示。他拍了拍我的肩膀:

"一切都还好吧?"他问我。我想他是说了这么句话,但我不能百分之百地确定,因为我耳边正播放着强劲的探戈音乐。我承认这不是最聪明的问话,但他确实是鼓足了勇气。和我这种情形的人打开话题,他可冒了不小的险。

我拿下耳机,向他保证我"再好不过了"。我不记得他都说了些什么,但一定很有趣,因为我咯咯地笑了。他当然很有幽默感——和原创的一样好,我想。他们今天确实在守护天使的位子上发挥出色。不知道是他的行为感染了我,还是血腥玛丽最终起了作用,我开始打起盹来,而且很快就进入了梦乡。梦中,我见到了许多长相酷似休·格兰特的天使。

当我再次睁开眼睛时,已经是黎明时分了。机长说道:

"如果你们从飞机的右边看,你们可以瞥见晨曦中的雅典卫城。"

乘客的重量都移到了飞机的右边,使得右边机翼急剧倾斜,感觉好像

---

① 休·格兰特,英国著名电影明星,主演过电影《莫里斯的情人》《理智与情感》等。

在跳水。

"没有比这更糟的葬身之地了,我估计。"我郁闷地叹了口气。

"但是我想活!"另一个声音更坚定地叫道。

当机长向我们保证"没有什么可担心的",只是"一点小骚动"时,我的胃一个劲地痉挛。这时,我才意识到自己多么渴望在告别探戈之后能够好好体验生活,如果还有这个机会的话。我瞄了一眼旁边的休·格兰特,他此刻看起来同样贪生怕死——这让我怀疑他或许并不是什么天使。

正是在准备迎接死神的过程中我得以领会到探戈的无限力量。探戈将小我和大我联系了起来。它显露出内心中燃烧着的激情的火焰,任何事物都不可能将之熄灭——即使是空难也不能。它揭示了我此刻深深眷恋着的那个大我,那个渴望在进入坟墓前周游世界的大我。那个大我曾经爱过,且还会再爱。很多次,或许。

我们即将着陆。我看着窗外橙红色的雅典卫城,沉思它是如何历经硝烟战火、烧杀掠夺,几千年后仍屹立于此。虽然并非完好无损,但比起往昔的繁荣昌盛,它今天一览无遗的脆弱更加动人。

我们着地了,飞机的轮子在跑道上滑行了一段并停了下来。我还活着!我最终踏上了雅典的土地。我向休·格兰特挥手道别。踏着 CD 机里探戈舞曲《苏醒》的节拍,我走进海关大楼。我知道,一切都会好的。我笑了。

图书在版编目（CIP）数据

我的探戈之恋 /（美）帕尔默著；许广洁，吴妍，杨婷译.
—北京：新星出版社，2007.9
ISBN 978-7-80225-256-1

Ⅰ. 我… Ⅱ.①帕…②许…③吴…④杨… Ⅲ.帕尔默－自传 Ⅳ.K837.125.76

中国版本图书馆CIP数据核字（2007）第127539号

KISS AND TANGO: LOOKING FOR LOVE IN BUENOS AIRES
by MARINA PALMER
Copyright © 2005 by MARINA PALMER
This edition arranged with ANDERSON GRINBERG LITERARY MANAGEMENT, INC
through BIG APPLE TUTTLE-MORI AGENCY, LABUAN, MALAYSIA.
Simplified Chinese edition copyright © 2007 NEW STAR PRESS
All rights reserved.

著作权合同登记图字：01-2006-3580

我的探戈之恋

[美] 玛丽娜·帕尔默 著　许广洁 吴妍 杨婷 译

责任编辑：段晓楣
责任印制：韦　舰
封面设计：陋室铭

出版发行：新星出版社
出 版 人：谢　刚
社　　址：北京市东城区金宝街 67 号隆基大厦　　100005
网　　址：www.newstarpress.com
电　　话：010-65270477
传　　真：010-65270449
法律顾问：北京建元律师事务所

经销电话：010-65276452
邮购电话：010-65276452
邮购地址：北京市东四邮局 7 号信箱　　100010

印　　刷：北京中科印刷有限公司
开　　本：660×970　1/16
印　　张：19.625
字　　数：230千字
版　　次：2007年9月第一版　2007年9月第一次印刷
书　　号：ISBN 978-7-80225-256-1
定　　价：26.00 元